JODI PICOULT

一路唱唱歌
SING YOU HOME

[美] 朱迪·皮考特 著

苏莹文 译

北京联合出版公司
Beijing United Publishing Co.,Ltd.

献给

Ellen Wilber

你的音乐让我的生命更精彩，

你的友谊对我及我的家人都有重要的意义。

我不确定我们两个人当中谁是露易丝谁是塞尔玛，

但只要我们一路有彼此相伴，

我认为这些都没有关系。

献给

Kyle van Leer

从你在飓风中出世的那一刻起，
我就知道你会是个独特的孩子。
我就算再怎么努力，也没办法更以你为荣了，
不只是现在的你，过去的你一样是我的骄傲。

不晓得为什么，
但我认为你们两人应该不介意并列在献词上才是。

曲一　让歌声伴你回家

柔伊

七岁那年的九月，我在一个晴朗宜人的星期六亲眼看着父亲过世。我当时在车道边的石墙上玩我最喜欢的洋娃娃，父亲在修剪草坪。前一分钟他还在除草，下一分钟，只见他面朝下俯趴在草地上，除草机则一路缓缓地沿着斜坡往下滑向后院。

一开始，我以为他睡着了，要不然就是在玩游戏。在我走向草坪蹲在他身边的时候，我看到他仍然睁着眼睛，额头抵着刚修剪过的湿草地。

我不记得自己是否喊了母亲过来，但是我一定有。

每当我想起这件事，那天的画面总是以慢动作呈现。无人推动的除草机自己往前进；母亲从屋子里跑出来，手上纸罐装的牛奶滴落在铺着沥青的车道上。母亲打电话叫救护车，尖声报出地址时咬字清晰的元音。

母亲将我托给邻居照顾，自己跟着到医院去。这名邻居是个上了年纪的妇人，她家的沙发散发出一股尿臊味。她拿了片有着薄荷夹心的巧克力给我吃，巧克力糖显然是过期太久，边缘都变成了白色。我趁她讲电话的时候溜到后院，爬到篱笆后面，把我的洋娃娃埋到树篱根部的泥土中，然后离开。

母亲一直没发现我的洋娃娃不见了，但是话说回来，她似乎也没有真正意识到父亲同样也离开了。她没有哭。在父亲的葬礼上，她挺直了脊背稳稳地站定。用餐时，她和我面对面，坐在厨房的餐桌边——有时候，我依然会为父亲摆上第三份餐具——我们慢慢地吃完炖牛肉和香肠奶酪焗通心面，这些都是父亲的同事和邻居好心送给我们的餐点，他们希望借着食物来弥补不知该如何用言语抚慰的不足。一个强壮、健康的四十二岁男子因心脏病突发而猝死之后，突然间，他的家人仿佛也成了瘟神。一旦太过接近，旁人便可能会染上厄运。

父亲过世六个月之后，仍然沉稳坚定的母亲从他们共享的衣柜里整理出父亲的西装和衬衫，全数捐赠给慈善机构。她向卖酒的商店要来纸箱，将床头桌上父亲阅读的传记、他的烟斗、他收藏的钱币全数装箱。尽管她老是向父亲说她完全不明白"艾伯特和卡斯特罗"有什么趣味，但她还是留下了他们的录像带。

母亲把这些纸箱搬到阁楼，那上面总是聚着一大堆苍蝇，而且十分闷热。在第三次上楼之后，她没有立刻下来。我只听到楼上传来老唱盘咝咝作响的声音，不断地播放同一段单调的旋律。我没听懂每一句歌词，只模糊地听出内容是巫师教人如何虏获女人的芳心。

我听到：唔——咿——啊——啊，叮——当，哇啦——哇啦，乒——乓。这逗得我咯咯发笑。我有好一阵子没笑得这么开心了，于是我急忙去找音乐的出处。

我踏上阁楼之后，发现母亲淌着泪。"这张唱片，"她一边重复播放音乐，一边说，"曾经让他很快乐。"

我当时就知道最好不要多问，因为母亲在啜泣。我没开口，而是蜷在她的身边，聆听这首终于让母亲找到理由哭泣的曲子。

每个人的生命都有一路相伴的配乐。

有些音乐让我想到夏季，我在自己的小腹抹上婴儿油，好晒出均匀完美的肤色。有些让我怀想那些紧跟在父亲身后，跟着他一起去买《纽约时报》的星期天早晨。某个曲调会让我想到自己曾经用假证件混进夜店，另一些呢，则会将我带回表妹伊莎贝儿甜蜜的十六岁生日，那天我和一个口气闻起来像极了西红柿汤的男孩一起玩"天堂的七分钟"游戏。

如果你问我，我会说，音乐是记忆的语言。

庇荫园护理之家的值班护士汪达无视我在过去一年曾经多次来这里工作，仍然递给我一张访客通行证。"他今天好吗？"我问道。

"老样子，"汪达说，"攀着吊灯荡过来晃过去，跳踢踏舞，演皮影戏的，拼命想娱乐大家。"

我笑了。铎克先生是老年失智症的末期患者。我担任他的音乐治疗师有十二个月的时间了，在此期间我们只有两次的互动。其他大多数时候，他都是坐在床铺或轮椅上，用仿佛可以穿透我身子的眼神直愣愣地盯着我看，完全没有反应。

每当我说自己是音乐治疗师时，旁人多半会以为我是个乐师，在医院里为病患弹吉他。事实上，我的工作比较像物理治疗，只不过用的工具不是脚踏器材也不是握杆，而是音乐。只是听我这么一说之后，大家反而会把我的工作归类到新时代灵修异端。

其实，音乐治疗非常科学。脑部断层扫瞄显示出音乐可以刺激中前额叶皮质，触动大脑来播放记忆，让你突然间看到某个地点、某个人，或某个事件。通过脑部断层扫瞄，可以看到这些对音乐最强烈的反应——也就是可以诱导出鲜明记忆的反应，会触发脑部的剧烈活动。正因为如此，中风患者在恢复语言能力之前有可能先一步哼出歌词，老年失智症的患者仍然会记得年轻时听到的歌曲。

正因为如此，我仍然没有放弃铎克先生。

"谢谢你的警告。"我对汪达说，接着拿起运动袋、我的吉他和非洲鼓。

"把那些东西放下来，"她坚持，"你不应该提重物。"

"那我最好先解决这个。"我边说话边轻抚小腹。我怀孕二十八周，身形臃肿，而且还口是心非。我为了怀胎可说是费尽了千辛万苦，因此对我来说，怀孕的任何一个阶段都称不上重担。我向汪达挥挥手，然后踏上走廊，开始今天的疗程。

护理之家的病患通常会参加团体疗程，但是铎克先生是个特殊案例。他过去曾经在一家名列《财星》杂志全球前五百大的企业担任执行长，如今他住进了这所时髦优雅的老年护理之家，他的女儿米姆聘雇我每周提供一次疗程。铎克先生年近八旬，一头浓密的白发像极了狮子的鬃毛，从他干枯的双手可以看出他过去弹得一手出色的爵士钢琴。

距离上次铎克先生发现我和他共处在同一个空间里而且还下达指令，已经有两个月之久了。我当时正在弹吉他，他用拳头在轮椅扶手上敲了两记。我不确定他是想来个额外的合音，还是想叫我停手，但是，他的节拍没错。

我先敲了敲，才拉开门。"铎克先生？"我说，"我是柔伊，柔伊·巴克斯特。你想不想来点音乐？"

某个护理人员已经将他移到了安乐椅上，他坐着看向窗外。或者说，他只是茫茫地看出去，因为他的视线没有焦点。他的双手弯曲地缩放在腿上，像是龙虾的大螯。

"好！"我轻快地说话，努力移动身子好绕过床铺、电视架和桌子，桌上的早餐依然原封不动。"我们今天要唱什么歌？"我稍等了一下，但其实并不期待他会告诉我答案。"《你是我的阳光》好吗？"我问道，"还是《田纳西华尔兹》？"我想利用床边的小空间，将吉他从盒子里取出来，但这地方实在过于狭窄，很难容得下我的乐器和大腹便便的身子。我笨手笨脚地将吉他靠在我突出的肚子上，漫不经心地拨奏了几个和弦。接着我想了想，又放下吉他。

我翻找运动袋，想拿出沙球。我的袋子里放了各式各样的小乐器，正好可以在这样的场合派上用场。我轻轻将沙球塞进他半握的手掌中。"假如你有兴趣加入，可以拿来用。"接着，我开口轻柔地唱，"带我出去看球赛，带着我，和……"

我没有唱完这段歌词。每个人都会想接着说完众所皆知的熟悉句子，所以，我希望能诱导他说出最后几个字：和群众在一起。我瞥了铎克先生一眼，但是沙球仍然安安静静地躺在他的手中。

"帮我买点花生和焦糖爆米花，我不在乎我能不能回家。"

我边唱边走到他的面前，轻轻地拨动吉他。"让我为家乡的队伍加油、加油、加油，他们如果没有获胜未免太可惜。因为他们是一二三……"

突然间，铎克先生举起手，沙球飞快地打中我的嘴巴。我尝到鲜血的味道。我太惊讶了，摇摇晃晃地往后退，泪水涌上了眼眶。我用袖口按住受伤的嘴唇，因为我不想让他发现他伤到了我。"我是不是惹你生气了？"

铎克先生没有回答。

沙球落在床铺的枕头上。"我现在要伸手到你后面去拿乐器。"我小心翼翼地说，在我行动的时候，他又一次伸手向我挥过来。这次我一个踉跄撞到了桌子，一整盘早餐跟着翻倒在地。

"发生什么事了？"汪达冲进房里大声问。她先看着我，接着望向地板上的杯盘，然后视线转向了铎克先生。

"我们很好，"我告诉她，"没事的。"

汪达久久地、意味深长地看着我的肚子。"你确定吗？"

我点点头，她才走出房间。这回，我谨慎地坐在窗前的暖气边上。"铎克先生，"我轻声问，"有什么问题吗？"

他面对着我，泪光闪闪的双眼清明透彻。他环顾这个房间，一一看着制式窗帘、放在床铺后面柜子里的紧急医疗设备，以及床头桌上的塑料水瓶。"每件事都不对。"他简短地直说。

我心想，这个男人曾经出现在《金钱》和《财星》杂志的版面上，一度领导旗下数千名员工，在装潢豪华、铺着长毛地毯的办公室里，坐在皮革旋转椅上不知度过多少岁月。有那么一会儿，我真想因为自己弹着吉他用音乐敲开他的心灵，而开口道歉。

因为，有些事，我们宁可遗忘。

父亲过世那天被我埋在邻居家的洋娃娃叫作辛迪甜心。她是我前一年的圣诞礼物，圣诞节前的星期六早上，我被卡通影片的插播广告彻底洗脑了，吵着要一个辛迪甜心。辛迪甜心会吃会喝会拉，还会说"我爱你"。"她会修理汽化机吗？"当我把圣诞节的礼物清单拿给父亲看的时候，他开着玩笑说，"她会不会打扫浴室？"

我有不爱惜玩偶的不良记录。我曾经用指甲刀剪掉芭比娃娃的头发，也曾经扭断肯的头，但是我坚称玩偶是意外从脚踏车的篮子里掉出来。但是我一直把辛迪甜心当作自己的宝宝，每天晚上都会把她放进我自己床边的娃娃小床，天天帮她洗澡，还会用在车库拍卖中买来的小拖车推着她在车道上来来回回散步。

我父亲过世那天，他本来想出去骑脚踏车。那天很适合出门，而且我刚刚拆掉脚踏车的辅助轮。但是我对父亲说我想和辛迪玩，想晚点再出门。"这计划听起来不错啊，柔。"他当时这样回答，然后开始修剪后院的草坪。当然啦，我们没有等到那个"晚点"。

如果我的圣诞礼物不是辛迪甜心。

如果我在父亲询问时一口答应。

如果我一直看着他，而没有玩娃娃。

在我的脑海中，像这样足以拯救父亲性命的排列组合有上千种，尽管为时已晚，我还是告诉自己，我一开始就不该开口要来那个蠢娃娃，她是父亲离开人世的罪魁祸首。

父亲过世之后的第一场雪，我梦到了辛迪甜心，她就坐在我的床边。乌鸦啄去了她蓝色的珠珠眼球，她浑身打颤。

第二天，我从车库里拿出了一把园艺用的铲子，走到我埋娃娃的邻居家。我挖开新雪和树篱边的泥土，但是娃娃已经不在原地。可能是被小狗或某个聪明的女孩拿走了。

我知道，对一个四十岁的女人来说，将某件哀悼的行为和连续四次失败的试管受精、两次流产和为数可观的不孕争议结合起来拖垮理智，是一件愚蠢的事。但是我实在没办法告诉你，有多少次，我怀疑这真的是某种轮回所带来的惩罚。

如果我没有莽撞地抛弃我所深爱的第一个宝宝，我是不是早该拥有我第一个真正的宝贝？

铎克先生的疗程结束时，他的女儿米姆匆匆结束妇女联合会的会议，赶到庇荫园来。"你确定自己没受伤？"她问，再一次上上下下检查我——总次数加起来恐怕不下百次了。

"没事的。"我告诉她。但是我怀疑她担忧我提出控诉的成分远胜于真正的关怀。

她从皮包里掏出一把钞票。"来，拿着。"米姆说。

"可是，这个月的费用你已经付过了——"

"这是津贴，"她说，"你怀孕了，加上其他花费，我相信你一定有些额外支出。"

这是封口费，我懂。然而她没说错，和宝宝相关的支出从汽车儿童座椅、婴儿车，一直到我当初为了受孕所施打的促排卵药和促卵泡激素都要列入计算。经过了五轮的试管婴儿疗程——常温和冷冻胚胎都试过，我们耗尽了所有的存款，信用卡的额度也已经刷到了极限。我接过钞票，塞进牛仔裤的口袋里。"谢谢，"我说，接着我直视她的目光，"你父亲刚刚做了什么事呢？我知道你可能不这么想，但是对他来说，这是往前迈进了一大步。他对我有所反应。"

"是啊，反应在你的下巴上。"汪达嘟嘟囔囔地说。

"他表现出互动，"我更正她的说法，"也许这不合乎社交礼仪……但仍然是互动。有那么一下子，音乐打动了他，在那一瞬间，他清醒了过来，意识到了当下和我们。"

我看得出来，米姆并不相信我的说法，但是没关系。我曾经被自闭症儿童咬伤，曾经在罹患脑癌的濒死女孩身边啜泣，也曾经陪伴一个全身有超过百分之八十烧伤的男孩，在他哭吼的时候为他弹奏吉他。这个工作啊，就算我因此受到伤害，我也知道自己的表现杰出。

"我该走了。"我边说边收拾吉他盒。

汪达正在填写表格，没有抬头看我。"下星期见。"

"其实，我们要在两小时后的新生儿派对上见面。"

"什么新生儿派对？"

我笑了。"某个我不应知情的新生儿派对。"

汪达叹了一口气。"如果你母亲问起，你最好让她知道消息不是从我这里走漏的。"

"别担心，我会表现出适度的惊喜。"

米姆伸出手，想碰触我凸起的肚子。"可以吗？"我点点头。我知道有些怀孕的妇女会觉得让陌生人伸手拍抚或提供养儿育女的建议是侵犯个人隐私，但是我一点也不介意。我甚至很难克制自己，老是会用手抚摸孩子，也总是会沉溺在这个神奇的证据之中。我会成功的。

"是个男孩。"她宣布。

我坚信自己怀的是个女娃。我会梦见粉红色，醒来的时候，也几乎脱口说出仙女童话故事。"等着瞧！"我说。

我一直觉得很讽刺，一个费尽心力、想通过胚胎植入方式怀个试管婴儿的女人刚开始必须先服用避孕药。这全是为了让不规律的周期正常化，接着才能开始一长串可以依字母排列的用药疗程。麦克斯一天要为我注射两次，每次注射三剂滤泡雌激素和排卵针。从前，麦克斯只要一看到针头就会头晕，而过了五年之后的现在呢，他已经有办法一手倒咖啡，另一手帮我打针。开始注射的六天之后，我照了阴道超声波来检测卵巢滤泡成长的状况，还要抽血检验雌激素。接着就要开始使用脑下垂体拮抗剂，这种新药的作用是让卵子能够在滤泡内成熟。三天之后，再做第二次的阴道超声波及验血检查。这时候，滤泡刺激素和排卵针开始减量，改成每天早晚各一剂，再过两天，继续做下一次的阴道超声波及验血。

我有个滤泡成长到二十一毫米，另一个有二十毫米，第三个有十九毫米。

晚上八点半，麦克斯准时为我注射一万单位的破卵针，过了整整三十六个小时之后便可以取卵。

接下来的步骤是"单一精虫显微注射"，将麦克斯的精虫注射入卵子。三天之后，麦克斯握着我的手，让医师为我进行阴道植入，我们通过闪烁的计算机屏幕一起看着胚胎植入到我的体内。在屏幕上，我的子宫内壁看起来宛如随着潮水漂动的海草。注射器射出的小小白点仿佛一颗明星，掉落在两片海草之间。随后，我们在我屁股上注射一剂黄体激素，来庆祝这桩可能成真的孕事。

这时我不禁想，有些想要孩子的人只要做爱，就可以让美梦成真。

当我走进母亲家的时候，她正坐在计算机前为刚申请的脸书账号更新个人信息。她的近况更新上显示：黛拉·韦克斯希望女儿能加她为朋友。"我不想和你说话，"她粗鲁地说，"可是你丈夫打过电话来。"

"麦克斯？"

"你还有别的丈夫吗？"

"他要做什么？"

她耸了耸肩。我没理她，拿起厨房电话拨打麦克斯的手机。"你的手机为什么没开机？"麦克斯一接起电话立刻开问。

"是的，亲爱的，"我回答，"我也爱你。"

我听到电话那头传来刘草机的声音。麦克斯从事造景工作，夏天忙着修剪草坪，秋天要松土，冬天要铲雪。我们第一次见面的时候，我曾经问过他：冬末春初的融雪季呢，你要做什么？

在泥浆中打滚，他笑着回答。

"听说你受伤了。"

"坏事传得特别快。是谁打电话告诉你的？"

"我只是想……我是说，我们费尽千辛万苦才有了今天。"麦克斯措辞十分谨慎，但是我知道他想说什么。

"你也听到杰尔曼医师怎么说，"我告诉他，"我们已经进入了最后阶段。"

这似乎很讽刺，经过这么多年的努力尝试，对于这次的怀孕，我比麦克斯轻松。曾经有几年，我变得非常迷信，在下床之前会由二十倒数到零，要不然就是同一件背心连穿一个星期，以确保某个特定的胚胎会真的留在我的子宫里。但是我从来没能撑到这个阶段，我的脚踝因幸福而水肿，我的关节疼痛，洗澡时连自己的脚都看不到。我的怀孕期从来没有这么长，足以让大家为我策划一场新生儿派对。

"我知道我们需要钱，柔伊，但是，如果你的客户有暴力倾向——"

"麦克斯。铎克先生有百分之九十九的时间都处于僵直又毫无反应的状态，我的烧伤病患通常也没有知觉。说实在的，他只是碰巧打中我而已。就算是过马路，我也有可能受伤。"

"那你就别过马路，"麦克斯说，"你什么时候回家？"

我晓得他一定知道新生儿派对的事，但是我不打算戳破。"我要去评估一个新客户，"我开玩笑说，"他是拳王泰森。"

"很好笑。听着，我现在没时间聊天——"

"是你打电话找我的——"

"那是因为我以为你在做什么傻事——"

"麦克斯，"我打断他的话。"我们别这样。"许多年来，不少有孩子的夫妻一直告诉麦克斯和我，说我们有多幸福，可以享受自在的两人世界，不必一个老忙着准备晚餐，另一个负责安排孩子共乘，好去参加少棒队。然而，我们晚餐的话题不是雌激素指数，就是诊所预约时间，再浪漫的爱火也会迅速被浇熄。这并不是说麦克斯的表现不好，他会按摩我的脚，还会说我看起来很漂亮，一点也不臃肿。但是，这阵子以来，当我亲近到足以碰触到他的时候，他总是心不在焉。我告诉自己，我想太多。他只是紧张，全是荷尔蒙在作祟。我只希望自己不必一直找借口。

这回不找了，我希望有个能交心、能聆听我抱怨丈夫的不是，然后点点头，适时正确响应的朋友。但是，在麦克斯和我全心投入对抗不孕的时候，我的朋友圈就越缩越小。我决定结束和某些朋友之间的友谊，因为我不想听她老是将宝宝会说的第一个字挂在嘴边，更不想去某对夫妻家中共进晚餐时，看到孩子学喝水用的鸭嘴杯、火柴盒小汽车和填充玩偶熊，因为这些生活中的小细节与我无缘。有些人际关系则是经过挫折而被我放弃，毕竟，能了解我为了试管婴儿疗程而情绪起伏不定的，也只有麦克斯一个人。我们自我孤立，因为在众多已婚朋友当中，我们是唯——对没有孩子的夫妇。我们自我孤立，因为这样受到的伤害比较少。

　　我听着他挂断电话。我看得出母亲仔细聆听我们每一句对话。"你们俩没事吧？"

　　"我以为你在生我的气。"

　　"我是。"

　　"那你为什么要偷听？"

　　"这是我的厨房，我的电话，所以不算偷听。麦克斯哪里不对劲了？"

　　"没什么。"我摇摇头说，"我不知道。"

　　她毫不掩饰，流露出关怀的表情。"我们坐下来，一起来谈谈你现在的感受。"

　　我翻个白眼。"这招对你的客户真的管用吗？"

　　"你听了会吓一跳的，其实大多数的人早就知道问题的答案在哪里。"

　　在过去四个月之间，我的母亲让自己成为"老妈最了解生活辅导专家"的老板和唯一的员工。在这个工作之前，她还曾经化身为灵气能量指导员、喜剧演员，以及她自创产品挨家挨户登门推销的业务员。最后这件事发生在我的青少年时期，让我度过了一个很尴尬的夏天。她的自创产品是"香蕉袋"，用这种粉红色的橡胶海绵袋套住水果，可以避免水果过快变黄，可惜这个产品屡次被误认为情趣玩具。相较之下，当个生活辅导员已经是相当无害的工作了。

"当我怀你的时候，你爸爸和我吵得太厉害，我不得不离开他。"

我瞪着她看。怎么可能，我活了四十年，从来没听说过这回事。"你说真的吗？"

她点点头。"我打包好行李，告诉他我要离开，接着就走了。"

"你走到哪里去？"

"走到车道尽头，"我母亲说，"我当时已经怀孕九个月，在还没感觉到子宫像要掉出来之前，最远也只能走到那里了。"

我瑟缩了一下。"你一定要讲得这么逼真吗？"

"要不然你要我怎么说，柔伊？胎儿的起居室吗？"

"结果怎么了？"

"太阳下山，你爸爸帮我拿了件外套出来。我们在外面坐了几分钟，才回屋里去。"她耸耸肩。"在你出生之后，过去的争执似乎都不重要了。我只是想说，过去发生的事，是未来争端的伏笔。"

我环起双臂。"你又接触太多化学清洁剂了吗？"

"没有，这是我最新的口头禅。你看看。"母亲的手指飞快地敲着键盘。要我去上打字课，是她有史以来给过我的最佳建议。当时我愤怒地抗拒。打字课的上课地点在高中的技职部，课堂上有太多没和我一起上学术课程的学生，这些孩子上学之前会在校园外抽烟，涂了粗黑的眼线，听的是比重金属更喧哗的音乐。你是去批评别人，还是去学打字？她当时这样问我。后来，我每分钟能打七十五个字，班上只有三个女孩从老师手上接下蓝缎带勋章，我是其中之一。现在我用的当然是计算机键盘，但每当我为客户敲打键盘输入评估的时候，我总是会默默地感激母亲的正确建议。

她打开脸书上的公司页面，上面有她的照片和醒目的口号。"如果你当初接受了我的交友邀请，你早就会知道那是我最新的座右铭。"

"你真的打算拿社群网站那套方式来对待我？"我问。

"我只知道我怀胎九个月才生下你，我喂你吃，帮你穿衣服，负担你的教育费。接受我在脸书上的交友邀请算不上什么回报。"

"你是我母亲。你不必当我的朋友。"

她伸手指着我的肚子。"我希望她带给你的心痛和你带给我的一样深。"

"你到底为什么要上脸书？"

"因为对业务有帮助。"

据我所知，她有三个客户，而且他们对于我母亲不具备任何咨询、建议或励志辅导的学位似乎都不以为意。其中一名客户是个一心想重回职场的全职母亲，除了口味奇佳的花生果酱三明治、洗衣服懂得要深浅分开洗之外，别无其他专长。另一个家伙二十六岁，最近才找到生母，却不敢和她联络。最后一个是正在戒酒的酒鬼，他寻求的是每周见面的安定感。

"生活辅导专家应该要走在时代的前言，酷！"母亲说。

"假如你真的够酷，你根本连'酷'字都不用说。你以为我不知道这是怎么回事吗？还不是因为我们上星期天一起看电影。"

"我不喜欢那部片子，原著的结尾好多了——"

"我不是说这个。售票口的女孩问你要不要老人优待票，结果接下来一整晚，你都没说话。"

她站了起来。"拜托，我看起来像老人吗？我毕恭毕敬地染头发，保持身材窈窕，而且已经放弃了布莱恩·威廉姆斯，改看约翰·斯图尔特。"

我不得不承认，她看起来的确比我大多数朋友的母亲来得保养得宜。她和我一样，有一头棕色的直长发和一双绿眼睛，她的穿着品位风格独特又兼容并蓄，非常引人注目，让人忍不住想再看第二眼，猜想她身上穿的究竟是经过精心搭配，还是从柜子底下翻出来的压箱宝。"妈，"我说，"在所有我认识的六十五岁男女当中，你是最年轻的一个。你不必靠脸书来证明这件事。"

我简直不敢相信，竟然会有人、会有任何人愿意付钱聘请我母亲担任生活辅导员。我是说，以一个女儿的角度来看，我最想躲避的不就是她的建议吗？但是母亲坚持表示，她的客户之所以喜欢她，是因为她亲身经历了许多的难关，这造就了她令人信赖的要素。据她说，大多数的生活辅导员只要善于聆听，再加上给那些反应迟钝的人来个临门一脚，就足够了。而且说真的，身为人母不就是最佳证书吗？

我从她背后探头看过去。"你不觉得你应该在页面上提到我吗？"我说，"因为我是你有资格从事这个工作的基本要求？"

"想想看，如果页面上有你的名字却不能链接到你的版面，那会有多荒谬，但是——"她叹了一口气，"——那也得要对方先接受我的交友邀请才有可能……"

"喔，拜托！"我弯下腰去敲键盘，我的双手插进她双手间的空隙，肚子里的宝宝抵住她的背。我登入自己的账号，首页出现我高中同学、同行的音乐治疗师和从前教授的近况和想法，我看到几个月没说过话的大学室友达西。我应该打个电话给她，我心里这么想，但同时，我也知道自己不会打电话。她的双胞胎马上就要进幼儿园了，她用孩子的合照当作大头贴。

尽管这让我觉得自己的人际关系来到了新低点，我仍然确认了母亲发给我的交友邀请。"好啦，"我说，"这下你高兴了吧？"

"很高兴。这么一来，当我登入脸书的时候，就可以看到我孙子的照片了。"

"你宁愿这样，也不要开车走一英里路去亲眼看看？"

"这是原则问题，柔伊，"我的母亲说了，"我只是很高兴看到你终于放下了高高在上的架子。"

"没这回事，"我说，"只不过在出发参加新生儿派对之前没心情吵架罢了。"

母亲张嘴打算响应，接着又立刻闭了起来。有那么一下子，她似乎打算继续演戏，但随即放弃。"是谁告诉你的？"

"我猜，可能是怀孕激发了我潜在的第六感。"我告诉她。

她思考了好一会儿，我的话显然发挥了效果。"真的吗？"

我走进厨房打算搜刮冰箱，可惜里面只有三管鹰嘴豆芝麻沙拉酱和一袋红萝卜，以及几盒用保鲜盒装着的不知名玩意。"有时候，我一早醒来就知道麦克斯会说他早餐想吃玉米脆片。要不然就是听到电话铃响，不必接听也知道是你打来的。"

"我怀你的时候可以预知是否会下雨，"母亲说，"比美国电台的气象播报员还准。"

我伸手蘸沙拉酱。"今天早上我醒来的时候，觉得整个卧室里弥漫着一股芝士焗茄子的味道，你知道吗，就是波龙尼西餐厅那种地道做法的香味。"

"不正是举办新生儿派对的地方嘛！"她惊羡地倒喘一口气，

"这是打什么时候开始的？"

"差不多就是我在麦克斯外套里找到收据，而且是快递公司递送邀请函收据的同一个时候。"

母亲愣了好一下子才放声大笑。"我还在计划呢，打算用你给我挑选的号码买彩票，然后享受一趟豪华邮轮之旅。"

"真抱歉，让你失望了。"

她伸手轻揉我的肚子。"柔伊，"我母亲说，"你不可能让我失望的。"

有些认知科学家认为人类对音乐有所反应，恰好证明人类不只是血肉之躯——我们还有灵魂。他们的思考方式如下：

所有经由外界刺激而产生的反应，都可以追溯到进化理论。你会在火焰前面缩手，是为了避免受到身体上的伤害。在发表重要演说之前会肠胃翻搅，是因为肾上腺素在你的血管中流窜，引起生理上非战即逃的反应。但是有关于人类对音乐的反应，则没有合理的演化脉络可循。以脚点地打节拍，有一种想要哼唱或跳舞的冲动等种种行为，都和生死存亡无关。因此，有些科学家认为我们对音乐有反应，就足以证明人类不是只有生理和心理层面的活动，换句话说，要能够感受到心灵的活动，就先要有灵魂。

派对上有好几个游戏，比方估计柔伊的肚子有多大、皮包挖宝游戏（谁会想到我母亲的皮包里有张过期的水电费账单？）、婴儿袜配对接力赛，还有现在正在进行、这个令人作呕的活动：几片涂了融化巧克力的婴儿尿布在大伙儿之间传来传去，看谁能辨认出巧克力棒的品牌。

尽管我从来不热衷于这种活动，我还是尽力配合。兼差帮我处理账务的雅莉萨不但策划了整场派对，还费心召集来我的亲朋好友：母亲、表妹伊莎贝儿、庇荫园护理之家的汪达、一名从前我工作医院里烧伤病房的护士，还有在学校担任顾问的凡妮莎，今年初，凡妮莎刚和我签约，聘用我为一名重度自闭的九年级学生进行音乐治疗。

让我感觉到沮丧的是，这些女人——充其量也只能说是认识的人——成了知心密友的替代品。然而话说回来，当我没在工作的时候，都是和麦克斯在一起。而麦克斯宁可被他的刈草机碾过，也不会愿意来辨认尿布上的巧克力残留物。光凭这一点，就足以让他成为我唯一需要的朋友。

我看着汪达盯住尿布研究。"士力架吗？"她猜错了。

下一个拿到尿布的是凡妮莎。她个子很高，有一头浅金色的短发和一双犀利的蓝眼睛。我第一次见到她的时候，她请我进她的办公室，愤怒地教训了我一顿，严厉谴责学测制度，说那全是大学理事会想接管全球，一次收八十块美金的阴谋。怎么样？她终于结束，停下来喘口气。你打算怎么为自己辩护？

我是新来的音乐治疗师。我告诉她。

她看着我，眨了眨眼，然后低头看自己的行事历，往回翻了一页。啊，她说：开普兰学院的代表恐怕要明天才会来。

凡妮莎看都没看尿布一眼。"我觉得是椰子巧克力棒，"她冷冷地说，"说得精确一点，用了两条巧克力棒。"

我大声笑了出来，现场似乎只有我听出凡妮莎的玩笑。雅莉萨有点狼狈，因为大家并没有认真看待她一手策划的游戏。这时母亲出面缓颊，她拿开放在凡妮莎桌垫上的几条尿布。"怎么样，我们来替宝宝取名字好吗？"她提出了建议。

我的侧腰突然痛了起来，我心不在焉地抬手去揉。

母亲朗读雅莉萨从网络上打印下来的数据。"狮子的宝宝叫作什么？"

表妹立刻举起手。"幼狮！"她大声说。

"对！鱼的宝宝叫作什么？"

"鱼子酱？"凡妮莎献上答案。

"鱼苗。"汪达说。

"告诉你们，我在《超级大富翁》里看到——"

我突然一阵严重痉挛，体内的空气似乎全被挤了出去。

"柔伊？"母亲的声音好遥远。我挣扎着想要站起来。

二十八周，我心想：太早了。

另一波疼痛又涌了上来。我跌靠在母亲身上，双腿间出现一股湿暖的感觉。"羊水，"我喃喃地说，"羊水好像破了。"

我低下头，却看到一片血水。

昨天晚上，麦克斯和我第一次提起宝宝的名字。

"乔安娜。"他关灯之后，我低声说出这个名字。

"抱歉，要让你失望了，"麦克斯说，"这里只有我。"

在一片黑暗中，我仍然看得到他的微笑。我从来没想过，像麦克斯这样的男人竟然会被我吸引，他的体格魁梧健壮，喜欢冲浪，有一头亮眼的金发，微笑时散发的电力足以让杂货店员自动舍去账单的零头，让小区的家庭主妇一来到我家车道就自动放慢脚步。我一向给人机灵利落的印象，但是再怎么样，也没人认为我是美女。我像个邻家女孩，像壁花，我的脸孔从未在别人心里留下深刻的印象。他第一次和我说话的时候，我还转过身看后面，以为他说话的对象另有其人。那是在他哥哥的婚礼上，婚礼乐团的主唱肾结石发作，我临时替补她的位置。几年后，他告诉我，他从来不懂怎么和女孩攀谈，然而我的声音让他上瘾，渗进他的血管，将勇气灌注给他，让他在乐团中场十五分钟的休息时间来找我说话。

当初他不认为一个有音乐学硕士学位的女人会想和他有所瓜葛，他中学就辍学了，迷恋冲浪，以造景工作勉强维生。

我则是不相信，这样的男人可以挑选任何看得上眼、有一对X染色体的女人回家，他怎么可能会在我身上找到任何一丁点吸引力。

昨天晚上，他用大伞般的手盖住我肚里的宝宝，动作轻柔。"我以为谈起宝宝会不吉利。"

是这样没错。至少对我来说，在过去的确是屡试不爽。但这次我们已经这么接近，即将抵达终点，感觉是如此真实。哪有可能会出差错？"嗯，"我说，"我改变心意了。"

"那好，依莎佩丝，"麦克斯说，"和我最喜欢的阿姨一样。"

"拜托，你就承认吧，这是胡说八道……"

他大笑着说，"我还有个阿姨叫作爱敏楚德——"

"汉纳，"我好像在讨价还价，"史黛拉，或是赛姬。"

"那是一种香料。"麦克斯说。

"对，但是和丁香粉不一样，鼠尾草很漂亮。"

他靠向我的肚子，把耳朵贴在上面。"我们来问问宝宝，看她喜欢人家怎么叫她，"麦克斯建议，"我想啊……等等……啊，别动，她的声音好清楚。"他抬头看着我，脸颊仍然贴在宝宝身上。"贝莎。"他清清楚楚地说。

我肚里的宝宝仿佛也想发言，一脚踢中麦克斯的下巴。那时候，我深信这代表她状况好得不得了，与是否吉利完全没有关系。

我的五脏六腑几乎要翻出来，整个人就像掉落在刀山上。我从来没有承受过这样的痛苦，疼痛仿佛是困在我的皮肤底下，极力想划开皮肤挣脱。

"马上就过了，"麦克斯说。他紧紧扣住我的手，好像要和我来场角力赛。我纳闷地想，不知道他是什么时候到的，不知道他是不是在骗我。

他的脸色和午夜月亮一样苍白，而且，尽管他就在我的眼前，我仍然只能勉强看得到他。相反的，我模糊地看到产房里挤进了一团医生和护士。有人在我的手上插针吊了点滴，绑在我肚子上的束带与胎儿监测器相连。

"现在才二十八周。"我边喘边说话。

"我们知道，宝贝。"一名护士说，接着她的注意力转向了医疗人员。"我什么都监测不到……"

"再试一次。"

我抓住护士的袖子。"她是不是……是不是还太小？"

"柔伊，"护士说，"我们会尽力。"她转了转监测器上的旋钮，再调整我肚子上的束带。"我还是看不到心跳——"

"什么？"我挣扎着想坐起来，麦克斯将我往后按。"为什么看不到？"

"做个超声波，"杰尔曼医师断然交代护士，没多久，机器就推了进来。冰冷的凝胶刚抹上我的肚子，另一阵疼痛同时出现。医师盯着超声波机器的屏幕看。"头在这里，"她镇定地说，"心脏在这里。"

我狂乱地张望，只看到灰色和黑色影子模糊地交替出现。

"柔伊，我要麻烦你稍微放松一下。"杰尔曼医师说。

于是我咬紧了嘴唇，听着耳边的脉搏轰隆隆地拍动。一分钟过去了，接着是下一分钟。产房里除了机器平静的哔声之外，一片安静无声。

接着杰尔曼医师说了一句话，我老早就知道她有朝一日会这么说。"我看不见心跳，柔伊。"她凝视我的双眼。"恐怕，孩子是死胎。"

一个刺耳的声音撕裂了寂静，让我不得不放开麦克斯的手来掩住双耳。这声音宛如子弹的呼啸，仿佛指甲划过黑板般刺耳，好比破碎的诺言。我从来没听过这样的音调——完全由痛苦组成的和弦，过了好一阵子，我才发现发出声音的人，是我自己。

我为生产住院期间打包了一些物品。

一件印着满满蓝色小花的睡袍——虽说我打从十二岁起就没穿过睡袍。

三件产妇内裤。

几件替换的衣服。

一个小礼盒，这是用来送给刚升格的母亲的，里面装的是椰油乳液和薄薄的香皂纸。我在医院刚接了一名新来的烧伤病患，送礼的人是病患的母亲。

一个柔软无比的小猪玩偶，这是好几年前，麦克斯在我第一次怀孕时送我的礼物。那是在我流产之前的事，当时，我们仍然有能力怀抱希望。

另外，是我灌满了音乐的MP3播放器。好多好多的音乐。我在伯克利音乐学院修音乐治疗的学士学位，当时的指导教授是第一个将音乐治疗在分娩时带来的影响记录下来的人。虽然，有关音乐与呼吸，以及呼吸与自律神经系统之间的关系早已有许多研究，但是一直到拉梅兹呼吸法与自选音乐之间正式有了连接之前，音乐治疗的研究仍然乏善可陈。这个论点的依据，是让产妇在分娩的不同阶段听到不同的音乐，然后通过音乐来引导正确的呼吸方式并且保持轻松状态，借此减轻分娩的疼痛。

得知教授的研究在妇女分娩时广泛得到使用，当时十九岁的我既惊喜又讶异。一直到二十一年之后，我自己才有机会实践他的理论。

就是因为音乐对我太重要，所以我审慎挑选分娩时要听的曲目。在生产的最初阶段，我要借由勃拉姆斯的音乐来放松自己。进入活跃期之后，我得专心调整呼吸，因此我选择了节奏和韵律都很明显的音乐：贝多芬的《月光奏鸣曲》。至于最痛苦的过渡阶段，我则找出许多不同的音乐，这些能唤起我儿时最美好记忆的歌曲，包括快速马车合唱团、玛丹娜、埃尔维斯·卡斯堤洛的作品，以及瓦格纳的《女武神》，激昂起伏的音乐可以和我的身体历程互相映照。

我全心全意地相信音乐可以缓和生产过程带给身体的折磨。

我不知道的是，音乐是否能抚平哀伤。

我在生下孩子的时候已经开始想了，将来有一天，我会忘记这件事。我不会记得杰尔曼医师口中的子宫黏膜下肌瘤，她本来想先摘除肌瘤再进行这次的试管婴儿疗程，但是我拒绝，因为我太渴望早日怀孕。这几颗肌瘤的体积现在更大了。有一天，我会忘记她告诉过我，说胎盘提早剥离子宫壁。我不会感觉她在检查过我的子宫颈之后静静地说：开了六厘米。我不会注意到麦克斯将MP3播放器接上扬声器，让贝多芬的音乐灌入产房。我也看不见护士昏暗的身影仿佛慢动作般地移动，这些景象和连续剧《婴儿故事》中让人头昏眼花、喜乐喧闹的生产过程差别太大。

我不会记得我的羊水破了，或是我流了多少血，把身下的床单浸湿。我不会记得麻醉师哀伤的眼神，他说，我很遗憾，你没能留住宝宝，接着他将我翻成侧躺的姿势，为我做硬脊膜外麻醉。

我会忘掉自己在双腿逐渐麻木时一边想，这只是开始，他们能不能处理一下，让我完全失去知觉。

我不会记得自己在一阵剧烈痉挛过后睁开眼睛，看到麦克斯的脸和我一样扭曲，而且布满泪水。

我会忘了我要麦克斯关掉贝多芬的音乐，也不会记得当他没有立刻反应的时候，我伸手用力将MP3播放器和整个底座扫到了地板上，当场摔坏了机器。

我会忘记在自己打翻播放器之后，只剩下一片死寂。

我得从别人的口中，才会知道胎儿像尾银色的鱼般从我的双腿之间滑出来。听别人告诉我杰尔曼医师说那是个男孩。

虽然我不记得这桩往事，但是我心里还是会想：可是不对，贝莎应该是个女孩。紧接着我会纳闷地猜想，医师还出了什么错？

我不会记得护士用毯子包住孩子，还帮他戴上一顶小小的编织帽。

我会忘掉我抱着他，孩子的头颅还没一颗李子大，脸庞的血管清晰可见，他有个完美的鼻子，微噘的小嘴，眉毛像是刚画出来般地贴在柔细的皮肤上面。他的胸膛和鸟儿一样易碎，完全没有起伏。我会忘了他几乎只有手掌大，他轻如鸿毛。

我不会记得，我一直到那一刻，仍然无法相信这是真的。

在模糊的梦境中，时间回到了一个月之前。午夜过后，麦克斯和我躺在床上。你醒着吗？我问。

是啊，在想事情。

想什么事？

他摇摇头。没什么。

你在担心。我说。

没有。我搞不懂，他认真地说，不懂橄榄油。

橄榄油？

对。橄榄油是用什么做的？

这是脑筋急转弯吗？我问了。当然是橄榄做的。

玉米油呢？玉米油是什么做的？

玉米啊。

好，麦克斯说，那么婴儿油呢？

好一会儿，我们都没说话。接着我们放声大笑，笑到眼眶泛泪。在黑暗当中，我伸手去拉麦克斯的手，但是没有拉到。

我醒来的时候，看到房里的家具摆设拖着长长的黑影，房门是半开着的。一开始，我不记得自己身在何处。我听到走廊上有声音，接着看到一个吵吵闹闹的家庭，有祖父母、儿女和青少年。他们乘着笑语移动，手上拿着各种颜色的气球。

我开始哭泣。

麦克斯来到我身边，在床上坐下。他伸出手臂，笨拙地环着我。扮演南丁格尔不是他的强项。有一年圣诞节，我们两个人同时感冒，我在两阵呕吐之间的空当，还能走到浴室帮他准备冷敷毛巾。"小柔，"他喃喃地说，"你还好吗？"

"你觉得我好不好？"我故意找麻烦，心底的怒意一路烧到喉咙。愤怒填满了我体内原本是宝宝住处的空间。

"我想要看他。"

麦克斯僵住了。"我，嗯……"

"去叫护士。"母亲的声音传了过来，她坐在病房的角落里，双眼红肿。"你听到她想要什么了。"

麦克斯点点头，站起来走出病房。母亲过来抱住我。"不公平。"我说话时，脸孔扭曲成一团。

"我知道，小柔。"她顺了顺我的头发，我往她身上靠过去，就像我四岁时因为脸上长雀斑被人嘲笑，或是十五岁第一次心碎的时候一样。我明白自己不可能有机会这样安慰我的孩子，这让我哭得更凄惨。

一名护士走了进来，麦克斯紧跟在后。他说："你看。"他把我儿子的照片递给我。这张照片看起来像是孩子躺在婴儿摇篮里时照的。孩子弯曲的双手摆在头的两侧，下巴有个小小的酒窝。

照片下方有一组手印和脚印，太小了，看起来简直不像是真的。

"巴克斯特太太，"护士轻柔地说，"我为你感到遗憾。"

"你为什么要这么小声？"我问，"你们为什么全都要这么小声说话？我的孩子究竟在哪里？"

仿佛是听到我的召唤似的，第二个护士进来了，手上抱着我的儿子。他现在穿上了对他来说实在太松垮的衣服。我伸手想接过来。

我曾经在一个新生儿加护中心工作过一天。我为几个早产儿弹吉他，唱歌给他们听，这算是启发照护的一部分，接受音乐治疗的婴儿的血氧浓度会提高，心跳速度会减缓，某些研究报道甚至指出，如果将音乐治疗列入早产儿的例行照护中，他们的体重每天可以增加一倍。我正和一名母亲一起工作，她唱着西班牙摇篮曲给她的孩子听，这时社工走了进来，请我帮忙。

"罗德里奎兹家的宝宝在今天早上走了，"她告诉我。"那一家人正在等他们最喜欢的护士过来，帮宝宝洗最后一次澡。"

"洗最后一次澡？"

"有时候，这会有帮助，"社工人员说，"情况是这样的，那是个大家族，可能会需要人手帮忙。"

当我走进这家人聚集的私人病房之后，立刻明白道理何在。孩子的母亲坐在摇椅上，怀里抱着死去的婴儿，脸孔宛如石雕。孩子的父亲在她身后走来走去。祖父母和伯姨叔婶群聚在病房里一言不发，和围在病床边高声尖叫、互相追逐的侄儿侄女们形成了强烈对比。

"嗨，"我说，"我是柔伊。我可以弹奏音乐吗？"我指着背在身后的吉他。

母亲没有回答，于是我在摇椅前面跪了下来。"你的女儿好漂亮。"我说。

她没有回答，房里的其他人也一样，于是我把吉他从盒子里拿了出来开始唱歌。我唱的是几分钟前刚唱过的同一首西班牙摇篮曲。

睡吧，我的女孩

睡吧，我的太阳

乖乖睡吧，我的心肝宝贝

几个跑跑跳跳的孩子停了下来，病房里的大人也盯着我看。我顿时成了焦点，大家把全副精力移到我身上来，不再去注意可怜的孩子。一等到护士进来，帮婴儿脱掉衣服洗最后一次澡，我立刻溜出病房，到医院的行政室办理辞职。

我曾经为不少挣扎在生死之间的病童在病床前弹奏，一度把这个工作视为殊荣，我用一串串的音符和甜美的乐句，将孩子从这个世界引领到下一个世界。然而，我没办法在一个过世婴儿面前扮演奥菲斯的角色，当我和麦克斯想尽办法要怀孕的时候，我就是没办法。

我的亲生骨肉摸起来好冷。我把他放在双腿间，让他躺在医院的床垫上，掀开某个好心护士帮他穿上的蓝色睡衣。我将手贴在他的胸前，但是感觉不到心跳。

睡吧，我的孩子，我低声说。

"你想再多留他一会儿吗？"抱他进来的护士问。

我抬头看她。"可以吗？"

"你想留多久都可以，"她说，"嗯……"她没把想说的话说完。

"他会在哪里？"我说。

"我没听懂？"

"如果他不留在这里，那会去哪里？"我抬头看护士，问，"去停尸间吗？"

"不是的，他和我们在一起。"

她骗我。我知道她在骗我。如果他和其他婴儿一样放在婴儿床上，他的皮肤不会像秋天早晨那么冰冷。"我想看。"

"我们恐怕没办法——"

"照她的话做。"母亲的声音充满威严，"如果她一定得看，就让她去看。"

两名护士互望了一眼。其中一个走出去推了张轮椅进来。她们帮我把双腿挪下床，扶我坐起身。在这段期间，我一直抱着宝宝。

麦克斯推着我沿着走廊前进。在经过一扇门的时候，我听到女人分娩时的呻吟。他加快了速度。

"巴克斯特太太想看看她儿子刚才在什么地方。"护士对值班台后面的同事说，仿佛这是她每天都要处理的要求。她带我穿过值班台，走进一个隔间，里面的架子上放了一排排塑料包装的管子，和成捆的毯子、尿布。架子的旁边有个不锈钢小冰箱，和我在大学宿舍里用的很像。

护士拉开冰箱。一开始我没有立刻明白，接着我探头看，发现白色的冰箱壁里面空空洞洞，只有一个单层的架子。于是我懂了。

我把孩子抱得更紧了些，但是他好小，让我太难去感觉自己是否安安全全地护住了他。说不定我抱在怀里的是一袋羽毛，或是一个气息、一个愿望。我不假思索地站了起来——我只知道我没办法继续看着冰箱——突然，我完全喘不过气来，眼前一片天旋地转，整个胸腔的空气好像都被压挤了出来。我跌倒之前只有一个想法：不能让我儿子掉下去。好母亲绝对不能放手。

"你是说，"我问我的产科医师杰尔曼，"我是个活动的定时炸弹。"我昏过去又醒来之后，把症状告诉了医师，她开始为我注射肝素。我做了CT检查，发现有个血块移动到我的肺脏，造成肺栓塞。现在我的医师正在告诉我，在抽血检验之后，他们发现我的凝血因子浓度异常。这样的状况有可能会接连着发生。

"但是这是可以避免的。现在我们晓得你体内已经有抗凝血III，接着就可以让你服用抗凝血剂可迈丁锭。这是可以治愈的，柔伊。"

我不太敢动，担心一动就会挤压到血块，让血块流动到大脑，造成动脉瘤。杰尔曼医师向我打包票，表示我稍早注射过肝素，所以这个情形不可能发生。

我的内心深处，那个吞下了一颗大石头的柔伊觉得非常失望。

"你以前为什么从来没做过这项检查？"麦克斯问，"其他项目你全检查过了。"

杰尔曼医师转头面对他。"抗凝血III浓度低下与怀孕无关，而是与生俱来的，这种血栓通常发生在年轻人身上。一般来说，除非凝血因子浓度异常的状况恶化，否则很难诊断出来。比方说，断腿就会让状况恶化。就柔伊的案例来说，则是因为阵痛和分娩。"

"和怀孕无关。"我重复着，全心全意紧紧抓住这个说法，"所以在理论上，我仍然可以怀孕生产。"

这位产科医师犹豫了一下。"这两个状况并不会互相排斥，"她说，"但是，我们何不等几个星期，再来谈这件事？"

医师和我听到关门声，同时转头。麦克斯离开了诊疗室，随手关上门。

出院时，护理员用轮椅推我到电梯间，麦克斯提着我的过夜包。我注意到病房的门上有个用吸盘固定的玻璃小瓶，里面只插了一朵毛茛。我在医院住了两天一直都没发现。同一条走廊上的病房，只有我的门上有个玻璃瓶。我明白了，这是个信号，提醒进到这间病房里的抽血员、住院病人和年轻的义工：这里不属于"快乐"管辖，和其他住着未来母亲的病房不同，这里发生过令人难过的波折。

我们等待电梯门打开，这时，有另一个女人也坐着轮椅来到我身边。她怀里抱着新生儿，轮椅扶手上还绑着一个气球，上面写着：恭喜。她的丈夫跟在后面，双手捧着满满的花束。"那是爸爸吗？"女人轻声细语地说，而宝宝摆动着双手。"你在挥手吗？"

电梯铃"叮"一声响了，电梯门跟着打开。电梯是空的，有足够的空间容下我们两人。另一个女人先被推了进去，我的护理员开始转动我的轮椅，好将我推进旁边的空间。

但是麦克斯挡在前面。"我们等下一班。"他说。

麦克斯开他的卡车载我们回家，尽管除草机和花剪都放在后面的车斗，但车里有一股土壤和新刈青草的味道。我纳闷地想，不知道现在是谁在负责他的业务。麦克斯打开收音机，收听音乐频道。这是件大事，因为我们总是会为选听哪个频道而起争执。他想听国家公共电台的《汽车论坛》和新闻益智节目《等等，先别告诉我！》，以及几乎所有的新闻谈话节目，他开车的时候不喜欢听音乐。而我呢，我则没办法想象在一段半英里路的车程当中，没有音乐让我跟着哼哼唱唱。

"这个周末的天气据说不错，"麦克斯说，"会很暖和。"

我看向窗外。我们恰好碰到红灯，停下车来之后，我看到隔壁车内的母亲带着两个小孩，孩子坐在后座吃动物形状的饼干。

"我在想，说不定我们可以开车到海边去走走。"

麦克斯喜欢冲浪，现在正是夏季的尾声，在这个时间，他一般都在冲浪。只是现在已不是"一般"时间。"也许吧。"我说。

"我是想，"麦克斯继续说，"对你来说，海滩可能是个好去处。"他咽了咽口水。"骨灰。"

我们帮婴儿取名叫丹尼尔，将他火化，装进婴儿鞋造型的小骨灰坛里，在上面打了个蓝色的缎带。我们拿到骨灰坛之后，并没有讨论事后要如何处置，但现在我明白了，麦克斯的看法没错。我不想把骨灰坛放在厨房的桌台上，也不想和从前埋葬金丝雀一样，将骨灰坛埋在后院里。我猜想，就算海滩称不上具有纪念意义的地方，但至少景色漂亮。但是话说回来，我们还有其他的选择吗？我又不是在什么浪漫的城市怀孕，比方威尼斯。如果是那样，我大可让骨灰坛顺着波河漂逝。或者说，假如我是在坦桑尼亚的星空下怀胎，那么我会让骨灰在赛伦盖蒂国家公园逐风而去。这孩子是试管婴儿诊所实验室里制作的受精卵，老实说，我也不能到诊所大厅去撒骨灰。

"或许吧。"目前我只能对麦克斯这么说。

当我们把车开进自家车道的时候，看到母亲的车子已经停在上面了。她会在白天陪着我，在麦克斯出门工作的时候，注意我的状况。她从屋里走出来，到卡车旁边帮我下车。"柔伊，我帮你准备点喝的好吗？"她问道，"要热茶吗？还是热巧克力？如果你安装了录像设备，我们可以一起看几集《嗜血真爱》……"

"我只想躺下来。"我说完话，她和麦克斯一起冲过来扶我，但是我不让他们靠近。我扶着墙壁，慢慢走到走廊上。然而我没走进走廊最后方的卧室，而是进到右手边的另一个小房间。

在上个月之前，我一直把这个房间拿来当临时办公室，雅莉萨每星期会来一次，帮我做账。之后，麦克斯和我花了一整个月的时间，把这个房间粉刷成和阳光一样的黄色，还把在义卖商店花了四十块钱买来的婴儿床和尿布台搬了进去。当麦克斯搬运重物的时候，我负责整理书，摆到书架上，这都是我小时候最喜欢的书，包括《野兽冒险乐园》《灰狗哈利》，还有《卖帽子的小贩》。

然而现在呢，我拉开门，倒抽了一口气。婴儿床和尿布台不在原地，取而代之的，是过去我拿来当书桌的制图台。我的计算机组装好，正在嗡嗡作响，旁边有一叠整齐的文件。我的乐器——非洲鼓、斑鸠琴、吉他和管钟——整齐地排列在墙边。

唯一还能证明这里曾经是婴儿房的，只剩下阳光般的黄色墙壁。这是你内心感受到的颜色，你微笑的颜色。

我躺在编织地毯的正中央，缩起双膝靠向胸前。麦克斯的声音从走廊上传过来。"柔伊？小柔？你在哪里？"我听到他拉开卧室的门，迅速地检查之后立刻走出来，然后又检查浴室。接着，他拉开门，看到了我。"柔伊，"他说，"怎么了，有哪里不对吗？"

我环顾这个房间，这里不是婴儿房，我想到了铎克先生，想到当一个人有能力注意四周环境所代表的意义。这就像是从美梦中醒过来之后，发现自己的喉咙上插着上百把刀。"一切都不对。"我低声说。

麦克斯在我身边坐了下来。"我们得谈谈。"

我不愿意和他面对面，甚至没坐起身子。我直愣愣地往上看，眼睛和暖气同高。麦克斯忘记拿掉大卖场套在插头上的安全垫片了，扁平的金属片仍然套着塑料，避免伤到人。

真是该死，太迟了。

"现在不行。"我说。

你会遗失钥匙，弄丢皮夹，少了眼镜。你的工作会丢掉，体重会减少。

你会掉钱，会忘记集中注意力。

你会放弃希望，丧失信心，迷失方向。

你会失去朋友的音讯。

你会失措，打网球会败北，打赌会输。

你会失去孩子，至少，他们是这样说的。

然而我清清楚楚地知道他在哪里。

第二天起床时，我的乳房硬得像大理石一样，连呼吸都会痛。我没有新生儿，但是我的身体似乎没意识到这一点。之前，医院的护士提醒过我。本来是可以打退奶针的，但是副作用太大，所以，他们只能在送我出院回家时预先警告这个状况。

另一侧的床单仍然好好地塞在床垫下，麦克斯昨晚没有上床，我不知道他睡在哪里。这个时候，他应该已经去上班了。

"妈。"我大声喊，但是没有人过来。我坐起身，难过得缩了一下，接着才看到床头桌上的纸条。母亲写着：去采购杂货。

我笨手笨脚地翻阅出院时医院给我的资料，但显然没有人会给死产妇人任何哺乳专家的联络方式。

我觉得自己简直像个傻瓜，我拨打杰尔曼医师办公室的电话。她的接待员接起电话，半年来，我每个月都会见到这个甜美的女孩。"嗨，"我说，"我是柔伊·巴克斯特——"

"柔伊！"她热情地说，"听说你上星期住院生产了！是男孩还是女孩？"

从她兴奋的声音听起来，她显然对上个周末发生的事情一无所知。卡在我喉头的话语像叶子般沙沙作响。"男孩……"我勉强说出口，其他的，我实在说不出口。

这时候，连贴在身上的T恤布料都像是在对我施加酷刑一样。

"能不能帮我转给护理助产师？"

"当然可以，我帮你转接……"接待员说。我握着电话，心里祈祷着，至少，那名助产护士要知道上个周末的事。

电话里传来嗒的声响。"柔伊，"护士轻柔地说，"你好吗？"

"我的奶水，"我差点哽住。"有什么方法可以退奶？"

"没什么好方法，你只能忍耐点，撑过这个阶段。"她说，"但是你可以吃点止痛药。你试试看，把冰箱里冷藏高丽菜叶拿来垫在胸罩里，我们不晓得道理何在，但是高丽菜有某种可以减轻发炎状况的成分。还有鼠尾草，如果你手边有，烹调的时候可以加一点。要不然就拿来泡茶，鼠尾草可以抑制乳汁分泌。"

我向她道谢，然后挂掉电话。我话筒没放好，刚好滚到闹钟收音机旁边，一不小心碰开了收音机。我一向将收音机的频道固定在古典音乐电台，因为我觉得在早晨六点醒来时，管弦乐团的声音会比摇滚乐来得顺耳。

耳边传来笛子的声音，接着是弦乐交织起伏的乐句，随之而来的是低沉的土巴号和法国号。瓦格纳的《女武神》一跃而出，在天花板和地板之间飞翔，纷乱和魄力跟着注入房间里。

录着这首曲子的光盘，还收在我还没拆开整理的医院过夜包里。

我虽然生下孩子，但是在我生产时并没有播放这段音乐。

我动作迅速，一把抓住闹钟收音机，扯下插头。我将收音机高举过头，朝房间另一头的木地板摔过去，这个由安静到响亮的渐强声势十分完美，绝对足以让瓦格纳引以为傲。

房里剩下一片寂静，我只听到自己破碎的喘气声。我想象自己该如何对麦克斯，或是提着购物袋回到家里、被眼前景象吓得结结巴巴的母亲解释。"好，"我告诉自己，"你办得到，把碎片捡起来就好了。"

我从厨房拿来一个黑色的垃圾袋以及畚箕和扫把。我捡起摔坏的收音机丢进垃圾袋，将满地的碎片和零件扫进畚箕。

捡拾破掉的碎片。

真的就这么简单吗？在这四十八小时以来，我第一次感觉到转变，有了目标。十分钟之后，我再次打电话到杰尔曼医师的办公室。"又是柔伊·巴克斯特，"我说，"我想约个时间。"

　

我之所以会在和麦克斯相遇的第一天就和他回家，有几个原因。

一、他有夏天的气味。

二、我不是那种女人，不会和初次见面的男人回家。一向不是。

三、他流了很多血。

虽然那天的新郎是麦克斯的哥哥，但是麦克斯却把时间花在等待上，他等待的是乐团下一次的休息时间。其他的男宾不时会到户外去抽烟或到吧台找水喝，但我只要低头往台下看，就会发现麦克斯端着一杯没有酒精的饮料在下面等我。当时，我以为他是为了表示对我的支持，才刻意没喝酒；是因为我在工作不能喝酒，所以麦克斯也不喝。我记得当时我还想：这真是个甜蜜又贴心的举动。大多数的男人都不会这样做。

由于我是临时递补乐团歌手的位置，所以我事前并不认识这对新婚夫妇，但是我实在很难相信瑞德和麦克斯是兄弟。瑞德是个高个子，体格比较像是高尔夫球或是壁球选手，而麦克斯看起来壮硕有力，而且表现在态度上。他们的差别不仅只有外表，瑞德的朋友看起来全都是耳朵里只听得见自己说话的银行家和律师，身边的女友或妻子不是叫马芬就是温克斯。瑞德的新婚妻子丽蒂来自密西西比州，任何事，包括天气、美酒，或是她的凯蒂祖母长寿以及她指头上戴了婚戒，都可以拿来感谢老天。和这场婚礼的其他部分相比，麦克斯让我觉得耳目一新：他是个让人一目了然的男人。到了乐团结束演出的预定时间，也就是午夜之前，我已经知道麦克斯经营自己的草坪景观公司，在冬天经常得铲雪，他哥得为他脸颊上浅色的伤疤负责（这是棒球击伤的痕迹），他对带壳的海鲜过敏。而麦克斯呢，则知道我可以将英文字母反着唱，会玩十种乐器，还有，我想要个家庭，一个大家庭。

我站在舞台上，转头面向乐团。因为根据我们的曲目，最后一首要演出的歌曲应该是唐娜·桑玛的《最后一支舞》，但是现场宾客看来不像是喜爱迪斯科热舞，于是我转头问我身后的乐手："你们对艾塔·詹姆斯的曲子熟不熟？"键盘手随即弹出《终于》的前奏。

有时候，我会闭着双眼唱歌。每次的换气吐纳都充满和谐，鼓声成了我的脉搏，旋律则是我的血液，整个人化身为音符、休止符和节拍串起来的交响乐。所谓"迷失在音乐当中"，就是这个意思。

当我停下歌声之后，台下响起了如雷的掌声。我听到瑞德大声鼓掌，高喊：太棒了！丽蒂那群叽叽喳喳的女性朋友则不停地问：从来没见过这么好的婚礼乐团……你一定要把联络方式留给我们……

"感谢大家。"我低声道谢，当我终于睁开眼睛的时候，发现麦克斯直直地看进我的眼底。

这时候，突然有个男人冲上舞台，一手敲向乐团的套鼓，一边跌跌撞撞地向前走。他喝得酩酊大醉，从他的南方口音来分析，这个人应该是丽蒂在南部的亲戚或朋友。"嗨，小妞，"他扯开嗓子吼，伸手想拉我的裙摆。"你知道你是什么吗？"

贝斯手往前走了一步想挡在我前面，但麦克斯已经早一步来解救我。"先生，"他礼貌地说，"我认为你应该下去……"

酒醉的男人推开他，抓住我的手。"你，"他口齿不清地说，"是他妈的夜莺！"

"不要在女士面前乱说话。"麦克斯说完话，对着酒醉男子一拳挥过去，后者随即倒向一群尖叫的伴娘之间，还好有她们的长礼服挡着，他才没直接跌到地上。

这时一个身穿晚礼服的粗壮男子一把抓住麦克斯，扯着麦克斯转过来和他面对面，说："谁敢揍我老爸！"将麦克斯打得不省人事。

这简直是一场混战，和哈特菲尔德及麦考家族之争没两样，桌椅乒乓倒地，年长的女士互扯帽子和缎带，乐手们紧紧抱着乐器，免得无端遭受波及。我跳下舞台，在麦克斯身边蹲了下来。他的嘴角、鼻子，以及跌下舞台时撞到的伤口都在流血。我抱着他的头放到腿上护着他，避免他在这场喧闹中再次受伤。"你刚才的举动，"他的眼睛一睁开，我立刻对他说，"真是太蠢了。"

他咧嘴一笑。"那可不一定，"麦克斯说，"我成功了，你正用双手抱住我。"

他血流不止，我坚持要他到急诊室去检查。他把卡车的钥匙给我，自己拿餐巾压住伤口，由我来开车。"我猜，没有人忘得掉瑞德的婚礼。"他若有所思地说。

我没有回应。

"你在生我的气。"麦克斯说。

"那是赞美，"我终于说，"你出手打人是为了赞美我。"

他犹豫了一下。"你说得没错。其实我应该让他把你的衣服扯掉。"

"他不可能扯掉我的衣服。乐团那几个家伙会先阻止他——"

"我想当那个拯救你的人。"麦克斯简单扼要地说,我借着仪表盘微弱的绿色光线看着他。

到了医院,我和麦克斯一起在小隔间里等待。"你得缝几针。"我告诉他。

"缝个几针还不够,"他说,"首先,我敢打包票,我哥哥绝对不可能再和我说话。"

我还没开口,一名医生便拉开隔帘走进来自我介绍。他掏出橡胶手套,询问事发经过。"我撞到东西了。"麦克斯说。

医生碰碰他头上的伤口,他缩了一下。"撞到什么?"

"拳头?"

医师从口袋里掏出一支小手电筒,要麦克斯盯着移动的微弱灯光。我看着他的眼睛往上翻,接着又向左右转。他发现我的目光,对着我眨了个眼。

"你需要缝针,"医师的话宛如回音。"看起来不像脑震荡,但是,今天晚上最好有人陪在你身边。"他拉开隔帘。"去拿缝合用具过来。"

麦克斯抬头看着我,眼光里带着疑问。

"我当然会留下来,"我说,"得听医生的。"

一个星期后,我回到医院烧伤病房的工作岗位。我的第一个病人是莎琳娜,这个十四岁的女孩来自多米尼加,是我的固定病患。她在家里失火时被中严重烧伤,在当地经过治疗,但留下了满脸伤疤,毁了容。她在家中暗处躲了两年，才终于来到罗得岛进行植皮手术，重建脸孔。虽然说，刚开始并没有人真正明白音乐治疗对莎琳娜有什么帮助，但是我每次到医院，都会和她相处一个小时。她看不见，因为，她在眼皮结痂时无法闭合双眼，结果造成了白内障，导致她双眼失明，因此，她双手的活动力也受到了限制。起初，我光是对着她歌唱，之后她开始跟着哼唱。到后来，我为她重新整理了一把吉他，将琴弦固定在开放合音上，然后附加滑棒，让她方便弹奏。我在吉他的背面和琴颈加上了魔鬼毡，如此一来，她可以在学弹的时候，真正地感受到琴弦。

"嗨，莎琳娜。"我敲门走进病房，和她问好。

"嗨，陌生人。"她回答我。我能从她的声音里听出微笑。

这虽然有点自私，但是我得感谢她的眼盲。因为这和我几分钟之前在护理站和护士说话时不同，当她不知该怎么致哀的时候，我不必负责去安抚她。莎琳娜一直不知道我怀孕，因此，她没必要知道婴儿过世的消息。

"你失踪到哪里去了？"她问。

"生病了。"我说。我拉了张椅子，在她身旁坐下，把吉他放在大腿上。我开始调音，她伸手拿自己那把琴。"你都在做些什么呢？"

"和平常一样。"莎琳娜说。她脸上包了纱布，最近刚动过手术，伤口还没有痊愈。她咬字含糊，但是经过这段时间之后，我已经熟悉了她的发音方式。"我有东西要给你。"

"真的吗？"

"对。你听，这首曲子叫作《第三个生命》。"我坐直了身子，兴致都来了。这个说法来自我们的治疗课程，在过去两个月里，我们谈了许多有关她在火灾之前的第一个生命，以及火灾之后的第二个生命。你的第三个生命呢？我问过莎琳娜。在手术全部结束之后，你觉得自己会进入哪一个阶段？

我聆听莎琳娜纤弱的女高音，接在她身上的监视器不时发出哔声和呼声，仿佛是在为她打节拍。

> 不躲在暗处
> 不因疼痛而愤怒
> 外在也许不同
> 但内心仍然故我

她唱到第二句的时候，我听出了旋律，拿起自己的吉他跟着伴奏。当她唱完，我也跟着结束，在她将手滑到琴颈时，我开始鼓掌。

"这个，"我告诉莎琳娜，"是有史以来最好的礼物。"

"为了这个礼物，连生病都值得吗？"

莎琳娜在之前的一次疗程中，曾经玩过雨声棒，她不停地摇动雨声棒，制造出越来越响亮的雨声。当时我问她，这个声音会让她想到什么，她告诉我，这让她想到在多米尼加室外的最后一天。她从学校走路回家时，正好下起了大雨。她知道，因为她踩到了积水中的水坑，头发也湿了。但是她感觉不到雨滴，因为皮肤结了痂。她一直不懂自己为什么感受不到实质的雨水，但却能领会虚无的讥讽，班上同学嘲笑她的脸孔像科学怪人的新娘，这些话，就像是穿心的利刃。

那一刻，她决定再也不离开家门。

音乐治疗的重点不应放在治疗师身上，应该是病患。然而，滴落在我吉他上的小泪珠，却提醒了我：我一定是哭了。和莎琳娜一样，我也感觉不到脸颊上的泪水。

我深吸了一口气。"你最喜欢哪一句？"

"应该是第二句吧，我猜。"

我回到了熟悉的世界，老师面对学生，治疗师面对病患，我恢复了原来的自己。"说说看为什么？"我说。

我不知道麦克斯从哪里找来的船，但是当我们到达纳拉甘西特湾时，这艘出租船已经系在港口了。天气预报失准，这天既冷又下雨。我敢说，我们绝对是这天早上唯一租借汽艇的人。薄雾吹拂我的脸，我将夹克拉链一直拉到下巴。

"你先上去。"麦克斯说。他拉住船身，让我踩上去。接着他把纸盒递过来。一路开着车来到海边的时候，这个纸盒一直放在我们两个人的中间。

麦克斯发动引擎，我们划破海面开了出去，穿过浮标和停泊帆船之间的无人之境。白浪伸出嶙峋的指头越过船身，浸湿了我的球鞋。

"我们要去哪里？"我拉高嗓门喊，想压过马达的声音。

麦克斯没听到我的问题，要不，就是假装没听见。他最近经常这样。他入夜才回家，我知道他不可能在剪树、种花或除草，更别说冲浪。他用我不想吵醒你当作借口睡在沙发上，好像这是我的错。

其实，这会儿根本还不算早晨。麦克斯的计划，是在海上还算平静，也就是渔船和周末业余水手还没出现之前出航。我坐在船上长凳的正中央，把纸盒放在腿上。我闭上眼睛，隆隆作响的引擎夹杂着不停拍打的浪花重新组合，成了清晰的敲击声。我抡起指头，跟着节拍敲打金属板凳。

大约十分钟之后，麦克斯切掉引擎。我们乘着海浪上下起伏，随波逐流。

他在我面前坐下，将双手放在双膝之间。"你觉得我们该怎么做？"

"我不知道。"

"你想不想……"

"不想，"我说，一把将盒子往他面前推过去，"你来动手。"

他点点头，将小小的蓝色瓷鞋从盒子里拿出来，几个包装泡沫随着海风飘了出去。我开始惊慌，假如正巧有阵狂风突然吹过来怎么办？如果骨灰卷进我的头发、黏上我的夹克怎么办？

"我觉得我们应该说些话。"麦克斯喃喃地说。

我的眼眶里都是泪。"对不起。"我低声说。

因为我不知道还能怎么说。

因为从一开始，我就同意这么做。

因为我没能将你在我肚子里好好多留几个星期。

麦克斯伸手穿过我们之间的空间，握住我的手。"我也是。"

到了最后，我儿子的形体不过是冷风中的一缕轻烟罢了。骨灰一碰到空气，几乎立刻消失。如果我眨个眼，其实不难假装这一切从来没有发生过。

但是我想象骨灰落在波涛汹涌的海面上，我想象海底的美人鱼会用歌声相伴，一路送他回家。

我和杰尔曼医师有约，但是麦克斯迟到了。他急匆匆地进到装饰着壁板的办公室里，身上有股泥土的味道。"对不起，"他开口道歉，"工作延误了。"

过去有段时间，他总是提早十分钟赴约。有一次他的卡车抛锚，他直接带着采集的精子样本跑到诊所来，以便在时间容许的范围内让取出来的卵子受精。但是，在我出院的两个星期之后，我们的对话便局限在天气、采买清单，以及我当晚想看的电视节目上。他滑坐在我身边的椅子上，期待地看着我的产科医师。"她还好吗？"

"我们没有理由认为柔伊会有什么异状，"杰尔曼医师说，"我们现在已经知道她的体质容易发生血栓现象，就可以用药物来控制。至于我们之前在胎盘下看到的肌瘤呢，我们希望在排除怀孕引起的荷尔蒙变化之后，肌瘤再次缩小。"

"那么下次呢？"我问。

"老实说，只要你持续服用可迈丁锭，我不认为还会出现血块——"

"不，"我打断医师的话，"我是说，下次我怀孕的时候。你说过的，我可以再试试看。"

"什么？"麦克斯说，"搞什么？"

我看着他。"我们还有三个胚胎。三个冷冻胚胎，麦克斯。在流产之前我们没有放弃，现在更不能——"

麦克斯转头对杰尔曼医师说，"告诉她，这样不好。"

杰尔曼医师用大拇指划过办公桌上的写字垫。"你再次出现胎盘早剥的概率大约在百分之二十到五十之间。另外还要加上其他的风险，柔伊。比方说子痫前症。你可能要为了高血压和水肿而服用镁剂，才能避免痉挛发作。你也可能会中风——"

"老天爷。"麦克斯咕哝。

"但是我可以试试看。"我直视着她的双眼，又说了一次。

"是的，"她说，"知道你必须承担哪些风险之后，你是可以试试看。"

"不行。"麦克斯站了起来，我几乎听不见他的声音。"不行。"他又重复了一次，接着便走出办公室。

我跟在后面，急急忙忙地穿过走廊，抓住他的手臂。他甩开我。"麦克斯！"我在他身后喊他，但是他直直地走向电梯。他进了电梯之后，我伸手扒开正要关上的门钻了进去，站到他的身边。

电梯里有一名推着婴儿车的母亲。麦克斯的双眼直视前方。

电梯铃响，门跟着打开，那名母亲将孩子推了出去。"我只想要这样，"只剩下我们独处之后，我立刻说，"想要有个孩子。"

"如果我不想呢？"

"你以前想要的。"

"那好，你以前还在乎我们之间的关系，"麦克斯说，"我猜，我们两个人都变了。"

"你这是在说什么？我当然还在乎我们。"

"你在乎的是我的精子。这……生小孩这件事……已经不是我们两个人的事了。我们甚至不是一起投入，完全是你、是那个我们无缘生下来的孩子的事，孩子越生不出来，我们之间的空间就被抽得越空，柔伊。这个空间容不下我。"

"你是在嫉妒吗？你和一个根本不存在的孩子吃醋？"

"我不是嫉妒，而是寂寞。我想要我原来的妻子。我要那个想要和我相处，和我一起大声朗诵讣闻，和我一起开四十英里路，专程去看我们相识地的女孩。我希望你打我手机是为了和我说话，而不是提醒我在四点钟到诊所碰面。看看现在，现在你还想怀孕，完全不顾这是否会危害你的生命。你什么时候才会放弃，柔伊？"

"怀孕不会危害我的生命。"我仍然坚持立场。

"那么，你怀孕有可能会害死我。"他抬起头来，"九年了，我撑不下去了。"

他的目光真情流露，像是苦口的良药，我打了个冷战。"我们可以找代理孕母，要不然可以去领养——"

"柔伊，"麦克斯说，"我是说，我不能再这样下去了，我们走不下去了。"

电梯门打开。我们到了一楼，午后的阳光穿透诊所正面的玻璃门。麦克斯踏出电梯，但是我留在里面。

我告诉自己，是光线在耍着我玩。我看到的是幻觉。一分钟前我还看得到他，一分钟后他仿佛从未出现。

曲二　希望街上的房子

麦克斯

我一直以为我会有孩子。我是说,一般人都有同样的想法,出生,长大,组成家庭,然后过世。我只是希望啊,过程中如果真要有延误,那也最好发生在最后一个环节。

我不是故事中的坏人。我也想要个孩子。我并非花了一辈子的时间想要成为人父,我为的,只是一个单纯的理由。

因为那是柔伊的愿望。

她只要开口,我一定做到。我戒掉含咖啡因的饮料,舍弃三角裤改穿四角裤,以慢跑取代骑自行车。她在网络上找到能够增强生殖力的食谱,我乖乖照着吃。我不再将手提电脑放在大腿上,甚至还去看某个近乎疯狂的针灸师,他把针插在离我睾丸不太远的穴位上,还点了火。

当所有的偏方都无效之后,我去泌尿科就诊,填了一份将近十页的问卷,五花八门的问题包括:你能不能勃起?你曾经有过几个性伴侣?你的妻子在性交时是否能达到高潮?

在我生长的环境中,家人并不太谈及内心的感受,如果有人去看医生,那一定是不小心拿链锯切断了手脚。所以你得明白,这不是我防备心太重,但是试管婴儿疗程中有些过度感情化的部分,再加上我还得回答一些东测西探的问题,实在有违我的本性。

其实我多少猜到不孕的症结不在柔伊。我哥哥瑞德和他太太结婚至今已经超过十年，但是也还没成功怀孕。差别在于他没把大把钞票往诊所送，而是和丽蒂一起努力祈祷。

柔伊说，杰尔曼医师的成功概率胜过上帝。

结果呢，我的精虫数量高于六千万，怎么样，听起来很有分量，对吧？但如果以精虫的形状和活动力来看，数据立刻落到四十万。我觉得这个数字仍然可观。但是你想想看，假如你和超过五千九百万名酒醉选手一起参加波士顿马拉松大赛，那么，想要冲过终点线，似乎就稍微有点难度了。把柔伊和我的不孕条件加总之后，我们只剩下试管婴儿和单一精虫显微注射这条路。

接下来，就是钱的问题。我不知道其他人怎么支付试管婴儿的费用。一次疗程加上药品的费用，要花掉一万五千美金。还好我们是住在罗得岛，这个州立了法，保险公司必须提供给二十五到四十岁之间，无法自然怀孕的已婚妇女这笔费用。然而，在固定的预算之外，每次植入新鲜胚胎我们得支付三千美金，植入冷冻胚胎则是六百美金。至于没有给付的部分呢，将精虫注射到卵子的单一精虫显微注射流程索费一万五千美金，胚胎冷冻费用（一千美金），以及胚胎贮存费用（一年是八百美金）。我想说的是，尽管有保险金，在最后这次疗程前的我们就已经陷入经济窘境，其实，我们老早就散尽了存款。

我没办法确切指出事情是在什么时候出了问题。也许是第一次、第五次，或是柔伊在第五十次计算出月经周期之后爬上床对我说"就是现在！"的那一刻。到后来，我们的性生活就像一个不正常家庭的感恩节晚餐一样，就算不能乐在其中，你也得适时出现。或许问题在试管婴儿疗程一开始的时候就出现了，当时我终于了解柔伊可以为怀孕而付出一切代价，她的希望成了需要，接着转变成摆脱不了的迷思。也说不定，问题出现在我开始感觉到柔伊和这个孩子将会成为共同体的时候，不知怎么着，我成了外人。我的婚姻里不再有我的空间，我只是传递基因的物质。

不少人会探讨不孕妇女的心路历程，但是没有人问过男人的心声。让我来告诉你吧，我们觉得自己像输家，怎么会没办法做到其他男人轻而易举就办到的事，或者我该说，是其他男人在大多数时候都戒慎恐惧，避免去做到的事。不管这是不是真的，不管是不是我的错，但如果一个男人没有小孩，社会对他的观感绝对不会一样。《旧约圣经》从头到尾全在讲述谁认谁为父，就算那些让女人为之疯狂的性感偶像，例如贝克汉姆、布拉德·皮特和休·杰克曼等人，在《时人》杂志的照片里，肩膀上也总是扛着一个自己的孩子（我当然知道，因为在试管婴儿诊所候诊时，几乎每一期杂志我都看过）。现在也许已经进入二十一世纪，但如果想当个真正的男人，仍然必须有能力生儿育女。

我知道我不该自寻烦恼，知道我不该自觉不如人。我知道这是个医学状况，假如我的心脏停止跳动需要开刀，或是扭伤脚踝得打上石膏，我绝对不会觉得自己无能。所以啦，这有什么好尴尬的呢？

因为，这是另一个证据，在长长的清单上又添了一笔，证明我是个失败的人。

到了秋天，景观这个行业不必兜售都有客户上门。我尽责又尽力，该清理的树叶和该修剪的草坪一项也没漏，做好了过冬的准备。秋天，我大都在修剪光秃秃的花树和灌木。我说服几个客户在泥土结冻之前先种点植栽，春天一到，这个决定一定会让人很快乐的，我卖出不少红枫这类在秋天可以营造美丽景观的树木。但是对我而言，今年的秋天我所要面对的，将会是解聘夏天雇来的员工。往年冬天我多少还能留下一两个助手，但是今年不一样，我负债过重，而且工作量也不如从前。我的五人制景观公司即将转型，专门提供单人铲雪服务。

我正在修剪客户的玫瑰花丛，一名我的夏日助手大步跑上车道。托德是高中一年级学生，在上星期学校开课之后便暂停打工。"麦克斯？"他手拿着棒球帽说，"你方便说话吗？"

"当然可以。"我说。我跪坐下来，眯着眼睛看他。虽然现在才三点半，但是太阳已经快下山了。"学校顺利吗？"

"很好，"托德有点犹豫，"我，嗯，想问你，我是不是可以回来工作。"

我站起来，膝盖咯吱作响。"现在谈明年春天的工作还有点早。"

"我是说，在秋冬的工作。我有执照，可以帮你铲雪——"

"托德，"我打断他的话，"你是个好孩子，但是目前的业务量真的是锐减。我现在实在负担不起。"我拍拍他的肩膀。"三月再打电话给我，好吗？"

我往回走向卡车。"麦克斯！"听到他喊我，我转过身去。"我真的有需要。"他突出的喉结好像软木塞，"我的女朋友……她怀孕了。"

我隐约回想起今年七月时，托德的女朋友载着一群笑闹不断的青少年出现。她把车停到我一个客户住家前面的停车位上。她穿着剪短的牛仔裤，迈着一双浅棕色长腿向托德走过去，递给他一瓶用保冷杯装的柠檬水。她亲了托德一下，我看到他涨红了脸，接着她跑回车里，夹脚拖鞋打在脚底板上发出噼里啪啦的声响。我想起自己在那个年纪时，每次亲热过后，一想起保险套的百分之二失败率，就惊慌失措。

怎么会这样呢，柔伊说过，十六岁时一心不想怀孕，偏偏就是会中奖……但到了四十岁时想要个宝宝，却没办法怀孕？

我不愿意直视托德的双眼。"抱歉，"我咕哝地说，"我帮不上忙。"我漫不经心地整理车斗上的器材，一直到看见他离开车道，才停下来。我的工作还没结束，但是我决定收工。毕竟，我是老板。我知道该在什么时候放手。

我往酒吧开过去，在上工的路上，我经过这间酒吧的次数不少于五十趟。这间酒吧名叫"加西莫多的酒吧"，油漆上得很糟，一扇窗玻璃外加铁窗正好当作百威啤酒的招牌架。换句话说，这酒吧是那种下午不可能有客人上门的地方。

我走进酒吧，适应了室内的光线之后，发现里面果然只有酒保和我。随后，我才注意到有个把头发染成金色的女人在吧台边玩填字谜游戏。她健壮的双臂光裸，皮肤像是皱纹纸，她看来既奇特又熟悉，仿佛一件洗过太多次的T恤，正面的图案只剩下一团模糊的颜色。"厄文，"她说，"哪种土壤堆积层可以用五个字母拼出来？"

酒保耸耸肩。"比方说Imodium吗？"

她皱起眉头。"《纽约时报》的字谜走保守路线，不会用这个字。"

"Loess。"我边说话，边坐到高脚凳上。

"少了什么？"她转头问我。

"不是，是黄土，拼法是L—O—E—S—S。黄土是风吹过沙丘后所带来的堆积层。"我指指报纸，"也就是你要的答案。"

　　她用笔写了下来。"你不会刚好知道横六的答案吧？题目是'伦敦的街车'？"

　　"这就抱歉了。"我摇摇头，"琐事我不懂，只懂得一点地理。"

　　"你要来点什么？"酒保问，在我面前摆了张餐巾纸。

　　我看着他身后的瓶瓶罐罐。"雪碧。"我说。

　　他从吧台下方的软管倒出汽水放在我面前，我从眼角看过去，发现女人的饮料是杯马丁尼。我的口水涌入了嘴巴里。

　　吧台的上方有个电视。欧普拉正在为观众讲解全球各地的美容秘方。我想要知道日本女人怎么将肌肤保养得如此光滑吗？

　　"你是布朗大学的教授之类的人物吗？"女人问了。

　　我笑了出来。"是啊。"我说。有何不可？反正我再也不会见到她。

　　老实说，我连学士学位都没拿到，我几百年前还在念大三的时候，就被罗得岛大学踢了出来。我和瑞德不一样，我老爸老妈那个镀金的宝贝儿子以优异的成绩毕业，在进入波士顿银行担任财务分析师之后，还自己成立了创投公司。我在学校里主修的是拼酒。一开始我参加的是周末派对，接着是周间，在忙碌课业中偷闲，只不过呢，我从来没在课业上花心思。有一整个学期的时间，我完全记不得自己修过什么课业，接着，某天早上，我醒来后发现自己浑身赤裸地躺在图书馆的阶梯上，而且对自己在之前做过什么事完全没有印象。

　　父亲拒绝我搬回家住的要求，于是我只好到瑞德位于肯穆尔广场的公寓，借住在他的沙发上。我找到工作，在商场担任夜班警卫，但没多久就丢了差事，因为我下午喝酒，老是睡过头。接着我开始偷瑞德的现金买廉价的酒，然后藏在公寓里。有天早上，我宿醉醒过来，发现有人拿着枪抵住我的额头。

"瑞德，你搞什么？"我一边大叫，一边跌跌撞撞地想要爬起来。

"如果你想自杀，麦克斯，"他说，"那就让我们加快速度吧。"

我们合力把所有的酒倒进水槽。瑞德请了一天假，带我去参加匿名戒酒协会的聚会——我的第一场聚会。那是十七年前的事了。我在二十九岁那年遇到柔伊，当时我不但清醒，还摸懂了一个没有学士学位的人可以从事什么行业。我想起自己在大学时唯一喜欢的科目是地理，于是我心想，自己最好不要离开土地。我申请到小型企业补助金，买了生平第一台刈草机，然后在卡车的车身漆上油漆，还印了些传单。我也许没像瑞德和丽蒂那样过着富裕的生活，但是我去年的净利也有两万三千美金，而且，在浪头好的时候，我还可以偷闲去冲浪。

加上柔伊的收入，我们的钱足够租个住处，也就是她现在住的房子。在婚姻关系中，喊停的一方必须自动离开。即使已经过了一个月，我偶尔还是会发现自己在猜想，不知道她是否记得要房东清理火炉。或是，她有没有续签一年合约，只不过这次的合约上没有我的名字。我想知道她还会不会背着沉重的鼓登上门口的阶梯，或是说，她会把鼓留在车里，放到隔天。

我真想知道自己是不是做了错误的决定。

我看向填写字谜那个女人面前的马丁尼。"嘿，"我对酒保厄文说，"可以给我也来一杯吗？"

女人拿着手上的笔敲打吧台。"这么说，你教的是地理？"

电视上，欧普拉正在教大家怎么自制埃及艳后用过的海盐磨砂膏。

"不是，教古埃及文。"我撒谎。

"和印第安纳·琼斯一样？"

"差不多，"我回答，"只不过我怕蛇。"

"你去过埃及吗？到过尼罗河边？"

"有啊，"我说，虽然我连护照都没有，"去过十来次。"

她把笔和报纸一起向我推过来。"你能不能用埃及文写我的名字，我想看看写出来会是什么样子。"

厄文将马丁尼放在我的面前。我开始冒汗，事情本来很顺利的。

"我叫莎莉。"女人说。

当你迫切想要某件东西时，你的表现绝对会让人刮目相看。你愿意做任何事，说任何话，或是当任何人。从前，我对喝酒就是有这样的感觉，我以为自己已经把过去为了拿到钱去买酒的手法抛诸脑后。的确，我一度对于生养小孩也有同样的感觉。把自己性生活的细节告诉陌生人？没问题。拿针戳老婆的屁股？那是我的荣幸。对着小罐子射精？小事一桩。如果医生说一边倒退走一边唱歌剧可以增强生殖能力，我们连眼皮都不会眨一下。

当你迫切地想要某件东西的时候，你会要自己说出千百个谎言。

比方说：第五次尝试会招来好运。

比方说：婴儿出生之后，柔伊和我的关系绝对会改善。

比方说：一小口酒害不死我。

我曾经在电视上看过一部有关巨鱿的纪录片，摄影团队拍到了一只巨鱿为了躲避敌人，朝水中喷射墨汁。漂亮的墨汁像烟雾般缭绕，敌人一分心，鱿鱼便逮到机会逃离。流动在我血液当中的酒精就是这样，是鱿鱼的墨汁，让我盲目，以躲开一切的伤害。

我唯一懂的语言只有英文。但是我在报纸的边缘画出三道弯曲的线条和一个近似蛇的图形，最后再加上一个太阳。"当然了，这只是你名字的发音，"我说，"没有'莎莉'的真正翻译。"

她撕下那截报纸，折起来塞进胸罩里。"我绝对要照这个图案去弄个刺青。"

刺青师傅不太可能知道这些并不是象形文字。我猜，我写出来的东西大有可能是：想爽一下吗？打个电话给娜芙蒂蒂。

莎莉跳下原来的高脚凳，坐到我身边来。"你到底喝不喝马丁尼，还是要等它变成古董？"

"我还没决定。"这是我第一次对她说实话。

"你赶快决定，"莎莉说，"这样，我才能请你再喝一杯。"

我端起杯子，一大口干掉呛辣又让人兴奋的马丁尼。"厄文，"我放下空杯说，"你听到女士怎么说了。"

我第一次到诊所采集精子样本，先看到护士走进候诊室，接着听到她喊我的名字。我站起来，那一刻，我心里想的是：其他人都知道我下一步要去做什么。

他们对柔伊和我说，妻子可以在取精的过程中"协助"，但是我觉得唯一比手淫更荒谬的事，就是让我的妻子陪在里面，然后让医生护士和其他病人等在门外。护士领着我穿过走廊。"来，这给你。"她说，一边递了个棕色的纸袋给我，"读一下说明。"

"也没那么糟啦，"吃早餐的时候，柔伊是这么说的，"想象你在参加《怪人怪谭》节目就好了。"

而且说真的，我有什么资格抱怨？她每天得挨两针，还要定期检查骨盆，在服用了过多的荷尔蒙之后，连简单过个马路都会让她放声大哭。相较之下，我的工作简直是易如反掌。

房间里很冷，里面摆了张铺了床单的长沙发，一台电视和录放机，一个水槽和一张咖啡桌，还有《长靴骚货》《波涛汹涌》《骑上金发妹》等各式各样的影带，以及各期的《花花公子》《好色客》，但最奇怪的莫过于一本《居家收纳》。房间右边有个像是非法酒吧专用的小窗口，等我大功告成之后，精液就是要摆在这里。护士退了出去，我锁上门把上的按钮。接着我打开又重锁一次，确定自己真的锁上了门。

我打开纸袋，看到一个好大的检体杯，简直算得上是桶。他们究竟期待我会有什么表现？

万一打翻了怎么办？

我开始翻阅杂志。我上次看色情杂志时才十五岁，当时，我从报摊上摸走一本十二月号的《花花公子》。我注意到自己的呼吸声很响亮。说不定这不正常。说不定是我心脏病发作了？

说不定，我只要赶快完工就好了。

我打开电视，电影已经自动开始播放了。我看了一会儿，心里开始狐疑，等在小窗口另一侧的人不晓得会不会偷听。

这恐怕要花掉一辈子的时间。

最后，我闭上双眼，想象柔伊的样子。

在我们开始谈到要组成小家庭之前的柔伊。比方说，那年我们到白山一带去野地露营，我醒来时，看到她坐在圆形的岩石上吹笛子，全身赤裸，一件衣服也没穿。

完事后，我瞪着检体杯里的精液看。难怪我们没办法怀孕，杯里几乎看不出有东西，至少，就量而言，的确是如此。我在标签上写下姓名和时间，把检体杯放在留置区，然后关上小窗门。我还是不懂，我该不该敲敲门或是喊个人过来，好让检验师知道东西已经等在那里了。

我最后认定这些人应该自己会懂，洗过手之后，我急急忙忙地走向走廊。离开诊所的时候，接待员对我微笑。"感谢你来一次。"她说。

真的吗？试管婴儿诊所不是该禁止这句话吗？

走向车子的时候，我已经开始想，我要如何把接待员的话告诉柔伊。我们一定会大笑以对。

醒来时，我躺在地板上，背后垫了一个紫色的皮草抱枕。我不认得这间卧室。我不顾脑袋两侧犹如大槌敲打的疼痛，慢慢地坐了起来，接着我看到一只涂了鲜红指甲油的脚。我觉得自己的舌头好像包了层毯子一样，动弹不得。

我摇摇晃晃站了起来，低头看地上的女人。足足一分钟过后，我才想起她的名字。我实在不知道我们究竟是怎么来到这个地方的，但是我对我们离开"加西莫多"之后去过的另一个酒吧有印象，说不定之后我们还去了第三个酒吧。我口里还有龙舌兰的味道，同时，我也尝到了羞愧。

莎莉正像个码头工人一样打呼，这是唯一值得庆幸的部分。我最怕的，就是和她说话。我拿起裤子、衬衫和鞋子，用一团衣物遮住下体，蹑手蹑脚地走出房间。我昨晚是开车过来的吗？拜托，希望没有。恐怕只有老天爷才知道我把车停在哪里。

浴室。我可以先去浴室，然后偷偷溜走。我可以回家去，假装这一切都没有发生。

我撒泡尿，再梳洗一下。我把头放到水龙头底下冲洗，还拿了条粉红色毛巾擦干头发。我的视线落在桌台上，那里有个撕开的保险套铝箔包装。感谢老天爷。感谢上帝，我至少没把这事也搞砸。

振作点，麦克斯，我无声地对自己说。

你经历过这种事，不会想要重蹈覆辙。

每个人都有搞砸的时候。论次数，我可能比别人多，但是这并不表示我彻底失败，也不表示我会重新走上酗酒这条路，这只是……擦枪走火。

我拉开门，一个还在学步年纪的幼儿吸着大拇指抬头看我，身后还站着一个十来岁的姐姐。"你他妈的是什么人？"她问。

我没有回答，只是快步从他们身边经过，走到大门外，来到车道——我的车没停在这里。我只穿了四角裤，便一路跑离这个死胡同般的郊区。我在州际公路的交界处穿上衣服，掏出口袋里的手机，但是手机没电。我不停地跑，深信莎莉和她的两个孩子会驾着车道上的厢型车一路追过来。我继续跑，直到路边出现一排商场，我才停下脚步。只要找到电话就好，我可以打电话叫出租车，要司机载我回到"加西莫多"去取车（我真希望车子的确留在那里），然后躲到瑞德家里。

起初，那真的不是我的错。我找到了一家开了门的餐厅，老板正在进行星期六早晨的例行盘点。当我开口借电话的时候，那家伙摇摇头说，我看来一定是度过了一个悲惨的夜晚。接着他请我喝了一杯。

换作平时，我们一定是待在家里。因为每天晚上七点到七点十五分左右是注射黄体激素的时间，要把晚上的活动局限在这个范围内并非难事，反正我们手头也没有闲钱去看电影或外出用餐。但是那天柔伊受邀参加婚礼，护理之家一个由她负责的治疗团体中，有两名年长的院友要结婚。"如果不是我，"她说，"这场婚礼根本不可能出现。"

所以，我下班回家洗了澡，系上领带，开车前往护理之家。柔伊把黄体激素、酒精棉片和针筒放在皮包里。我们先看着赛蒂和克拉克这对年龄加起来高达一百八十四岁的新人在神圣的典礼中结为夫妻，再一起享用奶油炖碎牛肉和果冻——这些东西容易咀嚼，接着，还在大乐团的唱片声中，欣赏尚有活动能力的院友翩翩起舞。

看到快乐的新人喂对方吃蛋糕，我靠向柔伊，低声说，"我看，这段婚姻最多撑不过十年。"

柔伊笑了。"你看着好了，伙计。我们有朝一日也是这样。"她的腕表哔哔作响，她看了看时间。"喔，"她说，"七点了。"我跟着她穿过走廊到洗手间去。

厕所有两间，一间男厕，一间女厕，两间都很大，连轮椅都能推进去。但女厕锁住了，所以我们只好跑进男厕。柔伊拉起裙子。

她的屁股上方有用麦克笔标记出来的标靶位置。在开始注射的一个星期以来，我会等她洗过澡，再画上打针的位置。我不想打错位置，让她额外承受些不必要的痛苦。

我本来以为帮柔伊在她的肚子上打针已经是最可怕的事了。我得先将药粉和药水混合均匀，将排卵针刺进她的皮肤，接着再调整滤泡雌激素注射笔的剂量注射，这种注射笔在任何环境下都很好用，针头很细，尽管注射会在她的肚子上留下淤青，但她仍然坚称不痛。有时候，她肚皮上的淤青密到让我找不到新的注射点。

但是黄体激素又不同了。

首先，注射的针筒要大得多。再者，黄体激素呈油状，看起来更浓也更可怕。第三，我们要连着十三个星期每晚都注射。

柔伊拿出酒精棉片和药水瓶。我先将瓶子的上端擦拭干净，然后揉揉她屁股上标记的位置。"你这样站着没关系吗？"我问道。她通常是趴在我们的床上。

"赶快打就好了。"柔伊说。

我迅速将大针插入药瓶，抽出里面的药水。这要有点技巧，因为药水是油状的，所以感觉起来像是拿吸管喝糖蜜，要到抽出的液体略高过标示在针筒上的数字，才能将针筒抽出来，这样才能取得正确的剂量。

接着，我要换掉抽药用的针头，换成平常的注射针头。这不是什么大工程，但有点棘手，我必须将两英寸左右高的液体注入柔伊的肌肉。"好。"我说。虽然挨针的是柔伊，我仍然深吸了一口气。

"等一下！"她喊了出来。她转头看着我，说，"你还没说。"

我们有个惯例。"我真希望能替你挨针。"我告诉她。我每天都会这样说。

她点点头，伸出双手抵住墙壁。

一定没有人告诉过你，皮肤真的很有弹性，也就是说有些韧度，所以说，要把针头刺进皮肤还要有点勇气。但是柔伊会比我更难受，所以我要努力控制，不让双手颤抖（一开始，这真的是一个大问题），一把将针头刺入标靶的正中央。我得先确定血水没混进黄体激素液里面，接着就是最困难的部分了。你知道要花多少力气，才能把油质的药水推入人体吗？我可以发誓，不管我对自己的妻子做过多少次这样的事（我真的是以这种角度来看打针这件事），我仍然可以感觉到她团结的血肉在奋力对抗这剂黄体激素。

终于大功告成后，我抽出针头，放进我事先搁在洗手台旁边专门装锐利废弃物的容器里。然后我揉揉注射的位置，避免肿块出现。通常我在这个时候会递给她一个暖暖包，但是显然今天是办不到了。

柔伊把所有东西收回她的皮包里，拉好裙摆。"希望我们没错过抛捧花的时间。"她说完话，拉开洗手间的门。

一名拿着助行器的老人耐心地等在门外。他看着柔伊从男厕走出来，接着是跟在她身后的我。他眨了个眼，若有所思地说："想当年啊。"

柔伊和我忍不住大声笑了出来。我说："除非他有糖尿病。"然后我们手牵着手，回到婚宴上。

肯特郡家事法庭离柔伊和我这几年来租屋居住的威明顿不远，但是离瑞德在纽波特郡的房子就有段距离了。我抓着结婚证书来到市政厅，从停车场经过有顶的柱廊走向建筑物。

我每跨出几步，就听到鸟叫声。

我停下脚步抬头看，发现了喇叭和传感器。法院播放着诡异的大自然音效，亦步亦趋地跟着我移动。

其实这还算应景的，我朝着离婚的队伍前进，耳边听到的是我原以为真，结果却是缥缈的假象。

我走进办公室，办事员抬起了头，她毛发是黑色的——我指的是胡子。"怎么样？"她说，"需要我帮忙吗？"

这阵子，我实在不认为有任何人帮得上我的忙。但我仍然往前靠向高度及胸的柜台。"我要离婚。"

她撇嘴一笑。"甜心啊，我不记得我们结过婚。"她看我没回答，于是翻了个白眼。"一次就好。我真想看到有人笑出来，一次就够了。你的律师在哪里？"

"我请不起律师。"

她递了一叠文件给我。"你有财产吗？"

"没有。"

"有孩子吗？"

"没有。"说话的时候，我把视线挪开。

"那你去填写表格，然后拿到走廊尽头的警长办公室去。"

我向她道谢，拿着那叠文件走向走廊上的长凳。

主旨：（　　　）与（　　　）的婚姻

原告：应该是我。

那么被告应该是柔伊了。

我仔细阅读第一条要填写的项目：我的住址。我犹豫了一会儿才写下瑞德的地址。到现在，我已经在他家住了两个月。而且，下一个项目要填写柔伊的地址，所以我不想让法官混淆，以为我们还住在一起，结果不准我们离婚。

虽然事情不可能这样发展，但是我还是要注意。

三：原告和被告在（　　　）年（　　　）月（　　　）日，于（　　　）州（　　　）郡（　·　）市结婚。诉讼离婚时必须附上结婚证书正本。

为柔伊和我证婚的治安法官有语言障碍。当他要我们跟着复述结婚誓词的时候，我们两个人都听不懂。柔伊灵机一动，说："我们自己写了誓词。"接着她和我一样，当场编了段话。

离婚诉讼状上有四个空格让人填写孩子的名字和生日。

我觉得自己浑身冒汗。

无过失离婚依据：

这个项目我有两种选择，而且都列了出来。我仔细誊写了第一个选项：无法妥协的差异，为婚姻带来无法修补的伤害。

我不是很懂这句话的意思，但我猜得出来。而且，这似乎足以说明柔伊和我的关系。她一心想要孩子，而我则是没有办法继续尝试。毫无妥协空间的差异指的是我们从来没有拥有过的子女。这些差异出现在晚饭时，她坐在餐桌前脸上带着微笑，但我知道她想的不是我。厕所里摆的婴儿命名指南、她在三年前买下的那组还来不及拆封的婴儿床边吊挂玩具，还有让我彻夜失眠的信用卡账单，这些全都是差异。

签名栏的上方有条慎重的誓言：原告恳请法院判决离婚。

是啊，应该吧，我就是这么希望。

对任何能够扭转我生命的人或事，我都愿意怀着诚恳的心。

就某种程度而言，我和我嫂子相处要比和我哥哥来得融洽些。过去两个月以来，每当瑞德问起我有什么规划，有什么重新出发的目标时，丽蒂便会跳出来提醒他，告诉他我是家人，爱住多久就可以留多久。早餐时，如果她煎了单数分量的培根，她会把多的留给我，而不是给瑞德。她好像是唯一关心我死活的人，其他的人不是没注意到我潦倒又无救，就是干脆完全不关心。

丽蒂跟在父亲身边长大，她父亲是圣灵降临教派的牧师，但她并非一板一眼地遵守教条，她是个很有趣的人。比方说，她收集了一系列《绿光战警》的漫画，她还喜欢看小成本的艺术电影，而且越荒唐越好。柔伊和瑞德从来不觉得这种恶搞的影片有什么趣味可言，因此丽蒂和我养成了习惯，每个月会去看一次午夜场，放映这些影片的戏院还会为一些从来没听说过的蹩脚导演，例如像是威廉·卡索或伯特·葛登之辈，举行影展。今天晚上，我们要去看的《天外魔花》不是一九七八年重拍版，而是唐·希格尔在一九五六年执导的旧片。

丽蒂一向会请我看。我从前会抢着付钱，但是丽蒂说让我付钱太离谱了，首先，她可以花瑞德的钱，但是我花不到；再者，当瑞德和客户共进晚餐或是去参加教会聚会时，是我陪着她散心，因此她理当请客。我们总会买最大桶的爆米花，而且要奶油口味，因为当丽蒂和瑞德外出时，他总是坚持吃低胆固醇食物。不过老实说，丽蒂搞叛逆最多也只能到这个地步。

这个星期，我外出喝过三次酒，时间很短，简单喝个啤酒罢了，没什么大不了的。但是一想到今天要和丽蒂去看这部电影，我就不想去碰酒精。我不想看她跑回家去告诉瑞德我浑身酒臭。我是说，我知道她喜欢我，我们相处得也不错，但是再怎么样，她仍然是我的嫂子。

主角班奈医师出场，电影来到高潮，丽蒂抓紧了我的手臂。她在最恐怖的片段闭上了眼睛，要我把她错失的细节详详细细地说给她听。

他们到了！演员对着摄影机说：你是下一个！

我们通常会看完片尾，一直坐到电影完全放映完毕，看完工作人员感谢拍摄地允许他们拍片。一般来说，我们常是最后两个走出戏院的人。

今天晚上，当我们还坐在座位上的时候，一个满脸青春痘的小伙子进来清扫走道，收拾垃圾。"你看过一九七八年的重拍版吗？"丽蒂问。

"烂透了，"我说，"别跟我提这重拍版。"

"我觉得，这部片子可能是我看过最好看的小成本电影。"丽蒂回答。

"我们看过的每部片子你都这样说。"

"可是这次我是认真的。"她说。她仰头往后靠向椅背。"你觉得，那些人最后会有什么遭遇？"

"哪些人？"

"那些从豆荚里冒出来的人，那些外星人。你想，他们会不会哪天早上起床后看到镜子吓一跳，不知道自己怎么会变成那个样子。"

小伙子扫到我们这排了。我们站起来，走向昏暗的戏院大厅。

"那只是电影而已。"我这么告诉丽蒂，其实我真正想说的是：不会的，豆荚人不会问到底出了什么事。

我想告诉她，其实，当你变成了一个你不认识的人之后，你什么感觉也不会有。

七十七。

这个数字代表的是自我提出离婚诉讼到出庭当天之间的天数。柔伊收到法院传票后，也要经过这么多个日子才会和我再次见面。

我既然填妥了离婚表格，自然就很难回到日常规律的工作。在这个时候，我应该要开始发送铲雪服务的传单，应该要清理好我的刘草机，准备收起来过冬。结果我却在白天睡觉晚上熬夜，在哥哥的房子里占据了一个空间。

所以，当瑞德要我在隔天早上跑一趟波士顿洛根机场帮他接机——克莱夫牧师前往鞍脊教堂开福音宣道聚会，之后搭乘夜间航班返抵波士顿——我应该要义不容辞地答应。反正，我也没别的事要做。更何况瑞德为我付出这么多，我既然没钱回报，就该贡献一点时间。

然而我却只能盯着他看，嘴里说不出半句话。

"小弟，"瑞德静静地说，"你真是号人物。"

我坐在餐桌边，丽蒂走了过来，为我倒了杯柳橙汁。好像我还得靠别人提醒，才会记得我是他家中的黑洞，吸走食物、金钱和他们私下相处的时间。

我也许没办法对我的哥哥说"好"，但是我没办法拒绝她。

于是乎，这会儿天才刚亮，我就已经准备开车到罗根机场去迎接早晨七点钟抵达的班机，但是，车一经过朱迪岬，我就注意到浪头。

我看了仪表盘上的时钟一眼。我带了冲浪板和防寒衣——这些装备一向放在卡车上，以备不时之需——我想，既然这么早起床，在往波士顿去的路上不花个十五分钟冲浪，就太没有道理了。

我穿上防寒衣，戴好头套和手套，朝一片沙滩走过去。从前我在这片沙滩享受过刺激的时光，这地方仿佛是神仙教母拿魔杖点出来的，长长的浅滩往前延伸，与一片汹涌的波涛相连。

我划水出去，将两个年轻小伙子抛在身后。"杰瑞，贺克！"我对他们点点头。秋冬来冲浪的人不多，彼此间多半认识，因为没多少疯子会在摄氏十度的水温和五度的气温下活动。我估算了一下，划水追到了一个不错的六英尺浪头。我在远远的后方看见贺克的浪头升了起来，看他沿着浪顶滑入水花当中。

我可以感觉到自己燥热的三头肌，冰冷诱人的海水泼在我的脸上，我的头上出现了熟悉的冰刺感。要把身体从板子上撑起来比较难，在等待自己浪头的时候，向其他乘着浪的人点头打招呼比较容易。"老爹，你可以吗？"

我今年四十岁。再怎么说都不算老，但是在冲浪界已经称得上古董。我心想：去他妈的老爹。决定把握下一个浪头，让那些嘴上无毛的小娃娃看看行家怎么冲浪。

只是。

我刚撑起身子准备转弯，突然间脚下一滑，摇摇晃晃地往后倒。我只看到自己的冲浪板风驰电掣般地朝我轰过来。

醒来时，我的脸颊贴在沙滩上，头套已经掉了，我的头发被海风吹成了一条条的冰柱。杰瑞的脸孔逐渐对焦，越来越清楚。"嘿，老爹，"他说，"你没事吧？你的脑袋狠狠地撞了一下。"

我坐起来，痛得缩了一下。"我好得很。"我低声咕哝。

"要不要载你去医院看看？检查一下？"

"不用了。"我浑身淤青，狼狈不堪，抖得像个疯子。"现在几点了？"

贺克翻起防寒衣袖口的弹性材质，看看腕表。"七点十分。"

我花了超过一个小时冲浪？"妈的！"我说，挣扎着想站起来。世界天旋地转了一会儿，贺克扶住了我。

"要不要我帮你打个电话给谁？"他问道。

我没办法给他任何一个员工的电话，因为我在入冬前就遣散了这些人。我不能把瑞德和丽蒂的号码告诉他，因为他们以为我去机场接牧师。我对柔伊做了那种事，现在更不能报出她的号码。

我摇摇头，但是我实在说不出：没有任何人。

贺克和杰瑞回头去冲浪，我慢慢地走向卡车。我的手机接到了十五条信息，不必去查语音信箱，我也知道这些全是瑞德留的话，而且充满了怒火。

我回电给他。"瑞德，"我说，"兄弟，我真的很抱歉。我正要开上九十三号州际公路的时候卡车抛锚了。我想打电话，但是收不到讯号——"

"你现在在哪里？"

"在等拖吊车，"我扯谎，"我不知道车子要修多久。"

瑞德叹了一口气。"我帮克莱夫牧师叫辆轿车好了，"他说，"要不要也找辆车去接你？"

我不知道自己哪来的福气，能有瑞德这样的哥哥。我是说，到现在，我周遭的一切早已放弃我了。"我没事。"我回答。

从前，柔伊想说服我放弃冲浪。她不懂这种迷恋，我没办法对海边的浪头视而不见。赶快长大吧，麦克斯，她曾经对我这样说，如果你自己都还像个小孩，我们怎么可能有孩子。

她说对了吗？

她把每件事都说对了吗？

我开始想象，警长来到她家门口。你是柔伊·巴克斯特吗？他一定会这样问，然后她会点点头。传票送达。接着，警长离开，剩下她一个人拿着蓝色纸夹。她知道这东西迟早会出现，但是她仍然觉得自己仿佛挨了一拳。

我坐进卡车里，把暖气调到最高，但仍然继续打冷战。我在犹豫……随后，我伸手去拿置物箱里的东西。这瓶野格利口酒真的是药酒。电影里都是这样演的，不管是冻伤、从桥上跌入水中，或是在冰天雪地里待了太久，大家都会开始迷糊或狂躁，只要喝一口酒，他们的血液会开始循环，一切便恢复正常。

一小口就够了，他们会瞬间痊愈。

两个月之后

还好有垃圾车，否则我会错过法院的开庭时间。

我听到尖锐的哔哔声响吓醒了过来。我跳起来，脑袋撞到车顶。垃圾车正对着我停车位置旁边的大型垃圾箱倒车，垃圾车用扣爪钩住垃圾箱的金属环，好把容器举起来。我觉得这个声音听起来简直像他妈的世界末日。

车窗上蒙了一层水汽，我全身发抖，于是我发动引擎，开动除雾装置。这时候我才发现时间不是我以为的早上六点，而是八点三十四分。

再过二十六分钟我就要离婚了。

我显然没时间回瑞德家去冲个澡，因为我得打破陆上行车速度的记录，准时冲到肯特郡法院。

"妈的！"我念了一声，将车子挂上倒车档，呼啸地冲出银行的停车场，我昨晚一定是在车里睡着了。这附近有间爱尔兰酒吧，最晚结账时间是凌晨三点。我依稀记得有一群人在酒吧里开单身派对，也记得他们请我喝了几杯龙舌兰。

幸好这时候还没下雪，高速公路上也没有因为下雪而翻覆的卡车。我违规停在一个不是停车位的空间（在法院这么做实在不怎么高明，但是，说真的，我还能怎么办？），拼老命跑进了法院大楼里。"抱歉。"我嗫嚅地说。我一路冲往楼上由梅尔法官主持的法庭，脑袋还隐隐作痛。我撞到了一名带着两个孩子的母亲和一名正在读资料的律师。"对不起……借过……"

我滑坐进后排的长椅，满身大汗，衬衫早已从裤子里抽了出来。我来不及到洗手间里去刮胡子或洗把脸。我闻闻自己的袖口，上面还残留着昨天晚上狂欢的味道。

当我再次抬起头的时候，发现她正瞪着我看。

柔伊看起来也一样，仿佛七十七天没合过眼。她的双眼各有一圈黑影，而且太瘦。但是她看了我的脸、头发、衣服一眼，立刻就明白了。她知道我做了什么事。

她挪开视线，直直地盯着前方。

这个睥睨的眼神好像在我胸口穿了个洞。我只想配得上她，一向都是如此，结果呢，我搞砸了。我不能给柔伊一个她想要的孩子，没办法让她得到应有的生活，我甚至不是她意想中的人。

书记官站了起来，大声念出名单上的字。"马洛伊对马洛伊一案？"她说。

一名律师站了起来。"准备好了，庭上，我们想直接进入诉讼程序。"

这位女法官有一张开朗的圆脸，她在法官席上布置了符合节庆的装饰，几个填充玩偶穿了朝圣者的衣服，另外还有一只填充火鸡。

"琼斯对琼斯一案？"

另一名律师站起来，说："是的，准备办理协议离婚。"

"凯森对凯森一案？"

"法官大人，我们需要重新安排日期。有没有可能排在十二月十八日呢？"

"霍洛维兹对霍洛维兹一案。"书记官说。

"这是个诉讼离婚的案子，法官大人。"另一名律师回答，"我随时可以出庭。"

"巴克斯特对巴克斯特一案？"

我花了好一会儿的时间，才明白书记官念的是我的名字。

"在。"我站起来。我和柔伊之间仿佛有一道连接一样，她也站了起来。我们分别在法庭的两端。

"嗯，"我说，"是我。"

"由你来代表自己出席吗，巴克斯特先生？"梅尔法官问了。

"是的。"我回答。

"你的妻子在场吗？"

柔伊清了清喉咙。"在。"

"你也一样，由你代表自己吗，巴克斯特太太？"梅尔法官问道。

"是的，"柔伊说，"由我代表自己。"

"你们两个都准备好，决定在今天处理离婚案的判决吗？"

我点点头。我没有去看柔伊是否也点了头。

"如果你们都由自己代表，"梅尔法官说，"你们等于是自己的辩护律师。换句话说，若是你们想在今天离婚，就要把离婚案提上来。我诚心建议你们参考这里其他几件协议离婚的程序，因为我没办法帮你们做这件事。听懂了吗？"

"是的，法官大人。"我虽然这样回答，但是对我而言，她这番说法和我听不懂的外国话没有两样。

两个小时后，书记官才再度喊出我们的名字。也就是说，我本来可以去冲个澡的。尽管我坐在这里聆听了五件离婚诉讼，仍然不知道自己该怎么做。我穿过法庭前方的栅门走进证人席，庭内唯一的制服法警拿着《圣经》向我走过来。"巴克斯特先生，在上帝帮助下，你愿意发誓你所说的一切将句句属实吗？"

我瞥见书记官领着柔伊，让她在前面的席位坐下。我说："我愿意。"

这真好笑，结婚和离婚时是不是要说同一句话？

"为法庭记录之需，请说出你的名字。"

"麦克斯，"我说，"麦克斯威尔·巴克斯特。"

法官把交握的双手放在席上。"巴克斯特先生，你提出诉讼程序了吗？"

我听不懂，只能对着她眨眼睛。

"警长，巴克斯特是不是已经提出诉讼……巴克斯特先生，你想在今天离婚，是吗？"

"是的。"

"今天由你来代表你自己？"

"我请不起律师。"我试着解释。

法官看着柔伊。"你呢，巴克斯特太太？同样的，你也代表你自己？"

"是的。"

"你今天不打算提出异议，是吧？"

她点点头。

"警长，请让巴克斯特代表自己进入程序。"法官转过来面对我闻了闻，"巴克斯特先生，你身上有股酒味。你有没有酒精或毒品方面的问题？"

我犹豫了。"还不算有。"我说。

"真的吗，麦克斯？"柔伊忍不住，喊了出来，"你又开始喝酒了吗？"

"你不必再操这个心了——"

法官敲下议事槌。"如果你们两个想去找婚姻咨询顾问，就别来浪费我的时间。"

"不，庭上，"我说，"我想做个了结。"

"好的，巴克斯特先生，请继续。"

只是我不知道该怎么继续。我现在住在哪里，我住威明顿是否已经超过一年，我在哪里结婚，我们什么时候分居等等，这些细节都没办法真正解释为什么两个原本打算携手共度一辈子的人，会在某天一觉醒来之后，发现自己不认识睡在身边的究竟是谁。

"你几岁，巴克斯特先生？"法官问道。

"四十岁。"

"你的最高学历是什么？"

"我在大学念了三年后辍学，开始经营自己的景观公司。"

"你从事景观这一行有多久时间了？"

"十年。"我说。

"你的薪水有多少？"

我看向旁听席。要对法官坦白已经够糟了，何况现在法庭内还有那么多人。"一年大约有三万五千美金。"我说。但是这并不是真正的实话，我只是有那么一年赚到这些钱。

"你在离婚诉状中宣称婚姻会破裂，是因为两人之间存在差异，这是不是实情？"法官问。

"是的，庭上。我们在九年间，一直尝试要怀孕生小孩。我……我不想要了。"

柔伊的眼眶含泪，但是她没有伸手碰身边的面纸盒。

我们两个月前见过一面，演练些法官会提出来的问题，当时她已经拿到我要求离婚的文件。告诉你，再次回到从前的租屋处、坐在以前每天吃晚餐的桌旁，却觉得自己是个陌生人，这种感觉真的很诡异。

当柔伊开门的时候，她看起来非常憔悴。但我觉得自己不应该对她说这种话，所以呢，在她开口邀我进屋之前，我一直笨手笨脚地站在门外。

我当时想，如果她开口要我回家，重新考虑这整件事，其实我会答应。

但是，柔伊说的却是："嗯，我们做个了结吧。"就这样。

"你有没有房地产？"法官问。

"我们的房子是租来的。"我说。

"你们是否拥有具有市值的资产？"

"我保留整理草坪景观用的装备，柔伊保留她的乐器。"

"你这是说，你分配到本来就属于你的品项，你的妻子也会分配到本来就属于她的品项？"

我不就是这样说的吗？而且还比法官说的更清楚。"大概吧。"

"你们有没有健康保险？"法官问。

"我们同意自己负担自己的保险。"

法官点点头。"那么，在你名下的债务呢？"

"我现在还不起，"我承认，"但是我一有能力，就会立刻处理。"

"你的妻子是否要为她自己名下的债务负责呢？"

"是的。"我说。

"巴克斯特先生，你的健康状况良好吗？"

"很好。"

"你知道什么是赡养费吗？"我向她点个头。"这上面写的是你要求法院在今天同意免除赡养费？"

"这是说柔伊不必付给我任何钱吗？对，没错。"

"你了解永久免除的意思吗？你不能够再回这个法庭，或向其他法庭要求恢复赡养费，你懂吗？"

柔伊和我从来不曾有太多钱，但是想到要她来抚养我，简直是太羞辱人了。"我懂。"我说。

"你希望在今天拿到离婚判决，中止你和妻子的婚姻，是吗？"

我知道这是句法律用语，但是我停下来思考。中止婚姻。这句话充满了决定性。就像你不想读完一本爱不释手的书，因为你只要一读完，就得还回图书馆。

"巴克斯特先生，"法官问，"你还有什么话要对法庭说吗？"

我摇摇头。"对法庭没有，法官大人。但是我想向柔伊说句话。"我等着她看过来。她的眼神空洞，好像在看一个地铁车厢里的陌生人。好像她从来就不认识我。

"对不起。"我说。

我们住的罗得岛州因为是天主教居优势的地区，所以要真正离婚，必须多等一段时间。我们在上法院之前等了七十七天，而真正判决出炉，则大约是第九十一天的事，仿佛法官想给夫妻多点机会考虑。

我承认，在这段期间，我多数时候都酩酊大醉。

坏习惯和紫色的马鞭草很像。当这种植物出现在你家花园里的时候，你一定会以为自己有办法应付，那不过是几株漂亮的花罢了。但是马鞭草的声势如同难以扑灭的野火，在你还没发现之前，就已经扼杀了周边的植物，最后，当你看见一片艳丽的花毯时心里会想，这一切究竟是怎么失控的。

百分之八十的酒鬼在戒酒过程中，都会一次又一次地犯下同样的错误，我发誓，我不是其中之一。然而，看看我现在的样子吧，堆在瑞德家浴室里的酒瓶高度直达天花板的瓷砖，我把他架上的书籍后面的空间当作储物空间，甚至还小心翼翼地将客房床垫割开一条缝来塞酒瓶。我趁丽蒂外出时，把整箱牛奶倒进水槽，然后彻底展现绅士风度，自愿在半夜外出帮他们买牛奶当隔天的早餐。但是呢，我会在抵达便利商店之前先在半路上的酒吧停留，迅速地喝上一杯。如果我要到人群中，我会喝伏特加，这样一来，呼吸时不容易有太浓烈的酒气。我通常在床下放瓶开特力运动饮料，以便不时之需，解除我的宿醉。我行事谨慎，选择邻近不同小镇的酒吧光顾，如此一来，旁人才会以为我是偶尔出现的常人，我也才不会在自己的地盘上被人发现或去向瑞德咬耳朵。某天晚上，我去了威明顿。为了让自己有勇气开车到从前的家，呃，应该说柔伊现在住的地方，我喝了不少酒。卧室里有灯光，我真想知道她在上面做什么。也许是在看书，或是修指甲。

就在我开始想象卧室里有没有别人陪着她的时候，车轮压过了铺过的路面，发出刺耳的噪音。

当然啦，我对自己说，没有人注意到我喝酒，我没有这方面的问题。

我之所以还住在瑞德家，最主要是因为他还没将我轰出门。我想，他并不是喜欢我住在他的地下室里，真的，而是基于基督徒的行善考虑。我哥哥在和丽蒂结婚之前得到了"重生"（难道他的第一次出生不够好吗？柔伊曾经这样问），接着便固定参加每星期天在本地中学学生餐厅里举行的福音团契，而且到了最后还成了这些人的财务管理人员。我不是虔诚的教徒，我觉得每个人都有自己的信念，但是情况演变到我们越来越少和我的兄嫂见面，只因瑞德和柔伊在每次共进晚餐时都起争执，议题若不是"罗伊诉韦德案"，就是深陷通奸丑闻的政客或公立学校是否该祈祷。上次我们一起到他们家的时候，柔伊在沙拉上桌之后就离开了，因为瑞德批评她不该在一名烧伤病患面前唱"年轻岁月"合唱团的曲子。瑞德当时说："无政府主义滋事分子。"他忘了自己小时候也曾经躲在房间里听"齐柏林飞船"的音乐。我本来以为是他的教会对歌词有意见，结果却发现原来是曲子本身邪恶。"真的吗？"柔伊不可置信地问，"请问是哪个音符、哪个和弦邪恶？《圣经》哪里写到这件事？"我不知道争执是如何演变到不可收拾的地步，但是到最后，柔伊突然站了起来，速度快到让她打翻了水壶。"瑞德，你可能会觉得这是新闻，"柔伊说，"但是上帝并没有投票给共和党人。"

我知道瑞德想要我加入他们的教会。丽蒂帮我换床单的时候，也会在床上留下教会的手册。瑞德邀请他读经小组的男性教友回家（"好好来研究《圣经》"），还叫我到起居室去参加他们的聚会。

我编了借口推托，然后出门去喝酒。

但是今天晚上，我发现丽蒂和瑞德请出了重量级武器。我听到丽蒂摇响她放在炉台上的古董晚餐铃，于是从蜗居的地下室客房走上来，看到克莱夫·林肯牧师和瑞德一起坐在沙发上。

"麦克斯，"他说，"你认识克莱夫牧师吧？"

谁不认识？

他一天到晚上报，这要多亏那些由他一手策划的在州政府办公室附近举行的反同性恋婚礼抗议活动。如果有哪个本地高中同意让同性恋学生带男友参加毕业舞会，那么克莱夫会带领上百个支持者站在高中的阶梯上，大声祈祷，请求上帝帮助这个学生，让他找到回归基督徒生活的道路。今年秋天，他在波士顿福斯电视新闻网的节目中，公开呼吁各界捐赠色情电影片给托儿所，他说，这和总统打算在幼儿园开办性教育课程的理念没有两样。

克莱夫是个高个子，有一头浓密柔顺的白发外加昂贵的衣着。我得承认，他比实况转播镜头中看起来更抢眼。如果你在房里看到他，一定会无法克制地一直盯着他看。

"啊！你就是我常听瑞德挂在嘴上的弟弟。"

我是个反教会分子。小时候，母亲是妇女会的会长，她总会带着我去做礼拜。她过世之后，我不再固定上教会。在我和柔伊结婚之后，更是完全不曾出现。她说自己不是把耶稣基督放在心上的人。她说，宗教老是在颂扬上帝无私的爱，但是这些都是有条件的：你必须相信教会告诉你的一切，才能得到自己想要的回报。她不喜欢教徒因为她是个无神论者而轻视她，但老实说，我倒看不出这和她看轻基督徒的原因有什么太大的差别。

克莱夫和我握手时，一股电流穿过了我俩之间。"我不知道你们邀了客人一起用晚餐。"我看着瑞德说。

"牧师不是客人，"瑞德回答，"是家人。"

"是主内的兄弟。"克莱夫微笑着说。

我把身体的重心轮流摆放在左右脚上。"嗯。我去厨房看看，不知道丽蒂需不需要人帮忙——"

"我去，"瑞德打断我的话，"你为什么不陪克莱夫牧师坐坐？"

在那一刻，我才发现我自以为秘密又聪明的酗酒行为，其实一点都不秘密也不聪明。所谓和牧师亲切地共进晚餐，其实是个圈套。

我浑身不自在地坐在瑞德方才的位置上。"我不知道我哥哥说了哪些事。"我开口说话。

"没什么，只说他一直为你祷告，"克莱夫牧师说，"他要我也为你祷告，希望你能找到自己的方向。"

"我以为我的方向感还不错。"我低声咕哝。

克莱夫往前坐。"麦克斯"，他问，"你和主耶稣有关系吗？"

"我们……应该算认识。"

他没有笑。"你知道吗，麦克斯，我从来没想到自己会当牧师。"

"没有吗？"我礼貌性问了一句。

"我来自一个穷苦的家庭，下面有五个弟妹。我父亲在我十二岁那年遭到开除，母亲生病住院，全家的生计就这样落在我身上，而且我们在银行里没有任何存款。有一天，我到当地商店去采购食物，我告诉收银员，只要我一有钱，就会立刻偿还，但是收银员说除非我付钱，否则她不能把购物车里面的东西给我。这时候，我后面有个穿着体面还打了领带的男人表示要帮我付账。'你得列出购物清单，孩子。'说完话，他在自己的名片上草草写了几个字，然后摆在收银员身边的天平一端。虽然那张名片只是一张纸，但是天平那一端开始往下沉。接着，他拿出我购物车里的牛奶、面包、鸡蛋、奶酪和汉堡，全堆到天平的另一头去。尽管——而且很明显的——这些东西应该会改变秤子的平衡，但是天平却纹风不动。既然这些东西的重量等于零，收银员只能免费地把食物给我，但是那个男人仍然递了张二十块美金的钞票给她。我回家的时候，发现购物袋里除了食物之外，还有他的名片。我拿出名片，想要看男人在上面写的是什么清单，但是名片上什么也没有。名片背面只写了这些字：亲爱的上帝，请帮助这个孩子。名片正面是他的名字：比比·葛理翰牧师。"

"我猜，接下来你要说那是个奇迹。"

"你猜错了……结果，是天平故障了。店老板只好买新的秤子。"克莱夫说，"奇迹在于上帝在正确的时间让秤子故障。我要说的是，麦克斯，主耶稣对你的生活另有计划。他最有趣的一点是：就算你现在有罪，他还是爱你。但同时他也太爱你，不能放任你过这样的生活。"

这会儿，我开始生气了。虽说这里不是我家，但是在别人的客厅里要人改变信仰，这种手法未免有些粗野。

"取悦上帝的唯一方法，是听从他的话去做，"克莱夫牧师继续说，"如果你的工作是在一间只烘焙派饼的店里做派饼，你不会在上班的时候突然决定烤饼干。因为这样一来，你永远得不到升迁。就算你烤的饼干是全世界最可口的也一样，因为这些饼干不是你老板要你做的东西。"

"我既不做派饼也不烤饼干，"我说，"我不想冒犯，但是我不需要宗教信仰。"

克莱夫牧师露出微笑，往后靠向椅背，抡起手指敲打沙发的扶手。"这就是主耶稣另一个有趣的特点，"他说，"他就是有办法证明你是错的。"

暴风雪不知是打哪里冒出来的。现在是十一月底，风雪不算完全出乎意料之外，但来袭的并非气象播报员口中的小雪。相反的，当我拉开酒吧大门踩到了堆积在门口的冰上滑了一跤时，大雪就像白色的帘幕一样往下罩。

我退回酒吧，要酒保再给我一杯啤酒。这时候出门没意义，不如等风暴退去再走。

今天晚上酒吧里没别的客人。星期二加上路面湿滑，大多数人都会留在屋里。酒保把电视遥控器递给我，我转到ESPN台看篮球赛，一起为波士顿赛尔提克队加油，虽然进入了延长赛，但最后还是落败。"波士顿啊，"酒保说，"每次都会伤透你的心。"

"我今天想早点打烊。"酒保说。到这个时候，地面积了大约八英寸高的雪。"你有办法回家吧？"

"我做的是铲雪服务，"我说，"所以，我最好别出什么问题。"

我那辆道奇小卡车前端加装了雪铲，多亏那些我借用瑞德计算机打印的传单，我找到了四五个客户，我在他们每天早上上班前，将车道上的积雪铲除干净。在大雪来袭——像今天这场风雪就是——的夜里，我放弃睡眠铲雪，直到雪停为止。这是这个冬季第一场来自东北的风雪，随之而来的钞票会很好用。

我爬进车里时，暖热的气息吹在挡风玻璃上起了雾。我启动除雾装置，看到酒保开的丰田轿车亮起恶魔般的红色大灯，慢慢滑出停车场。接着我挂档，开向第一个客户家。

路面很滑，但我也不是第一次在这种路况下开车。我打开收音机，约翰·泰斯怪诞的声音灌入车厢里。你知道吗，你的胃发送吃饱的讯息之后，大脑要过二十分钟才会收到？

"不，我不知道。"

我大声说。雪积得太深，所以我没有用远光灯，结果，我差点错过该转弯的路口。我的后轮空转，整辆车开始打滑。我的心脏狂跳，我收回踩油门的脚，车速慢了下来，车胎切入积雪中，把雪整个压入卡车下方。

几分钟后，世界似乎完全不同了。在白茫茫的一片大雪当中，突起的雪堆看起来就像沉睡的巨人。路标逐渐被淹没，我不确定自己是否来到了正确的地方。事实上，我不确定我是否真的知道我在哪里。

我眨了眨又揉了揉眼睛，切换到远光灯……但是眼前的景象完全没有变化。

这下子，我开始惊慌了。我伸手想掏手机，我的手机应该有卫星定位系统，我想看看自己是不是转错了弯。正当我笨手笨脚地想在接口上找出定位系统时，卡车压到了一大块薄冰，整辆车打了个三百六十度的大旋转。

有个人站在路上。

她的深色头发飘散地裹住脸庞，而且还蹲低身子御寒。我用力踩下刹车，绝望地想在卡车撞倒女人之前想办法掉转车头，但是压在薄冰上的车胎完全使不上力，我惊慌失措地抬起头，她的视线在同一个时间和我交会。

是柔伊。

"不——"我嘶喊了出来。我举起双手抱住自己，抵御即将临头的撞击。随着令人作呕的金属刮擦声和安全气囊的撞击，卡车在这时候翻了个筋斗，正好越过她所站的位置。

清醒时，我全身上下盖满挡风玻璃闪闪发亮的碎片，我头上脚下，没办法移动自己的双腿。

上帝帮帮我。拜托。上帝，请帮帮我。

除了大雪打在汽车坐垫上的微弱声响之外，我完全听不到别的声音。我不知道自己昏过去多久，但现在距离黎明似乎也还早得很。如果就这么困在这地方，我很可能会冻死。我会变得像某个白色的雪堆一样，等到有人发现这场意外的时候，一切都来不及了。

喔，上帝，我心想：我要死了。

接下来我立刻想到：没有人会想念我。

真相比左腿的灼热、头顶的抽痛，和穿刺过肩膀的金属更伤人。我会从这个世界消失，说不定，会到比这里更好的地方去。

我听到轮胎摩擦的声音，看到车头灯照亮了我面前的道路。"嘿！"我用尽全身的力气嘶喊，"嘿，我在这里！救命！"

车头灯从我面前经过，接着，我听到关门声。警察冲下路堤的时候，靴子踢起了雪花。"我已经叫救护车了。"他说。

"那个女孩，"我粗哑地说，"她在哪里？"

"你车上有另一名乘客吗？"

"不……不在车里。卡车撞到她……"

他跑回路堤，我看到他打开一盏照明灯。我想说话，但是头好晕，一开口就吐了出来。

也许过了好几个小时，说不定只有几分钟，但是我知道有个消防队员割断我的安全带，保住了我的性命，而另一个消防员拿着油压剪破坏我的卡车。我听到身边到处都是声音：

把他抬到担架上……

复杂性骨折……

……心跳过速……

突然间，警员又在我面前出现。"我们到处都找过了。卡车没撞到人。"他说，"撞到的是一棵树。如果你没在刚才那个地方转弯，卡车会直接冲出路面，你的人就会躺在山崖下面了。你真的很幸运。"

突然涌现的解脱感转变成啜泣。我开始哭，哭到几乎不能呼吸，我实在停不下来。是因为我喝醉了酒，才幻想自己看到柔伊？还是说，就是因为我一直幻想着柔伊，所以才会喝醉？

他们将我从卡车残骸边移到救护车上的时候，打在我脸上的雪像是千百支细细的针。我流着鼻水，眼睛出血。

在这一瞬间，我不想继续当这个人了。我不想假装自己能把世上的人耍得团团转，事实上，我明明就是没做到。我想要有个人为我拟订计划，因为我自己做得太差劲了。

紧急医疗救护员为我接上监视器，吊上点滴，救护车也响起了警示笛。驾驶员每次踩下刹车，我都觉得自己的脚仿佛遭受火焚。

"我的腿……"

"可能断了，巴克斯特先生。"救护员说。我不晓得他是怎么知道我的名字，随后才想到她应该是在驾驶执照上看到的。"我们要送你去医院。要不要我们帮你打电话通知什么人？"

不会再是柔伊了。瑞德得要知道，但是现在呢，我不打算去想他谴责我酒醉驾驶的眼神。而且，我很可能需要律师。

"我的牧师，"我说，"克莱夫·林肯。"

我很紧张，但是丽蒂和瑞德分别站在我的两侧，脸上带着大大的微笑，看到的人会以为我刚刚战胜癌症或找到了世界和平之道，而不是单纯为了来永耀会在众人面前做证，证明我找到了主耶稣。

这事再清楚不过了，答案简直就像刺在我脸上的图案，对我来说，最不堪的低潮就是那场车祸。柔伊的影像是主耶稣进入我生命的方式。如果我没在那个地点看见她，我现在早已成了亡魂。然而，我突然转了一个弯。转个弯，直接走向他为我敞开的双臂。

等到克莱夫到医院来看我的时候，我已经吞下了一堆止痛药，左腿打上了崭新的石膏，头上和肩膀上也各缝了好几针。打从他们将我抬进救护车起，我就没有停止哭泣。牧师来到我床边坐下，伸手握住我的手。"让魔鬼离开吧，孩子，"克莱夫说，"将位置留给主耶稣。"

我没办法解释接下来发生的事。过程很简单，就像有人打开我内在的开关一样，接下来，我便不再感受到痛苦。我觉得自己仿佛从病床上浮了起来，如果不是棉被盖住了我，我真的会浮起来。当我看着自己的身体时，我发誓，我在指头和指甲尖端之间的空隙看到了往外放射的光。

那些还没有接受主耶稣进入内心的人，让我来告诉你们那是什么样的感受：你仿佛拼了命，拒绝接受自己视线越变越模糊的事实，不相信自己需要眼镜。结果到最后，你连咫尺之外都看不清楚，不是撞翻东西，就是跌跌撞撞地走进死巷，所以，你只好去找验光师。你戴着崭新的眼镜走出来，世界顿时变得清晰明亮，色彩也更艳丽。你全身舒畅，而且完全不明白自己为什么要等这么久才来检查。

当主耶稣陪伴你的时候，你不会为任何事惊恐。不管是考虑是否要接着喝下一杯酒、坐在法庭里面对酒醉驾驶的控诉，或是像现在，当我马上要奉圣父、圣子和圣灵之名受洗的这一刻都相同，你不再害怕。

离开医院之后，我开始参加永耀会的聚会。我和克莱夫牧师见面，他发动连锁祝祷信函，于是这些与我素昧平生的人全都为我祝祷。我从来没有体会过这种感觉，这些陌生人非但没有因为我犯下的错误而评断我，甚至还为我的出席感到快乐。我不必为了自己大学辍学而感到困窘，也不必为了正在办理离婚手续，或是把自己喝到烂醉而尴尬。事实上，我不必自惭形秽。主耶稣将我带入会众的生命中，就足以证明我的价值。

永耀会没有自己的礼拜堂，所以向当地学校租借了礼堂。我们站在最后面，等待克莱夫牧师的信号。克莱夫的妻子负责弹奏钢琴，三个小女儿齐声合唱。"她们的歌声好像天使。"我喃喃地说。

"是啊，"瑞德表示同意，"他们还有第四个孩子，但是没有上台表演。"

"就像琼纳斯兄弟合唱团单飞的小老么。"

歌声结束，克莱夫牧师站在讲台上，双手紧紧交握。"今天，"他的声音洪亮，"我们因为主耶稣而聚集在一起。"

台下的会众纷纷表示同意。

"这也就是为什么最近才加入我们的主内兄弟要来说出他的故事。麦克斯，能麻烦你上来这里吗？"

在瑞德和丽蒂的协助下，我撑着拐杖穿过走道。通常我不喜欢成为人群的焦点，但这次不同。今天，我要把自己如何成为基督徒的故事告诉这些人。我会公开宣示我的信仰，让我面对所有人负起责任。

我听到：欢迎。

嗨，麦克斯兄弟。

克莱夫领我来到讲台的椅子边。这张椅子一定是从教室里搬来的，因为椅脚套了网球，以免刮伤塑料地板。椅子旁边有个看起来像是冰柜的箱子，里面装满水，还架个阶梯好让人走上去。我坐了下来，克莱夫走到丽蒂和瑞德的中间，握起他们的手。"主耶稣，请帮助麦克斯，让他更接近上帝。让麦克斯认识上帝，爱上帝，让他好好聆听他的话语。"

听到他提起我，我闭上了双眼。讲台上的光线暖暖地照在我的脸上，让我想到了小时候，我迎着光，闭起眼睛骑脚踏车，我知道自己坚不可摧，没有外力可以毁灭我、伤害我。

会众的声音加了进来。这些声音宛如上千个亲吻，充满了即将迸发的良善，将会逐出所有的恶。这是爱，是无条件的接纳，我不但没有让主耶稣失望，他还说，我将来也不会。他的爱灌注到我的体内，一直到我包容不住为止。我张开嘴，他的爱满溢而出，这些片段声音称不上语言，但是，我懂。对我而言，他的意旨再清楚不过了。

曲三　避　难

凡妮莎

以前我不太注意柔伊，一直到我发现她沉到YMCA的游泳池底之后，情况才有了转变。

起初，我并不知道那是谁。时间是早上六点半，我正在晨泳——唯一能让我从床上爬起来的运动——我用自由式前进时，发现有个女人飘散着头发，缓缓地沉向池底。她敞开着双臂，与其说下沉，她看起来更像是放手。

我并紧双手指尖弓身下潜，抓住她的手将她往上拖。当我们接近水面时，她开始挣扎，但当下我的肾上腺素发挥了全效，于是一把将她拖出泳池外，我跪在她身边，当她边咳嗽边翻身侧躺的时候，我带出来的水滴滴答答地落在她身上。"搞什么，"她上气不接下气地说，"你到底在做什么？"

"我才想问你在做什么？"我回答。当她坐起身子之后，我才发现自己救的是什么人。"柔伊？"

圣诞节前夕，YMCA的游泳池很安静，水道上为数不多的人有我、几名年长的泳客，和偶尔出现的复健病患。柔伊和我的这场戏在泳池一角上演，但没有人注意到。

"我是在抬头看光线。"柔伊说。

"我想你还不知道。不必淹死，也能看得到光线。"这时候我们都在泳池外，我开始发抖。我抓起自己的毛巾围住了肩膀。

　　我当然听说了孩子的事。用"太可怕"来形容还是最保守的说法。在欢迎新生儿的派对上，主角十万火急地被送进医院，产下了死胎。我原来不打算参加那场派对，但是我替她难过，这是什么样的女人？她的朋友怎么可能这么少，竟然想到要邀请一个和她签约、聘雇她去做音乐治疗的人去参加派对。当然啦，事后我感到更难过。在救护车离开之后，我帮她的记账员清理餐厅。那地方四处放着奶瓶形状的吹泡泡工具，我离开时一并收走这些东西，心想要找个机会把东西再还给柔伊。到现在，东西还在我的后车厢里。

　　我不晓得该对她说些什么。问她"你好吗？"显得太多余。说"我很难过"似乎更糟糕。

　　"你应该试试看。"柔伊说。

　　"试什么，自杀吗？"

　　"只要当过辅导老师，一辈子都会是辅导老师。"她回答，"我说过了，我不是要自杀。其实，恰好相反。躺在池底的时候，你能够感觉到心跳一路震动到指尖。"

　　她像只水獭般利落地滑回池里，然后抬头看着我。她在等待。我叹了一口气，扔下毛巾跳入水里。我在水下睁开眼睛，发现柔伊再次沉到了池底，我也跟着学。我翻个身仰望，看到日光灯闪闪烁烁地打着摩斯密码，接着我用鼻子呼气，让自己整个沉到底。

　　最先出现的本能是惊恐，毕竟，我已经吐光了肺部的空气。随后，我的指尖下、喉头和双腿之间，都开始感觉到脉搏的跳动。我的心脏仿佛逐渐肿大，填满了皮肤下方的空间。

　　我懂，一个失去太多的人的确会视这种饱满的感受为慰藉。

　　我终于憋不住，踢水浮上水面，柔伊踩水跟在我身边。"小时候，我希望自己长大会变成美人鱼，"她说，"还会将脚踝绑在一起，在城里的公共游泳池练习。"

"后来呢？"

"呃，显然我长大没变成美人鱼。"

"典型的学习落后生……"

"永远来得及，对吗？"柔伊撑起身子，坐到了池边。

"我不知道海中美人鱼在目前的就业市场有什么机会，"我说，"反而是吸血鬼炙手可热。"

"我猜也是。"柔伊叹口气。"在我加入活人行列的时候，就已经想通了。"

我站起来，伸手拉柔伊起身。"欢迎归来。"我说。

YMCA不可能有时髦的果汁吧，所以我们到连锁店去喝咖啡。这家连锁店在威明顿随处可见，如果你站在其中一家门口，吐个口水就会碰到另一家店的大门。柔伊驾着她自己的车跟在我车后，到了停车场之后再停在我的车子旁边。"你那面车牌真不是盖的。"我走出车外时，她这么说。

我的车牌号码是VS-66。罗得岛州车牌的数字一向不太大。有些人甚至在遗嘱里将两个或三个数字的牌照号码留给亲友，某位州长竞选人一度以反车牌贪腐来当作竞选政见。如果你的车牌号码和我一样是由名字缩写和小号数组成的，那么你有可能是黑帮大佬。但是我知道怎么摆平这些事。在我登记新车当天，我会给每个办事员带半打啤酒，问他们能怎么帮我的忙。

"我有几个高官朋友。"走进咖啡店的时候，我这样回答。我们都点了香草拿铁，坐进店里最内侧的桌位。

"你几点去上班？"柔伊问。

"八点。你呢？"

"一样。"她啜了一口咖啡，"我今天去医院上班。"

提起那个地方，仿佛有张网子罩住了我们两人，我们都回想起当时救护车将她从为她举办的派对上带走的一幕。我心不在焉地碰我的咖啡杯缘。我虽然每天都要辅导学生，但是，在这里和她相处还是让我很不自在。其实，我也不确定自己为什么要邀她一起喝咖啡，毕竟我们不熟。

几个月前，我聘雇柔伊为一名自闭症学童进行治疗。这孩子在我的学校读了六年，据我所知，他从来没和任何一名老师说过话。他的母亲听说了音乐治疗课程之后，要我试试看是否可以在本地雇用治疗师来协助她的儿子。我得承认，我第一眼见到柔伊时心里并没有太大的期待。这个出生于七十年代的女人被丢进了另一个千禧年，看起来有种不合时宜的感觉。然而还不到一个月的时间，柔伊就成功地让男孩和她一起即兴演奏。学生家长认为柔伊很杰出，校长则因为我找到了柔伊，而认为我的决断英明。

"嘿，"在一段诡异的沉默之后，我终于说，"孩子的事，我实在不知道该怎么说。"

柔伊抬头看着我。"没有人知道。"她用指尖抚摸咖啡杯的塑料盖。我想，这应该够了，打算看看腕表，宣布时间到了。就在这个时候，她开口了。"医院有个负责协助处理死婴的人员，"她说，"事情发生过后，她到病房来看麦克斯和我，问我们打算怎么处理宝宝。是不是要解剖，想要哪种棺材，或是决定火化。她说，我们也可以带他回家。不晓得……也许把孩子埋在后院吧。"柔伊抬起头看着我。

"我仍然会为了这件事做噩梦。梦到我们埋了他，结果到三月融雪之后，我一走出门就看见骨骸。"她拿餐巾纸按了按眼睛。"对不起。

我不太说这件事，我从来没有说过。"

我知道她为什么要对我吐露心声。这是同样的道理，孩子会走进我的办公室，向我坦承他们在每次进餐后都会强迫自己把食物吐出来，或是趁洗澡独处时拿剃刀自残。有时候，将心里的话对一个陌生人说出来会比较容易。问题是，当你对某个人掏心掏肺的同时，对方也失去了"陌生人"的立场。

柔伊为我的自闭症学生进行音乐治疗的期间，我旁听过一次疗程。当时，她解释：音乐治疗师必须到病人所在的地点。当孩子进来时，她并没有和他视线接触，或是强迫他互动。相反的，她拿出吉他开始自弹自唱。男孩在钢琴边坐了下来，愤怒地迅速敲打琴键。接着，每当他停下来，她就会弹一段激烈程度相当的吉他。一开始，他对她的做法没有反应，渐渐地，他停下来的次数越来越频繁，等着她做出音乐上的呼应。我发现这是他们两人的对话，先是他说，然后轮到她。他们只是用不同的语言交谈。

也许柔伊·巴克斯特需要的就是这个：一个崭新的沟通方式。如此一来，她可以不必再沉向池底，她可以微笑。

眼前的场面很清楚，我是买下破损家具的买家，而且确定自己有能力修复。我拯救过赛狗场的竞赛猎犬，我知道怎么协助撒谎成性的人，所以，我才会在学校担任辅导老师，因为天知道，这个工作带来的不是金钱也不是成就感。因此我对柔伊·巴克斯特产生的立即反应，也就是帮助她重新打起精神，并没有让我自己感到太惊讶。

"负责协助处理死婴的人员，"我边说边摇头，"我还以为我的工作已经够烂了。"

柔伊抬起眼睛，喉咙深处冒出咯咯声响，她伸手捂住嘴巴，强压下笑声。

"没关系，你尽管笑。"我温和地说。

"我不觉得。我觉得这一切对我都没有意义。"她摇摇头，眼眶里突然充满了泪水，"对不起。你今天早上到YMCA来不是为了听我说这些话的。和我在一起真扫兴。"

我立刻全身僵硬。她知道什么事？她听说了什么？

为什么这会有关系？

我三十四岁了，你是不是以为人到了这个年纪就不会去在乎别人的看法？我倒认为如果你曾经遭到火焚，那么你一辈子不可能接近火堆。

"能碰到你真好，"我听到自己的声音说，"我本来就想打个电话给你。"

真的吗？我心想，不知道自己这样说究竟用意何在。

"真的吗？"柔伊回答。

"我有个学生饱受忧郁症折磨，"我说，"她进进出出医院好几次了，课业严重落后。我打算请你来帮她做音乐治疗。"老实说，我并没有真的想到柔伊和音乐治疗，至少，露西·杜伯瓦的个案的确是没有。但是在说出口之后，却发现这个安排似乎不无道理。到目前为止，我们还没能有效地帮助露西，这孩子自杀过两次。她的双亲非常保守，不愿意让露西找心理医师咨询，接下来，我只需要说服他们，让他们明白音乐治疗不是某种现代巫术。

柔伊显得犹豫，但是我看得出她在考虑我的提议。"凡妮莎，我告诉过你了，我不需要别人来拯救我。"

"我不是想拯救你，"我说，"我是要请你去拯救另一个人。"

当时我指的是露西。我没发现我说的是自己。

我在波士顿的南郊长大，成长过程中，经常骑着车尾拖着亮晶晶长穗饰的小脚踏车在住家附近闲晃，默默记下我心中漂亮女孩的住址。六岁时，我全心全意地相信总有一天，那个有一头阳光般金发、脸颊上散落许多雀斑的凯蒂·惠特克会嫁给我，然后一起过着幸福快乐的人生。

我不记得自己是在什么时候发现其他女孩并没有这种想法，但在这件事之后，我开始和其他二年级的小女生说一样的话，表示自己迷的是杰瑞·帝许朋，杰瑞帅得很，他加入巡回足球队出征外地比赛，而且每天穿同一件牛仔夹克上学，因为演员罗宾·威廉斯曾经在机场等行李时摸过这件夹克。

某个夜晚，我在棒球场上的客队休息室里失去童贞，对象是我第一个男朋友艾克。他是个温和甜蜜的人，而且，他说我很漂亮。换句话说，他天天干这种事。但是我记得自己事后回家，仍然搞不懂做爱这档事有什么好大惊小怪的。整个过程汗水淋漓又呆板，尽管我真的爱艾克，但总觉得少了某些东西。

我把这件事告诉我最好的朋友茉莉。我通常会在午夜过后和她通电话，一起剖析我和艾克之间的关系。我会和她一起准备历史课的考试，一点也不想和她分开。只要计划和她在星期六去卖场血拼，那么在周末来临之前，我会迫不及待地数日子。我们批评一开始约会就见色忘友的肤浅女孩，还发誓我们一定要形影不离。

一九九八年十月我读大三，那年，怀俄明大学的年轻同性恋学生马修·肖伯遭人殴打致死。我不认识马修·肖伯，我也不是政治激进分子。但是我和当年的男友跳上灰狗巴士直奔罗拉米，去参加怀俄明大学校园里的烛光追思晚会。当时，我们被手电筒的光束团团包围，老实说，我真的吓坏了，不敢对自己承认受害者有可能是我。不敢对自己承认我过去是，而且一直会是个同性恋。

最让人惊异的是，即使我大声说出来，世界也不会因此停止运转。

那个时候我在大学里主修教育，平均课业成绩达到三点八，体重只有一百二十一磅，喜欢巧克力胜过香草，还参加了一个名叫"音准之声"的无伴奏合唱团。我每个星期去两次学校游泳池，而且应该比较喜欢看连续剧《欢乐酒店》，而不是到姐妹会去喝个烂醉。承认自己是同性恋，不会改变过去或是未来的我。

在那个年头，我不免有些烦恼，担心自己没办法融入两边阵营的任何一方。我从来没和女人在一起过，我害怕那样的关系会平淡无奇，与我和男人鬼混的时候一样。而且，如果我并不是真的同性恋，只是性冷感，那怎么办？再说，这个新的社交圈还有一个我没有考虑到的问题，那就是预先设定的推测。当你看到一个女人的时候，你会认为她一定是异性恋（除非你刚好去参加"蓝色少女合唱团"的音乐会或是职业女篮赛）。只有少数特定的女人会在额头上标明"蕾丝边"，何况我侦测同性恋的雷达还没能开始精确运转。

后来，我发现自己不必多想。和我在生物化学课同组做实验的女孩邀我到她宿舍房间一起念书，没多久，我们连闲暇时间都互相为伴。当她不在我身边的时候，我想的就是要和她同处。如果有哪个教授说了句可笑、性别歧视或荒唐的话，我第一个就是想要告诉她。有个星期六，我们两个人同裹着一条格纹毛毯坐在看台上看美式足球赛，轮流喝保温杯里加了奶油酒的热可可。球场上两队的比数接近，在一记攸关胜负的触地球终于出现时，她紧紧抓住我的手，之后，她仍然没有放手。当她第一次亲吻我的时候，我真以为自己动脉长瘤，因为我的脉搏声轰轰作响，而且所有的感情都随之迸裂。我记得当时心想：这就对了，这是我在澎湃汹涌的情感波动中唯一能找到的话。

在那次经验过后，我终于能以正常的观点回顾过去，我发现自己和女性朋友之间从来没有界线。我想要看她们的儿时照片，听她们最喜欢的歌，梳和她们一样的发型。挂掉电话后，我总是会想起自己还有话想说。我不会将这些视为肉体上的吸引力，这比较像是情感上的依恋。我得到的永远不够多，但是我从来没问自己这个"够"到底是什么。

相信我吧，身为同性恋不是一种选择。生命够苦了，没有人会希望自己过得更辛苦，不管一个同性恋有多自信、多自在，他或她仍然没办法控制旁人的想法。我和女人手牵手看电影时，遇到过原本和我们坐在同一排的观众起身换座位，很明显的，这种人认为我们在公共场所展现感情太令人作呕，然而在我们后面的座位上，十来岁的小情侣正在宽衣解带。曾经有人拿喷漆在我的车上写"歹客"。我在学校里曾经遭遇希望将子女转给其他辅导老师的家长，如果问起原因，这些家长抬出的说法都是我的"教育理念"和他们不符。

你大可说现在的世界和马修·肖伯被杀的年代已经有了差别，但是在容忍与接纳之间，仍然有细微的差距。这个差距就像是你只能搬进死巷独居，或是你有邻居愿意将学龄前的女儿托你照顾个几分钟，以便她跑趟邮局。也许你可以带着同性伴侣出席同事婚礼，但这段壕沟似的距离像把刀，切断你和伴侣在其他宾客的私语声当中翩翩起舞的可能性。

我记得母亲曾经告诉过我，她小时候读的是天主教学校，她一用左手写字，修女就会打她的左手。现在如果有老师胆敢这么做，很可能会以虐待儿童的罪名遭到逮捕。我内心乐观的一面希望自己能相信性别议题最终会和写字相同，无所谓正确或错误。每个人都有不同的奇特之处。

此外，值得注意的是，当你和人见面时，你绝对不会费心去问对方究竟惯用右手，或者他是个左撇子。

毕竟，除了拿笔的人本身之外，这对其他人有何意义？

和我有最长久关系的女人是拉雅希，她是我的发型设计师。我每四个星期会去找她一次，请她将我的发根染成金色，剪个有型的利落短发。今天拉雅希显然是怒气冲冲，愤怒的剪刀声加重了她说话的语气。"嗯，"我瞥着镜中倒影的刘海。"是不是有点短？"

"包办婚姻！"拉雅希说，"你相信吗？我们在二十年前从印度来到这里，现在当然是美国人。我父母可是每星期要吃一次麦当劳。"

"说不定，如果你告诉他们——"

一撮头发从我眼前掠过。"上星期五，他们安排我的男朋友到家里共进晚餐，"拉雅希气呼呼地说，"他们难道真以为我会因为某个住在旁遮普省的老头子愿意献上几只鸡给他们当聘金，就甩掉交往三年的男朋友？"

"鸡？"我说，"真的吗？"

"我不知道。反正那不是重点。"她大声嚷嚷，继续剪我的头发。"现在难道不是2011年吗？"拉雅希说，"难道我不该想嫁谁就嫁谁？"

"甜心，"我回答，"你在说教。"

我住在罗得岛州，这是新英格兰地区唯一不承认同性恋婚姻合法的州境。就是因为这样，想结为连理的同性恋必须穿过州界，到马萨诸塞州的秋河市去。这看起来似乎很简单，但也衍生了许多问题。我有两个男同性恋朋友在麻省结了婚，五年后，他们决定分手。但是两人的不动产和资产全都在罗得岛，也就是在他们的居住地。就因为他们的婚姻在这个州内不合法，所以没办法办理离婚。

拉雅希停了下来。"所以呢？"她说。

"所以什么？"

"我在这边唠唠叨叨讲我的爱情生活，你呢，你一个字也没提过……"

我笑了。"拉雅希，这会儿最可能和我凑成一对的，恐怕只有你的旁遮普朋友了。我的罗曼史之泉恐怕已经干到一滴水都没剩。"

"听你说话的样子，好像你已经六十岁了，"拉雅希说，"好像你整个周末都要坐在家里编织，身边陪的是一百只猫。"

"别傻了。猫咪比十字绣好多了。此外，我周末有重大计划。我要去波士顿欣赏芭蕾舞剧。"

"不是会下雪吗？"

"雪不会大到阻止我们出门。"我说。

"我们，"拉雅希重复我的话，"告诉我……"

"她只是个朋友。我们要帮她庆祝结婚纪念日。"

"她丈夫没参加？"

"离婚了，"我说，"我想帮她度过这一关。"

自从几个星期前和柔伊在YMCA相遇之后，我们成了不错的朋友。我有她家的电话，所以是我先打的电话。我要到她家附近去拿一幅画，问她是否想出来一起吃个午饭。我们边吃三明治边聊她为忧郁症和音乐治疗做的研究，我告诉她，我和露西的父母沟通过音乐治疗的方式。她参加电台抽奖拿到了两张下个周末的电影试映券，问我要不要一起去。我们开始相约，这段新友谊以奇特的方式发展，像个雪球，我越来越难想象，不知道自己究竟是怎么度过那段还没认识她的日子。

我们聊到她如何发现音乐治疗（她小时候跌断过手臂，必须开刀打钢钉，当时医院的小儿科有一名音乐治疗师）。我们谈起她的母亲（她一天打三通电话给柔伊，老是讨论些完全没必要的主题，比方说前一天晚上CNN主播安德森·库柏的报道，或是这三年来，圣诞节落在一星期当中的哪一天）。我们会讨论麦克斯、他的酗酒问题，以及他成了永耀会牧师左右手的传言。

我完全没料到柔伊有风趣的一面。她看世界的眼光奇特到足以让我惊讶地大笑。

多重人格的人如果想自杀，这案例算不算谋杀？

医生说自己是"执行业务"，这个说法会不会有点让人沮丧？

为什么电影和电视前使用的介词不同？

餐厅的吸烟区和泳池的"尿尿区"是不是有点像？

我们有不少共同点。我们都是在单亲家庭长大（她父亲过世，我父亲则是带着秘书私奔），都想旅行却从来没存到足够的钱，也都曾经被小丑惊吓过。我们都喜欢汽油的味道，讨厌漂白水的气味，同样希望自己能和烘焙师傅一样懂得搭配糕饼的软馅。我们喜欢白酒胜过红酒，宁愿酷寒也不要酷暑，都觉得花生比葡萄干好吃。而且，我们在公共场所碰到女厕大排长龙时，都可以堂而皇之走进男厕。

明天是她结婚十周年纪念日，我看得出她很担心这个日子。这个周末，柔伊的母亲黛拉到圣地亚哥去参加生活辅导员的讨论会，所以我提议一起做些麦克斯无论如何不可能做的事。波士顿的王安剧院有芭蕾舞剧的演出，柔伊立刻订了票，节目是普罗科菲耶夫的《罗密欧与朱丽叶》。她告诉过我，麦克斯从未喜欢过古典芭蕾舞剧。他不是批评男舞者的胯下，就是呼呼入睡。

"也许我也该这样做，"拉雅希若有所思地说，"带这个我爸妈看中的傻子去他最讨厌的地方。"她抬起头。"高雅的人士最讨厌什么？"

"吃到饱的烤肉？"我建议。

"重金属音乐的轰炸。"

接着我们互望了一眼。"NASCAR车赛。"我们异口同声地说。

"好了，我该走了。"我说，"十五分钟后要去接柔伊。"

拉雅希将理容椅转个圈，再次朝镜子推过去，然后缩了一下。

当你的发型设计师表现出畏缩的神情，绝对不会是好事。我的头发短到像是丛生在头顶上的杂草。拉雅希张开嘴，我恶狠很地瞪着她看。"你休想告诉我头发会再长……"

"我是打算说，军事风格是明年春天的主流……"

我伸手揉乱头发，但是这一点帮助也没有。"我本来想杀了你，"我说，"但是仔细想想，让你活着去见那个旁遮普来的家伙绝对会让你更痛苦。"

"看吧，你已经喜欢上这个造型了。如果你不喜欢，你会忙着哭，没时间开玩笑。"她接下我递给她的钱。"开车小心。"拉雅希警告我，"已经开始下雪了。"

"小雪而已，"我挥手道再会，"不必担心。"

结果，我和柔伊的另一个共同点是《罗密欧与朱丽叶》。"莎士比亚的戏剧当中，我最喜欢这一出。"柔伊在演员鞠躬，整出舞剧落幕之后这么说。她刚从洗手间出来，到王安剧院刚整修过的豪华大厅里和我碰面。"我一直希望有个男人朝我走过来，一开口就自然而然地念出十四行诗。"

"麦克斯没这样做？"我面带微笑地问。

她哼了一声。"麦克斯以为十四行诗是某种居家装修的管线。"

"我曾经对一名学校英文系的主任说我最喜欢《罗密欧与朱丽叶》，"我说，"结果她告诉我，说我对艺术一窍不通。"

"什么！为什么？"

"我猜是因为这出戏不如《李尔王》或《哈姆雷特》复杂。"

"但是《罗密欧与朱丽叶》梦幻，是每个人的美梦，不是吗？"

"你是说，为爱人而死是个美梦？"

柔伊笑了。"不是。是在开始编列清单，写出他所有令你难以忍受的问题之前先死。"

"是啊，如果结局不同，续集不晓得会是什么样子。"我回答，"罗密欧和朱丽叶的家人与两人断绝关系，他们搬进了拖车营地住。罗密欧蓄了前短后长的鬈发，还疯狂迷恋在线扑克牌游戏，而朱丽叶搞外遇，和剧中的罗伦斯神父有段不伦恋。"

"搞了半天，"柔伊补充，"原来神父在地下室里提炼冰毒。"

"没错。否则一开始他怎么会知道该给她什么药吃？"我把围巾绕在脖子上，两个人顶着寒风往外走。

"现在呢？"柔伊问，"你觉得去吃点晚餐会不会太晚……"她没把话说完，因为这时我们已经来到外面的阶梯上。在我们待在剧院的三个小时之间，雪越下越大，俨然成了场暴风雪。我连面前一英尺之外都看不清楚，大雪疯狂地呼啸。我迈步往街上走，鞋子陷入几乎有八英寸高的积雪中。

"哇，"我说，"这下惨了。"

"也许我们应该等个一会儿，再开车回家。"柔伊回答。

有个司机靠在他的豪华轿车前面，他向我们看过来。"准备再等个好一阵子吧，两位女士，"他说，"气象预报说，雪起码要下到两英尺深才会停。"

"留下来过夜好了，"柔伊说，"附近有不少旅馆——"

"而且贵得很——"

"如果我们分摊一个房间就不那么贵了，"她耸耸肩，"再说，信用卡不就应该这样用吗？"她勾住我的手臂，拉我走进疾劲的风雪当中。对街刚好有一家便利商店。"牙刷、牙膏，我还需要卫生棉条。"我们走进商店，身后的自动门关了起来。她说："我们还可以买个指甲油和发卷，一边互相装扮，一边熬夜聊男孩……"

那是不可能的，我想。但是她说得没错，在这种风雪中开车回家不但笨，而且鲁莽。

"我还可以告诉你几个字，"她带着诱骗的语气说，"客房服务。"

我犹豫了。"我能挑付费电影吗？"

"就这么说定了。"柔伊伸出手来，和我握手约定。

其实，我没什么道理反对这次即兴的外宿。我负担得起一个晚上的旅馆费用，或者说，至少我能够说服自己。但是尽管如此，当我们拎着便利商店塑料袋上楼入住时，我的心还是怦怦跳。我没把自己的性向说出来，并不表示我欺骗柔伊，但性向不是可以拿来讨论的好话题。假使她问起，我会诚实以对。虽然说，对同性恋心怀恐惧的人可能会另作他想，但是身为女同性恋，不表示我会借机侵犯任何女性。然而这件事的另一个层面是，倘若你以为异性恋的女人不可能和男人之间维持纯友谊，那未免太荒唐，但如果她发现自己处于这种状况当中，可能不愿意和那个男人分享一个房间。

当我终于让我母亲知道我是个同性恋的时候，她说的第一句话是："可是你那么漂亮！"好像这两个条件会互相排斥一样。随后她没再说话，静静地走进厨房。几分钟之后，她走回起居室，在我面前坐下。"你去YMCA的时候，"她说，"是不是还在使用女性更衣室？"

"当然是，"我气愤地说，"妈，我不是变性人。"

"可是，凡妮莎，"她问，"你进到女性更衣室的时候……会不会偷看？"

我要顺便一提，答案是否定的。我多半在小隔间里换衣服，而且大多数的时间都盯着地板看。如果有其他女人发现我这个穿紫色泳衣的女人是个同性恋，我可能比她更不舒服，甚至更有感觉。

这不过是另一件让我比大多数人更操心的事罢了。

"噢，"柔伊一走进房间便惊叹，"太——棒——了！"

这地方显然是为都市的生意型男重新装潢的旅馆，这些人应该偏爱格子毛呢被和白炽灯，冰箱酒柜里还摆了马格丽特鸡尾酒饮料。柔伊拉开窗帘，俯视波士顿公园。接着，她脱掉靴子，跳到一张床上。最后，她伸手去拿购物袋。"嗯，"她说，"我来打开行李。"她拿出一蓝一紫的两根牙刷。"你有没有特别喜欢的颜色？"

"柔伊……你知道我是同性恋，对吧？"

"我问的是牙刷。"她说。

"我知道。"我伸手抓抓自己刺猬般可笑的发型。"我只是……我不想让你以为我有所隐瞒。"

她坐在自己的床上，和我面对面。"我是双鱼座。"

"这有什么差别吗？"

"那么你是不是同性恋，对我来说又有什么差别？"柔伊说。

我吐出一口气之后，才发现自己一直憋着呼吸。"谢谢。"

"谢什么？"

"谢……我不知道，感谢你就是你吧。"

她咧嘴一笑。"是啊。我们双鱼座的人是特殊品种。"她又开始翻袋子，找出一盒卫生棉条。"我马上回来。"

"你还好吗？"我问，"这是这个小时内你第五次上洗手间了。"柔伊走进浴室的时候，我拿起电视遥控器。我们有四十部电影可以选。"听着，"我大声说，"我们可以选……"我念出电影列表，屏幕上不停地回放亚当·桑德勒的预告片。"我得看喜剧片，"我说，"你有没有在电影院看珍妮弗·安妮斯顿的那部片子？"

柔伊没有回答。我听到流水声。

"你有没有什么意见？"我喊着，"还是评语？"我再次查看播放列表。"我要决定喽……"我停在屏幕上的订购页面上，因为我不想让柔伊错过片头。我一边等，一边翻阅客房服务的菜单。一份丁骨牛排的价格几乎够我买辆小车，我也不懂冰激凌为什么一定要买桶装，不能买单球，但是这些东西看起来比我自己在家里准备的要可口得多。

"柔伊！我饿得胃壁都快被吸收掉了！"我瞥了时间一眼，从我暂停屏幕到这时候有十分钟了，柔伊在浴室里已经待了十五分钟。

如果她刚刚说的话并非真心呢？如果她后悔外宿呢？还是说，她担心我会在半夜里爬上她的床？我站起来，敲敲浴室的门。"柔伊？"我大声喊，"你还好吗？"

她没有回答。

"柔伊？"

这下我开始紧张了。

我开始拉扯门把，再次喊她的名字，接着用全身的力量撞门，门锁弹了开来。

水龙头开着。卫生棉条的盒子还没打开。柔伊昏倒在地板上，牛仔裤已经脱到了脚踝边，血水浸湿了她的内裤。

我陪柔伊搭救护车，到不远之外的布里格姆妇女医院去。如果硬要在这件事中找到值得庆幸之处，那就是困在波士顿，让我们离全世界最好的医疗机构只有咫尺之遥。紧急医疗救护员问了我一些问题：她一向这么苍白吗？还是之前发生过什么事？

对于这两个问题，我都不确定该如何回答。

柔伊恢复意识之后，仍然虚弱到无法坐起身子。"别担心……"她低声说，"这种情况……常常发生。"

正如我所知，无论我自以为多了解柔伊·巴克斯特，我不认识的部分一定更多。

医生为她检查，帮她输血，我在一边坐着等待。电视正在回放连续剧《六人行》，整个医院里宁静无声，几乎像个鬼城。我不知道医生是否也和我们一样，因为风雪过大而受困。最后，终于有个护士来喊我，于是我走进柔伊的病房。她闭着双眼躺在床上。

"嘿，"我轻声说，"你觉得怎么样？"

她把头转过来，抬头看高挂的输血袋。"觉得像吸血鬼。"

"B型血，"我试着开玩笑，但是我们都没笑。"医生怎么说？"

"上次发生这种事的时候，我就该上医院检查了。"

我瞪大了眼睛。"你月经来的时候会昏倒？"

"其实不算月经。我没有排卵，应该说是周期不正常。从来没正常过。但自从……宝宝……之后，这对我来说就像是月经。医生做了超声波，她说我的子宫内膜肥厚。"

我不解地眨了眨眼。"这是好事吗？"

"不是。我得做个子宫扩张刮除术。"柔伊的眼眶泛泪。"好像噩梦重演。"

我坐在床沿。"完全不一样，"我说，"而且，你不会有事的。"

的确是不同，不只是因为没有死婴而已。上次柔伊的健康出现危机的时候，她的丈夫和母亲都陪在她身边。现在呢，她只有我。而我除了自己之外，哪里懂得照顾别人？我不曾养狗，甚至连金鱼都没有，去年圣诞节校长送我的兰花也死在我手上。

"凡妮莎，"她问，"能不能请你把电话递给我，让我打个电话给我妈？"

我点点头，从她的皮包里拿出手机，这时候刚好有两名护士走进来，要为柔伊做术前的准备。柔伊坐着轮椅被推了出去，我告诉她："我帮你打电话给她。"一会儿之后，我打开了她的手机。

我实在无法控制自己。这有点像是受邀到别人家里吃晚餐，却趁机跑进浴室里去翻看药柜。我查找手机里的通讯簿，想通过柔伊认识的人，让自己对她有更进一步的认识。通讯簿上的人我大部分都没听过，这点可想而知。接下来是分类：匿名戒酒协会、当地比萨店，以及她工作的学校和医院。

尽管如此，我还是忍不住要胡思乱想。谁是珍？爱丽斯又是谁？她们是她大学时期的朋友，还是她的同事？她有没有在我面前说起她们？

她是否曾在她们面前提过我？

麦克斯仍然在通讯簿上。我不知道该不该打电话给他。我不晓得柔伊会不会希望我拨电话。

既然她没说就算了。我继续往下看，毫无意外地在"母亲"的字段找到了黛拉。

拨号之后，电话直接转到了语音信箱，于是我切断电话。我觉得不该在语音信箱里留下让人担心的留言，尤其是，她身在三千英里之外，在这个节骨眼上没办法为柔伊做任何事。我打算之后再试试。

一个半钟头之后，柔伊坐着轮椅，从手术室里被推了出来，送回病房。"她会手脚无力，要一阵子才会恢复，"护士告诉我，"但是她不会有事的。"

我点点头，看着护士走出去。她随手关上门。"柔伊？"我轻声喊她。

她吃了药，睡得很沉，灯光下，她的睫毛在脸颊上投下蓝色的影子。她的双手平放在被单外，仿佛想为我献上某个我看不到的东西。她的左侧有另一袋输血用的血袋，内容物经由怪异的管子滴入她手肘内侧。

上次我到医院，是为了探望垂死的母亲。她被诊断出胰脏癌，大家都知道她的吗啡剂量越用越凶，这是为了让她能长期处于睡眠状态中，远离病痛的折磨。我知道柔伊不是我的母亲，她得的病也不一样，但是看到她默不作声、静静躺卧的样子，让我觉得再次体验到同样的经历，仿佛在读一篇我希望从来没出版过的篇章。

"凡妮莎。"听到柔伊说话，我跳了起来。她舔了舔干燥又苍白的嘴唇。

我握住她的手。这是我第一次握柔伊的手，她的手好小，像只鸟。她的指头长了茧，应该是吉他弦磨出来的。"我刚刚拨电话给你妈妈，但是没找到她。我是可以留话，但是我觉得，也许——"

"我不能……"柔伊喃喃地打断我。

"你不能什么？"我低声问，朝她靠了过去。

"我不相信……"

我无法相信的事情很多。我不相信人们得到的都是他们理应得到的待遇，不管好坏都一样。我不能相信在这个世界里，人们会以你的行为而不是为人来评断你。我不能相信快乐的结局不会毫无条件地出现突发状况。

"我不相信，"柔伊重复自己的话，她的声音细如游丝，让我几乎可以收进口袋里，"我们竟然把钱浪费在旅馆住房上……"

我低头看她，想知道她是不是在开玩笑，但是柔伊又进入了梦乡。

曾经，大众认为同性恋者不得投身教育界，如今我们已经走过了那个年代，但是在我任职的高中里，仍然有些不能问也不能说的政策。我在同事面前不会刻意隐藏我的性向，但是我也不至于大肆声张。校内学生的"彩虹联盟"有两名成人辅导老师，我是其中之一。但是另一名辅导老师杰克·库曼尼是个标准的异性恋。他有五个子女，参加铁人三项竞赛，喜欢引用《搏击俱乐部》的台词，而且，抚养他长大的，是他的两个母亲。

然而我还是很小心。虽然大部分的学校辅导老师认为关门为学生进行私人咨询稀松平常，但是我从不关门。我办公室的门永远留一道缝，如此一来，没有人会问里面进行的咨询是否合法，是否可以打断。

我的工作涵盖范围很广，包括聆听一些需要通过咨询系统与大学招生顾问的学生倾诉，如此一来，他们才会把我们学校放在虚拟地图上；要帮助那些害羞到不敢说出心声的学生，还要实质协调三百名学生排课，他们都想要选修心目中排名第一的英语课程。这天，来到我办公室坐在沙发上的是蜜卡拉·贝瑞伟克的母亲。她女儿的社会科刚拿到B+的成绩。"贝瑞伟克太太，"我说，"这不是世界末日。"

"我不觉得你懂，萧小姐。蜜卡拉从她还很小的时候，就一心想上哈佛。"

不知怎么的，我对这个说法存疑。才刚呱呱坠地的孩子不可能懂得什么是高中履历，绝对是积极又热心的父母代为计划。我在念书的时候，"直升机父母"这种名词根本还没出现。现在的家长看头看尾，什么都要管，让孩子忘了怎么当孩子。

"不能让一个对她有嫌隙的历史老师在记录上留下永远的记号，"贝瑞伟克太太强调自己的重点，"如果勒文先生愿意重新考虑他的给分标准，蜜卡拉绝对愿意修额外的学分……"

"哈佛不会在乎蜜卡拉的社会科是不是拿B+，哈佛要的是她在大一认清自己是怎么样的人，要她找出自己喜欢做的事。"

"没错，"贝瑞伟克太太说，"所以她才会参加学测准备课程。"

蜜卡拉还要再等两年才会参加学测。我叹了一口气。"我会找勒文先生谈谈，"我说，"但是我没办法保证。"

贝瑞伟克太太打开皮包，掏出一张五十块美金的钞票。"谢谢你站在我的立场看待这件事。"

"我不能收你的钱。你不能用钱帮蜜卡拉买下高分——"

"我不是这个意思，"女人带着僵硬的微笑打断我的话，"蜜卡拉要努力才能得到高分。我只是……想表达我的感激。"

"谢谢，"我说，把钞票推还给她，"但是我真的不能接受。"

她上上下下打量着我。"我没有恶意，"她低声说话，仿佛有什么阴谋，"但是你可以添点新行头。"

我正想去找亚列克·勒文，要他再给蜜卡拉·贝瑞伟克更低的分数时，办公室外面的接待室传来哭声。"不好意思。"我说。我确定那是一个小时之前来找过我的十年级学生，她的月经晚了十二天，而她的男朋友在和她发生关系之后立刻甩了她。我抓起面纸盒走了出去，说真的，辅导老师可以去为面纸厂代言了。

外面的人不是我的十年级学生，而是柔伊。

"嗨。"她说。她试着露出微笑，但却惨兮兮地失败了。

波士顿那场灾难之行是三天前的事了。柔伊做过子宫扩张刮除术之后，我终于联络上她的母亲，她刚结束研讨会搭飞机回家，和我约在柔伊的住处碰面。之后，我打了好几通电话问柔伊的状况，最后柔伊终于说，如果我继续打电话问她的情形，她绝对会挂我电话。事实上，她应该在今天开始工作。

"有什么不对吗？"我问道，带她进我的办公室。

而且，我关上了门。

她拿纸巾擦了擦眼睛。"我不明白。我不是坏人，"柔伊说，她的嘴角抽搐，"我尽可能当个好人，我拿厨余做堆肥，捐钱给无家可归的流浪汉。我会说'请'和'谢谢'，每天用牙线清牙缝，在感恩节自动自发到爱心厨房去当义工。我帮助阿兹海默症病人、忧郁症以及烧烫伤病患，想为他们的日子带来一点美好的事物，让他们有一点小小的满足。"她抬头看我。"结果我得到了什么？不孕、流产、死婴、血栓，还离了婚。"

"不公平。"我简短地说。

"我今天接到的电话也不公平。你记得布里格姆妇女医院的医生吗？医师说他们做了些检验。"柔伊摇头。"我得了癌症。子宫内膜癌。还有，等等，我还没说完，得了癌症竟然还算幸运。因为是早期发现，只要动个小小的子宫切除手术，我就什么事也没有了。这是不是太棒了呢？我是不是该感谢我的幸运之星？我是说，接下来还要发生什么事？从我家二楼掉个铁砧下来砸中脑袋吗？还是被房东赶出来？"她站起来绕圈圈。"你可以出来了，"她对着墙壁、地板和天花板大吼，"这是什么隐藏摄影机节目，不！你是谁，竟敢决定我这几年来的遭遇！我受够了。我受够了，我——"

我站起身来紧紧地抱住她，阻止她继续说下去。柔伊僵了一下，接着她靠在我的丝质衬衫上啜泣。"柔伊，"我说，"我——"

"你休想，"柔伊打断我的话，"你休想告诉我，说你觉得遗憾。"

"我不是，"我正色地说，"假如我们纯粹从或然率的角度来看这些发生在你身上的事，这代表我安全无虞。事实上，我受到正面的能量保护。你为我带来好运气。"

柔伊不可置信地眨眼，目瞪口呆，接着爆发出响亮的笑声。"我不相信你竟然会说这种话。"

"我不相信我竟然有办法逗你笑出来，你这时候不是该抱怨天堂种种，或是和上帝划清界限之类的吗？告诉你，柔伊，你这个癌症受害者实在当得不尽责。"

她又笑了。"我得了癌症，"她难以置信地说，"我真的得了癌症。"

"说不定你在日落之前还会染上坏疽。"

"我可不想太贪心，"柔伊回答，"我是说，一定有其他人需要来个蝗虫入侵或是得到猪流感——"

"白蚁！"我加上一句，"或真菌引起的木材干腐！"

"齿龈炎……"

"有裂缝的消音器。"我说。

柔伊顿了一下。"某种意义上来说，"她指出，"这是最早的问题所在。"

我们笑得更厉害了，连辅导室的秘书都探头进来看我们是不是安好。到了这个时候，我的眼底都是泪水，肚子也开始痛了。"我得切除子宫，"柔伊说，上气不接下气地弯下了腰，说，"可是我笑到停不下来。我是哪里有问题？"

我竭尽全力板起脸瞪着她看。"这个嘛……你应该是得了癌症。"我说。

当我在马修·肖伯守灵夜上对我大学的男朋友泰迪自白时，最精彩的故事出现了：他也向我坦白说出一切。在大学生活中，我们这两个同性恋一直竭尽全力去扮演异性恋的角色，如今终于快乐地表明自己的同性恋性向。我们仍然会依偎拥抱，但彼此都松了一口气，因为我们不必再徒劳无功地尝试去勾起对方的欲火，或是假装受到吸引。（当我对一些异性恋表示我在大学时期曾经交过男友，和他上过床，而且彻彻底底睡过这个男人时，那些人总是难掩惊讶。我是同性恋，但这并不代表我不能和男人发生性关系，只是说，那不是我最想做的事。）在这个共同的、新发现的恋爱倾向觉醒之后，泰迪和我到普文斯敦去共度阵亡将士纪念日的周末假期。我们和商业街上那些踩着高跟鞋来来去去的变装皇后互相搭讪，和海滩上穿着丁字裤、抹了助晒油的猛男们眉来眼去。我们到"船台"酒吧参加了一场下午茶舞会，之后又到"彩衣酒吧"去，那是我这辈子首度看到这么多女同性恋齐聚一堂。世界仿佛在那个周末颠倒过来，异性恋成了反常的角色，不再是规范。然而，我也不觉得自己属于那个地方。我从来不是那种只和同性恋来往、夜夜笙歌，或是狂放堕落的同性恋。我不是男人婆。还好我不必靠摩托车过日子，因为我连怎么骑都不知道。不是的，我比较喜欢穿着睡衣，在晚上八点钟准时收看回放的《豪斯医生》。所以这也表示我碰见的女人多半是异性恋，而不是同性恋。

　　每个同性恋都有同样的悲惨经验，都爱上过一个不爱你的人。当你第一次碰到这种事的时候，你会想：我可以改变她，我比她自己更了解她。无可避免的结局，是一段破碎的关系和一颗更粉碎的心。就某方面而言，异性恋也是相同的。女人深信自己所爱的男人，就算是每天对她拳打脚踢的男人也好，他们总有一天会住手。这两种案例当中的不变事实是：人不可能改变，不管你多迷人，不管你的爱有多么强烈，你都没办法改变一个人的原来面貌。

　　小时候，尽管我当时还无法说出这是什么感觉，但是我迷恋的是异性恋女孩。然而在成年之后，我第一个犯错的对象是珍宁·德尔菲，她是我大学垒球校队的一垒手。我知道她有男朋友，而且男方劈腿记录不断。某天晚上，她撞见男友和别的女人在一起，结果哭着到我宿舍房间里来找我。我要她进来，她逐渐恢复镇定。不知怎么着，她的哭声让我忍不住亲吻她，经过十个美妙的伴侣日子之后，她回到视她为粪土的男人身边。这很有趣，凡妮莎，她语带歉意，但这不是我。

　　我必须郑重地指出，我有很多异性恋朋友，这些女人对我不具有特殊的吸引力，但是我喜欢和她们共进午餐，或是一起看个电影之类的。但是在这么多年之间，仍然有几个人能够勾起我心里的火花，让我想到如果。我和其中有些人刻意保持距离，因为我不是受虐狂。我听过太多次：问题不在你，是我。

我不是供人实验的基地。我不想当白老鼠。我对于自己的个人魅力是否可以改变其他人大脑的思维完全没有兴趣。

我相信我生来如此，所以我相信异性恋的人也是同样的道理。但是我相信大家都会爱上一个人，所以我可以合情合理地说，有时候你爱上的是男人，有时候你会爱上女人。我经常自问，如果我发现自己生命中最伟大的爱情，对象是个男人，情况又会是如何。吸引你的原因是人的本质，还是他们的特性？

我不晓得。但是我知道，我现阶段的生命并不是我的永恒，现在不是。

我知道，我亲吻过的第一个人，绝对没有最后一个人重要。

而且我还知道，不要去梦想不可能发生的事。

我坐在办公桌前面，什么事也没办法做。

每隔两分钟，我就会查看计算机屏幕角落上的时间。现在是12:45，这表示柔伊应该已经出了手术室。

她的母亲陪在医院里。我也想过去，但是不知道这么做会不会有点怪。毕竟，柔伊并没有开口要我去。而且我不想增加她的负担，说不定她只想单独和她母亲在一起。

但是我也在纳闷，她之所以没开口要我陪她，是不是因为她不想让我觉得自己有义务。

我完全不可能有那种感觉。

12:46。

上个周末，柔伊和我去参观了罗得岛设计学院的艺术博物馆。当时的展览是一间空洞的房间，边缘放了些纸箱。我一屁股坐在纸箱上，遭到博物馆警卫出声制止之后，我才发现我不小心让自己成了展览的一部分。"算我庸俗好了，"我当时说，"但是我还是喜欢呈现在画布上的艺术。"

"这你要去怪杜尚，"柔伊回答，"一九一七年，那家伙在便斗上签个名就拿去展览，这件艺术作品叫作《喷泉》。"

"你在开玩笑……"

"是真的，"柔伊说，"那件作品最近才获选为最具影响力的杰作，投票的有五百名左右的专家。"

"我猜，原因应该是要让人了解任何东西都可以成为艺术，比方说，假如你把尿斗或纸箱丢进博物馆，这些东西就成了艺术。"

"没错，"柔伊正色说，"这就是我要把我的子宫捐赠给罗得岛设计学院的原因。"

"别忘了要加上纸箱。还要有扇窗户。这样，作品的名称才可以叫作《有窗的子宫》。"

她虽然笑了，但有些感伤。"比较像是《空洞的子宫》吧。"柔伊说完话，就陷入自己的思绪当中。我拉着她走出去，街上有家咖啡馆的拿铁好喝得令人咂舌，而且他们的拉花才真的叫艺术。

12:50。

我真想知道柔伊出了手术房之后，黛拉会不会打电话给我。我是说，我理所当然会想知道手术是否一切顺利。我告诉自己，没消息不代表情况不对。

我是那种事事会往坏处想的人。碰到有朋友搭飞机，我会上网查班机抵达时间，确定班机没有坠毁。我只要出城，就会拔掉所有的电器插头，以防供电突然不稳。

我在计算机屏幕上调出柔伊住院开刀的医院首页。接着再搜索

"子宫切除腹腔镜手术"几个关键词，想查找可能的并发症。

这时电话响了，我迫不及待地接了起来。"喂？"

打来的不是黛拉，也不是柔伊。那个声音很小，微弱到我几乎听不见。"我只是要打个电话说再见。"露西·杜伯瓦低声说。

几个星期前，我向柔伊提过这个一年级女孩，她罹患忧郁症有一段时间了。这不是她第一次在病发时打电话给我。

但这是我第一次听她这样说话。仿佛她在水中，而且正在迅速下沉。

"露西？"我对着电话大喊，"你在哪里？"我听出电话里有火车的声音，以及像是教堂的钟声。

"告诉全世界，"露西含糊地说，"我说，去你的。"

我抓起出勤表，就像预言一样，露西·杜伯瓦的记录是：缺席。

拯救别人的性命是一件相当了不起的事。

警察根据火车的汽笛和我听到的钟声，将搜索范围放在某个天主教教堂后方的老木桥附近，这所教堂在下午一点钟举行弥撒。警方在桥下发现露西，她身边有个一公升的开特力运动饮料空瓶，和一个止痛药空瓶。

我和她的母亲在医院碰面。医院已经让露西喝下排毒的活性碳饮料，将她带到精神科病房住院观察，防止她自杀。接下来要检查的，是她对自己的肝脏和肾脏造成了多大的伤害。

珊卓拉·杜伯瓦和我一起坐在等候室里。"院方要将她留下来观察几天，"说话的时候，她强迫自己抬起头直视我的目光。"萧小姐，我不知道该怎么感谢你才好。"

"请叫我凡妮莎，"我说，"我知道你该怎么做。让我来帮助你的女儿。"

过去一个月以来，我一直尝试想说服露西的双亲，要他们相信音乐治疗是个有科学根据的治疗方式，他们的女儿越来越孤立，通过这个治疗，也许可以突破露西的心防。到目前为止，我还没办法取得他们的同意。珊卓拉和她的丈夫是永耀会虔诚的信徒，他们一向不以治疗身体病痛的方式来对待心理上的疾病。如果露西诊断出盲肠炎，他们可以了解治疗的必要性。但是对他们而言，忧郁症是一种晚上睡不着觉的毛病，参加读经会就可以解决。

我纳闷地想过，要经历几次自杀未遂，才能改变他们的观点。

"我丈夫不相信心理医师……"

"你告诉过我。"尽管露西这次差点送掉小命，但是他仍然没到医院来，显然是出差去了。"不见得一定要让你丈夫知道，可以把这件事当作你我之间的秘密。"

她摇着头。"我看不出唱歌会带来什么差别——"

"向主扬声欢呼，"我引述赞美诗。她眨眨眼，仿佛我终于开口用她的语言说话。"听我说，杜伯瓦太太，我不知道什么方法帮得了露西，但是你我目前的努力似乎都没有成效。也许你有教会里的所有会众为露西祝祷，但如果我是你，我会找个备用工具，以防万一。"

杜伯瓦太太鼻翼歙张，我明白自己逾越了专业与个人信仰之间那道不成文的界线。"这个音乐治疗师，"珊卓拉终于问了，"她有治疗青少年的经验吗？"

"有的。"我犹豫了，"她是我的朋友。"

"她是虔诚的基督徒吗？"

就算柔伊是，我也看不出这和信仰有什么关系。好像杜伯瓦太太要求的是医院里要有传教士，或是住院表格里圈选自己的宗教。在这个为难的时刻，我看着珊卓拉·杜伯瓦站起来走向走廊，朝露西走过去。

接着，我想到麦克斯。"我记得她有亲戚在你们的教会里。"我大声说。

露西的母亲犹豫了。接着，她在转向走廊转角之前回头看着我，对我点头。

第一天晚上我去看柔伊的时候，她还没醒过来。黛拉和我各自挂上僵硬的笑容，她先刺探性地问了我一些童年时期的生活，接着才提议看茶叶渣帮我算个命。

第二天我去看柔伊时，我带的是自己用三十六片吉他弹片插在泡棉上做成的一朵雏菊。老实说，我手很拙，面对溶胶枪或针都只能哑口无言。

第三天，她在家门口等我。"绑架我，"她哀求，"拜托。"

我瞥向她的身后，看到黛拉在厨房里拿着锅盘乒乒乓乓地准备晚餐。"我不是开玩笑，凡妮莎。对黄铜手链是否有益身体健康这种话题，任何正常人最多也只能忍受到这个程度了。"

"她会杀了我。"我咕哝地说。

"不对，"柔伊说，"她会杀了我。"

"你不应该起来走路……"

"医生不反对我搭车兜风，呼吸点新鲜空气，"她说，"你开的是敞篷车……"

"现在是一月！"我实话实说。

尽管如此，我知道自己一定会顺她的意。柔伊有能力说服我，让我相信即使在隆冬，到南极也会是个棒得不得了的计划。说真的，如果她也要去，那么我真可能会订张机票。

　　她指路让我开车到覆盖着白雪的高尔夫球场，这地方是当地小学生常去的热门地点，孩子们拖着充气泳圈到小丘上，然后互相抓住手脚，像一串原子串起来的巨大分子一样，一起往下滑，柔伊摇下车窗，我们听到了孩子们的声音。

　　好家伙，刚刚简直是酷毙了。

　　你差点撞到那棵树！

　　你看到了没，我刚刚跳下来的时候风有多大？

　　下一次轮到我先。

　　"你记不记得那个年纪，"我问，"当时一天当中最悲惨的事，是发现自助餐厅里供应的午餐热食是肉卷？"

　　"或是在醒来时发现下雪的感觉？"

　　"其实，"我承认，"我到现在还是这样。"

　　柔伊看着孩子们继续玩下一趟。"在我住院的时候，我梦见了一个小女孩。我们坐在雪橇上，她坐前面，我抓着她。那是她第一次坐雪橇滑雪。梦境好真实，真的。我是说，风吹得我开始流眼泪，脸颊都裂了开来，而那个小女孩啊，我闻得到她洗发精的味道，感觉得到她的心跳。"

　　原来是这样，所以她才要我带她到小丘上来，才会想看这些孩子玩耍，就好像一会儿之后，会有人拿这些孩子的长相来考她。"我猜，你不认识她，对吧？"

　　"不认识。而且以后也不可能认识。"

　　"柔伊——"我伸手搭着她的手臂。

　　"我一直想当母亲，"她说，"我本来以为那是因为我想读床边故事给孩子听、看我的小孩在学校合唱团里唱歌，或是一起去买毕业舞会的礼服，你知道吗，这些事让我自己的母亲快乐得不得了。我想要的，是孩子在长大之后能成为我的支柱，你懂吗？"她说，"一个每天打电话回来问候的人。一个在你生病时愿意半夜跑药房的人。当你不在的时候会思念你，而且无论如何都会爱你的人。"

我可以当那个人。

这个顿悟仿佛一阵向我当头扑来的飓风。我发现被我贴上"友情"标签的这段关系——至少对我来说是这样——其实不止于此。我明白我希望从柔伊身上得到我永远无法得到的感情。

我经历过这个阶段，所以我知道该如何反应，如何假装。毕竟，我宁愿只拥有她的一小部分，也不愿全盘皆空。

于是，我拿开放在柔伊胳膊上的手，垂着手臂，刻意在两人之间制造出空间。"嗯，"我强迫自己笑着说，"可是你现在只有我。"

终于四曲

柔伊

我的第一段最佳友谊和地缘有关。爱莉住在对街，她住的房子周边看来有些破旧，窗台垂垮，墙角的护板也有毁损。她的母亲是单身，和我母亲一样，只不过她是出于选择，而不是命运的安排。她在保险公司工作，一向穿低跟鞋搭配剪裁方正、中规中矩的套装去上班，但是我记得到了周末，她会贴上迷人的假睫毛，在头发里塞进发片，才去参加舞蹈俱乐部的活动。

我和爱莉完全不同，十一岁的爱莉已经是个漂亮的小女孩，长长的金色鬈发深浅层次分明，小马般的长腿永远晒成夏日健美的棕色。她的房间总是一团糟，得先把堆在床上的衣服、书本和填充玩偶丢到地板上，我们才有地方坐。她成天想的，就是要怎么潜入她母亲的衣柜里去"借"衣服穿，或是找香水喷。她看杂志，但是从来不读书。

但是爱莉和我有个共同点，在全班同学当中，只有我们没有父亲。就算是双亲离了婚的孩子，也会在周末或假日和分开居住的家长见面，但是爱莉和我没有这个机会。不用说，我当然见不到死去的父亲。而爱莉呢，则是从来没见过她的爸爸。爱莉的母亲总是以"那个人"来称呼她父亲，恭敬的语气老让我觉得他一定很早就过世了。几年之后，我才知道情况根本不是那样，"那个人"已婚，外遇从来没有间断过，但又不愿意离开妻子。

如果爱莉的母亲在夜晚外出，负责看顾我们的责任便会落在爱莉的姐姐黎拉身上，但是黎拉往往待在卧室里，而且会紧紧关上房门。我们不可以打扰她，虽然她床头的墙上有好几幅会在黑夜里发出荧光的漂亮海报，但在大多数夜里，我们还是不会去吵她。我们通常自己准备浓汤喝，一起遮起眼睛看有线电视播放的恐怖电影。

我和爱莉无所不谈。比方说，我会告诉她我在半夜梦到我母亲也过世了，尖叫着醒过来。或者说，我担心自己在任何一方面都没有杰出的表现，想想看，有谁愿意平庸地度过一生？我会坦承自己曾经假装肚子痛来躲避数学考试，曾经在夏令营里看过男孩的生殖器，因为他在跳水的时候掉了裤子。到学校上课的前天晚上，我会在睡前打电话给她，到了早上，会轮到她打来问我要穿什么颜色的衬衫，她好穿上相搭的颜色。

某个周末，我到爱莉家去过夜。夜里我跳下两人同睡的床，去走廊上偷看。她母亲的房门没关，半夜三点了，但是房里没有人。黎拉的门一如往常紧紧地关着，但是下方的门缝有一道紫色的光线往外照。我转动门把，想知道她是不是还没睡。她的房间简直像个魔幻秘境，除了烟雾缭绕之外，还有一道道熏衣草色的光线，映射出紫光的海报仿佛活了过来，十分立体。其中某张海报上有个有花型眼窝的骷髅头，而且似乎正朝着我接近。黎拉睁大了眼睛躺在床上，手臂上缠了一条橡胶管。我抽过血，曾经在诊所里看过这种管子。黎拉摊开的手掌上有个注射筒。

我以为她死了。

我往房里走了一步。黎拉一动也没动，魔幻的光线在她身上蒙上了蓝色的光晕。我想起自己的父亲，想到他倒在草坪上的那一幕。我正打算铆足力气放声尖叫，突然间，黎拉无精打采地翻个身，吓得我魂不附体。"出去，小鬼头。"她说。她的话宛如脆弱的泡泡，一碰到空气就破了。

我不记得那天夜里的其他经过。我只知道，当时虽然是凌晨三点，但我仍然跑着回家。

从此以后，爱莉和我再也不是真正的朋友了。

上了高中以后，母亲经常帮我邀回家的同学取别名。罗宾成了邦妮，艾丽丝变成艾西，苏西则是茱丽。不管我怎么纠正她，她还是会随自己的喜好来称呼这些女孩，而不是喊她们正确的名字。一阵子之后，我的朋友听到母亲瞎喊，竟然也会响应。

所以我才会那么惊讶，因为母亲从来没有喊错凡妮莎的名字，真的，一次也没有。她们两个人第一次见面就相处得非常愉快。她们有数不清的相似之处，而且一致觉得逗我发脾气是件有趣的事。

从我和凡妮莎在YMCA相遇到现在已经有两个月的时间了，在我最需要的时候——我前任密友才刚和我离婚，她不着痕迹地扮演起贴心知己的角色。这段丰富的友谊和爱情一样，一开始的新奇和火花逐渐有了变化，越来越舒适，而且足以依赖，这就像你在下雨的星期天，会从抽屉里翻出来穿的开襟毛衣，只因为你想被熟悉舒适的感觉团团围绕。不管是我延误报税、拿着遥控器转台看《热舞十七》重播后不忍再转开，或是当甜甜圈店门口的流浪汉看着我给他的五块钱钞票，反过来要我换给他五张一块钱的时候，我都会想打电话给她。当我困在九十五号州际公路的车阵中，或是在半夜里想起那个全身有百分之八十烧伤的两岁病童而号啕大哭，我也想找她倾诉。我将她的手机号码设定在我的电话里，同一个快速拨号键，曾经是麦克斯的号码。

现在回想起来，要明白我为什么会没有什么知交其实不难。婚姻带来了必然的转变，你最知心的朋友成了夜里睡在你身边的人。接着呢，我认识的女人都有了小孩，于是我出于自卫和嫉妒，刻意和她们保持距离。当时唯一了解我有多么想要、需要小孩的人，只有麦克斯。至少，我是这么告诉自己。

女性友人会为你做一些事，让你认清事实。她们会让你知道你的牙缝间塞了菜渣、穿某件牛仔裤会让你的屁股显得特别大，或是你实在让人难以忍受。她们会平静地说出来，而且不必遵循时间表，和丈夫传递的讯息完全不同。她们会说实话，因为你有必要听，但是实话不会改变你们之间连接。一直到现在之前，我可能完全没有这个领悟。

现在呢，凡妮莎和我看电影可能要迟到了，因为我母亲说起她和一个客户之间的突破性发展，就讲个不停。"于是，我带了两打砖块放在后车厢，"我母亲说，"接着，当我们到了悬崖的时候，我要迪娜用马克笔在砖头上写下关键词，知道吧，代表她感情包袱的关键词。"

"太棒了。"凡妮莎说。

"你也这样想，对吧？所以，她拿了一块砖头写'前夫'，在另一块砖头上写'绝不和我姐姐讲和'。还写了'生小孩后没减掉二十磅'之类的句子。告诉你啊，凡妮莎，她足足写干了三支马克笔。接着我带她走向悬崖边，要她把砖头扔出去，一次扔一块。我告诉她，当砖头打到水面的时候，她肩膀上的重担也随之释放了出去。"

"希望悬崖下没有正在迁徙的座头鲸群。"我咕哝地说，不耐烦地用手指敲打，"嘿，我实在不想打断你们的专业讨论，但是我们快要错过早场了——"

凡妮莎站起来。"我觉得这个方式太棒了，黛拉，"她说，"你应该要写下来，寄到专业刊物发表。"

我母亲的脸颊稍稍红了起来。"真的吗？"

我抓起皮包和外套。"你自己会离开吧？"我问母亲。

"不，不，"她也站了起来，说，"我要回家了。"

"你确定不跟我们一起去？"凡妮莎问。

"我确定我母亲有更好的事要做。"我很快地说完话，迅速拥抱她一下。"我明早打电话给你。"说完话，我拉着凡妮莎走出家门。

还没走到车边，凡妮莎掉头往回走。"我忘了拿东西，"她把钥匙扔给我，说，"我马上回来。"于是我坐进敞篷车，启动了引擎。我正在搜寻收音机的频道，她刚好坐进车里。"好了，"凡妮莎倒车退出车道，"有人打翻你的早餐吗？"

"你在想什么，怎么会邀请我妈一起来？"

"因为她星期六晚上一个人在家啊。"

"我四十岁了，凡妮莎，我不想和我妈一起出门！"

"到你真的没办法的时候，你就会想了。"凡妮莎说。

我看着她。在黑暗当中，后视镜的反光在她的眼睛四周投出了一圈黄晕。"如果你这么想念你妈，我的可以分给你。"我说。

"我只是想说，你不必这么暴躁。"

"但是你也不必鼓励她。你真觉得她那个扔砖头的方式很好吗？"

"当然很好。我自己都想用，只是学生们可能会在砖头上写下老师的名字然后扔掉，这样一来就失去建设性了。"她在红灯前停车，转过头来看着我，"知道吗，柔伊，我母亲同一个故事至少会说五次，我每次都会说：妈，好啦，我知道，然后翻个白眼。但是到现在，我甚至没办法真的记得她的声音。有时候我以为自己想起来了，甚至仿佛听得到，但是在真正听见之前，她的声音又会消失。有时候我会播放从前拍的录像带，好让自己不至于完全遗忘她的声音。我听着她叫我拿汤匙吃马铃薯，或是听她唱《生日快乐》。现在呢，为了听她同一个故事说五次，叫我杀人我都愿意。甚至只能听一次都好。"

她的故事说到一半，我就知道自己会屈服。"你在学校里就是这样辅导学生的吗？"我叹口气，"让他们看到自己的心胸有多狭隘，个性有多卑劣？"

"如果我觉得这样做能有所帮助。"她带着微笑说。

我拿出手机。"我叫我妈到电影院和我们碰面。"

"她已经来了。我回屋里就是去邀请她。"

"你怎么这么确定我会改变心意？"

"拜托。"凡妮莎笑了，"我连你到货摊要买什么东西都知道。"

她可能真的知道。凡妮莎就是这样，什么事只要说过或做过一次，她就会牢牢记住，下回好派上用场。比方说，我提过我不喜欢橄榄，一个月之后我们上餐厅时，侍者拿了一篮橄榄面包过来，我还来不及开口，她就要求换成脆饼。

"我郑重声明，"我说，"我还有很多你不了解的地方。"

"爆米花不加奶油，"凡妮莎说，"喝雪碧。"她噘着嘴。"还有巧克力花生豆，因为我们要看的是喜剧，没有巧克力花生豆，连喜剧都会失色。"

她说得没错。连甜食都说对了。

这不是我第一次这么想了，如果麦克斯有凡妮莎一半的观察力和体贴，我可能仍然已婚。

开车到了戏院之后，我惊讶地发现这地方有一大群人。这部没什么大道理的爱情喜剧片已经上映了好几个星期。另一部上映中的《七月》是独立制片电影，在报纸上有大篇幅的介绍，因为女主角是个还不到十三岁的偶像歌手，另一个理由是电影的主题：这不是罗密欧与朱丽叶的爱情悲剧，而是朱丽叶与朱丽叶的故事。

凡妮莎看到我母亲在人群的另一边，朝她挥挥手，要她过来。"真是不可思议！"她看看周围的人说道。

我读过有关这部电影的报道及争议。我开始想，基于瞩目的程度非凡，说不定我们应该改看那部片子。直到我们越来越接近戏院的时候，我才发现绕着戏院打转的不是排队购票的人潮。这些人是来示威的，而且还带着标语。

上帝憎恨同性恋

同性恋=上帝厌恶你们

是亚当和夏娃，不是亚当与史蒂夫

这些人不是激进分子，也不是疯狂的群众。这些抗议人士不但冷静，还很有组织，身上穿的不是黑色西装搭配窄版领带，就是朴实的印花洋装。他们看起来就像你的邻居，你的祖母，或是你的历史老师。就这点而言，这群人和他们正在诋毁的对象有了共同点。

我感觉到身边的凡妮莎脊背一僵。"我们可以离开，"我低声说，"我们租个片子回家看好了。"

但是在我离开之前，我听到有人喊我的名字。"柔伊？"

一开始，我没有认出麦克斯。毕竟上次我看到他的时候，他不但宿醉又没刮胡子，而且还拼命向法官解释为什么得判我们离婚。后来我听说他开始去瑞德和丽蒂的教会，但是我没想到会看到……看到如此彻头彻尾的改变。

麦克斯穿着合身的深色西装，系了条深灰色的领带。他的头发修剪得宜，胡碴也剃得干干净净。他在西装的翻领上别了一个徽章，一个小小的金色十字架。

"哇，"我说，"你看起来好极了，麦克斯。"

这仿佛是一场尴尬的舞蹈，我们笨拙地上前亲吻对方的脸颊，我抽身之后他也往后退，两个人都只能低头看地面。

"你也是。"他说了。

他脚上套着石膏。"发生什么事了？"我问道。我很难相信自己不知情，竟然没有人告诉我麦克斯受了伤。

"没事，发生了意外。"麦克斯说。

我纳闷地想，他刚受伤的时候，不晓得是谁负责照顾他。

我清清楚楚地感觉到我母亲和凡妮莎站在我的身边，她们像是火炉散发出来的热气。购票队伍前方有人买了《七月》的电影票，抗议人士开始激动，又唱又吼的，还一面摇动手上的标语。"听说你加入了永耀会，成为教会的一分子。"我说。

"其实应该说是教会成了我的一个部分，"麦克斯回答，"我让主耶稣进入我的心里。"

他带着灿烂的笑容说出这番话，这个表情和他从前说我下午帮汽车上过蜡，或是我晚上想吃中国菜一模一样，仿佛这是句日常对话，而不是一句会让人停下来思考的句子。我等着麦克斯笑出来，就像从前我们偶尔会取笑瑞德和丽蒂随时随地可以吐出赞美的句子一样。但是他没笑。

"你又开始喝酒了吗？"我问。这是我唯一想得出来的解释，也才能说明我认识的男人和眼前的是同一个人。

"没有，"麦克斯说，"滴酒不沾。"

也许不是酒精，但是依我看很清楚，麦克斯一定是对永耀会供应的饮料照单全收。他有点不对劲，有点像电影《超完美娇妻》里面的女人。我比较喜欢有诸多缺点的麦克斯，我喜欢的麦克斯会和我一起取笑丽蒂，笑她在沮丧时会脱口说"我的老天爷"，还会轻易相信他的话，以为瑞克·华伦要出马竞选总统。

坦白说，我不是个相信宗教的人。我不会阻挠他人，每个人都有权利相信自己要相信的事，但是我不喜欢别人强迫我接受他们的信仰。所以当麦克斯说"柔伊，我一直在为你祈祷"的时候，我完全不知道该怎么响应。我是说，虽然你没开口要，但是有人为你祈祷应该是件好事。

但是，当一群以上帝来掩饰恨意的人为我祈祷时，我是否真的愿意接受？售票口前方有好几个朝气蓬勃的美少女在发送传单，上面写着：我天生金发，你选择当同性恋。她们的意图鲜明，依我看，声称自己是"好基督徒"的说法，不过是蛋糕外层加了砒霜的糖衣。"你为什么会想要做这种事？"我问麦克斯，"一部电影能妨碍谁？"

"也许我可以回答。"有个男人说话了。他有一头白发，比麦克斯几乎要高个六英尺。我认出他来，我曾经在新闻中看过永耀会的牧师。"如果不是因为同性恋在这里推销他们的行事进度，我们也不会出现。如果我们坐视不管，有谁会来确保我们伟大的国家不会成为一个人人有两个母亲的地方？更何况上帝眼中的婚姻，要有一个男人和一个女人？"他说话的声音越来越大。"兄弟和姐妹，我们来到这里，是因为基督徒如今已经成为少数！同性恋声称他们有发声的权利，是吗？那好，我们基督徒同样也有！"

会众发出低吼，举高了手上的标语。

"麦克斯，"牧师边说话，边丢给他一串钥匙，"我们需要一箱传单，麻烦你去车里拿过来。"

麦克斯点点头，然后转头对我说："看到你气色这么好，我真的很高兴。"从我们见面到现在，我第一次相信他的话。

"能看到你过得不错，我也很高兴。"我是真心的，就算他踏上了一条我永远都不会走的路也一样。但是就某方面而言，这对我是最终的证明，证实了我们的关系永远不可能修补了。如果麦克斯真的要走上这条路，我绝对不会想跟进。

"希望你们不是要来看《七月》的吧？"麦克斯说，当初，我就是爱上他这个似笑非笑的表情。

"不是，我们要看珊卓·布拉克的片子。"

"选得好。"麦克斯回答。他冲动地靠上来亲吻我的脸颊。我闻到他洗发精的味道，这让我心头一震，想起了浴室里洗发精的瓶子，上面还贴了张茶树油的小卷标和产品的特性。"我每天都想着你……"麦克斯说。

我往后退，突然觉得眩晕，担心这会不会是旧爱的阴影。

"……我在想，如果你接受上帝，你的生命会更加快乐。"麦克斯把话说完。

就这样，我再次确确实实地站在现实当中。"你究竟是谁？"我喃喃地问，但是麦克斯遵从牧师的吩咐，早已转身朝停车场走了过去。

酒吧的名字叫"亚特兰提斯"，而且不幸地位在普罗维登斯新开幕的精品酒店里。投影机在墙上投射出波纹色彩，模拟海面下的情境。用来装饮料的是深蓝色的玻璃杯，包厢的隔间仿照珊瑚制作，里面的靠垫宛如艳丽的海葵。酒吧正中央有个巨大的水槽，除了热带鱼之外，水槽里还有个塞在硅胶美人鱼尾巴和贝壳胸罩里的女人。

还好，看完电影之后，我母亲决定回家，让凡妮莎和我单独去喝点饮料。我着迷地看着水槽里的女人。"她要怎么呼吸？"我问出声来，接着，我马上看到她偷偷用藏在手上的潜水装备吸了一口氧气，这个装备与水槽上方的装置相连。

"看来我错了，"凡妮莎说，"小时候曾经梦想要成为美人鱼的女孩还是有出路的。"

女侍为我们端来饮料，不出所料，还有一盘用大贝壳装的坚果。"我猜，这很快就会过时了。"我说。

"难说，我看过报道，据说主题餐厅在中国是当红的话题。有一家餐厅只提供电视餐，另一家有中世纪食物，更精彩的是你得用手吃。"她看着我，"我最想去的是史前餐厅。他们的菜色是生肉。"

"是不是还得自己动手杀？"

凡妮莎笑了出来。"说不定。你想想看，在那个餐厅里当侍者不知道会是什么情形。'呃，小姐，我们订的是猎人的桌位，结果怎么会和这些光看不下手的人坐在一起呢？'"她举起饮料敬酒。她点的是马丁尼，我觉得那味道很像油漆的稀释剂（我曾经这么对凡妮莎说，结果她问：你上次喝油漆稀释剂是什么时候的事？）"敬永耀会。希望他们早日分辨出教会和憎恨的区别。"

我也举起自己的杯子，但是我没喝。我想到了麦克斯。

"我不懂那些人，什么要抗议神秘的'同性恋政治议程'，"凡妮莎若有所思地说，"你知道我的同性恋朋友的议程是什么吗？把时间用来和家人相处，缴清账单，还有，下班记得买牛奶回家。"

"麦克斯曾经酗酒，"我唐突地说，"就是这样，他大学才会辍学。从前，只要看到风浪好，他一定去冲浪。我们为这种事吵过架，他本来应该要去工作，但一看到十英尺浪就会抛弃客户。"

凡妮莎放下手上的马丁尼，看着我。

"我的重点是，"我继续说，"他从前不是这样。连那套西装……在我们结婚的这些年当中，他应该只穿过运动夹克。"

"他看起来有点像中情局干员。"凡妮莎说。

我扬起嘴角。"再戴个耳机就够了。"

"我相信上帝的热线用的是无线传输。"

"大家应该都可以看透他的言辞，"我说，"难道会有人去认真看待克莱夫·林肯？"

凡妮莎用指头轻敲马丁尼的杯口。"我昨天到杂货店去，车子停在一辆小货卡的旁边，那辆车的挡泥板上有个贴纸，写的是：拯救鹿儿，射杀酷儿。"她抬起头，"所以，是啊，是有人很认真听他说话。"

"但是我从来没想过麦克斯会是其中之一。"我有些犹豫，"你觉得这会不会是我的错？"

我期待的是凡妮莎立刻否决我这个说法，但是她却思考了一会儿。"如果你在失去孩子之后，没有一直努力试图振作，那么，当麦克斯需要援手时，你也许帮得上忙。但是我刚刚听了你的话之后，我觉得麦克斯在遇见你之前，可能就已经受到了伤害。如果真是这样，那么，不管你如何修补他的伤痛，他迟早会再度崩溃。"她拿起杯子，一口干掉，"你知道你需要的是什么吗？你必须放手。"

"放开什么？"

"显然是麦克斯。"

我感觉到双颊发烫。"我没有抓着他不放。"

"嘿，我知道。只是说，这是自然反应，因为你们两个——"

"他甚至不是我喜欢的型了。"我脱口而出，并且发现说出口之后，这仿佛成了事实。"麦克斯——呃，他和其他对我有兴趣的男人完全不同。"

"你是指他的大块头、满身肌肉，而且性感？"

"你真这么想？"我惊讶地问。

"不能因为我家里没收藏现代艺术品，就说我不懂得欣赏。"凡妮莎说。

"麦克斯一直想教我美式足球的规则，可是我讨厌足球，不喜欢看一堆人在人工草皮上互相推搡。还有，我觉得棒球也没什么意思，你甚至不必收看完整的赛程，胜负总是在最后两分钟决定。再说他邋遢得很。他为自己切一片甜瓜吃之后，老是会把剩下来的瓜子放在流理台上，到了晚上，厨房里一定会爬满蚂蚁。而且他特别会记仇，往往事情都过了几个月了，一吵起架来，才又提起完全不相关的陈年旧事。"

"但是你还是和他结了婚。"凡妮莎说。

"呃，"我回答，"是啊。"

"为什么？"

我不知道该怎么回答这个问题。"因为，"我终于说，"当你爱上一个人的时候，你不会在他身上看到自己不喜欢的种种。"

"我看呢，下次当你真心想要任何东西的时候，你可能得多加把劲。"

"下次！"我重复她的话。"不可能了。我受够了恋爱这码子事。"

"真的吗？你才四十岁，难道你打算就此自我封闭？"

"喔，闭嘴，"我说，"等你离婚之后，再来和我谈这种事。"

　　"如果不是我没有结婚的权利，我还真想试试。说真的，你四处看看。这里一定有能够吸引你的人……"

　　"我不会让你当媒人，凡妮莎。"

　　"那么你就告诉我。当然了，就当作学校里的练习……"

　　"告诉你什么？"

　　"你想找什么？"

　　"拜托，凡妮莎，我一点也不知道。我现在还没想到那些事。"

　　我看向美人鱼。她正要休息，跳上梯子准备离开水槽。她来到水面坐在特制的架子上，先抓起毛巾擦干身子，再查看她的黑莓机。

　　"找个真实的人，"我听到自己在说话，"找个永远不会假装，而且当我和他在一起时，我也不必伪装的人。找个聪明又懂得自嘲的人，找个听交响乐会落泪的人，因为他知道音乐无法以文字来形容。这个人对我的了解必须胜过我自己。早上醒来时，我最想说话的人是他，他也要是我在入睡前说最后一句话的人。尽管事实不可能如此，但是我会觉得我仿佛认识他有一辈子之久。"

　　说完话，我抬起头来，看到凡妮莎咧着嘴对我笑。"天哪，"她说，"这还叫没想过。"

　　我喝完自己的酒。"嗯，是你要问的。"

　　"没错。这样一来，如果我在路上撞见你未来的另一半，我才可以把你的电话给他。"

　　"你的完美情人呢？"我问。

　　凡妮莎在桌上扔了张二十块钱钞票。"我要求不多。只要是有渴望、有意愿的女人就可以了。"她抬头看美人鱼，后者正板着脸拿着威士忌酒杯喝她的酒。"还要是人类。"

　　"你这么挑剔，"我笑着说，"要怎么找到对象啊？"

"这是我的人生写照，"她回答，"我的人生写照。"

直到我回到家，躺在床上之后，才发现凡妮莎没有认真回答我的问题，至少，没像我那么认真回答。

而我的回答呢，除了代名词"他"之外，我对于完美伴侣的叙述，指的其实就是凡妮莎。

我该收录哪些曲目来描述你？

我一辈子都在问这个问题，把这个问题当作判定性格最简单的测验。这个习惯出自那张让母亲对父亲无比思念的老唱片《巫医》。毫无疑问地，对她而言，这首曲子一定会在她收录的曲目当中。还有《一直与永远》，她和我的父亲在婚礼上伴着这首音乐起舞，当他们在公共场所听到这首音乐时，通常会不顾身旁人的观感，互相依偎在对方的怀里翩然起舞，这总是让我觉得既神奇又丢脸。另一首是披头士的歌曲，她说过，她曾经在这个神奇四人组举行记者会的旅馆外面过夜，只为了在团员出发到机场时可以一窥他们的风采。此外还有恩雅和雅尼，她现在借由他们的音乐进行正念呼吸修行。说真的，如果你仔细看过我母亲的最爱音乐列表，你应该能和亲眼看到她本人一样描绘出这个人。

这个理论适用于所有人身上，我们选择的音乐足以清楚反映出真正的自我。如果有人将邦·乔维列入最喜爱音乐列表当中，你一定可以对他有所了解。如果他喜欢威瑟合唱团或是《欢乐青春》的原唱版本，那么道理也相同。

我第一次用选录曲目来检视爱情速配指数是在我念高中的时候，只要关上车窗，我当时的男朋友便坚持一次又一次地播放旅行者合唱团的同一张唱片，他还会为了大声合唱而放下手边所有的事。我早该学到的，千万别去相信任何喜欢听重金属情歌的人。

有过那段经历之后，我会要所有可能成为我男友的人选提出他们的选曲。我告诉他们，这个选择无关对错，这是实话。然而，有些答案根本离谱到毫无挽救的余地。

《疯狂》
《我太性感》
《Mmmbop》
《裸奔》
《我的前任全住在得州》

麦克斯选录的全是乡村音乐，我一向不是这类型音乐的乐迷。不知道为什么，这些乡村歌曲描述的永远是酗酒和离家出走的妻子，要不然，就是拿女人和大型农作机械，比方拖拉机或卡车，来互相比较。你有没有听说过牛仔和机车骑士的老笑话？这两人都被判了死刑，要在同一天处决，狱卒问牛仔有什么临终的要求，牛仔恳请狱卒在他死前播放《破碎的心》。接着狱卒又问机车骑士，想知道他最后的愿望。机车骑士说："在播放《破碎的心》之前，先让我死吧。"

以我从来没听过的音乐作为回答的人，都是我见过最有趣的人，譬如南非的无伴奏人声乐团、秘鲁鼓手、逐渐崭露头角的西雅图另类摇滚乐手、珍·柏金，和笔记乐团。当我还在伯克利就读的时候，我曾经和一个只听饶舌歌曲的男孩子约会。我从小听卡西·凯森主持的节目长大，对于嘻哈音乐了解不多。但是我这个前男友为我解释嘻哈音乐的背景，让我知道这类型的音乐来自西非民间乐曲，四处旅游的歌手和诗人保留下流传数个世纪之久的传统，以言语来传述故事。他曾经播放过对社会评论意味十足的饶舌歌曲给我听，教我如何写出自己的韵律、怎么感受音节中的诗律以及字与字之间的节奏。他让我明白：没说出口的内在意涵与表达在外的言语一样重要。

老实说，他让我动了真情。

在我遇见麦克斯之后，我自然不会再拿这个问题来了解约会的对象，但是我没有就此放弃这个方式，只不过对象换成我的病患。我碰到过选录曲目全是古典音乐的人，也见过只听重金属音乐的人。我看过只爱歌剧但是满身刺青的魁梧骑士，也认识能够将阿姆的饶舌歌词倒背如流的祖母级歌迷。

我们听的音乐或许无法界定出我们是怎么样的人。

但是，这绝对是个好的开始。

二月时，凡妮莎和我报名参加热瑜伽课程，上课教室内的温度出奇地高。我们上了第一堂课，趁中途的五分钟休息时间离开，因为我们都觉得自己有可能随时会中风。

于是，到了第二个星期，我打电话找她，表示肚皮舞可能比较适合我们。事实上我们的肚皮舞的确跳得不错，但是其他同学则不然。老师好几次将我们赶出教室，因为我们在该专心的时候笑个不停。

星期六呢，我们养成了习惯。凡妮莎会带着咖啡和贝果到我家来，和我一起在厨房餐桌边读报纸，然后一起列出周末该采买的购物清单。她和我一样，工作日都太忙，没时间去洗衣店、杂货店和邮局，所以我们相约一同做这些事。我们不再单独外出，而是一起在沃尔玛百货的走道间闲逛，讨论印有小仙女的加大号内衣究竟是为了满足少数人的需求，还是意图创造脱离常轨的特殊市场。

我们会去农产品市集，在这个季节，市集里卖的多半是蜂蜜、蜂蜡蜡烛和手工纺织工艺品，我们会一个接着一个摊位闲逛，四处免费试吃。有时候灵感一来，我们会从《轻食指南》中挑出一份食谱，把买来的材料互相搭配，花一下午的时间动手做舒芙蕾、炖肉，或威灵顿牛柳派。

三月初的某个星期六，我落了单。凡妮莎到旧金山去参加朋友的婚礼，其实这样也好，因为那天我要做的事比平常更多。凡妮莎在几个月前和我提起的学生露西·杜伯瓦，刚结束波士顿麦克连医院六个星期的青少年忧郁住院疗程回家，她马上要回学校了，而我即将开始她的音乐疗程。我读了不少有关青少年心理、忧郁症，以及如何通过音乐来治疗情绪障碍的书籍。

我答应凡妮莎，在我到洗衣店拿衣服的时候，会顺便帮她取回衣物，于是我在坐下来重新阅读露西的学校档案数据前，很快地到闹区跑了一趟。洗衣店老板是个娇小的女人，敏捷的动作老是会让我联想到蜂鸟。"你今天怎么一个人来。"说完话，她拿走我手上的单据，穿梭在机械操作的衣架迷宫之间。上星期凡妮莎才刚说这些设备看起来像极了蒂姆·波顿电影中的场景，老板立刻带着我们绕过柜台，去参观后方的曲折排列的移动式衣架，这套设备宛如天花板周边的拉链。

"是啊。我这个周末单飞。"我回答。

她把我的长裤和凡妮莎几件色彩鲜艳的开襟衬衫递给我，我拿这星期要干洗的脏衣服和她交换，顺手把粉红色的衬衣塞进我的包包里。"谢啦，"我说，"下星期见。"

"帮我向你的女朋友问好！"

我正要拉上皮包的拉链，顿时僵住了。"她不是——我不是——"我摇摇头，"秦太太，凡妮莎和我，嗯，我们只是朋友而已。"

我猜，这是个单纯的错误揣测。她连续好几个星期看到凡妮莎和我在一起，的确，看到世界有这种改变，店老板会假设两个性别相同的人是一对伴侣，这样的转变的确美好。

那么，我为什么会脸红？

我拿着干洗好的衣服回到自己车上，不禁哑然失笑。我想，当我把这件事告诉凡妮莎之后，她一定也会觉得好笑。

上一次我为青少年进行音乐疗程，是波士顿城区互相挑衅的帮派少年转向方案的一部分。之前，这些青少年才在街上想要互相残杀。当我要他们围坐成鼓阵的时候，他们几乎又要拳脚相向，还好负责协调的警察强迫这些孩子坐到我摆在治疗室边上的一些打击乐器后面。我摆了非洲金杯鼓、土巴诺鼓、康加鼓、阿西可鼓，以及低音套鼓。我逐一递出乐器，相信我吧，如果你是个手上拿到鼓的年轻男孩，你一定会想开始敲打。我们从最简单的单手节奏开始，拍——拍——敲，拍——拍——敲。接着我们开始打鼓。最后，我们让围成一圈的孩子轮流单独敲奏出和别人不同的节奏。

鼓阵最美妙的地方，在于没有人是独自一个人击奏演出。此外，还可以将所有表达愤怒的错误方式导向击鼓，安全又控制得当地宣泄出来。成员在不知不觉中创造出乐曲，而且协力演出。

所以，我承认，对于自己和露西·杜伯瓦的第一次疗程，我的确相当有信心。音乐有许多神奇之处，其中一点，是音乐可以进入大脑主掌分析的左脑与掌控情绪的右脑，强迫两者建立连接。中风患者在无法说出完整的语句时，却能吟唱歌词，就是这个道理。状况严重的帕金森患者随着音乐本身连续的节拍移动或起舞也是。如果在这些状况下，音乐有办法穿过运作失当的脑部来建立脑部的连接，那么，遭遇到临床忧郁症引起的障碍，音乐一定也能发挥相同的作用。

凡妮莎在学校里的表现和我们在外相处时不同。她穿的是合身的订制裤装，搭配色彩宛如珠宝般明亮的丝质衬衫，她的步伐迅速，仿佛已经迟了五分钟。她在大厅里看到两个青少年互相搂抱爱抚，上前将两个人分开。"你们两个，"她叹口气，带着不着痕迹的权威说，"你们真的想用这种方式浪费我的时间吗？"

"不想，萧小姐。"女孩低声说完话，和男友分别溜向走廊的两端，仿佛相斥的磁铁。

"抱歉了。"凡妮莎说。我急急忙忙想赶上她的速度。"在我的工作当中，荷尔蒙是常见的职业伤害。"她对我露出微笑。"那么，今天有什么计划？"

"先评估，"我告诉她，"整个疗程的重点在于进入露西的状况当中。"

"真让人兴奋，我从来没真的看你进行治疗过。"凡妮莎说。

我停下脚步。"我不知道这是不是合适……"

"喔，我相信你一定会表现得很好——"

"我指的不是这个。"我打断她的话，"凡妮莎，这是疗程。如果你把露西转介给精神科医生，你不可能期望自己能坐进诊间里旁听，对吧？"

"没错。我懂了。"她说。但是我知道她有点不高兴。"反正啊，"凡妮莎又开始踩着快速的脚步，"我帮你预定了一间特殊需求教室。"

"嘿，我不想让你——"

"柔伊，"凡妮莎直率地说，"我明白。"

我告诉自己，稍晚再向她解释。因为我们才转个弯，就已经走到了预定的教室，露西·杜伯瓦已经瘫坐在椅子上了。

露西有一头长长的红发，部分发丝塞在法兰绒格子衬衫里。她的棕色眼眸阴沉又愤怒，衬衫袖子卷了起来，露出手腕上淡红色的疤痕，这像是在挑衅，等着别人出口批评。她嚼着口香糖，无视于学校明文禁止。

"露西，"凡妮莎说，"把口香糖吐掉。"

孩子拿出嘴巴里的口香糖，黏在桌面上。

"露西，这位是巴克斯特女士。"

我曾经考虑是否该恢复娘家姓氏韦克斯，但是这会让我想到我母亲。麦克斯带走我不少东西，但是依法，如果我想要，我仍然可以保留他的姓氏。一个姓氏的头一个字母老是敬陪末座的女孩不会轻易放掉以B开头的姓氏。"你可以叫我柔伊。"我说。

这个女孩全身上下流露出防卫之意，从她弓起的双肩一直到刻意拒绝直视我的态度都看得出来。我注意到她戴着鼻环，如果没仔细看，我会以为小小的金环是光线的折射。她一只手的指节上仿佛有刺青。

事实上，刺青不是图案，而是字母。

F.U.C.K.

我记得凡妮莎说过，露西的家人是永耀会的成员，麦克斯同样也加入了这个极端保守的教会。我试着想象在克莱夫牧师带着一群人士抗议的时候，露西是否也和一群活力四射的亮眼少女一起站在电影院前面分发折页。

我纳闷地想，不知道麦克斯认不认识她。

"我真的很期待和你一起进行疗程，露西。"我说。

她连肌肉都没有抽动一下。

"我希望你能全力配合柔伊，"凡妮莎补充，"在你们两个人开始之前，你有没有什么问题？"

"有，"露西的脑袋往后仰，仿佛一朵细瘦花梗撑不住的蒲公英，"如果我这几堂课缺席算不算旷课？"

凡妮莎看着我，扬起了眉毛。"祝你好运。"说完话，她走了出去，随手关上门。

"好。"我拉张椅子在露西面前坐下，逼得她不得不看着我。"我真的很高兴能有这个机会和你进行这个课程。有没有人向你解释过音乐治疗究竟是什么？"

"是狗屁？"露西提议。

"是利用音乐来接近某些锁在心里的感觉。"我当她刚才没说话，"事实上，你自己可能已经这样做过了。每个人都一样的。你一定懂的，碰到心情不好的日子，你会不会只想穿上厚T恤，抱桶巧克力冰激凌猛吃，边听《我心孤独》边哭？这就是音乐治疗。或是在天气终于够暖和的时候，你也许会摇下车窗，打开音响大声跟着唱歌？这也是音乐治疗。"

我边说话边掏出笔记本，准备开始评估。我打算先写下病患的评论和我自己的感想，稍后再抄录到较为正式的临床文件上。在医院这么做不难，我可以评估病患的痛苦程度、焦虑状态，以及面部的表情。

然而，露西却像是空白的石板。

她的视线穿透了我的肩膀，拇指无意识地摩擦无聊学生用圆珠笔在课桌上雕刻的字迹。

"那么，"我轻快地说，"我在想，也许你今天可以帮助我，让我对你能有更进一步的认识。比方说，你有没有弹奏过什么乐器？"

露西打个呵欠。

"我猜这代表没有。那么你是否曾想要弹奏乐器？"

看她没有回答，我将椅子往前拉近了些。

"露西，我刚刚问你是否想过要玩什么乐器？"

她把头靠向双臂，闭上眼睛。

"没关系。有很多人都没学过乐器。但是，你也知道，在我们进行疗程的时候，如果你对哪个乐器有兴趣，我可以帮你。我每种乐器都会，包括木管乐器、打击乐器、铜管乐器、键盘乐器、吉他等等。"我低头看笔记，到目前为止，我只写下了露西的名字，其他一片空白。

"每一样乐器都会。"露西柔和地重复我的话。

我听到她沙哑的声音太过兴奋，差点从椅子上跌下来。"对，"我回答，"每一种乐器都会。"

"你会弹手风琴吗？"

"嗯，不会。"我犹豫了，"但如果你想学，我可以和你一起学。"

"迪吉里杜管呢？"

我曾经试过一次，但是掌握不到换气的诀窍。"不会。"

"所以，基本上来说，"露西说，"你是个他妈的骗子，和我见过的其他人一模一样。"

很久以前我学会一件事，任何形态的投入，就算是愤怒也行，都胜过无动于衷。"你喜欢哪种音乐？你的iPod灌了些什么歌曲？"

露西又缩回到沉默当中。她拿出一支笔，为她掌心上一个精巧的图案着色，那是个毛利人的传统缠结。

说不定她没有iPod。我咬着嘴唇，气自己对病患的社会经济状况妄加揣测。"我知道你家人是虔诚的教友，"我说，"你听不听现代基督音乐？有没有特别喜欢的乐团？”

她不作声。

“你记不记得哪首热门音乐的歌词呢？我小时候，最要好朋友的姐姐有个唱盘，她经常重复播放《比利，别逞英雄》。当时是一九七四年，唱这首曲子的是纸蕾丝合唱团。我存下零用钱，自己也买了张唱片。到现在，每次听见这首曲子的最后一段，提到女孩收到男朋友的死讯时，我还会跟着掉眼泪。”我说，“真好笑，如果要我挑首歌到荒岛上听，我一定会选这首。相信我，在这首曲子之后，我听过不少更复杂、更值得欣赏的音乐，但是光就怀旧来说，我还是会投这首曲子一票。”我看着露西。“你呢？如果你漂流到荒岛，你会选什么曲子？”

露西对着我露出甜蜜的微笑。“《大卫·哈塞尔霍夫精选集》。”说完话，她站了起来，“我可以去洗手间吗？”

我盯着她看了好一会儿，凡妮莎从来没和我讨论过她是否可以去洗手间。但我们进行的是疗程，这里也不是监狱，况且，阻止她上洗手间未免太残忍，也是个不寻常的惩罚。“当然可以，”我说，“我在这里等你。”

“我敢说你绝对会等。”露西喃喃地说，一溜烟地闪出门外。

我用指头敲打桌面，接着拿起笔写下：病患态度抗拒，不愿提供个人资料。

喜欢大卫·哈塞尔霍夫。

接着我划掉这行字。露西会这么说，是为了看我的反应。

我猜应该是这样。

我本来信心十足，深信自己可以打动露西，我也从来没怀疑过自己身为音乐治疗师的技巧。但是话说回来，我最近的患者不是行动受限的听众（比方说护理之家的患者），就是肉体备受煎熬，音乐有助无害的人（例如烧伤病患）。我没有推算到的一个要素：尽管我期待这次的疗程，但是露西·杜伯瓦却宁可置身他处。

几分钟之后，我开始观察这间教室。

虽然这地方主要是为有特殊需求的学生而设计，但是这个小会议室里仍然配备了个人化教育课程的设施，弹力大球取代了椅子，有小型工作台可供孩子们个人或互动使用，放了书架和长筒装的塑料球、米粒和砂纸。白板上写了一行字：嗨，伊恩！

谁是伊恩？我纳闷地想。他们另外为他做了什么安排，好让露西和我在这里见面？

稍后，我才发现露西去厕所已经有十五分钟之久了。我走出教室，偷偷瞄向走廊对面的女生厕所。我推开门，看到里面有个女孩靠在镜子前涂黑色的眼线。

我弯腰查看，但是隔间下方没看到腿。

"你认识露西·杜伯瓦吗？"

"嗯，认识啊，"女孩说，"疯子一个。"

"她有没有进来洗手间？"

女孩摇头。

"该死，"我喃喃地说，回到走廊上。我瞥了刚才和露西见面的教室一眼，但是我没天真到以为露西会在里面等我。

我得回去办公室，报告露西中途离席的状况。

我得告诉凡妮莎。

然后我会和露西做一样的事：脚底抹油开溜。

和露西交手惨败之后，我最不想做的事便是回家。我知道家里会有凡妮莎的留言，因为我签退时，她刚好不在办公室，所以我只好留下充满歉意的纸条，说明第一次音乐治疗半途而废的原因。我关掉手机，开车来到我所能想到最不具特色的地方，也就是沃尔玛百货。你不会相信在沃尔玛的走道间闲逛、欣赏绘有柠檬和莱姆图案的康宁餐具，或是比较没品牌与大牌维他命的价格，可以耗掉一个人多少时间。我的购物车里装满我不需要的东西，包括擦碗巾、露营灯、用来粘贴亮片和水钻的热熔枪、促销价只要十块美金的金·凯瑞三片装DVD，还有牙齿美白贴片。接着，我把购物车丢在渔猎用品区的走道上，再拉开一张折叠椅。我坐了下来，试着阅读最新一期的《人物》杂志。

我不太明白为什么和露西·杜伯瓦之间这场失败的疗程会让我如此沮丧，我从前也碰过不成功的初次接触案例。比方说，我在同一所高中治疗过的自闭学生就是其中之一，前四次疗程当中，他光是坐在角落上摇晃身体。我相信，不管今天发生了什么事，只要我说下次会好转，凡妮莎就会信任我的判断。她会原谅我放任露西溜走，她甚至不会怪我，只会把目标放在女孩身上。

我不担心她会失望。

只是，我不想当那个让她失望的人。

"打扰了。"有个卖场员工说话了。我抬起头，看到沃尔玛百货大大的识别证，以及这名员工日渐稀薄的头发。他放慢速度说话，似乎把我当成一个无法理解他话中内容的学步孩童。"卖场的椅子不能拿来坐。"

那这些椅子要做什么用？我真不明白。但是我只是礼貌地微笑，站起身来把椅子折好，然后放回架上。

我心不在焉地开了半个小时的车之后，发现自己把车开进了一个离家一英里远的酒吧停车场里。在我和麦克斯开始进行试管婴儿疗程之前，我曾经在这间酒吧工作，一开始是女侍，接着当起歌手。后来呢，我一直觉得疲倦、压力太大，要不然就是两个症状同时出现。每星期两晚在晚上十点钟到酒吧弹吉他，顿时失去了吸引力。

酒吧里几乎没人，因为这天是星期三，而且才刚过晚餐时间。

另外还有个原因，前门外有个布告：星期三是卡拉OK之夜。

对我而言，卡拉OK高挂在最糟糕产物的名单之列，与微软Vista系统和头顶渐秃男人专用的喷雾式假发不分高下。这项发明，让一些本来只敢躲在淋浴间里靠流水声掩饰歌声的人，堂而皇之站到了舞台上，去享受短短十五分钟的可议掌声。想听到一曲值得喝彩的演出之前，你可能得先经历二十次恐怖的酷刑。

当我在两个小时内喝下第四杯饮料之后，我几乎想上台抢下那个烫发失败中年女人手中的麦克风。我告诉自己，这是因为假如她再唱一首席琳·迪翁的歌，我一定会拿吧台下方用来送汽水的管子勒死她。另一个同样重要的理由则可能是我得唱歌，因为我知道这是唯一能改善心情的方法。

成为音乐家和音乐治疗师之间，有个简单的差别，这是焦点的转移，将音乐能带给你本身的意义，转变成音乐能带给别人的意义。虽然大多数的音乐治疗师仍然会参与乐团或合唱团的演出，但是音乐治疗是无私的音乐。

以我现在的例子来说，我借由卡拉OK演出。

我知道我的歌声很美。在这个我其他能力备受质疑的日子里，能够让酒吧的老主顾拍手要求再来一曲，让酒保递给我一个玻璃杯当作小费箱，这种感觉的确有助于恢复我的信心。

　　我唱了几首琳达·朗丝黛、艾瑞莎·法兰克林，和伊娃·卡西迪的曲子，兴致一来，我甚至走到自己车上取来吉他，唱了几首自己写的歌，其间也混唱了几首玛丽莎·伊瑟莉姬的歌，还有史普林斯汀吉他伴奏版的《光荣的日子》。等到我唱《美国派》的时候，我已经成功地让整个酒吧的人和我合唱，并且完全将露西·杜伯瓦抛在脑后。

　　我没思考，就这么简单。我只是让音乐引领着我，让我做我自己。我像是音乐捻成的线，将酒吧里的人滑顺地缝合在一起，紧紧相连。

　　我唱完之后，大家齐声鼓掌。酒保将另一杯琴汤尼沿着吧台向我推过来。"柔伊，"他说，"你该回来了。"

　　也许我该更常这么做。"不知道，杰克。我会考虑看看。"

　　"你接受点歌吗？"

　　我转过头，看到凡妮莎站在吧台高脚凳的旁边。

　　"对不起。"她说。

　　"谁唱的版本？布兰达·李还是一元樱桃合唱团？"我等着她坐到高脚凳上，点了杯饮料，"我不想问你是怎么找到我的。"

　　"这个镇上就只有你开鲜黄色的吉普车。就算是空中交警也能找到你。"凡妮莎摇摇头，"知道吗，你不是第一个被露西丢下的人。她头一次和学校心理医师见面的时候一样也开溜。"

　　"你可以早点告诉我的……"

　　"我本来是希望这次会不同，"凡妮莎说，"你要回来吗？"

　　"你想要我回去吗？"我问，"我是说，如果你只想找个人让露西耍着玩，你可以用最低薪资雇用一个青少年去打工。"

　　"下次，我会把她绑在椅子上，"凡妮莎承诺，"说不定我还可以强迫她听那位女士唱席琳·迪翁的歌。"

　　她指着那个卡拉OK生涯遭我腰斩的中年女人。"你已经到了那么久？"

"是啊。你怎么从来没提过你可以这样唱歌？"

"你起码听我唱过上百次了——"

"随口哼唱热派饼广告歌曲似乎不能完全展现你的歌喉。"

"从前我一个星期会来这里表演两次，"我告诉她，"我忘了自己有多喜欢。"

"那么你就该重新开始。我甚至愿意来当你的听众，让你不至于对着空酒吧唱歌。"

听她提起空酒吧，让我想起今天下午被病患抛弃的音乐疗程。我用双手抱住吉他盒的盒颈处，像是把盒子拿来当盾牌。"我真的以为我有办法让露西打开心房，结果却觉得自己失败透顶。"

"我不觉得你失败。"

"那么你觉得我怎么样？"这句话脱口而出，我来不及阻止。

"嗯，"凡妮莎慢慢地说，"我觉得你是我见过最有趣的人。每当我觉得看透了你，你总会做些让我惊讶的事。比方你上个星期说的，你留着一张清单，上面列的是你希望自己在年轻时能去的地方。还有，你爱看《星际争霸战》，还背下每一集的台词。另外就是我现在才知道，你有潜力成为下一个雪瑞儿·可洛。"

这会儿，酒吧里的灯光昏黄，我的脸颊泛红，尽管我坐着，却依然觉得头昏脑涨。和麦克斯结婚的那段期间我喝得不多，先是出自对他的支持，接下来是因为我想怀孕，就是因为我不太喝酒，所以酒精对我的作用更猛烈。我伸手想拿凡妮莎面前一小碟橄榄旁边的纸巾，手上的汗毛刷过她丝质衬衫的袖口。这让我打了个冷战。

"杰克，"我喊，"麻烦给我一支笔。"

酒保丢了支笔给我，我摊开小纸巾，写下一到八这几个数字。

"哪些歌曲，"我问，"可以用来形容你？"

我屏住呼吸，以为她要大笑，或是揉掉纸巾。但是凡妮莎接过我手中的笔。当她低头对着吧台的时候，刘海遮住她一边眼睛。

你有没有注意到别人的家里都有个味道？我第一次到凡妮莎家里时，曾经这样问过她。

拜托，别说我家有腊肠的臭味。

没有，我说，这味道很清新，像是晒过阳光的床单。接着，我要她说我家有什么味道。

你不知道吗？

不知道，我当时是这样解释的，我不知道，因为我住在里面，我置身其中。

闻起来有你的味道，凡妮莎说。没人会想离开这个地方。

凡妮莎咬着嘴唇列出清单。她不时眯起眼睛，或是盯着酒保看，要不然就是问些她并不需要回答的乐团名称，然后自己先找出答案。

几个星期前我们看过一个报道节目，提到一个人平均每天会说四个谎。凡妮莎说，这等于一年扯一千四百六十个谎。

我也计算了一下，等到一个人六十岁的时候，大约说过八万八千个谎言。

我敢说你一定知道最常听到的谎言是什么，凡妮莎说："就是'我没事，好得很'。"

我告诉自己，我之所以没等凡妮莎回办公室再离开学校，是因为她太忙。我怕她以为我是个槽糕透顶的音乐治疗师。但是我匆忙逃离学校还有其他理由，就是我想要（或者该说我希望？）她来找我。

"大功告成。"凡妮莎说。她把纸巾朝我推过来。纸巾像蝴蝶般地飘了一下，然后落在吧台上。

艾美·曼恩。安妮·迪芙兰蔻。达米安·莱斯。豪威·戴侬。

多莉·阿莫斯。夏绿蒂·马汀。垃圾乐团。埃尔维斯·卡斯堤洛。

威尔可合唱团。蓝色少女合唱团。爱莉森·克劳斯。

范·墨理森。安娜·纳莉克。艾塔·詹姆斯。

我愣了一下说不出话来。

"我知道这张清单很诡异，对吧？把威尔乐团和艾塔·詹姆斯收录在同一张CD上，就像在晚宴上将杰西·贺姆斯和亚当·蓝伯特摆在一起没两样……但是，放弃他们其中任何一人都会让我内疚。"凡妮莎靠近了一点，再次指着清单，"还有，我也没办法选出单曲。这简直像是要一个做母亲的人回答她最疼哪个孩子嘛！"

她写出来的每个歌手，都是我自己会列入清单的人选。而且我知道自己从来没向她透露过我的看法。这是不可能的，因为我从来没有正式列出自己的选录名单。我试过，但是从未完成，因为世上的选择太多。

就音乐来说，所谓的"绝对音感"是不需要借助外在因素提示比较，就能够辨认出实际音高的能力。换句话说，拥有这项天赋的人不需要乐器弹奏出音符，一开口就能唱出精准升C大调，或者一听到A也能够瞬间辨认，听到车子的喇叭声就可以知道音高是F。

在生活当中，绝对的契合是能够彻彻底底、由里到外地了解一个人，甚至比她本人认识得更深。

当麦克斯和我仍保有婚姻关系的时候，我们经常为车里该收听哪个电台而吵架。他喜欢听国家公共电台，我则喜欢音乐台。我发现这几个月和凡妮莎相处下来，不管我们开车到哪里，就算是到当地面包店的短程，或是一路开到法蓝柯尼亚国家公园都一样，我从来不必转台。一次都没换过。我甚至从来没想要快转她选听的CD。

不管凡妮莎放什么音乐，我都只想继续听下去。

也许我惊讶地倒抽了一口气，也许我没有，但是凡妮莎转过头来，当下，两人间如此接近的距离让我们都愣住了。

"我得走了。"我喃喃地说，抽身想离开。我掏出口袋里皱巴巴的钱放在吧台上，然后抓起吉他硬盒，急急忙忙地走向停车场。打开车锁的时候，我的手依然在颤抖，我看到凡妮莎站在酒吧门口。在我关上车门发动引擎之后，我仍然知道她开口喊我。

黎拉注射海洛因的那个晚上，我会在爱莉家闲荡不是没有原因的。

我半夜醒来，发现爱莉正瞪着我看。"什么事？"我揉着惺忪的眼睛问。

"你听到了吗？"她低声说。

"听到什么？"

"嘘。"爱莉竖起手指压住嘴唇。接着，她用同一根指头压住我的嘴唇。

但是我什么也没听见。"我觉得——"

我还没说完话，爱莉便用双手捧住我的脸颊，然后亲吻我。

在那一瞬间，我什么声音都听见了。我听到自己低沉的脉搏、房子嘎吱作响、飞蛾沉重的翅膀扑打着窗户玻璃，也听到街区某处传来婴儿的哭声。

我跳下床，跑到了走廊上。我知道爱莉不会在后面喊我，因为这样一来可能会吵醒全家人。但结果我却发现爱莉的母亲还没有回家，而当我闯进爱莉姐姐黎拉的房间时，她正在吸毒。

当时我以为自己想要从爱莉身边逃开，但是我现在不免要怀疑，我想躲避的会不会是我自己。

我难过不是因为我最好的朋友出乎意料地亲吻了我。

让我难过的，是我跟着回吻。

我漫无目的地开了两个小时的车，但是在我到达目的地之前，就已经知道自己要去哪里了。凡妮莎家二楼的灯光还亮着，所以，当她开门的时候，我没有为了是否吵醒她而感到歉疚。

"你跑去哪里了？"她爆发了，"你不接电话，黛拉和我都急着找你。你整个晚上都没回家——"

"我们得谈谈。"我打断她的话。

凡妮莎往后退，让我进门。她还穿着白天在学校里的那套衣服，看起来很狼狈，头发乱成一团，双眼下也出现了淡紫色的黑眼圈。

"对不起，"她说，"我并不想要你——为了我——"她住口，摇了摇头。"其实，柔伊，什么事都没发生。而且我可以保证将来也不会有任何状况，因为对我而言，你这个朋友太重要了，我不能冒着失去你的危险，只因为——"

"什么事都没发生？什么都没有？"我几乎喘不过气来。"你是我最好的朋友，"我说，"我无时无刻不想和你在一起，就算不在一起，我依然想着你。我想不出还有哪个人可以带给我这种感觉，包括我的母亲和前夫在内。我甚至不必把话说出口，你就能接着说完。"我瞪着凡妮莎看，直到她不得不直视我的双眼。"所以当你说'什么事都没发生'的时候，你真是错得太离谱了，凡妮莎，因为我爱你。也就是说，所有的事都发生了，一切都发生了。"

凡妮莎惊讶地张大嘴巴。她一动也没动。"我……我不懂。"

"不懂的不止你一个人。"我承认。

我们自以为识人有多深，其实不然，对自己也一样。我不相信你会在某天醒来时，突然发现自己是同性恋。但是我的确相信你会在醒过来的时候明白，生命中如果少了某个人，你绝对没办法度过余生。

她比我高，所以我必须踮起脚尖。我把双手搭在她的肩膀上。

这和与男人接吻不同。比较柔软，比较像直觉反应，也比较平等。

她用双手捧住我的脸，整个空间跟着退去。我从来没有为了一个亲吻而如此地迷失。

接着，我们之间的空间突然引爆，我的心跳狂乱，双手似乎没法子将她拉得更近。我品尝着她，这才发现自己如此饥饿。

我曾经爱过，但从来没有这样的感受。

我经历过亲吻，但从未让我体会到烈火焚身。

这个吻也许只有一分钟，说不定持续了一个小时。我只意识到这个吻，知道她擦过我身躯的肌肤有多么柔软，还有——到这个时候我才领悟——我等了一辈子，就是为了这个人。

凡妮莎

　　小时候，我迷上了《火箭炮乔》漫画的奖品，例如刻着我姓名缩写的镀金戒指、化学魔术组，或是货真价实的指南针。你还记得从前那些口香糖外包装的蜡纸吗？你一边看漫画，包装纸上那层白色的粉末会跟着沾在你的手指上，说实在的，这些漫画称不上有趣。

　　推陈出新的奖品一个比一个更奇特，只要收集少到不可思议的《火箭炮乔》漫画，奖品就会归我所有。但是，没有任何奖项比一九八五年春天那张包装纸上提到的奖品更让我疯狂。如果我能存下一块一美金，再加上六十五张《火箭炮乔》漫画，我就可以拿到一副专属于我的X光透视眼镜。

　　整整一个星期，我每晚上床时都会想：戴上X光透视眼镜究竟可以看到什么东西。我想象自己看到只穿内衣的人，走在街上的狗成了骷髅，我还能看穿珠宝盒和小提琴硬盒。我好奇自己是否能看穿墙壁，是否能一窥教师休息室里面的情景，有没有办法看穿华金斯女士办公桌里的档案夹，找出数学考试的答案。有了X光透视眼镜，任何事都可能发生。我知道，假如没得到这件东西，我一天也活不下去。

　　于是我开始存钱。攒下一块一美金不需要多久时间，但是搜集《火箭炮乔》的漫画又是另一回事了。那个星期，我花光零用钱买来二十块口香糖，拿我最好的托普斯棒球卡——当年波士顿红袜队的罗杰·克莱蒙斯还是菜鸟——向裘伊·帕里索换来几张《火箭炮乔》漫画（他留着这些漫画，本来是打算拿来换个解码戒指）。我让亚当·华德曼摸我的胸脯，换到另外五张漫画（相信我，我们两个人，没一个对这个举动有特殊反应）。最后，在短短的几个星期之内，我搜集到足够的漫画，寄到指定地址去换礼物。再过四到六个星期，X光透视眼镜便会成为我的囊中之物。

我随时都在幻想，想象自己在表象下会看到什么样的世界。在那个世界里，我可以窃听父母讨论圣诞礼物的对话。在打开冰箱之前，我已经知道里面放了哪些剩菜。此外，我还可以看到最好朋友的日记内容，看看她对我是否和我对她有相同的感觉。某天，我收到一个平凡无奇的棕色纸箱。我打开箱子，掀开泡泡纸，拿出一副白色的塑料眼镜。

这副眼镜对我的脸来说太大了，我的鼻子根本架不住。镜片本身不完全透明，正中央蚀刻了模糊的白色骨头。当我戴上眼镜的时候，我看到的每件物品上都印上了愚蠢的假骨头。

我无法透视任何东西。

我讲这个故事是要告诫你，小心哪，人一旦得到想要的东西，就注定要失望。

初吻过后，我以为会有人开口说出类似道歉的话，或是出现尴尬的空当。可事实上，到了第二天，我在学校里花了八个小时来分析那个吻的每个细节（柔伊是喝醉，或只是喝多了头晕？我有没有鼓励她，还是说，她是完全出自主动？这个亲吻是不是真的和我想的一样神奇，或是这种感觉纯属事后回味？）。我和柔伊在她治疗烧伤病患的医院碰面，她向护士表示她要休息十分钟，接着我们穿过长长的走廊，两个人之间的距离近到可以牵起手，只是，我们没那么做。

"听我说……"我们一走出旁人听力所及的范围——以防有人刚好听到我们的对话，我立刻开口。

在柔伊冲上来抱住我之前，我只来得及说出这几个字。她热烈地亲吻我。"天哪，真好。"两人分开之后，她靠在我嘴边说，"这和我记忆中的一模一样。"接着她抬头看我，眼眸发亮。"向来是这样的吗？"

这要我怎么回答？我第一次和女人接吻时，觉得自己仿佛被发射到外层空间去，那种感觉既陌生又兴奋，而且正确到了极点，让我无法相信自己从前竟然没这么做。参与的双方处于平等的地位，这与我过去和男人之间的亲吻不同，而且感受更柔软、更细腻，就像是环绕音响，像地震，极其炽热。

然而，这并非向来如此。

我想对柔伊说，是的，她会觉得自己的肌肤像是着了火，是因为她亲吻的是一个女人。但是我更想告诉柔伊的是，她之所以会觉得烈焰焚身，是因为她亲吻的对象是我。

所以我没有正面回答，而是伸手拉着她，用双手托起她的脸，再次亲吻她。

接下来的三天时间，我们在她的车里、我的沙发上，或是医院的储藏室里亲热，好像回到了青少年时期。我熟知她嘴唇的每一英寸线条，知道碰触到她下巴的哪个部位，会让她打起哆嗦。我知道她耳后凹处闻起来有柠檬的味道，也晓得她后颈有一块胎记，形状就像是麻省地图。

昨天晚上，当我们脸红气喘着停下来的时候，柔伊说："接下来呢？”

答案就是我目前的状况：衣着整齐地躺在我床上，柔伊正在吻我，她的头发宛如帘幕般地垂在我的脸上，双手则尝试性地探索我的身体。

我想，我们两个人都知道，今天晚上虽然以朴实的意大利晚餐和一部烂电影作为开端，但终究会发展到这个阶段。除了两个人之间的空间开始出现电力磁场风暴，到最后终于引爆之外，伴侣之间的性关系还能怎么发生？

但这不同。因为这虽然是柔伊的初体验，但稍有不完美，有可能失去一切的人依旧是我。

也就是说，失去柔伊。

于是我告诉自己，让她依照自己的节奏发挥，她的双手从我的肩膀游移到我的肋边和腰际，这成了最难以承受的折磨。但是，她停了下来。“怎么了？”我低声问，脑海里出现最糟糕的假想：她觉得反胃、她没有感觉，或是，她发现自己犯了错。

“我好像会害怕。”柔伊承认。

“我们可以什么事都不做。”我说。

“我想要。我只是害怕自己可能做错。”

“柔伊，”我告诉她，“这没所谓对错的。”

我带着她的手滑入我的衬衫边缘。她炽热的掌心贴在我的胃部，我相信，当我醒过来的时候，她的名字一定已经烙进了我的肌肤当中。她缓缓地将双手往上移，碰到我胸罩的蕾丝边缘。

女同性恋之间的性事是这样的：就算你的身体不完美也无关紧要，因为你的伴侣仍然会有相同的感受。你是否曾碰触过其他的女人也不是重点，因为你自己是女人，所以你早已知道自己是什么样子。

当柔伊终于脱掉我衬衫的时候，我仿佛喊了出来，因为她用嘴覆住我的唇，吞下我的惊呼。接着，她也脱掉了衬衫，随后是其他衣物。我们的双腿光滑，身躯凹凸有致，娇喘声中夹着恳求。她急切地想抓住我，而我试着减缓速度，不知怎么着，我们在辉煌的中途相遇。

事后，我们蜷着身子躺在被子上，我闻到她的皮肤、汗水，以及头发的味道，我爱极了这种感觉，就算她离开之后，我的床单仍然可以保留下这份记忆。但是，这样完美的事情不可能持久。过去我曾经和一个异性恋女人走到这个阶段，所以我明白幻梦成真并不代表永恒。我能够理解柔伊希望我们之间能发生这件事，我只是不相信她会愿意继续下去。

她在睡梦中转了个身，现在面对着我。她的腿滑入了我的双腿之间。我将她拉近了些，心里只想知道我——这个"新体验"——在多久之后会消逝。

两个星期之后，我仍然在等待预期中的坏消息。柔伊和我每晚都在一起，我们的感情持续发酵，我甚至不必开口问她是否下班后会绕过来，因为我知道她会外带中国菜、我们才提过的DVD，或是她坚称自己一个人吃不完的现烤派饼，来到我家里等我。

有些时候，我简直没办法相信自己有多快乐。但是我同样也记得，对柔伊而言，这一切只是崭新有趣的新玩意。私底下，柔伊是个地道的同性恋。她读了我每一期的《女同》杂志，要有线电视业者帮她接上同性恋Logo台。她开始问起普文斯敦，想知道我是否去过，会不会再去。她的反应就像我首度张开双臂接受真正的自己时一样，当年，我刚从囚禁了二十年的牢笼里解放出来。然而她从来没向包括我在内的任何人透露，说出她爱上了一个女人。她未曾体验过这样的伴侣关系，不曾走在街上，听着旁人的窃窃私语。从来没有人用攻击性的字眼——比方说歹客——来称呼她。对她来说，一切都还没有成真。等到时间一到，她会回头来找我，表示这段关系不过个有趣又美丽的错误。

尽管如此……当她想要我的时候，眼前的我太脆弱了，无力推开她。尤其是和她在一起的感觉太美好。

所以，当她要我去旁听她为露西进行第二次疗程的时候，我立刻表示同意。上次我提出过要求，但是现在回想起来，我怀疑自己当时只是为了要看柔伊工作，而不是为了露西着想。反正柔伊拒绝了我，做了正确的决定。但是，在露西上星期逃课之后，柔伊在这个星期改变了立场。老实说，我觉得她会要我出席，是希望我能在露西再次开溜时守在门口。

今天，我帮她从她的车里搬出好些沉重的乐器。"露西知道怎么弹奏这些乐器？"我一边放下一台小型的马林巴木琴一边问。

"不会。她完全没玩过乐器。重点是我今天带的这些乐器呢，不必会也可以弹奏得很好听。这些全都是五声音阶的乐器。"

"这是什么意思？"

"五声音阶是五个音组成的音阶，和七个音组成的七声音阶不同，比方说大调，也就是do、re、mi、fa、so、la、ti。你随时都可能听到五声音阶，比方说，在爵士乐、蓝调、凯尔特民族音乐，和日本民俗音乐中都听得到。五声音阶的好处在于你不可能弹错音，不管你敲打哪个音符，听起来都会很顺耳。"

"我听不懂。"

"你听过《我的女孩》吗？诱惑乐队的。"

"有啊。"

柔伊拿起手上的小竖琴，顺着琴弦往内一拨，由六个音符组成的爬升音阶响了起来。"这就是五声音阶。所以喽，电影《第三类接触》当中外星人的旋律也相同。而蓝调音乐的音阶就是以五声音阶小调作为基础。"她放下小竖琴，递给我一个音槌，"你试试看。"

"谢啦，我放弃。我上次接触乐器是在八岁的时候学小提琴，当时邻居打了电话给消防队，因为他们以为我家里有濒死的动物。"

"你试试看就是了。"

我拿起音槌，试验性地敲了木琴的琴键一下，接着再敲一下，然后是第三下。我以同样的方法继续敲，在我发现之前，我已经敲击着不同的琴键，随兴编出了曲调。"这，"我说，"简直是太酷了。"

"我知道，对吧？音乐可以释放压力。"

试想，如果生命里有五声音阶该有多好，不管你往哪个方向走，都不会敲错音符。

我把音槌还给柔伊，露西刚好在这时候走进教室。我真的只能这样形容：她看了柔伊一眼之后又瞥向我，立刻明白这次她不可能轻易逃脱。她重重地往椅子上一坐，开始啃指甲。

"嗨，露西，"柔伊说，"真高兴能再次看到你。"

露西咂着口香糖。我起身将垃圾桶拿过来，放在她的下巴前方，直到她吐出口香糖才拿开。接着，我关上特殊教室的门，避免走廊上的噪音影响柔伊的疗程。

"好，你也看到了，萧小姐今天会陪着我们，这是因为我们想确保你不会又有急事要到别的地方去。"柔伊告诉她。

"你是说，你不想让我开溜。"露西说。

"也是。"我表示同意。

"露西，我在想，你是不是可以告诉我，在上次疗程中你最喜欢哪一部分，我们好再试一次……"

"缩短课程的那个部分。"露西回答。

如果我是柔伊，我可能会掐住露西的脖子。但是柔伊光是对着她微笑。"好，"她说，"那我负责继续疗程。"她拿起小竖琴，放在露西面前的课桌上。"你看过这种乐器吗？"看到露西摇头，柔伊开始拨弄琴弦。原来随机的音符逐渐转换成温和的摇篮曲。

"嘘，小宝宝别出声，"柔伊轻柔地唱，"妈妈帮你买只反舌鸟，如果反舌鸟不唱歌，妈妈再帮你买个大钻戒。"她放下竖琴。"我实在不懂这几句歌词。我是说，你难道不希望反舌鸟能学会你教它说的所有句子吗？这比珠宝要有趣多了。"她漫不经心地拨了几次琴弦，"你想不想试试？"

露西动了一下，碰碰竖琴。"我宁可要钻戒。"她终于说话了。"我会把钻戒当掉，拿那笔钱买张车票，离开这个地方。"

在我辅导露西的这一年当中，从来没听过她用这么长的句子来回答一个问题。这让我很讶异，说不定音乐真能带来奇迹。我往前靠，看柔伊接下来要怎么做。

"真的吗？"她说，"你想去哪里？"

"你应该问我不想去哪。"

柔伊把木琴拉近了些。她开始敲打出一段有点非洲风，又有点像加勒比海地区的旋律。"从前，我一直想要环游世界。大学毕业后，我本来真的要走。你晓得嘛，先找个地方端端碗盘打工赚钱，存够了现金，就到下个地方去。我告诉自己，绝对别做个家当超过背包容量的人。"

我首度发现露西专注地看着柔伊。"结果你为什么没走？"

她耸耸肩。"日子还是要过啊。"

我真想知道柔伊想到哪里去，是未经开发的海滩？去看冰原中间隆起的蓝色冰河？或是到巴黎塞纳-马恩省河畔，去看摆满书的旧书摊？

柔伊拿起音槌，敲出另一段旋律。这次听起来像是波卡舞曲。"这两件乐器最棒的地方，就是它们都是五声音阶的乐器。世界各地有许多民族音乐都是以五声音阶为基础。我很喜欢这种感觉，你听到一段音乐，脑子里就会浮现世上另一个角落的影像。假如你接下来有堂数学课，不能跳上飞机说走就走，那么，这就算最好的替代了。"她敲打音槌，一段亚洲音乐随之响起，夹杂着忽高忽低的乐音。我闭上眼睛，仿佛看到了樱花和纸屋。"来，"柔伊说，把音槌递给露西，"你希望自己在哪里呢，要不要弹段那地方的音乐给我听？"

露西瞪着握在自己手上的音槌看。她敲打最高音的琴键，只敲了一下。这个声音听起来像是尖锐的哭喊。露西又敲了一下，然后松手放掉音槌。"太娘炮了。"

我忍不住缩了一下。

柔伊看都没看我一眼。"如果你所谓的'娘炮'是指快乐，那么我想你一定很快乐，因为我实在没办法想象弹奏木琴有什么性取向。但是我不得不反对。我认为日本民俗音乐其实相当忧郁。"

"如果我的意思不是这样呢？"露西出言挑衅。

"那么我应该会问我自己，为什么一个痛恨被别人——包括治疗师在内——贴上标签的孩子，会想要为别人贴上标签。"

露西听到这句话，又缩回原来的壳里。愿意畅谈离家旅行的女孩消失了，她回到原来那个撅着嘴、眼神愤怒、双臂交叠的孩子。她往前踏进了一步，却后退两步。"你想试试木琴吗？"柔伊又问了一次。

她碰到了一堵默不作声的石墙。

"竖琴呢？"

看露西仍然不理不睬，柔伊把乐器放到一边。"每个作曲家都是用音乐来表达她得不到的东西。表达的可能是地方，也可能是感情。你应该知道那种感觉，有时候，如果你不释放出心里的压力，是不是马上要爆发？歌曲可以当作一种抒发。怎么样，你何不选首歌，我们边听边聊，看歌曲会带我们到什么地方去？"

露西闭上眼睛。

"我挑几首曲子让你选，"柔伊说，"《奇异恩典》《九月结束时请叫醒我》，或是《再见黄砖道》。"

柔伊挑的这三首曲子属性完全不同，一首是圣歌，一首是年轻岁月乐队的曲子，最后一首则是英国歌手艾尔顿·强的老歌。

露西仍然不作声。"好吧，"柔伊说，"我来选。"她开始弹小竖琴。她的歌声从低沉的第一个音符往上扬。

> 奇异恩典，何等甜美……
> 我罪已得赦免。
> 我曾迷失，如今已被寻回，
> 我一度盲目，如今得以明视。

柔伊的歌声浓郁丰厚，感觉就像是在雨天里的热茶，又像是你打着冷战时，肩上披着的围巾。歌喉美妙的女人不在少数，但是柔伊拥有灵魂。我爱极了她在早上醒来的声音，听来会以为她的喉咙蒙上了一层沙。我喜欢她在沮丧时不喊不叫，却像演出歌剧般，飙出愤怒的高音。

我看向露西，发现她的眼眶含泪。她偷瞥我一眼，趁柔伊拨动最后一段旋律时抹掉眼泪。"我每次听到这首歌，都会想象有个穿着白衣服的女孩赤脚站在秋千上。"柔伊说，"而秋千呢，则是挂在一株粗壮的老榆树上。"她笑着摇摇头。"我也不知道为什么会这么想。其实，这首歌描写的是一名奴隶贸易商正在为自己的生命奋斗，在神迹出现后，他才认清自己应该做个怎么样的人。你呢？这首歌让你联想到什么？"

"谎言。"

"真的！"柔伊说，"真有趣。什么样的谎言？"

露西突然站了起来，她的动作太过猛烈，撞翻了椅子。"我恨这首歌，我恨这首歌！"

柔伊一个箭步靠上前去，距离露西只有几英寸之远。"好极了。这首曲子让你感觉到某种情绪。你为什么恨这首曲子？"

露西眯起眼睛。"因为是你唱的。"说完话，她一把推开柔伊，"他妈的，我真的受够了。"她从木琴前面经过，一脚踢翻乐器。这个声音听起来就像道再会。

露西砰一声带上门之后，柔伊转身看着我。"嗯，"柔伊带着笑容说，"至少这次她留下来的时间有两倍长。"

"火车上的死人。"我说。

"你说什么？"

"这首歌让我想到火车上的死人。"我说，"念大学时，有次我要回家过感恩节。火车里满满都是人，坐在我身边的老先生问我叫什么名字。我告诉他，我叫作凡妮莎。他问我：凡妮莎，姓什么呢？我不认识他，不想把姓氏也告诉他，因为我担心他可能是连环杀人犯之类的坏人，所以我把中间的名字告诉他。凡妮莎·葛莉丝。然后，他开始对着我唱歌，把我的名字套用到《奇异恩典》当中。他的歌声很美，很低沉，旁边的旅客开始鼓掌。我觉得很尴尬，而且他话讲个不停，所以我只好假装睡觉。当我们抵达终点的南站时，他还闭着眼睛靠在窗台边。我推推他，想告诉他该下火车了，但是他没醒来。我找来列车长，接着警察和救护车也到了，我把知道的事全告诉他们，我是说，我几乎什么都不知道。"我犹豫了一下。"他叫作莫瑞·瓦瑟曼，是个陌生人，死前最后一首歌是对着我唱的。"

我说完话，发现柔伊直直盯着我看。她瞥了教室门一眼，门还关着，接着她抱住我。"我觉得这家伙很幸运。"

我疑惑地看着她。"感恩节前一天？在火车上暴毙？"

"不，"柔伊说，"在他生命的最后旅程中，有你坐在他身边相伴。"

我低下头。我不是个遇事就祈祷的人，但是在这个时候，我默默祈祷，希望在轮到我碰到这件事的时候，和我一起旅行的人会是柔伊。

在我把自己女同身份告诉母亲的第二天，她的惊吓稍有缓和，接着就开始提出一连串的问题。她想知道这是不是某种过程，和我从前不顾一切地将头发染成紫色或戴眉环同样的道理。当我明确表示自己爱的是女人之后，她痛哭失声，问我她这个母亲究竟是哪里做错了。她说，她会为我祈祷。每天晚上在我上床的之后，她会从门缝塞一份新的小折页进来。树木葬送生命，好让天主教讲道，数落同性恋的不是。

于是，我开始反击。我拿起麦克笔，用粗大的字体在每一份折页上写出家有同性恋儿女的名人：雪儿、芭芭拉·史翠珊、迪克·盖哈特，以及麦可·兰登，然后再把折页塞回母亲的卧室门缝下。

最后，在僵持不下的状况下，我同意和她的神父见面。他问我怎么可以这样对待一手抚养我长大的母亲，这似乎在说，我身为同性恋等于是对她的人身攻击。他还问我是否愿意去当修女。但是他不曾问我是否会感到害怕、寂寞，会不会担心自己的未来。

从教堂回家的路上，我问母亲她是否仍然爱我。

"我正在努力。"她说。

我第一个长期交往的女友让我明白（而她自己的母亲呢，在听到女儿坦白之后，只耸了耸肩说，说些我不知道的事吧！），为何我母亲的反应会完全相反。"对她来说，你等于是死了，"我的女友告诉我，"她对你的梦想，她为你描绘的未来，对你过去的认识都不可能会再出现了。她想象中的你会住在郊区，身边有个标准丈夫，生超过两个小孩，还养了一只狗，看看现在，你不但消失了，而且还和我在一起，将她的想象摧毁殆尽。"

所以，我刻意留下时间，让母亲去哀悼。我从来不会把女友带到她面前炫耀，也不会带女友回家共享节庆晚餐，更不会让她在圣诞卡上签名。我不是羞愧，我只是深爱我的母亲，知道她需要我为她这么做。母亲生病住院时，我负责照顾她。我总爱这么想：在吗啡夺取她的心智之前，在她过世之前，她一定可以了解我身为好女儿的重要性，远远超过我是个女同性恋的事实。

说了这么多，我只是想解释自己出柜的历程，任何人都不会想重拾这种经验，这就和他们不想做第二次根管治疗一样。但是当柔伊央求我陪她把我们的事告诉黛拉时，我知道我会答应。因为这是第一个证据，证明柔伊——也许——不只是想试试同性恋的角色，然后抛下不顾，再回到自己原本的异性恋身份。

"你紧张吗？"我问。我们并肩站在柔伊母亲家门口。

"不会。嗯，有点紧张吧。"她看着我，"这件事很重大。真的很重大，对吧？"

"你母亲是我见过最开明的人。"

"但是她自认对我的了解犹如专家，"柔伊说，"我的成长过程当中，就只有她和我。"

"嗯，我也是单亲妈妈带大的孩子。"

"这不一样，凡妮莎。我生日时，我妈还会在早上十点零三分打电话给我，然后通过电话，又叫又喘地模拟生产过程。"

我惊讶地眨眼。"太诡异了。"

柔伊笑了。"我知道，她是个异数。这同时是福分也是诅咒。"她深吸了一口气，按下门铃。

黛拉开门时，手上拿着拆开的大衣吊架。"柔伊！"她看到女儿来访显然很高兴，"没想到你会过来！"

柔伊笑得很僵硬。"你想不到的……"

黛拉也迅速地拥抱我一下。"你好吗，凡妮莎？"

"好极了，"我说，"再好不过了。"

屋里传来男人低沉又抚慰人心的声音。去感受水，感受你身下的水慢慢上升……

"喔，"黛拉说，"我去把它关掉。进来吧，你们两个。"她快步走向音响，取出CD，放进塑料套里。"这是我占卜课的作业，衣架就是拿来当作占卜杖用的。"

"你在找水源吗？"

"对，"黛拉说，"等我找到之后，占卜杖会自己移动，在我双手前面交叉。"

"让我来帮你省下这个麻烦吧，"柔伊回答，"我敢说，水一定会从水龙头流出来。"

"喔，你这个缺乏信心的丫头。告诉你，我脚踏实地的女儿啊，占卜这个技巧可以带来不少收入。假设你要投资买地好了，难道你不想知道地面下藏着什么泉脉吗？”

“我可能会找水井公司，”我说，“不过，这纯属个人意见。”

“可能吧，凡妮莎，但这么一来，谁要负责告诉水井公司在哪个位置开挖呢？”她对我一笑，“你们饿了吗？我冰箱里有个很不错的咖啡蛋糕。我有个客户想当糕点师傅……”

“知道吗，妈，我有重要的事情要告诉你，”柔伊说，“应该是件很好的事。”

黛拉睁大了眼睛。“我昨天才刚梦到。我来猜猜看。你要回学校念书了！”

“什么？不是啦！”柔伊说，“你在说些什么？我已经拿到硕士学位了！”

“可是你本来可以主修声乐的。凡妮莎，你有没有听她唱过歌……”

“嗯，有——”

“妈！”柔伊打断我们的对话。“我不会回学校修声乐。我很喜欢音乐治疗师这份工作。”

黛拉抬头看她。“那是修爵士钢琴吗？”

“拜托，我不会回学校。我来这里，是为了让你知道我是同性恋！”

这几个字把屋子劈成了两半。

“可是，”一会儿之后，黛拉说，“你结过婚。”

“我知道，我和麦克斯结过婚。可是现在……现在我和凡妮莎在一起。”

黛拉转头看我的时候，眼眸中出现受伤的神色，仿佛在指责我背叛了她，假装当柔伊最好的朋友。其实，我一直是如此。“我知道这出乎你的意料。"我说。

"你不是这样的，柔伊。我了解你。我知道你是怎么样的人……"

"我也了解我自己。如果你以为这代表我要开始穿皮衣骑哈雷，那你就太不了解我了。相信我，我自己也很惊讶。我完全没想到自己会有这个转变。"

黛拉哭了出来。她用双手捧住柔伊的脸颊。"你可以再婚。"

"我是可以，但是我不想，妈。"

"那我的孙子呢？"

"就算和男人在一起，我好像也生不出来。"柔伊指出重点。她伸手拉她的母亲。"我找到了想互相为伴的人。我很快乐。你不能也为我快乐吗？"

黛拉静静地坐了好一阵子，低头看自己交缠的指头。接着她起身离开。"我需要静一下。"说完话，她拿起占卜杖走进了厨房。

当她离开之后，柔伊泪眼汪汪地抬头看我。"再开明也不过如此。"

我伸手环住她。"让她静一下。你自己都还在适应，才不过短短的几个星期而已。你不能期待她在五秒钟之内就克服惊讶。"

"你觉得她还好吗？"

瞧，这就是我爱上柔伊的原因。即使在她自己最害怕的时候，她担心的还是她的母亲。我说："我去看看。"接着我走进厨房。

黛拉靠在厨房桌台边，占卜杖掉在她身旁的花岗岩板上。"是不是我的关系？"她问，"也许我当初应该再婚，让家里有个男人——"

"我不觉得那会有差别。你一直是个好母亲。就因为这样，柔伊才会担心你和她断绝往来。"

"和她断绝往来？别荒谬了。她说她是同性恋，没说她是共和党员。"黛拉吸了一口气，"只是……我得调适一下。"

"你应该这样告诉她，她会懂的。"

黛拉看着我，点了点头。她推开双向门走进起居室。我本来想跟着她进去，但更想让柔伊单独和她母亲相处几分钟。我希望她们能得到一个我和我母亲从未拥有的机会，去重新调整母女之间的关系，让亲情像是神乎其技的杂耍般出现大逆转，然而在这当中，她们却依然能够保有对等。

于是我没走进起居室，而是在一旁聆听。我推开一道门缝，刚好听到黛拉说："就算你现在告诉我，说你是个异性恋，我也没办法给你更多的爱。"她说，"我也不会因为你说你不是异性恋，而少爱你一分。"

我轻轻关上门。我站在厨房里转过身，环视桌台上的一篮水果、深蓝色的烤面包机，和食物调理机。黛拉没拿走占卜杖，我捡起来，轻轻拎着。虽然水龙头和水管就在咫尺之远，但是我手上的占卜杖完全没动，也没有交叉。我开始想象自己拥有第六感，就算看不见，但是我仍然有能力确认我寻找的一切还在掌握之中。

电影院是同性恋的理想场所。灯一熄，没有人会瞪着你，看你是不是握着女朋友的手，或是蜷着身体窝在她身边。基本上，观众注意的是电影，焦点会落在屏幕上的影像，而不是观众席。

我不是那种会在公共场合流露情感的人。我不曾在公开场所接吻，简单来说，我不会浑然忘我地纵情，不像那些爱抚个不停，或是边走路边把手探进彼此长裤里的青少年情侣。我不是说自己一定得用手臂环着心爱的女人走在路上，但如果我真想这么做，我会先确认自己不会引来惊讶的目光，或令人不舒服的瞪视。我们看到男人带枪不会觉得吃惊，但看到两个男人牵手则另当别论。

电影播放到工作人员名单的时候，观众开始起身离开座位。灯光亮起时，柔伊的头还靠在我的肩膀上。接着我听到"柔伊？嘿！"

她跳了起来，仿佛做错事、当场被逮的现行犯，脸上还挂出大大的笑容。"汪达！"她对一个有些面熟的女人打招呼，"电影好看吗？"

"我不是塔伦蒂诺的影迷，但老实说，这部片子还不错。"她说。她将手臂插入一个男人的臂弯里。"柔伊，你应该没见过我丈夫史坦吧？柔伊是音乐治疗师，常到护理之家来。"汪达解释。

柔伊转头看我。"这是凡妮莎，"她说，"我的……我的朋友。"

昨天晚上，柔伊和我才刚庆祝过满月纪念。我们喝香槟、吃草莓，玩拼字游戏时，她还打败了我。我们亲昵做爱，早上醒来时，她像株蔓藤般地缠着我。

朋友。

"我们见过。"我对汪达说，但是我没说出是在死胎的婴儿庆祝会上见的面。

我们和汪达夫妇一起走出戏院，随口聊着这部电影有没有机会赢得奥斯卡奖。柔伊很谨慎，和我保持一大步的距离，直到我们走到我车边，开车回我家之前，她甚至没直视我的目光。

柔伊讲了个小故事来取代静默，她说，汪达和史坦的女儿想从军，因为她的男友已经被派驻国外。我想，她完全没注意到我一句话也没对她说。到家之后，我打开门锁，进到屋里脱下外套。"你想喝茶吗？"柔伊问道，一边走向厨房，"我来煮。"

我没有回答。在当下这种痛彻心扉的情绪当中，我不相信自己能好好说话。

于是我一语不发，往沙发一坐，拿起今天一直没时间读的报纸。我听见柔伊在我厨房里从洗碗机里拿出马克杯，将水注入茶壶，扭开了炉火。她知道东西放在什么地方，在哪个抽屉里可以找到汤匙，知道我把茶包放哪个柜子里。柔伊在我的家中行动自如，好像她就属于这个地方。

她走进起居室，靠向椅背用双手环住我的时候，我正愣愣地瞪着报纸上的社论发呆。"有没有别的读者投书评论警察局长的丑闻？"

我推开她。"不要。"

她往后退。"看来你真的不喜欢那部电影。"

"和电影无关。"我转头看着她，"是你。"

"我？我做了什么事？"

"你什么也没做，柔伊。"我说，"这是怎么回事？你只有在身边没别人的时候才会想要我？在没人看到的时候才会高高兴兴对我投怀送抱？"

"好。你的心情显然很恶劣——"

"你不想让汪达知道我们在一起，这更明显。"

"和我有业务关系的人不需要知道我私生活的细节——"

"是这样吗？上次你怀孕的时候有没有让她知道？"我问。

"当然有——"

"那就对了。"我吞咽了一下，努力遏制想哭的欲望，"你告诉她我是你的朋友。"

"你是我的朋友啊。"柔伊恼怒地说。

"我只是朋友而已吗？"

"那我该怎么称呼你？我的爱人吗？就像是七十年代的烂电影。那我的伴侣呢？我甚至不知道我们是不是伴侣。但是你和我的差别，是我不在乎称谓，我不必为其他人贴上标签解释。所以为什么要？"厨房里的茶壶哔声大作。"听着，"柔伊深吸了一口气说，"你反应过度了。我去把炉火关掉，然后回家去。我们明天再谈，先睡个觉冷静下来。"

她走进厨房，但是我没任她离开，而是跟在她身后。我看着她优雅又有效率地拿起炉子上的茶壶。当她转身面对我的时候，五官平和，几乎没有表情。"晚安。"

她从我身边走过去，但就在她走向厨房门的时候，我说话了。"我害怕。"

柔伊犹豫了一下，双手撑着门，整个人似乎凝结在两个时空之间。

"我害怕你厌倦我，"我承认，"怕你不想继续这种社会还没完全接受的生活。我怕，如果我让自己对你太痴迷，那么当你离开我的时候，我再也不可能振作起来。"

柔伊一个箭步走回厨房看着我。"你为什么觉得我会抛下你？"

"根据我过去的经验。"我说，"再加上一个事实：你根本不晓得这有多难熬。我到现在还天天担心某个家长会检举我，说服学校董事会将我革职。我听着对我毫不了解的政客在新闻里高谈阔论，决定我什么能做，什么不能做。我不明白为什么我身份中最引人注目的一点在于我是个同性恋，而不是我是狮子座、会跳踢踏舞，或是主修动物学。"

"你会跳踢踏舞？"柔伊问。

"重点是，"我说，"你当了四十年的异性恋。你为什么不可能走回通行无阻的大道？"

柔伊看着我，仿佛把我当成了天下最愚蠢的笨蛋。"因为，凡妮莎，你不是男人。"

那天晚上我们没有温存。我们喝着柔伊煮的茶，谈我第一次被喊作歹客后跑回家大哭的心情，讨论我有多讨厌汽车技师老是一厢情愿地以为我知道他在说些什么，只因为他知道我是同性恋。我甚至还为她示范了一段踢踏舞：踏——点——换，踏——点——换。两个人躺在沙发上卿卿我我。

在我躺在她怀里睡着之前，我只记得：这真好。

尽管我一脚踩进《火箭炮乔》漫画的奖品圈套，拿来一副令人失望的X光透视眼镜，我还是又一次地，为了不得不拿到手的奖品存钱。这次的奖品，是用来当作护身符的鲸牙钥匙圈。最让我着迷的是奖品的广告语：

保证物主一生一世有好运相随。

在X光透视眼镜事件之后，我学到了教训，知道所谓的鲸牙不可能来自真正的鲸鱼，也不会是货真价实的牙齿，说不定这东西还是塑料制品，上头打个洞，用来套住金属钥匙。然而，我仍然再度存起零用钱买火箭炮口香糖。我趴在母亲车内找零钱，想凑出一块一美金来支付奖品的运费和处理费用。

三个月之后，我搜集到六十五张漫画，放在信封里寄出去兑奖。

收到幸运符时我有些惊讶，鲸牙看起来不像假的（虽然我没办法分辨它是否真的来自鲸鱼），相连的银色钥匙圈拿在手上不但沉甸甸的，还闪闪发亮。我把这东西放进背包的前袋，然后开始许愿。

第二天是学校举办的情人节。每个孩子都用鞋盒和图画纸做了一个小信箱。那个年代最重视的就是沟通分析，没有人可以被排除在外，所以老师想出了一个万无一失的计划：班上每一个女孩都必须寄卡片给每个同班的男生，反之亦然。依照这个方式，我寄给班上男生的十四张《崔弟和傻大猫》卡通卡片，这其中包括会挖出鼻屎吃掉的路克在内，必定会换回十四张情人卡。下课后，我把信箱带回家，坐在床上整理卡片。我惊讶地发现信箱里多了一张卡片。我没猜错，每个男生都寄给我一张情人卡，但是这第十五张卡片来自艾琳·康纳利。这个女孩有一双闪亮的蓝眼睛，头发和子夜一样黑，某次在体育课上，她用双臂抱住我，教我如何正确地握住球棒。卡片上写的是：情人节快乐，艾琳敬上。署名前有没有加上"爱你的"，这不是重点。除了我之外，她是不是也寄了卡片给全班所有的女生，这也不重要。当时，我只知道——只关心——她想到了我，就算时间再短暂也无妨。我深信自己之所以会收到这张额外的情人卡只有一个原因，那就是我的鲸牙，而且这个幸运符的效果真迅速。

接下来的几年之间，我只要搬家，包括从家里搬到学校宿舍，再搬到城里的公寓，接着搬到现在这栋屋子，我都会将物品仔细分类。没有任何例外，我一定会把鲸牙幸运符放在床头桌上。我真的舍不得丢掉这个东西。

显然它真的有用。

麦克斯

　　我哥哥家后院的东边角落，有四块白色的大理石。这些大理石太小，不足以当踏脚石，其中有几块还攀着玫瑰花丛，依我看，这些花应该从来没修剪过。这几块大理石是纪念碑，纪念的是瑞德和丽蒂流掉的孩子。

　　今天，我要安放第五块大理石。

　　丽蒂这次怀孕的时间并不久，但是家里却充满了哀伤的哭声。我真想说我到屋外来是为了让我的兄嫂能私下哀悼，但其实真正的理由，是因为这件事勾起我太多的回忆。于是我到园艺用品店买来一块相配的大理石。我在想，就当作是感谢瑞德为我做的一切好了，在土壤解冻之后，我要把这一小块草地整理成花园，种点蔷薇和猫柳和几株色彩缤纷的锦带花，然后在中间放张小型的花岗岩长椅，再用石块围出半月形的边框，让丽蒂可以来这里静坐或祈祷。我还可以种不同品种的花，让小花园随时都会有绽放的紫色和蓝色，我可以种葡萄风信子和矢车菊，缬草和紫色马鞭草，另外再加上最洁白的白色，例如星花木兰、豆梨和雪珠花。

　　我才刚开始构思这个天使花园的草图，就听到背后传来脚步声。瑞德双手插在外套口袋里，站在我的后面。"嗨。"他说。

　　我转过身，在阳光下眯起了眼睛。"她还好吗？"

瑞德耸耸肩。"你也知道的。"

我的确知道。柔伊的几次流产，成了我最失魂落魄的时刻。就这点而言，所有即将为人父母的人和永耀会有个共同点，对他们来说，生命就是生命，不管再渺小都一样。胎儿不只是细胞，而是你的未来。

"克莱夫牧师现在在里面陪她。"瑞德加了一句。

"我真的很难过，瑞德。"我说，"只是不知道这样说是否帮得上忙就是了。"柔伊和我都曾经到诊所去检查不孕的元凶。我不太记得造成我精虫数量低下的原因，也不太清楚参与竞赛的兵士为什么活动力不够旺盛，但是我记得这与遗传有关。也就是说，瑞德可能和我同病相怜。

他突然弯腰拿起我买来的大理石。土壤还结着冰，我没办法把大理石嵌进预定的位置。我看着瑞德把玩石块，接着，他把石块当铁饼似的掷向一体成型的烤肉炉砖壁。大理石应声裂成两半，摔在地上。瑞德跪了下来，低下头，用双手捧着脸。

你得了解，我大哥是我见过最镇定的人。在我这辈子当中，每当我崩溃，他永远是我最忠实的依靠，扶持我再度振作。看到他这般失控，我简直不知该如何是好。

我握住他的肩膀。"瑞德，兄弟，你得冷静点。"

他抬起头看着我，鼻息在冷冽的空气中凝结成雾。"克莱夫牧师在家里不断地提到上帝，向上帝祈祷，可是你知道我心里怎么想的吗，麦克斯？我觉得上帝在很久以前就已经放手了。我认为上帝根本不在乎我的妻子是否想要孩子。"

在我受洗后的几个月以来，我逐渐相信上帝对每件事都有安排。所以，恶人才会有恶报，尽管如此，要理解挚爱我们的救世主为什么会要好人去面对难关，就不是那么容易了。为了这种事，我曾经花了很长的时间努力祈祷，想要明白其中的道理，但是，我觉得上帝如果赐给我们厄运，大多是为了要提醒我们，他用不太婉转的手法让我们了解自己可能搞砸了某些事。说不定是找错了对象，或者太自以为是，也可能是因为我们对于眼前的一切越来越贪婪，忘了最重要的不是自己，而是忘我与无私。想想那些罹患不治之症的人，这当中有多少人开始四处感谢主耶稣？呃，我想说的是，也许这些人当初会生病，是因为只有如此，他才能得到他们的注意力。

虽然这么说让我很难过，但是我可以告诉你，我现在才明白柔伊和我为什么没有孩子。那是因为主耶稣不断地拿木料敲我的脑袋，最后我才终于了解，在自己张开双臂迎接上帝的独生子之前，我没资格当父亲。但是瑞德和丽蒂，这又是另外一回事了。长久以来，他们一直都在做正确的事。他们不该承受这样让人心碎的打击。

我们都抬起了头，看着克莱夫牧师走出屋外。他站在瑞德面前，影子罩住了瑞德。"她也把你赶出来了，是吗？"瑞德猜。

"丽蒂需要一点时间，"牧师说，"我晚上会再过来看她，瑞德。"

克莱夫牧师自己走出大门，瑞德用双手揉搓自己的脸。"她不肯和我说话，不肯吃东西，不肯服医生开的药，甚至不愿意祈祷。"他用充满血丝的眼睛看着我，"我这样说算是罪孽吗？我当然爱那个宝宝，但是我更爱我的妻子。"

我摇摇头。我不止一次踏入死巷，走投无路，每次都是哥哥伸手帮助我。这次，我终于可以拉他一把了。"瑞德，"我告诉他，"我想，我知道该怎么做。"

这一趟往返新泽西的车程花了我十个小时。当我把车子开上瑞德家的车道时，他们卧室的灯已经熄了。我在厨房里找到正在洗碗盘的瑞德。他穿着丽蒂那件印着"我是大厨，不许质疑"的粉红色荷叶边围裙。"嘿，"听到我的声音，他转过头来，"她还好吗？"

"老样子。"瑞德回答。他用怀疑的眼光看着我手上的纸袋。

"相信我。"我拿出一盒"欧维尔·瑞登巴克剧院奶油口味爆米花"，掏出其中一袋，放进微波炉里。"克莱夫牧师来过了吗？"

"来过了，但是她还是不肯和他说话。"

那是因为她不想说话，我心想。说话只会让她重新经历梦魇。在这个节骨眼上，她需要的是逃避。

"丽蒂不吃微波炉加热的爆米花。"瑞德说。

其实是我哥哥不让丽蒂吃微波炉加热的爆米花。他是个有机食物狂，虽然我不确定这是因为健康因素，还是因为他无论任何东西都要买最贵的。"凡事总有开端。"我回答。微波炉叮的一响，我拿出鼓胀的袋子，撕开来，把爆米花倒进蓝色的大瓷碗里。

卧室一片漆黑，里头弥漫着熏衣草的味道。丽蒂侧躺在四柱大床上，身上盖着床罩，背对着我。我不确定她是否睡着了，但接着就听到她的声音。"走开。"她喃喃地说。这两个字仿佛发自隧道的底端。

我没理她，而是抓起一把爆米花就吃。

这个声音加上奶油的味道诱使她翻过身来。她斜眼看我。"麦克斯，"她说，"我没心情，不想要人陪。"

"没关系，"我告诉她，"我只是要借用DVD放映机。"我伸手到纸袋里掏出电影光盘。接着我把光盘放进去，打开电视。

子弹打不死！预告如此保证。

火伤不到分毫！

没有任何事可以阻止它！

蜘蛛……会将你生吞活剥！

丽蒂坐起来靠在枕头上。她的眼神飘向屏幕，看着一只假到不行的巨大狼蛛恫吓一群青少年。"你去哪里找来的？"

"在一个我知道的地方。"这家迷幻药专卖店位于新泽西州的伊莉萨白，店里还卖可以邮购的小成本类型电影，我买过几次。但我没办法等他们把电影寄过来，而且这回与丽蒂有关，所以我直接开车过去。

"这是部好片，"我告诉丽蒂，"一九五八年拍的。"

"我现在不想看电影。"丽蒂说。

"好啊。"我耸耸肩。"那我把声音关小一点。"

于是，我开始假装看电视上的少女和男朋友一起去寻找她失踪的父亲，结果却发现一窝巨型蜘蛛。但其实我一直在偷瞥丽蒂。她忍不住，跟着我一起看。几分钟之后，她伸手想拿我放在腿上的爆米花，我把整碗都递给她。

电影中的少男少女将尸体从蜘蛛穴拖到高中体育馆研究，他们接下来会发现所谓的尸体其实还活着，这时瑞德把头探进了卧室。这时我已经躺靠在床上他的位置，我向他竖起了大拇指。看得出来，当他发现丽蒂坐起来，再次回到活人的世界时，脸上跟着露出了宽慰的表情。他退出卧室，随手关上房门。

半个钟头后，我们几乎吃光了一大碗爆米花。看到狼蛛终于遭到电击倒地时，我转过头，发现丽蒂泪流满面。

我敢说，她根本不知道自己在哭。

"麦克斯，"她问，"我们可以再看一次吗？"

加入像永耀会这样的教会有个很明显的好处，那就是得到拯救。但此外当然还有别的优点，那就是得到援助。这和找寻到主耶稣不同。找到主耶稣的感觉宛如雷击，但是得到拯救与援助就比较微妙了。比方说，在我踏入教会的一个星期之后，一名年长妇人出现在瑞德的家门口，手上拎着香蕉面包，欢迎我成为她的教友。比方说，我感冒时，名字会出现在祝祷名单上。或是当我把铲雪服务的传单张贴到教会布告栏之后，所有印着电话的截角就被教会里互相扶持的教友撕回家。我不仅获得重生，我还得到了一个大家庭。

我真希望在我的成长过程中，有克莱夫牧师这样的父亲引领，他能理解一件事：或许我过去走得跌跌撞撞，但在他眼里，我的未来依然充满契机。他没把焦点放在我过去做过的错事上，反而是赞美我做过的好事。上个星期，他请我到一家意大利餐厅用餐，庆祝我三个月滴酒未沾。他一开始要我在做礼拜时出来读经，这天下午，则要我为教会的鸡肉派餐宴采买，一步一步地将教会的责任交付给我。

时间刚过三点半，艾尔金和我来到卖场，我们一人推着一辆购物车。我通常不会到这里采购食物，但店东是永耀会教友，不但愿意给克莱夫牧师购物折扣，更重要的是，他还愿意免费赞助鸡肉。

我们在购物车上放满了做派皮用的材料以及冷冻青豆和胡萝卜，正站在肉铺前排队，等着拿为教会准备的鸡肉。这时，我听到了一个熟悉的声音。我一转头，看到柔伊正在读一瓶西泽沙拉酱的标签。

"我觉得营养成分表应该要推出新版本，"她对另一个女人说，"零脂、低脂、减脂，和含脂但口味绝佳。"

和她在一起的女人一把抢下柔伊手上的西泽沙拉酱，把瓶子放回架上，挑了瓶油醋酱。"而我觉得呢，应该为布丁另设专柜，"她说，"但是人不可能事事如愿。"

"我马上回来。"我告诉艾尔金，接着朝柔伊走过去，她背对着我，所以我拍拍她的肩膀。"嘿。"

她转过头，咧出大大的笑容。她看起来既轻松又快乐，仿佛这阵子花了不少时间在笑。"麦克斯！"她给我一个拥抱。

我笨拙地拍拍她。我是说，难道你可以回个拥抱给离了婚的前妻吗？和她一起购物的女人个子比较高，也年轻一些，她的头发剪得像个男孩，本来应该要微笑的嘴角却僵硬地闭了起来。我朝她伸出手。"我是麦克斯·巴克斯特。"

"喔，"柔伊说，"麦克斯，这是……凡妮莎。"

"你好。"

"看看你，穿得这么整齐要去哪里。"柔伊调皮地拉拉我的黑领带，"你的石膏拆掉了。"

"是啊，"我说，"现在只需要支架。"

"你来这里做什么？"柔伊问我，接着，她翻了个白眼。"哈，我当然知道你来这里做什么……来卖场只有一个原因……"

"你得原谅她，"凡妮莎说，"她早上喝了太多咖啡，现在才会这样。"

"是啊，"我很快地说，"我知道。"

凡妮莎来来回回地看着柔伊和我，接着，视线又回到柔伊身上。我不确定原因何在，但是她似乎有点生气。如果她和柔伊是朋友，那么她一定知道我是柔伊的前夫，我实在想不出自己说的哪句话惹毛了她。"我去拿点东西，"凡妮莎说，一边走开，"很高兴见到你。"

"我也是。"柔伊和我看着她走向有机食品区。"记不记得你有次决定只买有机食品，结果我们账单金额在一星期当中暴增成四倍？"我问。

"就是啊。我现在还是买有机葡萄和莴苣，"她回答，"活到老，学到老，对吧？"

离婚是件奇怪的事。柔伊和我在一起生活了几乎十年。我爱上她、和她同床共枕，希望和她建立一个家庭。有段时间，她对我的了解比任何人都深，虽然说，那已经是很久以前的事了。我不想和她聊食物，我想问她，这是怎么一回事，我们怎么会从婚礼上的共舞，发展到相隔三英尺而站，在卖场走道上闲聊。

但这时艾尔金推着购物车出现了。"兄弟，我们可以走了。"他对着柔伊抬了抬下巴。"嗨。"

"柔伊，这是艾尔金。艾尔金，这位是柔伊。"我看着她。"教会今天晚上要聚餐，吃鸡肉派。完全是自己做的，你应该来看看。"

她的脸孔似乎僵住了。"是啊，说不定。"

"那么再见了。"我对她微笑。"看到你真好。"

"我也一样，麦克斯。"她推着购物车从我面前走过，去瑞士莴苣前方和凡妮莎会合。我看到她们在争执，但是我站得太远，听不到她们在说什么。

"走吧，"艾尔金说，"如果我们没准时把材料带回去，妇女会的成员绝对会冒火。"

当艾尔金把东西堆到收银台输送带的时候，我一直在想，柔伊到底有哪里不对劲。我是说，她看起来好极了，听起来也很快乐。她显然和我一样，都找到了志同道合的朋友。然而情况似乎有些不对，但我又说不上来。收银员扫瞄条形码时，我发现自己不由自主地回头张望，想再看柔伊一眼。

我们走到卡车边，把东西放进车斗，天开始下起雨来。"我把购物车推回去。"艾尔金大声说,推着购物车便走向两排车后面的放置区。我正打算上车,柔伊喊住了我。

"麦克斯!"她从卖场里跑出来,飘在脑后的头发像极了一面风筝。雨水打在她的脸孔和毛衣上。"我有件事要告诉你。"

我们的第五次约会,是到白山去露营,当时我向一个雇我保养草坪的客户借来一顶帐篷。但是当我们到达山区时天已经黑了,我们错过了营地,只好在野地上搭帐篷。我们爬进了狭小的空间,拉上拉链,正要脱衣服的时候,帐篷突然坍塌在我们身上。

柔伊哭了出来。她蜷起身子躺在泥巴地上,我搭住她的肩膀。没事的,尽管我知道这是个谎言,却还是这么说。我没办法叫老天别下雨,没能力改变状况。她翻个身看着我,那时我才发现她是在笑,不是在哭。她笑得几乎喘不过气。

就是在那一刻,我明白自己想要和她共度余生。

柔伊每次因为没怀孕而落泪的时候,我都会多看一眼,希望她不是真的在哭。只是,事实没能如我所愿。

雨水落在柔伊的头发上,她的双眸也跟着闪闪发亮。我不知道自己为什么会在这时候想起这件事。"刚才和我在一起的女人,"柔伊说,"凡妮莎,她是我的新伴侣。"

在我们还是夫妻的时候,柔伊经常说,要找到明白音乐治疗的确具有疗效的人真的不容易,如果有个像她当年在伯克利念书时那样的治疗师社团该有多好。"很好啊。"我这么说,是因为我觉得她需要听到这句话。"你一直希望有个业务上的搭档。"

"你没听懂。凡妮莎是我的伴侣。"她犹豫了,"我们在一起。"

这时我突然明白刚刚在店里没搞懂的状况。柔伊和这个女人共享一个推车购物。如果没有共享一个冰箱，怎么会一起买食物？

我瞪着柔伊，不确定自己该说些什么。我的头开始痛，这个痛苦转变成文字：

你们不知道不义的人不能承受上帝的王国吗？不要受迷惑了。无论是淫乱的、拜偶像的、通奸的、做娈童的、同性恋的、偷窃的、贪心的、醉酒的、咒骂的、敲诈的，都不能承受上帝的王国。

这段话出自《哥林多前书》第六章第九节和第十节，对我来说，这明白指出了上帝对同性恋生活方式的看法。我张开嘴想告诉柔伊，然而我却说："但是你曾经和我在一起……"因为这两者应该是，而且一定要是互相抵触的。

艾尔金拍打乘客座的车门，要我开锁让他进车里躲雨。我按下车门锁，听到他开门又关门的声音，但是我还是站在雨中，柔伊的告白让我太震惊。

我所感受到的麻痹有太多层面，没办法一一细数。她说的话让我惊吓。我无法相信，因为她和我九年的关系不可能全是虚假。我觉得痛心，因为我们虽然离了婚，但是我没办法想象当主耶稣回到我身边的时候，竟把她抛在一旁。我不愿见到这种可怕的事降临在任何人身上。

艾尔金按下喇叭，吓了我一跳。"就这样喽。"柔伊带着浅笑说话，从前，我一见到这个笑容就着迷，每天都一样。她转身跑回卖场的骑楼下，凡妮莎推着车在那里等她。

她边跑，挂在肩膀上的皮包边往下滑，勾在她的手肘上。当柔伊推着她们的购物车走向停车场的时候，凡妮莎伸手拉拉柔伊的皮包，把皮包拉回原来的位置上。

这个动作很寻常，很亲密。从前，我也为柔伊做过这样的举动。

我挪不开视线，依然盯着看她们把东西放进一辆我没看过的老式敞篷车上。尽管我浑身湿透，尽管这让我没办法清楚看见柔伊，我仍旧紧盯着刚成为同性恋的前妻看。

永耀会的聚会场所是借来的中学礼堂，所以，教会实际的办公室在另一个地方。这个小办公室从前是个律师事务所，在马路边的一排商场内，和咖啡厅相连。办公室的等候区有个接待员和一台复印机，休息室里摆了张小桌子、一台小冰箱和一部咖啡机，此外，还有个小礼拜堂，最后就是克莱夫牧师的办公室。

"你现在可以进去了。"他的秘书艾娃告诉我。她的个头很小，弯腰驼背的姿态像个问号，头顶只剩下稀稀落落的几撮白发。瑞德老爱开玩笑，说她自从大洪水之后就来到这个办公室，但是我一点也不觉得他的话有任何道理可言。

克莱夫牧师这间旧办公室很温暖，里面放了几个花布靠枕，好些植栽，书架上摆满足以启发心灵的书籍。读经台上放着一本翻开来的超大型《圣经》，书桌后方挂的是主耶稣骑着凤凰从灰烬中往上飞翔的画作。克莱夫牧师告诉过我，主耶稣曾经到过他的梦中，表示他的牧师生涯会和传说中的凤凰一样，从败德的灰烬中获得重生，展翅飞向恩典。隔天早上，他立刻出门委托画家作画。

牧师正弯着腰整理一株一度美丽的吊兰，如今，叶片的尖端已经变得又黄又干。"不管我多用心照顾这棵小宝贝，"他说，"它仍然一副萎靡不振的模样。"

我走到吊兰旁边，伸手摸土，检查土壤的湿度。"是艾娃负责浇水的吗？"

"她从来没忘记过。"

"我猜，她用的是自来水。吊兰对自来水当中的化学成分很敏感。如果你换成蒸馏水，再把叶子的尖端剪掉，这盆植物会恢复健康又正常的绿色。"

克莱夫牧师对着我微笑。"你啊，麦克斯，是个货真价实的礼物。"

听到他的话，我觉得体内仿佛有股火苗。我这辈子干了太多蠢事，赞美纯属罕见。他带我走向办公室另一端的沙发要我坐下，请我吃甘草糖。"怎么了，"他说，"艾娃说你讲电话的声音听起来很沮丧。"

我不知道要怎么表达我该说的话，我只知道一定得说出来。我通常会找瑞德倾诉，但是他这会儿也有自己的问题待解决。丽蒂好些了，但是还没有完全恢复。

"我可以向你保证，"克莱夫牧师轻柔地说，"经过这次的考验之后，你哥哥和丽蒂会变得比以前更坚强。虽然上帝还不准备让我们参与这个秘密，但是他对他们自有计划。"

听到克莱夫牧师提起流产，我不免觉得局促不安，我应该要为他们祈祷，而不是为一个我主动和她离婚的女人感到困惑。"我不是为了瑞德才来的，"我说，"我昨天见到我的前妻，她告诉我，说她是个同性恋。"

克莱夫牧师往后靠在椅子的靠枕上。"啊。"

"她和一个女人，也就是她所谓的伴侣一起到卖场去。"她是这么称呼的。我低头看着自己的大腿。"她怎么能这样做？她曾经爱过我，我知道她爱我。她和我结了婚。她和我——我们——呃，你懂的。如果她只是敷衍了事，只是应付我，我绝对看得出来。我绝对会发现的。"我停下来喘了一口气，"不是吗？"

"也许你的确发现了，"克莱夫牧师若有所思地说，"这就是让你明白到你这桩婚姻行不通的最重要原因。"

可能吗？难道在柔伊自己知道之前，我就已经早一步感觉到这件事？

"我可以想象你现在一定觉得自己很……不够格，"牧师说，"你觉得，假如你更有男子气概一些，这件事就不可能发生了。"

我没办法直视他的眼睛，但是我的脸颊开始涨红。

"我也可以想见你有多愤怒。你可能会觉得那些知道她新生活方式的人，会因为觉得你遭到玩弄，而反过来评断你。"

"没错！"我爆发出来。"我没办法——我不能——"我的话卡在喉咙里出不来。"我不能理解她为什么要这样做。"

"这不是她的选择。"克莱夫牧师说。

"可是……没有人生来就是同性恋，你一向是这样说的。"

"你说得对。我也没说错。世上没有生理属性是同性恋的人，我们全都是异性恋。但是我们当中有些人会因为种种不同的理由，陷入同性恋的问题当中，而无法自拔。没有人会选择去吸引同样性别的人，麦克斯。但是我们可以选择如何对这种感觉做出回应。"他往前靠，把双手放在双膝之间，"小男孩不可能生来就是同性恋，他们是被教养出来的，祸首是控制欲过强的母亲、把自己的满足感建立在儿子身上的人，或是过于疏离的父亲，他们迫使孩子不得不以错误的方式，从其他男性身上得到接纳。同样的，对小女孩来说，太冷漠的母亲会让她们得不到日后发展女性特质的典范，而且，她们的父亲通常也不会陪在身边。"

"柔伊的父亲在她小时候就过世了……"我说。

克莱夫牧师看着我。"我想说的是，麦克斯，别生她的气。她不需要你的怒气。她需要的，她应该要得到的，是你的恩典。"

"我……我不懂。"

"我年轻的时候，在一个非常保守的教会服务。当时正好出现了艾滋病危机，于是华莱士牧师开始拜访住院的同性恋病患。如果他们同意，他会为他们祈祷，如果不愿意，他就光是陪着他们。嗯，最后呢，一个当地的同性恋电台听说了华莱士牧师的做法，于是邀他上节目。牧师被问到他对同性恋有什么看法，他直截了当地说，同性恋是罪。主持人承认自己不欣赏这个说法，但是他喜欢华莱士牧师这个人。随后的周末，几个同性恋到他的教会做礼拜。又过了一个星期，人数多了一倍。教友开始惊慌，想知道该如何对待身边的同性恋。华莱士牧师的回答是：'怎么，就让他们坐下啊。'他说，同性恋可以加入爱道人长短的人、私通者、通奸者和我们当中所有的罪人之中。"

他站起身，走向自己的办公桌。"世界很奇妙，麦克斯。我们有巨型教会，有基督教卫星电视，热门音乐排行榜里还有基督教乐团。拜托，我们甚至还有一本《小屋》。看见主耶稣的人前所未有地多，他的影响力一样前所未有地大。那么为人做堕胎手术的诊所为什么还这么多？为什么离婚率持续攀升？为什么色情业仍然猖狂？"他停了一下，但是我不认为他想听我说出答案。"我告诉你为什么，麦克斯。这是因为教会之外，处处可见的道德沦丧也侵入了这个世界。看看泰德·哈葛和保罗·巴恩斯就够了，我们自己的领袖人物都曾经性丑闻缠身。我们之所以没办法对当今最具争议性的议题发表评论，就是因为，在道德上，我们放弃了自己的威信和影响力。"

我皱起眉头，觉得有些困惑。我实在不明白这和柔伊有什么关系。

"我们常在祷告会上听到有人得了癌症，或是需要工作。我们从来没听过有人为了上色情网站或同性恋遐想而忏悔。这是为什么？如果你受到罪恶——任何罪恶都一样——的引诱，为什么对你而言，教会不会是一个安全的场所？如果我们不能作为庇荫，我们就得和这些堕落的人一起分担责任。你知道的，麦克斯，你比任何人更了解坐在酒吧里，不必受人评断的感觉，不过是喝个小酒，轻松一下罢了。教会为什么不能这样？你为什么不能走进教会，然后说：喔，上帝，真的是啊，酷喔！我现在可以当真正的自己了。这不是说我们可以忽视我们的罪，而是要让我们为自己的罪孽负责。你听懂我这番话的意思了吗，麦克斯？"

"牧师，我不懂，"我承认，"没真的听懂……"

"你知不知道你今天为什么会来找我？"克莱夫牧师问。

"因为柔伊的事？"

"不对。感谢主。"克莱夫牧师脸上绽放出笑容，"你是被派来提醒我的，要我别把我们局限在小争斗上，而忘了真正的战争。酗酒的人可以因为戒酒而得到奖章，我们在教会里的这些人，则要以身作则，来奖励想寻求改变的同性恋者。"

"我不知道柔伊是不是想要改变——"

"我们已经学到了教训，你没办法叫怀孕的女人不去堕胎，你必须帮助她，从旁辅导、支持，或建议其他的可行方式，来让她做出正确的决定。所以，我们不能光说同性恋就是错。我们必须把这些人引领入教会，让他们看到如何做正确的事。"

我懂了，牧师这番话成了我的指引。柔伊仿佛迷失在森林当中，我或许没办法要她马上跟着我走出来，但是我可以给她一张地图。

"你觉得我应该找她聊聊？"

"正是如此，麦克斯。"

问题是，我们曾经有过一段情。

而我体验在"主内重生"的时间不够长，说服力恐怕不足。

而且。

即使这会伤害到我

即使这打击到我的男子气概

我有什么立场说她是错的呢？

我甚至不敢对自己承认方才的想法，更别说在克莱夫牧师面前说出来。

"我不觉得她会想听教会的看法。"

"我没说这个对话会易如反掌，麦克斯。但是，这和性伦理无关。我们不是反同性恋，"克莱夫牧师说，"我们是力挺基督。"

这个表达方式让一切顿时清楚了起来。我之所以要去找柔伊，并不是因为她伤害了我，或是我心中有怒意。我只是要拯救她的灵魂。

"那么我该怎么做？"

"你要祈祷。柔伊要承认自己的罪。如果她办不到，你就要祈祷她能做到。你不能硬把她拖来教会，你也不能强迫她接受辅导。但是你能够让她看到其他的选择。"他在办公桌后面坐下，开始翻找旋转盒里的名片，"我们有几个教友曾经对抗过所谓的同性吸引力，他们坚守住了基督教世界的观念。"

我想到了会众，想到那些快乐的家庭和容光焕发的脸庞，我知道他们的眼眸里的光彩全来自圣灵。这些人是我的朋友，我的家人。我试着想找出谁过着同性恋的生活。会不会是派崔克呢？这个美发师做礼拜时佩戴的领带一向和他妻子的衬衫成套搭配。难道是尼尔？城里五星餐厅的烘焙师傅？

"我想，你应该见过宝琳·布里曼吧？"克莱夫牧师说。

宝琳?

真的吗?

昨天，宝琳才和我一起切胡萝卜，准备教会晚餐的鸡肉派。她很娇小，长了个朝天鼻，眉毛尾端修得又尖又细，说话的时候老是比手画脚。我每次看到她时，她身上的衣服几乎全是粉红色。

讲到女同性恋，我会想到粗线条又好斗的女人，顶着刺猬般的短发，穿垮裤搭配法兰绒衬衫。当然啦，这是刻板印象……但尽管如此，在宝琳·布里曼身上，我完全看不出她曾经是个女同。

但是话说回来，我也完全没看出柔伊身上有这样的特质。

"宝琳曾经寻求'出埃及全球联盟'的协助，也曾在《爱能战胜同性恋》的研讨会上，说出她摆脱同性恋身份的心路历程。我想，如果我们开口，她一定会乐意和柔伊分享经验。"

克莱夫牧师拿了张立可贴，写下宝琳的电话号码。"我会考虑看看。"我没有直接回答。

"我本来想说：你会有什么风险？但这不是重点。"克莱夫牧师等到我迎视他的目光之后才说话，"重点是，柔伊会失去什么。"

永恒的救赎。

就算她不再是我的妻子。

即便她从来没爱过我。

我接下克莱夫牧师手中的立可贴，折成两半，收进我的皮夹里。

这天晚上，我梦到柔伊和我仍然是夫妻，她躺在我的床上，我们正在做爱。我的手沿着她的臀部往上滑到腰际，我把脸埋进她的发丝之间，亲吻她的嘴，她的喉咙、颈子和胸脯。接着我低头看自己平放在她小腹上的手。

那不是我的手。

首先，这只手的拇指上有个戒指，一个细版金戒指。

接着，我看到红色的指甲油。

怎么了？柔伊问。

不对劲，我告诉她。

她握住我的手腕，将我拉得更近些。没什么不对劲的。

但是我跌跌撞撞地冲进浴室，打开灯，看到镜子里的凡妮莎回瞪着我。

我醒来时，汗水已经浸湿了床单。我爬下瑞德客房的床铺，到浴室（我小心翼翼地不去看镜子）洗把脸，然后弯腰将头放在水龙头下面。我现在不可能睡得着，于是我到厨房里找零食吃。

我惊讶地发现自己不是唯一在凌晨三点钟醒来的人。

丽蒂坐在餐桌旁撕纸巾。她在长睡衣外头套了件白色的棉布睡袍。丽蒂身上的长睡衣是细棉布的材质，领口和裙摆都绣着小小的玫瑰花。柔伊通常裸身睡，就算穿了衣物，最多也是我的T恤和四角裤。

"丽蒂。"听到我的声音，她跳了起来。"你还好吗？"

"你吓了我一跳，麦克斯。"

我一直觉得她很娇弱，和我想象中的天使一样，轻盈又细致，漂亮到让人不敢久久凝视。但这会儿她似乎很颓丧。她的下眼圈出现半月形的蓝晕，嘴唇干裂。她的双手——当她没在撕纸巾的时候——正在发抖。"你要我扶你回房间上床吗？"我轻柔地问。

"不用……我很好。"

"要不要喝杯茶？"我问，"还是要我帮你煮点热汤？"

她摇了摇头，瀑布般的金发随着动作一波波摆动。

　　丽蒂在她自家厨房里，而且显然为了独处而来，这时候我好像不应该坐下。但是把她一个人留在这里似乎也不妥。"我可以去叫瑞德过来。"我提议。

　　"让他睡吧。"她叹口气，这让她面前那一小堆撕碎的纸巾飞了起来，然后掉到地板上。丽蒂弯腰捡拾碎片。

　　"啊，"我说，终于有事可做，感谢上帝。"让我来。"

　　在她还没靠过来之前，我就先跪了下来，但是她一把推开我。"停，"她说，"给我停下来。"她双手掩面。我听不到她的声音，但是我看到她肩膀抽动。我知道她在哭。

　　我手足无措，犹豫地拍拍她的背。"丽蒂？"我低声喊她。

　　"你们这些人停一停好吗，妈的，别再对我好了！"

　　我惊讶地张大了嘴。在我认识丽蒂这么多年以来，我从来没听过她开口咒骂，更别说听她骂脏话。

　　她的脸立刻红了起来。"对不起，"她说，"我不知道……我不知道我怎么了。"

　　"我知道。"我滑坐进她对面的椅子上，"是你的生活。你的生活和预期出现了落差。"

　　丽蒂久久地凝视着我，仿佛她过去从没好好看过我似的。"对，"她喃喃地说，"就是这样。"接着她轻轻蹙眉。"那你为什么醒着？"

　　我手一摊，说："口渴。"然后耸了耸肩。

　　"你要记得，"在我们走出她的金龟车之前，宝琳说了，"今天的一切都与爱有关。我们要打破她的想法，她以为我们会提起仇恨和审判，但是我们不会这样对待她。"

我点点头。老实说，光是让柔伊同意和我见个面，就比我想象中的更困难。我觉得编个借口约她见面，比方说，要请她在文件上签个名，或是讨论与离婚有关的财产问题，都不是正确的做法。所以，当克莱夫牧师站在我身边祈祷，希望我能找到正确的说话方式的时候，我直接拨打她的手机，表示自己很高兴能在卖场见到她，而她和凡妮莎在一起的新闻也很让我惊讶，所以，我真的希望她能拨给我几分钟的时间，和我坐下来谈谈。

在她同意之后，我并没有告诉她宝琳也会跟我一起来。

因此，当柔伊拉开这栋陌生房子（位在死巷尽头的红顶房舍，前院的景观漂亮得令人印象深刻）的大门时，她才会来回地看着宝琳和我，而且皱起了眉头。"麦克斯，"柔伊说，"我以为你会一个人过来。"

这种感觉很奇怪，我在别人家看到柔伊，她手上拿着我在某年圣诞节送给她的马克杯，上面印着"我惨了"。她身边的地板上有几双鞋子，有的我认得，有的则不然。我觉得胸口整个紧缩了起来。

"这位是我教会的朋友，"我解释，"宝琳，这是柔伊。"

当宝琳说她已经不再是同性恋的时候，我相信她的说法，但不知怎么着，当她和柔伊握手时，我仍然紧紧盯着监督。我想看她的双眼是否会为之一亮，或是久握柔伊的手会不会不肯松开。但是，什么情况都没出现。

"麦克斯，"柔伊问，"这到底是怎么回事？"

她交叠起双臂，每当有推销员上门，而她没时间理会这些天花乱坠的推销话术时，她就会摆出这个姿势。我开口想解释，但又默默闭上了嘴。"这房子好可爱。"宝琳说。

"谢谢，"柔伊回答，"这是我女朋友家。"

这句话制造出爆炸般的效果，但是宝琳似乎完全没听到。她指着挂在柔伊身后墙上的照片。"那是布洛克岛吗？"

"大概是吧。"柔伊转头看，"凡妮莎小时候，她父母在布洛克岛上有一幢夏日度假小屋。"

"我阿姨也是，"宝琳说，"我老是说要回去看看，却从来没去成。"

柔伊看着我。"听着，麦克斯，你们两个就别演戏了。我要坦白告诉你，我们没什么好谈的。如果你愿意接受永耀会的同化，那是你自己的权利。但如果你和你教会的朋友要来这里感化我，你们想都别想。"

"我不是来感化你的。不管我们之间发生过什么事，你都得知道，我还是一样关心你。我只想确定你做了正确的选择。"

柔伊的眼睛闪了一下。"你来我面前说教，告诉我什么是正确的选择？这太好笑了，麦克斯。"

"我犯过错，"我承认，"我每天都会犯错。无论就哪个层面来说，我都不是完美的人。但是，没有人是完美的。这正是你应该要听我说这些话的原因，你现在的感觉并不是你的错，事情发生在你的身上，但这并不代表你就是这样的人。"

她看着我，眨了好几次眼睛，想要理解我的话。她想通的那一刻，我立刻看了出来。"你在说凡妮莎。喔，天哪。你竟然想把你那小小的反同性恋圣战带进我家客厅。"我慌乱地看着宝琳，这时柔伊敞开了双臂。"请进，麦克斯，"她讥讽地说，"我真想赶快听听你对我堕落的生活有什么看法。我花了一整天的时间在医院陪伴垂死的孩子，轻松一下对我有益无害。"

"也许我们该走了。"我低声对宝琳说，但她从我面前走过去，在起居室的沙发上坐了下来。

"从前，我和你一样，"她告诉柔伊，"我和一个女人住在一起，深爱着她，把自己当成同性恋。某次，我们一起去度假，在餐厅吃晚餐的时候，女侍先记下她点的餐，然后转头对我说：'先生，你想点些什么？'告诉你，我当时的外貌和现在不一样。我的穿着打扮像个男孩，走路也像。我想让别人以为我是男生，这样，女孩子才会爱上我。我深信自己生来如此，因为自从我有记忆以来，我就和旁人不同。那天晚上，我做了一件长大后就不曾再做的事。我拿出旅馆房间床头桌里的《圣经》，开始阅读。巧的是，我一翻开就看到《利未记》：人若与男人苟合，像与女人一样，他们二人行了可憎的事。我不是男人，但是我知道上帝说的是我。"

柔伊翻了个白眼。"我对《圣经》的经文也许不太熟悉，但是我确信离婚也是件不允许的事。但是，麦克斯，当我收到法庭判决的时候，我也没去你家找你。"

宝琳继续说话，仿佛柔伊方才根本没有发言。"我开始领悟到一件事，我可以把人和要做的事分开。我不是同性恋，我是同性恋认同者。我重新阅读一些证明我天生如此的研究，找到大到足以开着卡车穿过的缺失和漏洞。我误信了谎言。当我明白之后，我同时也了解这些都是可以改变的。"

"你是说……"柔伊屏着呼吸说，"就这么简单？说出口就可以得到？我只要说我相信上帝，神奇的事就会发生，我可以得到拯救。我说我不是同性恋，然后，哈利路亚！我一定是痊愈了。我相信如果凡妮莎在此时此刻走进大门，我一定不会觉得她有任何吸引力。"

凡妮莎仿佛听到了柔伊的召唤，恰好在这个节骨眼边解开外套的钮扣边走进起居室。"是不是有人在喊我？"她问道。柔伊走向她，在她嘴上啄了一下当作问候。

似乎她们一向如此。

似乎这不会让我感觉到胃部翻搅。

似乎这再正常不过了。

柔伊看着宝琳。"真是的。看来我毕竟没能痊愈。"

凡妮莎这时才注意到我们。"我不知道家里有客人。"

"这位是宝琳，你当然认识麦克斯。"柔伊说，"他们来这里，是为了阻止我们下地狱。"

"柔伊，"凡妮莎把她拉到一边，"我们谈一下好吗？"她带着柔伊走进与起居室相连的厨房。我得竖起耳朵才听得到声音，但总算成功地听到大部分的对话。"我不是不让你邀请客人到我们家里来，但是你究竟在想什么？"

"我想，他们疯了，"柔伊说，"说真的，凡妮莎，如果没有人告诉他们，说他们幻想力太丰富，那么他们自己怎么可能知道？"

她们继续交谈了几句，但是声音太模糊。我紧张地望着宝琳。"别担心，"她拍拍我的手臂，说，"拒绝承认是正常的。主耶稣要我们来传播他的言语，就算这些话像是落入聋人的耳朵里，也没有关系。我总觉得，这种交谈方式像是把红褐色染料泼洒在原木地板上一样，就算你擦过，颜色还是会迅速地渗透进去，让你再也没办法去除。我们走了之后，柔伊会花很长的时间来思考我们说的话。"

但是话说回来，在松木上涂上红褐色染料只能改变外观，不能把它变成真正的桃花心木。真不知宝琳是否考虑过这一点。

柔伊穿过厨房门口走了进来，凡妮莎跟在她身后。"别这样，"凡妮莎恳求她。"如果你和黑人约会，你难道会邀请奉行白人至上主义的三K党徒来一起讨论？"

"拜托，凡妮莎！"柔伊不理她，转头对宝琳说，"对不起，你刚刚说到哪了？"

宝琳交叠着双手，搁在腿上。"嗯，我想，我们刚刚正好谈到我自己的大发现。"她说。凡妮莎哼了一声。"我发现自己之所以会无法抵抗同性吸引力有几个原因。我的母亲来自爱荷华州的农村，这样的女人呢，她们早上四点起床，在早餐之前就已经改变了整个世界。她相信双手就是要用来工作，如果你跌倒会哭，那你就是软弱。我的父亲四处旅行，经常不在家。我一直像个小男生，宁愿和兄弟一起踢足球，也不想坐在家里玩洋娃娃。当然啦，我还曾经遭到表哥性侵。"

"什么当然。"凡妮莎嘀咕。

"嗯，"宝琳看着她说，"我认识的每个同性恋认同者都有类似的经验。"

我看着柔伊，觉得很不自在。她不曾遭受过侵犯，如果有，她一定会告诉我。

但是，她也没告诉我她喜欢女人。

"我来猜猜看，"凡妮莎说，"当你说出自己是同性恋的时候，你的父母并没有张开双臂接纳你。"

宝琳微笑。"现在我父母和我之间的关系最好，我们一起经历过太多事，唉……我认同同性恋并不是他们的错。这牵涉到太多因素，包括受到侵犯、对自己的性别缺乏安全感，一直到把女人当成二等公民都包括在内。诸多原因加总起来，我才会开始有某些把我带离主耶稣身边的举止。我不知道，"她问柔伊，"你为什么会认为你愿意去追求同性之爱？显然你不是生来如此，因为你有过一段愉快的婚姻——"

"愉快得不得了，"凡妮莎指出来，"到最后还是离了婚。"

"这是真的，"我表示同意，"柔伊，当你需要我的时候，我没在你身边支持你。这点我永远没办法补偿。但是我可以避免让同样的错误再度发生。我可以协助你去见一些了解你的人，他们不会评断你，他们会因为你这个人而爱你，而不是因为你做过什么事。"

柔伊把手插进凡妮莎的臂弯里。"我已经找到那个人了，她就在这里。"

"你不能——你不会——"我结结巴巴地找不到话，"你不是同性恋，柔伊，你不是的。"

"也许你说得没错，"柔伊说，"也许我不是同性恋。也许这种事一辈子只会发生一次。但是我只知道，我要让这件事延续一辈子。我爱凡妮莎。她刚好是个女人。如果我因此成了女同，那也只好如此了。"

我开始默祷。我祈祷自己站起来的时候不要嘶吼出来，祈祷柔伊能尽可能、尽快地越悲惨越好，如此一来，她才能看到站在她眼前的主耶稣。

"我和你一样，我们都不喜欢贴标签，"宝琳说，"但是，天哪，你看看现在的我。我甚至不想让别人说我是个'前同性恋'，因为那代表我生来就是个同性恋。不可能的，我是个异性恋、虔诚的女性基督徒，就是这样。我穿裙子的次数比裤装多，没上妆不会出门，如果你碰巧在路上碰到休·杰克曼，请你先绊住他，等我——"

"你和男人上过床吗？"凡妮莎的声音宛如枪响。

"没有。"宝琳红着脸承认。"这有违教义，因为我还没结婚。"

"不可思议，这个说法还真便利哪。"凡妮莎转头对柔伊说，"我和你赌二十块美金，梅根·福克斯可以在说'我们的天主'这几个字的短短一瞬间勾她上手。"

宝琳没吞下这个诱饵。她面对着凡妮莎，眼神满是怜悯。"你想怎么说我都行。我知道你的怒气从何而来。懂吗，我曾经是你。我知道过你这样的生活会是什么情形，我也能体会，当你看着我这种女人的时候，你觉得我根本是个同性恋的败类。相信我吧，有人在我的桌上放过书，在我餐桌上的杯子下压着纸条，我的父母做过一切能让我放弃同性恋身份的事，但是这只会让我更确定。但是凡妮莎，我来这里并不是要扮演这样的角色。我不会说教，也不会在事后打电话追踪，更不会假装成你们最新结交到的好朋友。我来这里只是要说，当你和柔伊准备好了之后——我相信一定会有这么一天——我可以提供你们所需要的所有帮助，让你们把基督的需要放在自己之上。"

"那么，让我来确认一下，"柔伊说，"我不必现在立刻改变，可以延期……"

"一点也没错。"我回答。我是说，至少她朝正确的方向迈进了一步，对吧？

"……但是你仍然觉得我们的关系是错误的。"

"主耶稣是这么看的，"宝琳说，"如果你读了《圣经》的经文之后还有别的想法，那么你一定没读懂。"

"你知道吗，我在天主教的教理班读了十年，"凡妮莎说，"我很确定《圣经》提到一夫多妻制是个好制度。还有，我们不该吃扇贝。"

"写在《圣经》上的东西并不见得全是上帝的旨意——"

"你刚刚才说写在经文当中的全是事实！"凡妮莎反驳。

宝琳微微抬起下巴。"我不是来这里逐字讨论语义的。同性恋的反义词并不是异性恋，而是神圣。我就是为这个来的，我是个活生生的证据，证明还有另一条路可走。而且是更理想的道路。"

"这和送上另一边脸颊相迎有什么相同之处？"

"我不是来评断你的，"宝琳解释，"我只是来提出我对《圣经》的观点。"

"那么，"凡妮莎站了起来，"我应该是盲人，因为这个差别太微妙，让我完全看不出来。你怎么能说我成了今天的我，是件错误的事？既然我和你一样，你怎么可以说你包容我？你怎么敢说我不能和我爱的人结婚、领养小孩，说同性恋者的权利不足以称为人权，只因为你觉得性向和肤色或身心障碍不同，是可以改变的事？但是你知道吗？这个理论也站不住脚，因为人可以改变宗教信仰，而宗教的归属仍然受到法律所保护。就因为这样，所以我才要很礼貌地请你们离开我家，而不是一脚踢在你们虚伪的教徒屁股上，把你们轰出门。"

柔伊也站了起来。"出门时，小心别被门打到。"她说。

回家的路上，天开始下雨。我听着雨刷规律的节奏，心里想到了柔伊。从前，她会坐在我身边的乘客座位上，随着节拍敲打置物箱。

"我可以问你一件私事吗？"我转头问宝琳。

"当然可以。"

"你会不会……嗯……会不会怀念？"

宝琳瞥了我一眼。"有些人会。他们要花好几年的时间挣扎。这和任何瘾头一样，他们发现这是迷药，决定把这件事逐出生命之外。如果运气好，他们可能会认为自己完全痊愈了，真的改变了认同。但即使运气不够好，他们仍然可以在早上起床时向上帝祷告，希望自己可以不受到吸引，继续度过这一天。"

我知道她没有真正回答我的问题。

"基督徒得到感召，奋斗了好几个世纪，"宝琳说，"这没什么不同。"

柔伊和我参加过她一个病患的婚礼。那是个犹太婚礼，真的很美，我从来没见过那样的服饰和传统。新娘新郎站在棚子下，大家用我听不懂的语言祈祷。到了最后，祭司要新郎踩破一个用餐巾包起来的酒杯。他说：祝你们的婚姻长长久久，和修补这个杯子碎片所需的时间一样长。事后，当宾客上前恭贺新人时，我溜到棚下，拿走餐巾下的一小片玻璃碎片。我在回家的路上把碎片丢进海中，这么一来，酒杯无论如何都不可能修补完成，这对夫妻一定会永远生活在一起。

柔伊问我在做什么，我告诉了她。她说，她从来没有像那一刻那样爱我。

这些日子以来，我的心就像那只破碎的酒杯，像某件应该可以恢复完整的物品。但是感谢某个白痴让我学到了教训：这样的机会永远不可能出现。

曲五　和我结婚

柔伊

大家都想听我提我们的性生活。

这一定和男人做爱不同，道理太明显了，但是，也比你想象的更丰富。首先是更具有情绪张力，而且我们都不必急着向对方证明自己。有些时刻温和轻柔，其他的时候则狂猛浓烈。但这和男人扮演支配性的角色，让女方表现出驯服和顺从又不一样。我们轮流担起保护者以及受呵护者的任务。

和女人做爱，与你期望中和男人做爱相似，其中还是有差距。和女人做爱的一切攸关历程，终点站反而不是重点；就像是一段持续不断的前戏。你不必刻意缩起小腹，不必去想橘皮组织；你可以说，这真好；更重要的是你也可以说，这样不好。我承认，一开始，当我缩起身子靠紧凡妮莎的手臂时，感觉的确有点奇怪，因为我过去依偎的一直是结实的男性胸膛，但是奇怪不等于不舒服。我只是不习惯罢了，就好像我原来住在雨林，突然搬到了沙漠一样。这是另一种美感。

有时，在男同事听说我和凡妮莎在一起之后，眼底会流露出某种想法，他们以为我家每晚都会上演两女相缠的色情片。如果说，我过去的性生活无法与布莱德·皮特主演的性爱场景相提并论，那么我现阶段的性生活也没有略胜一筹。我可以再和男人上床，但是我不觉得自己可以得到享受，或可以感觉到和女人做爱时的安全感与大胆。所以，凡妮莎并没有填满我——至少就字面意义而言——她让我得到满足，这反而更好。

　　假如拿我和麦克斯的婚姻与我和凡妮莎的关系两相比较，老实说，真正的差别并不在于性生活。这和对等有关。当麦克斯回家的时候，我会想知道他心情好不好，或是他当天过得好不好，接着我再去配合他，当他所需要的人。和凡妮莎在一起呢，我可以在回到家之后，轻松地当自己。

　　和凡妮莎在一起之后，我会在早上醒来，心想：她是我最好的朋友，是我生命中最耀眼的人。我醒来时会想：我真的拥有太多。

　　每个日子都是一场协商。凡妮莎和我坐下来喝咖啡，她和麦克斯不同，不会把脸埋进报纸堆中，我们可以一起讨论当天该做什么事。这时候我已经搬进了凡妮莎家，我们得打理家庭。既然家里没男人，我们也不必期待灯泡烧坏会有人换，垃圾也别想叫别人提。如果有重物要搬运，我们得携手合作。我们当中得有人修剪草坪、缴账单，还要疏通水沟。

　　过去，在我和麦克斯还是夫妻时，他会问我晚餐有什么菜色，而我会要他去干洗店拿衣服。现在呢，我和凡妮莎一起分担任务。如果凡妮莎从学校下班回家时得去采购杂货，那么她可以顺便拿外带的晚餐。如果我要进城，我可以在白天时用她的车，并且帮她加油。当两个女人一起坐在厨房的时候，会出现很多讨论，很多施与受。

　　有趣的是，过去，每当我听到同性恋者用"伴侣"这两个字来称呼自己的另一半时，总会觉得奇怪。异性恋的妻子不也是伴侣吗？但我现在明白了，情况真的不同，你在鸡尾酒宴会上向别人介绍的"另一半"，和一个真正让你感觉到完整的人，是完全不一样的。凡妮莎和我必须经营两个人之间的互动，因为这不是传统的夫妻关系。这使得我们经常要一起做决定。我们一向会询问对方的意见，不预设立场，这么一来，也减少了情绪受伤的机会。

你也许会以为这段关系发展至今已经有一个月之久，某些激情可能已经褪色，我可能还爱着凡妮莎，但是程度没当初炽热。如果你这样想，那么你就错了。当我在工作上碰到状况的时候，我还是最想告诉她。当我在摘除子宫的三个月之后，发现自己身上没有癌细胞，我仍然想和她一起庆祝。遇到懒洋洋的星期天，我只想和她一起闲晃。正是如此，我们才得花双倍的时间来处理许多本来可以在周末分工合作的杂务，因为我们想一起做。既然如此，那么又有何不可？

同一个理由让我们在三月的某个星期六下午一起到卖场，麦克斯走到我的面前时，我们正在研究沙拉酱标签。我反射性拥抱了他一下，试着不去看他那身黑西装和窄领带。他看起来像个以为靠打扮就可能顺理成章变成帅哥的高中生，只可惜这种事从来没能成真。

我感觉得到，站在我身后的凡妮莎开始情绪高涨，等着我开口介绍。但是，这些话偏偏卡在喉咙里，我就是说不出来。

麦克斯伸出手，凡妮莎和他相握。我心想：这简直是地狱，我爱过的男人对上了我不能没有的女人。我知道凡妮莎想要什么，期待什么。我好几次声明我不会在短短的相处之后马上离开她，眼前出现的，正是我证明自己的最佳良机。我只需要在这个时候告诉麦克斯，说清楚凡妮莎和我是一对，这就成了。

那么，我为什么办不到？

凡妮莎瞪着我看，闭紧了双唇。她说："我去拿点东西。"但是在她走开的时候，我觉得胸腔仿佛有种断裂的感觉，就像是绷得太紧的弦。

麦克斯的朋友也走了过来，他身上的衣服仿佛是麦克斯那套西装的复制，突出的喉结像极了丈量用的铅锤。我含糊打个招呼，但是我的眼光飘向他背后的根茎蔬菜区，凡妮莎背对着我，站在那里。接着，我听到麦克斯邀我去教会走走。

我心想：门都没有。我想象自己和凡妮莎手牵着手，出现在一群恐同症患者面前。我们可能会被泼上沥青，再撒满羽毛。我随口响应，然后直接走向凡妮莎。

"你在生我的气。"我说。

凡妮莎正在检查芒果的熟度。"我不是生气，只是有点失望。"她抬起头来说，"你为什么不告诉他？"

"我为什么一定要说？除了你我之外，这和其他人完全无关。我刚刚遇到了麦克斯的朋友，他也没说：'喔对了，顺道一提，我是异性恋。'"

她放下芒果。"我可能是全世界最不想摇旗呐喊，或是去参加同性恋游行的人，"凡妮莎说，"我知道，要让从前爱过的人知道你爱上了别人不是件容易的事。可是，如果你不大声说出来，那么大家就会用愚蠢的推测来填补这个缺口。如果麦克斯知道你有一段同性之爱的关系，你难道不觉得他下次去反同性恋活动当纠察队之前会先做考虑？因为这下子，他面对的不再是一群没有脸孔的酷儿，柔伊，而是他认识的人。"她看向别处。"还有我。我看到你费尽心思，就是不肯称我是你的女朋友，这让我觉得不管你对我怎么说，全都是谎言。你还是在找那扇逃生门。"

"我不是因为这样——

"那是为什么？我让你丢脸吗？"凡妮莎问，"还是你自己让你觉得羞愧？"

我站在一盒盒的草莓前方。我从前有个植物学家病患，因为卵巢癌住院治疗。她没办法再吃固体食物，但是她告诉我，她最想念的是草莓。草莓是唯一有种子长在外面的水果，因为这样，所以草莓不是真正的莓果，是蔷薇科植物，这点从外表实在看不出来。

"到外面和我碰面。"我告诉凡妮莎。

这时候已经开始下雨了，我在麦克斯的卡车边拦住他。"刚才和我在一起的女人，"我说，"凡妮莎，她是我的新伴侣。"

麦克斯把我当疯子看。我为什么要冒雨跑出来告诉他这句话？接着，他开始提我的工作，我终于明白凡妮莎是对的，他误会了，因为我没有说出最简单的事实。"凡妮莎是我的伴侣。"我重复自己的话，"我们在一起。"

我知道他在那一刻听懂我的话。这不是因为他的眼睛突然覆上一层无形的帘幕，而是因为我心底突然涌现出一股甜蜜又自由的感觉。我一开始就不明白，为什么我会需要麦克斯的认可。我可能不是他自以为认识的女人，但话说回来，他也不是我自以为认识的男人。

在我还没意识过来之前，我已经走向了凡妮莎，她推着购物车，在卖场前方干爽的骑楼下等我。我发现自己开始跑向她。"你怎么对他说？"凡妮莎问。

"说我想永远和你在一起。只是，永远实在不够久，"我告诉她，"我可能稍微修饰了一下。"

她的表情，让我想起自己在几个月的严冬之后首次看到番红花的感受。终于。

我们低头冲进雨中，匆匆忙忙将东西放进凡妮莎的车子里。当她把购物袋放进后车厢的时候，我看到两个路过的孩子。他们还不到十三岁，男孩的脸上还有桃子般的细毛，女孩大声嚼口香糖。他们紧紧相拥，各伸出一只手，钻进对方牛仔裤的后口袋里。

他们恐怕都还未满可以看保护级电影的年龄，更别提约会，但是在他们经过的时候，没有人眨一下眼。"嘿！"我说了，凡妮莎转过头，手上仍然抱着购物袋。我用双手捧住她的脸，充满爱意地，缓缓地久久亲吻她。我希望麦克斯在看。我希望全世界都在看。

大部分的人听到尖叫声都会往反方向跑，而我呢，则是抓起吉他冲上前去。

"嗨，"我闯进医院一间小儿科房间，"我能帮忙吗？"

英勇的护士正试图取下小男孩身上的点滴，她解脱似的松了一口气。"请自便，柔伊。"

小男孩的母亲一直按住他，不让他挣扎。她对我点个头。"他只知道插针很痛，所以他以为拔针也一样。"

我看着她儿子的眼睛。"嗨，"我说，"我是柔伊。你叫什么名字？"

他的下唇还在颤抖。"卡——卡尔。"

"卡尔，你想唱歌吗？"

他坚定地摇摇头。我环视病房，看到床头桌上有一堆"金刚战士"的公仔。我把吉他拿到面前，弹起童谣《公交车轮子》的和弦，只不过我改了歌词。"金刚战士……踢踢踢，"我唱，"踢啊踢……踢踢踢。金刚战士踢踢踢……整天都在踢。"

唱到一半，孩子便停止了挣扎。他看着我说："他们还会跳。"

于是我们一起接下去唱。他花了十分钟向我解释不同的金刚战士，包括红战士、粉红战士、黑战士的各种能耐。接着，他抬起头看着护士。"你什么时候要开始拔针？"卡尔问。

她咧嘴一笑。"已经完工了。"

卡尔的母亲松了一口气，抬头看着我。"非常谢谢你……"

"不必客气，"我说，"卡尔，谢谢你陪我唱歌。"

我刚走出病房绕过转角，另一名护士就追了上来。"我到处找你，是玛莉萨。"

她不必说，我也知道状况。三岁的玛莉萨罹患白血病，这一年间多次进出医院。她的父亲是个蓝草音乐乐手，希望能让女儿接受音乐治疗，因为他知道音乐可以如何激励人心。在玛莉萨有精神而且心情好的时候，我们会一起唱她最喜欢的歌谣，《老麦克·唐纳德》《我是一支小茶壶》《约翰雅各布金哥海默史密特》，还有《我的邦尼》。我偶尔会在她接受化疗的时候去看她，她老觉得化疗让她双手灼烧，所以我编了些把双手浸进冰水，或是盖造冰屋的曲子。但这阵子玛莉萨的病情加重，在她注射过麻醉药昏沉睡去的时候，我只能和她的家人一起为她歌唱。

"她的医生说，只剩不到一个小时了。"护士低声告诉我。

我悄悄拉开她病房的门。里面的灯关着，傍晚暗淡的光线投射在小女孩身上的毛毯上。她脸色苍白，一动也不动，头上戴着一顶粉红色的毛线帽，指甲上搽了华丽的银色指甲油。上个星期，当玛莉萨的姐姐为她搽上指甲油的时候，我也在场。尽管玛莉萨当时一直昏睡，但是我们还是为她唱了《女孩只想玩乐》。无视于玛莉萨是否意识不清，是否知道有人在乎她漂不漂亮。

玛莉萨的母亲靠在丈夫的怀里低声哭泣。"麦克、露易莎，"我说，"我很遗憾。"

他们没有响应，但其实也没必要。疾病可以让一个家庭更坚强。

有个医院志工坐在床边，在玛莉萨过世前为她留下石膏手印。有时候，医院会为末期小儿科病童的家长留下孩子的手印。感觉上，病房里空气好凝重，我们吸入的气体犹如铅块般沉重。

我往后退，站到玛莉萨姐姐安雅的身边。她看着我，双眼又红又肿。我轻捏她的手，接着，我顺着病房里的气氛即兴弹起吉他，起伏的小调旋律阴沉又哀伤。突然间，麦克转过来对我说："我们不想要你在这里弹这样的音乐。"

我的脸颊开始涨红。"我——对不起。我出去好了。"

麦克摇摇头。"不是这样，我们希望你弹些你从前为她弹奏的曲子，她喜欢的曲子。"

于是，我照着他的话做。我弹起《老麦克·唐纳德》，她的家人一个接着一个，加进来开始合唱。医院志工将玛莉萨的手掌压向石膏版，然后擦干净。

连接在玛莉萨身上的机器屏幕上，心跳的线条逐渐成了一道直线，我仍然继续唱歌。

我的邦尼漂泊四海，我的邦尼漂泊四海。

我看着麦可在女儿床边跪下，露易莎伸手环住玛莉萨。安雅弯下了腰，仿佛将哀伤折叠了起来。

我的邦尼漂泊四海，喔，把我的邦尼带回到我身边。

在尖锐的嗡鸣声出现之后，一名护士走进来关掉监视器，轻柔地用手盖着玛莉萨的前额，表示哀悼。

　　带回来，
　　带回来，
　　把我的邦尼带回到我身边。

　　曲子结束之后，缺席的小女孩成了病房唯一的声音。

　　"我很遗憾。"我又说了一次。

　　麦克伸出手。我不知道他想要什么，但是我的身体似乎自有反应。我把拨弦用的吉他弹片递给他。他将弹片压进石膏模里，就放在玛莉萨掌印的上方。

　　我努力维持镇定，走出病房。接着，我背抵着墙，滑坐到地上哭泣。我用双手抱住吉他，和露易莎抱住宝贝女儿时的姿势一样。

　　这时候。

　　我听到婴儿的哭号，又尖又响的哭声越来越激烈。我用双腿撑起沉重的身躯，循声走进距离玛莉萨病房两扇门远的另一间病房，看到一名泪流满面的母亲和护士一起抱住婴儿，让抽血师能够顺利抽血。我走进病房的时候，他们不约而同地抬起头看我。"说不定我可以帮忙。"我说。

　　我在医院里度过忙乱又可怕的一天，开车回家时，心里只想着要倒在沙发上喝下一大杯葡萄酒，因此，在手机响起时，我差点不想接听。我看到屏幕显示了麦克斯的名字。我叹口气，还是接起了电话。他说，他想耽误我几分钟时间，虽然他没说原因，但是我猜应该是有文件要签。就算在离婚之后，文书作业还是不见减少。

　　所以，当我看到他带着一个女人来到家门口时，还真的吃了一

223

惊。在我知道他带这个女人过来，是为了将我从堕落的新生活中拯救出来时，我更是惊讶。

如果我不是那么想哭，我可能会大笑以对。今天我亲眼看到一个三岁小孩过世，但我前夫却认为我是这个世界的乱源。如果他的上帝没忙着监视像凡妮莎和我一样的人，说不定，他可以拯救玛莉萨。

但是，生命本来就不公平，所以小女孩才没办法安然度过她的四岁生日。所以，我才会流掉好几个孩子。也就是这样，像麦克斯和我的州长这种人，才会以为他们可以告诉我该爱什么人。既然生命不公平，我也不必公平。我将心里那股无法改变、无法控制世事的愤怒，一股脑全宣泄到坐在我面前沙发上的一男一女身上。

克莱夫牧师掌管了这一带最大的反同性恋组织，我真想知道，他是否曾考虑过主耶稣对他的手段和策略有什么看法。我有种感觉，那些思想先进、愿意照料麻风病患、娼妓以及其他社会边缘人，并且呼吁社会大众以己愿对待他人的犹太教祭司，绝对不可能羡慕永耀会的处境。但是我不得不承认一点，他们的手法的确圆滑，对任何事都有一套拐弯抹角的辩解。宝琳让我着迷，她甚至不承认自己从前是同性恋，因为现在，她将自己视为大大方方的异性恋者。要相信你告诉自己的话难道真有这么容易？如果我在失败的怀孕和流产历程中对自己说：我很快乐，那么，我是不是真的会快乐起来？

如果世界和宝琳想的一样简单，那该有多好。

凡妮莎回到家的时候，我正想让宝琳踏进她那套诡辩逻辑的陷阱。我亲了凡妮莎一下代替问好。我本来就会这么做，但是有宝琳和麦克斯在场欣赏，我更是乐意。"这位是宝琳，你当然认识麦克斯。"我说，"他们来这里，是为了阻止我们下地狱。"

凡妮莎看着我，好像以为我疯了。"柔伊，我们谈一下好吗？"

她把我拉进厨房。"我不是不让你邀请客人到我们家里来，"她说，"但是你究竟在想什么？"

"你知不知道你不是女同？"我说，"你只是有女同性恋的认同问题。"

"我现在唯一的问题是怎么把那两个家伙赶出我家客厅。"凡妮莎这么回答，但她仍然跟着我走回起居室。宝琳对我们说，每个同性恋都遭受过性侵，而所谓的女性化就是穿丝袜加上化妆，我知道一路听下来，凡妮莎越来越紧绷。最后，凡妮莎终于到了临界点，她将麦克斯和宝琳轰了出去，关上大门。"我爱你，"她告诉我，"但如果你还想让你前夫带着那个楚楚可怜的安妮塔·布莱恩踏进家门，最好早早告诉我，让我先避开。远远地避开。"

"麦克斯说他找我有事，"我解释，"我以为是离婚的事，怎么知道他还带了后援。"

凡妮莎哼了一声，脱掉脚上的高跟鞋。"老实说，想到他们曾经坐在我的沙发上，就让我浑身不舒服。我觉得我们该消毒一下，还是找个人来驱魔什么的——"

"凡妮莎！"

"我只是没想到会在我家里看到他。尤其是今天晚上，我……"她没把话说完。

"你怎么样？"

"没事。"她摇摇头。

"我在想，实在也不能怪他们，这些人以为我们会在某天醒过来时，会突然意识到自己曾经犯了多大的错。"

"不能吗？"

"不能，"我说，"因为这正好是我对他们的期望。"

凡妮莎似笑不笑地看着我。"那就交给你了，让你去挖掘我和克莱夫牧师和他那群快乐的异性恋之间有什么共同点。"

她走进厨房，我猜，她应该是去把葡萄酒从冰箱里拿出来。我们养成了习惯，边喝灰皮诺红酒边放松心情聊聊当天发生的事。"我觉得我们还是有点中年危机。"我大声说。我和凡妮莎当初是为了酒标，才买下这瓶加州红酒。我坐在稍早麦克斯坐过的沙发上等待，拿起遥控器转台，最后选了《艾伦秀》。

麦克斯结束造景工作回家后，偶尔会和我一起收看艾伦的节目。他喜欢她的匡威球鞋和一双蓝眼睛。他曾经表示不希望和欧普拉待在同一个房间里，因为她太强势，但如果换成艾伦·狄珍妮就没问题，她是那种可以约出门一起喝啤酒的人。

我喜欢艾伦是因为（是啊，没错）她是个女同，但这并不是她最有趣的地方。你会因为她主持节目表现杰出而记得这个人，而不是因为她把波蒂亚·德罗西带回家。

凡妮莎走进起居室的时候拿的不是葡萄酒，而是两个香槟杯。"这是香槟王，"她说，"因为你要和我一起庆祝。"

我看着浅色饮料中一串串往上冒的气泡。"我有个病患在今天过世，"这句话突然冒了出来，"她才三岁。"

凡妮莎把两个杯子放在地板上，拥住了我。她没说话。她不必说话。

当两个人之间没说出口的话比言语表达更重要的时候，你就知道，你找到了正确的伴侣。

泪水没办法带回玛莉萨，哭泣不能阻止麦克斯和宝琳这种人来评断我，然而，我还是觉得舒坦了许多。凡妮莎轻抚我的头发，我保持着同样的姿势，一会儿之后，我的眼眶渐干，心里只觉得空虚。我抬起头看她。"对不起，你刚刚是不是要庆祝什么事……"

凡妮莎的脸红了。"下次再说吧。"

"我不会让我糟糕的一天毁了你的好日子——"

"真的，小柔。可以等的——"

"不行。"我在沙发上转个身，盘起腿，面对着她，"告诉我。"

她脸上出现伤感的表情。"真傻，我可以晚点再问你——"

"问我什么？"

凡妮莎深吸了一口气。"问你有没有把我们昨天在卖场遇见麦克斯之后说的话当真。"

我告诉过她，我想永远和她在一起。只是，永远实在不够久。

不管我是否曾这样想象过自己的生命——

不管那些我从未谋面的人是否会因此憎恨我——

不管我们是否只相处了几个月，不是好几年——

每天早晨我醒来后，首先浮现的感觉就是慌乱。接着我会看到凡妮莎，然后心想：别担心，她还在这里。

"是的，"我告诉她，"字字当真。"

凡妮莎摊开手掌。她手上躺着一枚点缀着碎钻的金戒指。"如果'永远'不够久，那么我的余生够不够？"

好一会儿，我愣愣地没有反应，也没办法呼吸。我想的不是实际问题，不是旁人听到这个消息会作何反应。我唯一能想到的是：我得到了凡妮莎。是我，不是别人。

我又开始哭，但这次理由不同。"一辈子，"我说，"算是不错的开始。"

我好像在腾云驾雾。云朵刷过我穿着球鞋的脚尖，我很可能远远地飘走，落到天堂去。只不过我这会儿拖拖拉拉，不想认真挑新娘礼服，这整件事反而比较像是地狱的折磨。

我母亲拿着一件长礼服，心形的领口设计往下延伸出羽毛裙摆，看起来有点像遇上了收割机的鸡。"不，"我说，"绝对不要。"

母亲说："那边还有另外一件上身镶了施华洛士奇水晶的礼服。"

"你自己去穿。"我嘟囔地说。

到波士顿的礼服店挑衣服不是我的提议。母亲梦见我们来普丽希拉礼服展示间采购之后，我就推托不掉这趟行程了。她对潜意识的预知能力深信不疑。

母亲经过一个星期的调整，逐渐适应凡妮莎和我的伴侣关系，对于婚礼，她比我们更兴奋。我偷偷在想，她可能爱凡妮莎胜过我，因为脚踏实地、勤奋工作的凡妮莎正好是她一直想要的女儿，她们可以一起讨论个人退休账户和退休后的计划，而且凡妮莎还可以记下大家的生日，以免忘记寄卡片。我觉得，我母亲真的相信凡妮莎会永远照顾我，这和当初让她满腹疑问的麦克斯不同。

但来到这个地方，看到满屋子正为顺遂婚礼预做准备的新娘，我却开始烦躁。薄纱、蕾丝和绸缎让我几乎窒息，而且，到目前为止，我还没试穿任何一件衣服。

店员走过来询问是否可以提供协助，母亲亮出灿烂的笑容，往前走了几步，宣布："我的同性恋女儿要结婚了。"

我的脸颊一阵燥热。"为什么我突然变成你的同性恋女儿？"

"呃，我以为你比其他任何人都更清楚答案。"

"你从前也没说过我是你的异性恋女儿啊。"

母亲的脸垮了下来。"我以为你希望我能以你为傲。"

"别把问题推到我身上。"我说。

店员来回地看着我和我母亲。"这样好了，我一会儿再过来。"说完话，她悄悄离开。

"看看你做了什么好事。你让她觉得很尴尬。"母亲叹了口气。

"你这是在开玩笑吗？"我从架子上抓起一双贴满亮片的鞋子。"嗨，"我开始模仿，"这双鞋有没有我那虐待狂母亲的尺寸？她穿七号半。"

"首先，我对施虐和受虐没兴趣。其次，那双鞋真是丑到吓死人。"她看着我，"要知道，不是每个人都想攻击你。不要因为你刚成为少数族群的一分子，就把其他人都想得那么不堪。"

我在堆满薄纱的白色沙发上坐了下来。"你说得容易，但是每天收到永耀会宣传册的人不是你。《走向主耶稣的十小步》《异性恋不等于仇恨》。"我抬头看着她。"你或许想要大肆声张我的性向现状，但是我不想。没必要让别人尴尬。"我瞥了店员一眼，她正拿塑料袋套住礼服。"说不定她参加了永耀会的唱诗班。"

"说不定，"母亲反驳，"她也是女同。"她在我身边坐下，我们身边的礼服堆得高高的，好像发生过一起小型的爆炸案。"宝贝……怎么了？"

泪水冲出我的眼眶，这让我太难堪了。"我不知道在自己的婚礼上该穿什么衣服。"我承认。

母亲看了我一眼，抓起我的手，将我从沙发上拉起来，下楼来到伯斯顿街上。"你到底在说些什么？"

"婚礼的焦点应该在新娘身上，"我啜泣着说，"但如果同时有两个新娘怎么办？"

"嗯，凡妮莎打算穿什么？"

"套装。"她在马修平价卖场买到了一套美丽的白色裤装，穿起来就像订制的一样合身。但是我这辈子还没穿过裤装。

"那么，我觉得你应该可以穿任何你想穿的……"

"我不要白色。"我脱口而出。

母亲撇着嘴。"是因为你结过婚吗？"

"不是，是因为——"在我说出像新鲜沥青般、沉沉压住我心头的重担之前，我闭上了嘴巴。

"因为什么？"母亲催促我。

"因为这是个同性恋婚礼。"我喃喃地说了出来。

凡妮莎向我求婚的时候，我想都没想，立刻答应了。但是我宁愿高高兴兴到麻省法院去公证结婚，也不想举办大型的婚宴。"好啦，柔伊，"凡妮莎当时这么说，"人一辈子会碰到两个让大家想聚在一起的场合，一次是婚礼，另一次是葬礼。而且，我知道第二次绝对不会如第一次来得开心。"但尽管我每天晚上和凡妮莎一起坐在计算机前面搜寻婚礼的乐团和场地等数据，我仍然幻想自己能找出一扇逃生门，找出个方法，说服凡妮莎和我一起到加勒比海的小岛上去度个假就好。

可是。

她和我不同，从未踏上过红毯。没有人喂她吃结婚蛋糕，也不曾跳舞跳到脚上起水疱。如果她想要婚宴，那么我不能不让她拥有这个经验。

我想要让每个人都知道我和凡妮莎在一起有多快乐，但是我不需要借助婚礼来证明。我不确定原因何在，是因为这件事刚发生不久，还是因为我清楚听到麦克斯的看法：同性婚姻不是真正的婚姻。

我说不清这为什么重要。毕竟，我们又不会请克莱夫牧师来主持仪式。受邀参加婚礼的都是爱我们的人，不会因为蛋糕上放的是两个小新娘——而不是新娘与新郎——而评断我们。

为了结婚，我们必须跨出罗得岛州的州界，得找个支持同性恋婚姻的牧师，最后我们还得聘雇律师拟定文件，让我们彼此有权为对方做医疗决定，有资格继承对方的保单。我的确想和凡妮莎携手走过这辈子，对此，我并不觉得羞愧，但是达到目标之前的这些步骤让我觉得自己像个二等公民，这就让我觉得难堪了。

"我很快乐。"我告诉母亲。我扯开嗓门说出这句话。

母亲看着我。"你需要的，"她对着我们身后的礼服店不屑地挥了挥手，"不是这些。你需要优雅低调的衣服，就像你和凡妮莎一样。"

我们又逛了三间服饰店，最后才找到一套简洁的象牙色及膝洋装，这件紧身的洋装让我看起来不至于像个灰姑娘。"我在一场消防演习上遇见你爸爸，"母亲为我扣上背后的钮扣，随口说："我们都在法律事务所上班，他是会计，我是秘书。演习的时候，他们疏散了整栋建筑物。我们在铁丝网围篱边相遇，他分给我半条巧克力棒。演习结束之后，我们没回办公室。"她耸耸肩。"好几个老朋友在他的丧礼上告诉我，说我爱上一个四十岁就过世的男人真是太不幸了，但是你知道吗，我从来没有用这个角度去看这件事。我觉得我是运气好。我是说，如果当初没有那场消防演习呢？那么，我们可能永远不会相遇。我宁愿和他共度幸福的几年岁月，也不愿意一无所有。"她将我转过身，让我面对着她。"柔伊，别让别人告诉你该或不该爱谁。的确，这是场同性婚礼……但是，这也是你的婚礼。"

　　她再次将我转过身，让我看着镜中的自己。从正面看，这件衣服漂亮又简单。但是从背后看就不同了。洋装一整排缎面钮扣停在我的腰际，下方散开了扇子般的裙褶，仿佛绽开的玫瑰。

　　就像看着我走过去的人会想：这和我想象的不同。

　　我瞪着自己看。"你觉得呢？"

　　我母亲说的也许是洋装，也许是我的未来。"我觉得，"她说，"你找到了绝配。"

　　当露西走进教室的时候，我已经边弹吉他边哼唱。"嗨！"我抬起头看着她打招呼。今天，她的红发纠结，缠在一起。"想换个辫子头造型吗？"

　　她耸耸肩。

　　"我有个大学室友一直想试辫子头。但是在最后一秒钟临阵脱逃，因为唯一能摆脱辫子头的方式，是把头发全剪掉。"

　　"嗯，也许我可以给自己剃个光头。"露西说。

　　"你可以。"我表示同意，高兴地发现两人之间终于出现可以称之为交谈的对话，"你可以当下一个席妮·欧康纳。"

　　"谁？"

　　我这才想到，当这位光头歌手一九九二年在电视节目《周末夜现场》撕碎教宗照片的时候，露西根本还没出生。"或是玛丽莎·伊瑟莉姬。你有没有看过她在接受化疗之后，以光头造型在格莱美奖颁奖典礼上的表演？她和贾尼丝·贾普林一起表演。"

　　我拿出弹片，弹起《心之彼方》的前奏。我用眼角余光看到露西盯着我上下滑动的指头看。"我记得自己看那场演出的时候，心里一直在想，以抗癌斗士来说，她真是勇敢……还有，那首歌真是太完美了。突然间，这首歌谈的不再只是女人挺身对抗男人，而是要打败所有自以为可以把女人踩在脚下的一切。"我弹着一段旋律，唱着下一句歌词，"我要让你看见，宝贝，女人也可以强悍。"

我用强烈的和弦结束歌声。"你知道吗，"我说，仿佛才刚刚想起这件事，而不是准备了许久的课程，"歌词有个很妙的地方，当歌词和歌手或听众本身有了连接之后，就会产生惊人的效果。"我再次弹奏同一段旋律，但这次我即兴编着歌词。

你是否曾觉得自己孤单一人，是啊，

你是否曾觉得只能靠一己之力。

宝贝，你知道你曾经这么想。

每当你对自己说你交了厄运时，

你会想知道自己怎么会陷入这种僵局。

我希望你聆听，聆听，开始聆听，

你要知道我随时可以伸出援手，露西。

我要你知道我随时可以拉你一把，露西——

就在我准备高声唱出主旋律的时候，露西哼了一声。"这是我听过最烂的歌词。"她咕哝抱怨。

"也许你可以试试看。"我建议。我放下吉他，伸手拿来笔记本和一支笔。我潦草写出歌词，留下一些空格让露西依自己的想象和感觉填写。

有时候你让我觉得自己像（　　　　）。

难道你不知道我（　　　　）？

我用留下填充空格的方式写下整首歌词，然后放在我们两人之间的桌面上。露西完全没有理会，专注地扭着自己的一绺头发，但是在几分钟之后，慢慢地，她伸出手，把纸拉近了些。

我努力压抑，不想让自己对她往合作的方向主动迈进而表现得太兴奋。相反的，我拿起吉他假装调音，虽然说，我在露西今天抵达教室之前就已经做过这件事了。

她边写边弓着身子护住手中的纸，似乎想保护秘密。她是左撇子，我真不知道自己从前为什么一直没发现。她的头发像一片布帘般遮住了她的脸，而她的每片指甲都涂着不同的颜色。

填写歌词时，她的袖子往上滑动，我看到她腕上的伤疤。

最后她终于将纸往我面前推。"好极了，"我轻快地说，"我们来看看！"

露西在每个空格都填上一串脏话。她等着我抬头看她，然后眉毛一挑，咧嘴一笑。

"嗯。"我拿起吉他，"那好吧。"我把纸放在我看得到的桌面上，然后开始唱，我相信，如果有任何人可以了解愤怒和焦虑，这个人非贾尼丝·贾普林莫属，再说，她也不可能从坟墓里爬出来。"有时候你让我觉得自己像个他妈的蠢蛋，"我尽可能大声唱，"难道你不知道我……是个……下三滥——？"我停下来指着歌词。"这个字我看不太懂……"

露西的脸红了起来。"呃……是贱货。"

我唱："难道你不知道我是个下三滥贱货？"

通往走廊的教室门敞开着，有个老师走过去，仔细地看了一下才恍然大悟。

"来，来，来，来……来个操你妈的屁眼……"

我当这首歌和其他歌曲一样，不把粗话当作一回事。我尽情地唱，当我终于唱完副歌之后，露西用手玩着嘴唇，带着一抹微笑地看着我。

不幸的是，门口还站了一小群学生，他们显然是又震惊，又觉得好笑。我唱完歌，他们拍手叫好，接着，下课铃声响了。

"我们的时间应该用完了。"我说。露西把背包往肩膀上一甩，和往常一样，以最短的快捷方式离开，离我越远越好。我认命地伸手拿吉他盒。

但是她在门槛处转过身来说："下星期见。"这是她首度对我表示她打算回来上课。

我知道婚礼当天下雨是个好预兆，至于刮起大风雪代表什么意思，我就没那么确定了。这天是我和凡妮莎结婚的日子，而气象播报员口中的四月暴雪愈演愈烈。交通当局甚至封闭了高速公路的某些路段。

我们在前一天晚上便来到了秋河市预做准备，但是大部分的宾客今天才要开车过来参加傍晚举行的婚宴。到麻省的车程要不了一个小时。但是在今天，光是这段距离就嫌长。

而眼前呢，光有恶劣的天气似乎还不够，连水管也出了问题，我们准备举行婚宴的餐厅水管突然开始冒水。我看着凡妮莎试着安抚乔，她这个朋友是婚礼顾问，以筹备婚礼来当作送给我们的贺礼。"水淹了三英寸高。"乔哀号，用双手抱住头，"我觉得我呼吸太急促了。"

"我相信我们一定可以在短时间内找到可以举办宴会的场地。"凡妮莎说。

"是啦。说不定麦当劳叔叔还愿意来证婚。"乔抬起头，严厉地看着凡妮莎，"我有声誉要维护，这你也知道。我不会，我再说一次，不会拿薯条当开胃菜。"

"也许我们该改期。"凡妮莎说。

"或者是，"我建议，"我们也可以直接去找治安官证婚，把事情解决掉。"

"甜心，"乔说，"你不能把那件漂亮的绫绸洋装浪费在一场市政厅里草草了事的婚礼上。"

凡妮莎没理他，向我走过来。"继续说。"

"嗯，"我说，"婚宴是最不重要的事，对吧？"

站在我身后的乔倒抽了一口气。"当我没听到这句话。"他说。

"我不想让大家冒着生命危险开车过来，"我说，"乔可以当证人，我相信我们还可以去街上拉个人过来。"

凡妮莎看着我。"可是，你不想等你母亲过来吗？"

"我当然想。但是我更想结婚。我们已经拿到了结婚证，我们有彼此，其他的全是锦上添花。"

"帮个忙好吗，"乔恳求地说，"打电话给你们的宾客，听听他们怎么说。"

"要不要请他们带泳衣来参加婚宴？"凡妮莎问。

"我负责解决这个问题，"他说，"如果戴维·杜特拉有办法扭转婚礼惨剧，那么我也可以。"

"谁是戴维·杜特拉？"凡妮莎问。

乔翻了个白眼。"有时候你真的同性恋到不行。"他拿起凡妮莎放在桌上的电话，塞到她的手上。"开始打电话吧，好姐妹。"

"好消息是，"母亲从洗手间出来，顺手关上门，"你们还是可以走红毯。"

这段路花了她五个小时，母亲无视这场世纪大风雪的威力，成功抵达麻省。这会儿，在典礼登场之前，由她负责陪着我。这地方有爆米花的味道。我看着大镜子里的自己。我的衣服完美，在昏暗的灯光下看，脸妆似乎有些夸张。而我的发型呢，碰到这么潮湿的天气，头发根本没办法维持卷度。

"牧师到了。"母亲告诉我。

我知道，因为她稍早探头进来和我打过招呼。玛吉·麦克米兰是我们翻电话簿找到的人权牧师。她不是同性恋，但是她经常为同性婚礼证婚，而且，凡妮莎和我都很欣赏一件事：她主持的婚礼没有宗教意味。老实说，在麦克斯来过之后，我们对宗教的忍耐度已经到了极限。但是，当我们到她办公室，向她表示我们特地穿越州界到麻省来结婚的时候，她高兴地欢呼，这让我们立刻接受了她。"我希望罗得岛州不要小题大做，"她笑着说，"但是我猜，州议会觉得如果他们赋予同性恋人权，州境里的每个人都会有需要……"

乔探头进来。"你准备好了吗？"他问。

我深吸了一口气。"大概好了吧。"

"你知道吗，我本来在接待处安排个同性恋魔术师，但是行不通，"乔说，"他'噗'一声就消失了。"他等我听懂他的笑话之后，才咧嘴一笑。"这个笑话对每个紧张的新娘都有用。"

"凡妮莎还好吗？"我问。

"美极了，"他说，"几乎和你一样漂亮。"

母亲亲了我的脸颊一下。"外头见。"

凡妮莎和我决定一起步入红毯。我们都没有父亲护送，但是这次，我不觉得自己像是被送进某人的照护之下。我觉得我们是对等的。所以，我跟着乔走出女更衣室，等着他将凡妮莎从男更衣室里带出来。她穿着白色套装，双眼又亮又清透。"哇！"她盯着我看。我看到她喉咙肌肉抽动，似乎想找出足以形容这种感觉的字句。最后她拉住我的手，额头抵住我的额头。"我好害怕我随时会醒来。"她喃喃地说。

"好了，你们这对爱情鸟，"乔拍手打断我们，说，"留点给宾客听吧。"

"加起来总共只有四个人的宾客吗？"我咕哝出声，而凡妮莎则是轻哼了一声。

"我本来还想到另一个人，"她说，"拉雅希。"

过去四个小时以来，我们一直在交换信息，讨论会有哪些宾客不畏风雪出席婚宴，和我们一起庆祝。护理之家的汪达可能会来，她在明尼苏达州长大，没把暴风雪看在眼里。另外还有我办公室的助理雅莉萨，她的丈夫在交通局工作，可能会拦截一辆铲雪车载她过来。长期为凡妮莎打理发型的美发师拉雅希当然也可能是在大厅里等着迎接我们的宾客之一。

再加上我母亲，这场宴会可能会有声势浩大的四人组宾客。

乔领着我们绕过四处堆放的器材和滑轮设备，从几摞纸箱的前方经过，来到出入口。这里装了一道短布帘，乔轻声地指示我们："沿着走道过去就好了，小心，别被沟槽绊倒……还有，两位女士，记得，你们真的艳光照人！"他亲吻我们的脸颊，接着，凡妮莎拉起我的手。

弦乐四重奏开始演奏，凡妮莎和我一起踏上白色的走道，一个右转便来到了布帘的前面，再过去便是我们要踏上的保龄球道，也就是我们要出现在宾客眼前的走道。

　　只不过，等在外面的不是四个宾客。厅里有将近八十个人。依我看，今天稍早接到电话，要他们别冒着险恶天气出门的人，全都来到这里参与我们的婚礼。

　　这是我最先注意到的事。接下来我发现AMC保龄球馆已经完全脱胎换骨，这是乔在最后一刻，在城里唯一能包下全场的场地，现在看起来一点也不像个保龄球场。我们脚下球道两侧的球沟装饰着交织着百合花的藤蔓，天花板和墙上都垂挂着优雅的灯饰，白色的丝缎盖住了送球机，缎布上印着我父亲和凡妮莎双亲的脸孔。钢珠台铺着紫色桌布，上面摆了开胃小点和丰盛的鲜虾盅，桌上曲棍球的游戏台成了香槟喷泉底座。

　　"多么标准的女同婚礼啊，"凡妮莎对我说，"还有什么人会在满是球的大厅里互许终生？"

　　我们走到这条权宜走道尽头的时候仍然笑个不停。玛吉等着我们，她紫色的披巾边缘装饰着七彩珠珠。"欢迎各位，"她说，"出席2011年这场最大的暴风雪，以及凡妮莎与柔伊的婚礼。我会尽量克制，不要尽说些全倒之类的笑话，取而代之呢，我要告诉各位，凡妮莎和柔伊来这个地方实践对彼此的承诺，而且不只是今天而已，还要为了迎接更多的明天。我们和她们一起快乐，为她们欢欣。"

　　在我看向母亲、朋友，甚至是凡妮莎发型设计师的面孔时，玛吉的声音在我的耳边逐渐淡去。接着，凡妮莎清了清喉咙，开始朗诵一首鲁米的诗：

　　　　在我听到自己初恋故事的那一刻，我开始寻找

　　　　你，却没发现搜寻无益。

　　　　爱侣不会在半途相遇。

从起点开始，爱侣就是彼此的灵魂。

她念完诗句，我听到母亲吸了吸鼻子。我从脑海中唤出我为凡妮莎默记下来的一串文字，这是康明斯一首充满旋律的诗篇。

我随身带着你的心（带在我的心里）

从来未曾遗漏（凡我到之处你如影随形，亲爱的，凡我做之事也有你与我为伴，宝贝）

我不畏惧

命运（因为你是我的命运，我的钟情）

我不需要

世界（美丽的你就是我的世界，我的真理）

你是月亮的真义

你是太阳吟诵的主题

婚宴上有戒指，有我们两个人的泪水，还有笑声。

"凡妮莎和柔伊，"牧师说，"祝福你们不离不弃，迎接完美的人生棋局。你们在这场婚礼上，在所有至亲好友的面前做出了许诺，誓言彼此终生为伴，我只能说一句我在千百个婚礼上说过千百次的话……"

凡妮莎和我都笑了。我们苦思了好久，才想出仪式该怎么结束。牧师没办法说我宣布你们为夫妻，同样的道理，我宣布你们为伴侣似乎更没有意义，不像真正的婚姻。

牧师对我们露出微笑。

"柔伊？凡妮莎？"她说，"你们可以亲吻新娘了。"

如果你拨了高地旅店的电话877-LES-B-INN之后，还不确定这家旅馆对同性恋抱持友善的态度，为了周全起见，高地旅店还在山顶上排列出一排七彩的户外座椅。讽刺的是，这个思想开放的天堂位于新罕普夏州的伯利恒，说不定白山脚下这个懒洋洋的同名城市，可以孕育出新的思考方式。

这可能是世上绝无仅有的一场婚礼，宴会上同时提供了装饰着真正金叶片的柑橙酒巧克力软馅蛋糕以及一场夜半关灯保龄球赛，当仪式结束之后，凡妮莎和我等到暴风雪过后，才开车到我们计划度蜜月的地点。我们打算去越野滑雪，还要寻访古董。但是，蜜月期间的前二十四小时，我们几乎都待在房间里，虽然房里有温馨的设施，但我们并不是为了躲起来耳鬓厮磨，相反的，我们坐在壁炉前，边喝旅馆主人赠送的香槟边聊天。我实在很难了解我们之间为什么会有说不完的故事，但是话题一个接着一个地出现。我告诉凡妮莎一些我从来没向母亲说过的事，比方说我父亲在去世当天早上的样子，比方说我从浴室偷来他的体香剂藏进我放内衣裤的抽屉里放了好几天，以便在需要借由他的味道来取得慰藉时，随时闻得到。我还告诉她，五年前，我在马桶水箱里找到一瓶琴酒，我把酒丢掉，但是从来没向麦克斯提起这件事，仿佛不说就表示事情没发生。

我为她把英文字母倒过来唱。

反过来呢，凡妮莎告诉我，在她担任学校辅导老师的第一年，有个六年级学生自白遭到父亲强暴，这孩子最后被他父亲转学并且移居到其他的州境，到现在凡妮莎仍然会不时上网搜寻，想知道孩子是否撑过了悲惨的遭遇。她还说，在她处理过她母亲的丧礼之后，心中深处仍然有一丝苦涩又难以承担的恨意，因为这个女人从来没接受过真正的凡妮莎。

她告诉我，在大学时期，她尝试过大麻，在这唯一的一次经验之后，她吃掉了一整个意大利辣味香肠大比萨和一条面包。

她说，她做过一个噩梦，梦到孤零零的一个人死在家中起居室的地板上，最后才有邻居发现她好几个星期没踏出家门。

她养的第一只宠物是仓鼠，在某次半夜逃脱后撞到了暖气机风扇，就此失去踪影。

在我们天南地北闲聊的时候，我偶尔会把头靠在她的肩膀上。有时候她会伸手环着我。我们也会一左一右地坐在长沙发的两端，把腿缠在一起。当凡妮莎第一次拿介绍这个地方的折页给我看的时候，我并不太热衷。难道连度蜜月，我们都得和一些遭人隔离的女同伴侣一样地躲躲藏藏？我们为什么不能和其他新人一样，到纽约、波科诺山区或巴黎去？

"嗯，"凡妮莎当时这么说，"是可以。但是在那些地方，我们不可能和其他新人一样。"

所以，我们来到这个地方。在这里，就算我们手牵着手，或是住进只有一张大床的房间，都不会招来旁人眨眼相看。我们外出了几次，到华盛顿山旅馆共进晚餐，去看过电影，但是我发现，只要一离开这个旅馆的范围，我们就会自动在两个人之间留下一步宽的距离，但是回到家之后，我们会如胶似漆地黏在彼此身边。

"这就像是留下自己的足迹。"凡妮莎说。某天，我们坐在旅馆餐厅的餐室里吃早餐，看着一只松鼠越过石墙上的积雪。"我差点被研究所踢出来，因为我写过一篇报告，力主能力分班。你知道吗？去找个被数学搞得头昏脑涨的学生来，问他是否喜欢常态分班，他会告诉你，他觉得自己和白痴没有两样。拿同样的问题去问数学天才儿童，他会说，团体作业只会让他觉得厌烦。有时候，把同一类的人放在一起，会比较恰当。"

我看着她。"小心，凡妮莎。如果同性恋反谤联盟听到你现在这番话，可能会取消你的同性恋身份。"

她哈哈大笑。"我不是要提倡同性恋拘留营。只是，嗯，你也知道的，如果你受天主教教育长大，那么，能在教宗面前开个玩笑，或是谈起十四段十字架苦路，而不必面对茫然无知的眼神，那该有多好。和一群自己的同类相处，那种感觉太舒服了。"

"老实承认，"我说，"我不知道十字架还分好几段路。"

"把我的戒指还给我。"她开起玩笑。

孩子的尖叫声打断我们的谈话。有个蹒跚学步的孩子冲进餐室，差点撞上女侍，孩子的母亲紧追在后。"特维斯！"男孩咯咯笑，回头看了一眼，接着就像只小狗般钻进我们桌布下方。

"真抱歉。"有个女人说话了。她一把拉出孩子，拿鼻子揉了揉小男孩的肚子，然后让孩子坐到她的肩膀上。

她的伴侣对着我们咧嘴一笑。"我们还在找他身上的开关。"

在这家人走向柜台的时候，我一直盯着小男孩特维斯看，想象自己的孩子在这个年纪会是什么模样。他身上会有可可和薄荷的味道吗？他的笑声会不会像是一串串的泡泡？我真想知道他会不会害怕躲在床下的怪物，我的歌声是不是能带给他勇气，让他一觉到天明。

"也许，"凡妮莎说，"我们有一天也会这样。"

我立刻感觉到一波彻底失败的挫折感。"你说你不在乎的，你说你有学生。"不知怎么的，我几乎没办法说出完整的句子，"你知道我没办法生小孩。"

"从前我不在乎，因为我一点也不想当个单亲妈妈。我小时候就看够了这种状况。而且，我当然知道你不能生。"凡妮莎伸手握住我，我们手指交缠。"但是，柔伊，"她说，"我可以。"

经过大约五天的培养，胚胎会进入囊胚期，接着再把囊胚放进装满冷冻保护剂——这是一种人类抗冻剂——的封闭小管中，以慢速降温到摄氏负一百九十六度的低温冷冻，随后，将管子连接铝罐，浸入液态氮容器中保存，这就是所谓的冷冻囊胚。保存冷冻胚胎一年的费用是八百美金。将冷冻囊胚置放于室温，稀释冷冻保护剂之后，可以将胚胎存放在培养液当中，经过评估之后，再决定是否适合植入。如果胚胎大致完好，那么成功怀孕的概率便会随之大增。如果细胞受损状况没有过于严重，也不至于完全不可行，有些胚胎经过十年的冷冻，还是能孕育出健康的孩童。

当我接受胚胎植入的时候，总会想到雪花般冷冻起来的其他几个胚胎，这些渺小的，有可能成为婴儿的胚胎每个都不一样。

根据2008年《生育与不孕》期刊上的一份研究报道，在无意生育更多孩子的病患当中，有百分之五十三的人不愿意捐赠多余的冷冻胚胎，因为他们不想让自己的孩子有未知的手足，也不想让其他家长抚养他们的孩子。百分之六十六的人表示愿意捐出胚胎作为研究之用，但是诊所不见得有这样的需要。百分之二十的人会将胚胎永远冷冻。通常丈夫和妻子的意见都不会相同。

我还有三个冷冻胚胎保存在罗得岛威明顿诊所的液态氮当中。在凡妮莎提起这件事之后，我没办法专心吃喝，也睡不好觉。我心里只想到那几个宝宝，他们仍然等着我。

那些积极反对修宪、力阻同性婚姻合法化的激进分子注意了：一切照旧。没错，凡妮莎和我有张证书，我们把证书装在信封里，和我们的护照和社会保险卡一起锁在一个防火的保险箱当中，但是这是唯一的改变。我们仍然是最好的朋友，还是会读早报的社论给对方听，在关灯之前依旧会以亲吻道晚安。换句话说，你们可以阻止法律，但是你们挡不住爱。

婚礼是个反高潮，是人生道路上的突起的缓速障。如今我们回到了家，回到了平常的日子。我们起床、更衣，然后上班。对我来说，这正好证明了分散注意力有多重要，因为当我独自一个人的时候，我会盯着不孕症诊所的数据看，试着鼓起勇气打电话。这个不孕症诊所曾经是我第二个家，而且为期有五年之久。

我知道，我遭遇过的并发症不见得会发生在凡妮莎身上。她比我年轻，而且健康。但是一想到要她去经历我曾经走过的路，我就觉得难以承受。但是我指的不是肉体上的焦虑，而是心理上的煎熬。就这件事来说，我对麦克斯突然产生了一种前所未有的尊敬。唯一比自己失去骨肉更痛苦的事，我想，应该是看着你最爱的人失去孩子。

所以，我今天其实很期待一件事来分散我的注意力，也就是我和露西的疗程。毕竟，在我们上次见面时，她听到我大声唱出一连串的诅咒，而且还露出了笑容。

然而当她在今天走进教室的时候，看起来却一点也不高兴。她一大片辫子头已经梳了开来，直发没有清洗。她脸上出现黑眼圈，双眼充满血丝。她穿着一条黑色内搭裤搭配划破的T恤，脚上踩着两只不同颜色的Converse球鞋。

她的右手腕上有一块纱布，用看似宽胶带的东西捆了起来。

露西没有直视我，而是直接朝椅子上一坐，将椅子转向另一侧，避免和我正面相对，接着她头一低，趴在桌子上。

我起身关上教室的门。"你想聊聊吗？"我问。

她摇摇头，但是没把头抬起来。

"你怎么受伤的？"

露西往上屈起膝盖，整个人缩成一团。

"你知道吗，"我决定放弃原来的治疗计划，"也许，我们可以一起听听音乐。等你想聊的时候再聊。"我拿来接上携带式喇叭的iPod，开始浏览音乐列表。

我播的第一首曲子是灵魂歌手吉儿·史考特演唱的《恨我吧》。我想找首能够唱出露西心声的曲子，把她带回我身边。

她一点反应也没有。

接着我开始放一些狂热的歌曲，包括手镯乐队、超灵凯伦，甚至还放了重金属乐团Metalica的曲子。到了第六首曲子——帕特·班纳塔的《爱如战场》结束之后，我终于承认失败。"好了，露西。今天就这样吧。"我按下iPod的暂停键。

"别停。"

她的声音单薄又微弱。她的头还埋在双膝之间，我看不到她的脸。

"你说什么？"

"别停下来。"露西重复。

我在她身边跪下，等待她看着我。"为什么不要？"

她伸出舌头润润嘴唇。"那首歌。我的血液听起来就是像这样流动的。"

这首曲子的重低音强劲，鼓声不绝，我可以了解她为什么会有这种感觉。"我在心烦意乱的时候，"我告诉她，"也会放这首歌。大声地放，然后跟着节拍一起打鼓。"

"我讨厌来这里。"

她的话伤到了我。"听你这样说，我觉得好遗憾——"

"特别辅导教室？天哪，我已经是学校里最让人头痛的怪物了，现在每个人还会觉得我智障。"

"是心智障碍。"我不知不觉地纠正她的话，露西面无表情地看着我。

"我觉得，你需要玩些打击乐器。"我向她宣布。

"而我觉得你需要去操——"

"够了。"我抓住她没受伤的手腕，拉着她站起身。"我们去户外教学。"

一开始我还得拉着她，但是当我们踏上走廊之后，她开始跟着我走。我们经过一对贴在置物柜前面亲热的小情侣，绕过四个凑在一起盯着手机屏幕边咯咯笑讲电话的女孩，穿过了一群制服下加了太多垫子的曲棍球选手。

我会知道学校里有个自助餐厅，是因为我上次来的时候，凡妮莎带我去喝过咖啡。这地方和我看过的其他学校自助餐厅一模一样，根本是个实物大小的培养皿，专门培养不满社会现状的人。学生们以不同的属性分成小组：受欢迎的风云人物、怪胎、目中无人的混混，以及过度情绪化的孩子。威明顿高中自助餐厅的热食区和厨房都在餐桌的后面，所以我们直接走到餐厅的正中央，有个女人正把一勺勺的马铃薯泥往盘里甩。"我要麻烦你清理一下这个区域。"我向她宣布。

"喔，是吗，"她眉毛一扬，说，"有人死了吗，什么时候轮到你说了算？"

"我是学校的治疗师。"这不全然是事实，我不在学校的编制之内。就因为这样，如果这个举动让我惹上麻烦，我也不会真的遭到批评。"十分钟就好。"

"我没收到通知——"

"听着。"我把她拉到一边，用最像老师的声音说，"我这个学生有自杀倾向，我要帮她建立自信心。在我上次查询的时候，我记得这所学校和郡里的所有学校一样，备忘录上都有自杀防治计划。你真的想要督学知道你阻碍计划的进展吗？"

这番话全是瞎扯，我连督学叫什么名字都不知道。当凡妮莎听到这件事之后，不是会杀了我就是会恭喜我，我只是不知道会是其中哪一个选项。

"我要去找校长。"这女人开始恫吓我。我没理会她，自顾自地走到桌台后面，拿起吊着的大锅小锅就平放在工作台上，接着我又拿来勺子、汤匙和铲子。

"你这下惨了。"露西说。

"我不在学校里工作，"我耸耸肩，说，"我也是个局外人。"我摆出两组鼓来，一组是临时替代的钹（倒扣的长柄平底锅），另一组是小鼓（倒扣的汤锅），然后用脚边的金属门充当底鼓。"我们来打鼓。"我说。

露西看着餐厅里的学生，其中有些人盯着我们，但绝大部分则无视于我们的存在。"也可以不敲。"

"露西，你刚刚不是说了吗，你想离开那间讨厌的特殊辅导教室？过来这里，别再和我争论。"

出乎我的意料之外，她竟然真的走过来。"地面是我们的底鼓。平均踢出四拍。用你的左脚踢，因为你是左撇子。"我边数边用靴子踢餐台下方的金属门，"你试试看。"

"这真的好蠢。"露西说，但是她仍然试着去踢脚边的金属。

"太好了，这就是四四拍，"我告诉她，"现在，你右手边的是钹。"我递给她一根铁汤匙，指着倒扣的锅子。"在第二拍和第四拍敲下去。"

"真的敲吗？"露西问。

我敲出下一段节拍作为回答，我敲了八记钹，而露西维持住自己的韵律，用左手敲出和我相同的节拍。"别停下来，"我告诉她，"这是最基础的强弱拍节奏。"我在鼓声之外，用两把木铲加上了一段独奏。

到了这个时候，自助餐厅里的学生全看了过来。有群孩子编出了一段饶舌歌词。

露西没注意到。她全神贯注地投入到节奏当中，手臂和脊背随之舞动了起来。我开始唱《爱如战场》，直接又露骨的歌词仿佛在风中摆荡的旗帜。露西紧紧盯着我，眼光没有离开。我唱完整段副歌，到了第二次重复的时候，她也加了进来。

没有承诺，没有要求。

她开怀地笑，我心想，这个突破一定会被记载在音乐治疗史当中。这时候校长走了进来，一边是方才正在准备午餐的女人，凡妮莎站在他的另一边。

我可以补充一点：我的配偶看起来不特别快乐。

我停下歌声，不再继续敲打锅子。

"柔伊，"凡妮莎说，"你究竟在做什么？"

"做我的工作。"我牵起露西的手，把她带到桌台前方。在餐厅里当场被逮到让她觉得非常窘迫。我把用来当作鼓棒的铲子递给校长，一言不发地经过他身边，让露西和我面对整个餐厅里的学生。我迅速高举我们牵在一起的手，摆出摇滚乐团接受喝彩的姿势。"谢谢威明顿高中！"我高喊，"再会了！"

我没再说话，转身背对着校长和凡妮莎射过来的眼神，露西和我在掌声中穿过一群高举着手、等待和我们击掌的学生，然后走出自助餐厅。"柔伊。"她说。

我拉着她走过学校陌生的走道，想要尽量远离办公室。

"柔伊——"

"我会被开除。"我含糊地抱怨。

"柔伊，"露西说，"停下来。"

我叹口气，转身向她道歉。"我实在不应该让你这么为难。"

然而，我发现她脸上的红晕并非出自羞愧，而是兴奋。她的双眼发亮，笑容热切。"柔伊，"她喘着气说，"我们可以再来一次吗？"

尽管汪达警告过我，但是当我拉开铎克先生在庇荫之家的病房门，看到床上枯槁孱弱的老人时，还是吃了一惊。虽然他不是第一次陷入僵直精神分裂的状况中，但过去总是能够移动到摇椅上，或是到休息室里去。但根据汪达的说法，自从我上次来过之后，他已经有两个星期没离开过房间了。同样的，他也没开过口。

"早啊，铎克先生，"我一边把吉他从盒子里取出来，"记得我吗？我是柔伊，我来和你一起弹点音乐。"

从前我在其他病患身上也见过相同的情况，尤其是住院病患特别多。多数人走到人生尽头的悬崖边上都会探头张望，脚步开始迟疑。所以，在有人放手的时候，这个选择便会如此明显，他的身躯仿佛完全透明，双眼凝视着其他人看不见的地方。

我用手拨弦，即兴哼唱一首摇篮曲。我今天不是要铎克先生参与。今天，这段音乐治疗要扮演彩衣吹笛人的角色，引领他平静地往前走，到一个让他能闭上双眼，将我们留在身后的地方。

我无言地为铎克先生弹琴，不禁泪流满面。老先生暴躁又刻薄，但他像一根针，会在你身上留下最大的伤口。我放下吉他，拉起他的手。他的手像是一束枯柴，眼眸黏稠，直视着电视空洞的黑色屏幕。

"我结婚了。"虽然我知道他没在听，但是我还是告诉了他。

铎克先生动也没动。

"很奇怪，对不对？我们怎么会走到从来没料想过的阶段？我猜，当你从前坐在景观大办公室里的时候，一定没想到自己有朝一日会困在这个地方，有一天，你身边可能没有人任你指挥。嗯，铎克先生，我知道这是什么感觉。"我低头看他，但是他仍然茫然地直视前方，"你谈过恋爱。我知道你一定爱过，因为你有一个女儿。所以当我说，我不觉得恋爱中的人有任何选择，你一定也能了解。你会像是受到磁力吸引一样，不管这对你有利或注定要你心碎，都没有差别。"

在我和麦克斯结婚的时候，我误以为当他的救生索就是爱上他。我是拯救他的人，能够让他保持清醒，滴酒不沾。但是，扶持一个受过伤害的人，和找到一个让你感觉到完整的人，是两件不同的事。

我不必大声说出来，但是我知道凡妮莎绝对不会伤害我，她将我的幸福置于她自己的快乐之上，她宁可敲碎自己的心，也不愿让我的心出现最细微的裂痕。

这次，当我低头的时候，铎克先生直视着我的双眼。"我们要生个孩子。"我告诉他。

我的内心深处开始微笑，像一盏小火，足以引燃熊熊烈焰，为未来带来发展。

说出口之后，这件事便突然成真。

凡妮莎和我一起站在不孕症治疗诊所的接待窗口前面。"我姓巴克斯特，"我说，"我们约见医生询问植入冷冻胚胎方面的问题。"

护士在计算机上查到我的名字。"找到了，你丈夫今天有没有一起来？"

我感觉到一阵脸红。"我结婚了。我打电话来的时候，你说我得带配偶一起来。"

护士抬头看我，然后看看凡妮莎。就算她感到惊讶，脸上也没有任何表情。"请在这里等一下。"她说。

护士一离开接待桌，凡妮莎立刻看着我。"有什么问题吗？"

"我不知道，希望胚胎没事……"

"你有没有看到那篇报道？有家人误植了别人家的胚胎？"凡妮莎说，"我是说，天哪，你能想象吗？"

我瞪了她一眼。"这算什么安慰。"

"柔伊？"有人喊我。我转过头，看到诊所负责人安·佛尔契朝我走过来。"到我办公室谈怎么样？"

我们跟着她穿过走廊，走进贴着壁板的豪华办公室里。我从前一定进来过，只是完全不记得看过这些装潢。我多半都是到诊疗室看诊。"有问题吗，佛尔契医师？你们是不是把胚胎弄丢了？"

佛尔契医师是个引人注目的女人，秀发夹杂着过早出现的银丝，握手的力道大到足以捏碎骨骼，她总是拉长了尾音喊我，仿佛为我的名字加上第三个字。"这其中可能有误会，"她说，"你的前夫必须签署文件放弃胚胎，之后，我们才能安排植入的手术。"

"可是麦克斯不想要那几个胚胎。他就是不想当父亲，所以才会和我离婚。"

"这是规章，"佛尔契医师爽朗地回答，"我们必须先完成这些法律程序，才能安排你们和社工人员见面。"

"社工。"凡妮莎重复。

"同性伴侣必须先经过这个流程，主要是为了说明一些你们可能没考虑到的议题。比方说，柔伊，假如孩子是由你的伴侣生下，那么你必须正式领养他。"

"可是我们结婚了——"

"但不是根据罗得岛州的法律。"她摇摇头，"我再说一次，这没什么好担心的。我们只需要开始行动就可以了。"

熟悉的失落感涌上我的心头，这次的怀孕过程仍然会碰到许多障碍。

"好，"凡妮莎简洁地说，"麦克斯得签署文件？还是什么表格？"

佛尔契递给她一张纸。"让他签好之后寄回诊所。我们收到之后会打电话给你们。"她对我们微笑，"我真替你们高兴，柔伊。恭喜你们两个人。"

一直到离开诊所、搭着只载着我们两人的电梯下楼之后，我们才说话。"你必须找他谈谈。"她说。

"然后要说什么？嘿，我和凡妮莎结婚了，我们想请你捐赠精子，好吗？"

"不是这样的，"凡妮莎指出来，"胚胎已经存在，他要拿胚胎做什么？"

到了一楼，电梯门打开。有个女人推着婴儿车在等电梯。孩子穿着白色的连帽毛衣，露出一对小耳朵。

"我会试试看。"我说。

我在麦克斯一个客户家里找到他。他正在耙松花床上的护根覆料和细枝，准备春天的造景。融雪的速度和降雪一样快，空气中已经闻得到春天的味道了。麦克斯穿衬衫打领带，浑身大汗。"这地方好漂亮。"我欣赏这幢豪宅。

麦克斯听到我的声音，转过身来。"柔伊，你怎么会到这里来？"

"丽蒂让我来这里找你，"我说，"不知道你有没有空说个话？"

他放下长柄耙，擦掉额头上的汗珠，对我点点头。"当然有空。你想，呃，坐下来吗？"他指向冬眠中的花园，园子中央有张石椅。尽管我穿着牛仔裤，但仍然感觉得到花岗石椅的冰冷。

"花园会是什么样子？"我问，"我是说，在花朵盛开之后。"

"喔，会很漂亮的，如果我能阻止甲虫破坏的话，萱草会在四月底盛开。"

"很高兴看到你还在做花园景观，我本来不太确定。"

"我为什么会放弃？"

"不知道，"我耸耸肩，"我以为你可能会去教会工作。"

"嗯，我星期一是会去。"他说，"教会也是我的客户。"他用拳头揉了揉下巴。"我在一家酒吧外面看到布告，说你会过去唱歌。自从我们……呃，你很久没唱歌了。"

"我知道，我有点想回头去唱歌。"我犹豫了一下，才问，"你去酒吧该不是……"

"不是。"麦克斯笑了，"这些日子以来，我比肥皂还干净。"

"那好。我是说，这真的很好。是啊，我四处演唱。自弹自唱，这对我的音乐治疗课程也有帮助。"

"所以说，你还在做音乐治疗。"

"我为什么会放弃？"

他摇摇头。"不知道，你……变了很多。"

和前夫碰面是件奇怪的事。你好像出现在一部电影当中，但是当面讲出来的话和银幕底下的字幕完全没有关系。我们两个人都小心翼翼地不要去碰到对方，尽管，很久很久以前，我曾经像岩石上的青苔般紧紧贴着他，睡在同一张床上。我们是一对陌生人，但我们深知彼此心里最说不出口的秘密、身上最不为人所见的斑点，以及个性上的每个重大缺点。

"我结婚了。"这句话脱口而出。

麦克斯没付我赡养费，所以，他其实没必要知道。有好一会儿，他似乎完全搞不懂状况。接着他睁大了眼睛。"你是说，你和……"

"凡妮莎，"我说，"没错。"

"哇。"麦克斯动了动，把石椅上的身子挪开了几厘米。"我，嗯，没发现这件事……这么真。"

"真？"

"我是说，这么认真。我以为你只是一时冲动。"

"你是说，和你过去偶尔会喝一杯一样冲动？"话一出口，我立刻后悔。我来这里是为了让麦克斯支持我，不是来和他作对。"对不起。我不该这样说。"

麦克斯看来很反胃。"谢谢你过来当面告诉我。如果我是从闲言闲语知道这件事，恐怕会很不好受。"

有那么一下子，我几乎要为他难过。我可以想象他因为我，而成了他教会新朋友的箭靶。"还有，"我咽下口水，"凡妮莎和我想要组一个家庭。凡妮莎还年轻而且又健康，她没理由不能生小孩。"

"我倒是能说出一个最重要的原因。"麦克斯说。

"嗯，其实，我就是为了这件事来找你。"我深吸一口气，"如果凡妮莎能怀我的孩子，那么意义重大。当初你和我尝试怀孕时，还剩下三个胚胎。我想取得你的同意，让我们用这几个胚胎。"

麦克斯猛然抬头。"什么？"

"我知道你一时承受不了这么多事——"

"我告诉过你，我不想当父亲……"

"我没要你当父亲。麦克斯，你不必负责。你需要什么声明我们都愿意签。我们不会要你用任何方式为孩子负责，不要钱，也不要你的姓氏，什么都不必。如果我们真的有幸生下孩子，你对宝宝绝对不会有任何责任或义务。"我迎视他的目光，"这几个胚胎……已经存在了，只是一直在等待，要等多久呢？五年？十年？还是五十年？你和我都不想毁掉胚胎，而你也说过不想要孩子。可是我想要，想到心都痛了。"

"柔伊——"

"这是我最后的机会了。我年纪太大，没办法再接受试管婴儿的取卵流程，再去找个无名氏捐精子。"我用颤抖的手拿出皮包里的诊所表格，"拜托你，麦克斯。我求求你。"

他接下表格，却没看一眼，他甚至没看我。"我……我不知道该怎么说。"

你知道的，我晓得。只是不愿意说。

"你考虑看看，好吗？"我问道。

他点点头，我站了起来。"真的很感谢你，麦克斯。我知道你没想到会听到这些话。"我后退一步。"我，嗯，我再打电话给你。或是，你也可以打来。"

他点头，将表格对折之后再对折，收进裤子的后口袋里。我真怀疑他是否会拿出来看，他可能会把表格撕成碎片扔进土里，说不定，他会放在牛仔裤里一起洗，这么一来，他就不必读这份资料。

我往停在路边的车子走过去，但是麦克斯喊住了我。"柔伊，"他大声说，"我还是会为你祈祷，你知道的。"

我面对着他。"我不需要你的祈祷，麦克斯，"我说，"我需要你的同意。"

曲六　信　念

麦克斯

有时候，上帝真会让我气不过。

我可以大方告诉你，我一向不是聪明的人，也不曾假想自己能够知道上帝有什么盘算，但有些时候，要想猜出他究竟在打什么主意，的确非常困难。

比方说，当你听到一大群孩子在学校枪击案中身亡。

或是飓风一扫而过，将整个城镇摧毁殆尽。

或是爱莉森·盖哈特，这个就读鲍伯·琼斯大学的甜美女郎，正值双十年华，同时是教会合唱团里歌声最优美的女高音，她一辈子没抽过烟，却在诊断出肺癌之后的短短一个月内过世。

或像永耀会的教会执事艾德·爱默立，在儿子正要动昂贵的脊椎手术时丢了工作。

在柔伊突如其来的造访之后，我一直在祈祷，希望能知道该怎么做，但是这件事并不是非黑即白，也不是只有对与错。我们一直有个共识，对我们而言，冷冻胚胎不只是冰冻在诊所里的细胞，而是未来的孩童。我们各有不同的理由，对我来说是宗教信仰，对她而言则纯属个人，但无论如何，我们都不想眼睁睁看着那几个胚胎被冲进下水道。我一直想拖延这件无可避免的事，所以才会同意继续冷冻，将胚胎保留在中间地带。柔伊想要的，是让胚胎得到每个孩子都有资格得到的机会。

即使是克莱夫牧师也会支持她的看法。

但如果我说，这个未来的孩子会和两个女同母亲度过一生，那么牧师很可能会抓狂。

一方面来看，上帝提醒我不能摧毁一条未来的生命。但是要一个无辜的孩子在同性恋家庭中长大，这又算什么生命？我是说，我读过克莱夫牧师给我的数据，对我（以及研究被拿来当引证的科学家）来说很清楚，同性恋不是与生俱来，而是后天环境所造成的。你知道同性恋是怎么出现的，是吧？既然他们没办法以神圣的方式带来后代，所以他们只好向外招募。也就是这样，永耀会才会积极反对学校聘雇同性恋教师，因为可怜的学子们不太可能避开堕落的引诱。

"午安，麦克斯，"我听到声音抬头一看，克莱夫牧师拿着一盒糕点，正从停车场走过来。他不抽烟不喝酒，但是对西西里奶油卷完全没有抵抗力。"想要分享来自联邦山的美味糕点吗？"

"不了，谢谢。"阳光从他身后照过来，为他打上了光晕。"克莱夫牧师，你有时间吗？"

"当然，进来。"他说。

我跟着他走进办公室，经过教会秘书面前时，她从办公桌上的小碗里拿一颗贺喜水滴巧克力请我吃。克莱夫牧师用挂在腰带上的露营刀割断绑住糕点盒的绳子，拿起一个奶油卷。"还是不为所动吗？"他问道。看我摇头拒绝，他舔了一口甜点边上的奶油。"这个东西，"他满嘴奶油地说，"让我知道上帝的存在。"

"但是奶油卷不是上帝做的，是乔洛兄弟糕点店的大麦可。"

"但是上帝创造了大麦可。很有远见吧。"克莱夫牧师拿纸巾擦嘴。"你今天有什么重担，麦克斯？"

"我的前妻告诉我，她刚和一个女人结婚，还想用我们的胚胎生个孩子。"我真想漱口，羞愧的滋味实在太苦涩。

克莱夫牧师缓缓地放下奶油卷。"是这样。"他说。

"我一直在祈祷。我知道宝宝有权利活下去，但是……不是像这样。"我低头看着地板。"审判日到来的那一天，我也许没有能力阻止柔伊下地狱，但是我不要我的孩子被她拖下去。"

"你的孩子，"克莱夫牧师重复我的话。"麦克斯，你难道不懂吗？你自己说了，那是你的孩子。主耶稣可能想通过这个方式来告诉你，该是为那几个胚胎负责的时候了，免得他们落入你前妻的掌握之中。"

"克莱夫牧师，"我慌了。"我不适合当父亲。看看我，我还有待考验。"

"我们全都有待考验。但是为孩子的生命负责，不见得就是你想象的那样。你最希望孩子能得到什么？"

"我猜，应该是由爱他的父母亲抚养长大。父母必须提供孩子各项所需……"

"而且要身为好基督徒。"克莱夫牧师补充。

"呃，是啊。"我抬起头看着他。"像瑞德和丽蒂这样的夫妻。"

克莱夫牧师绕到办公桌前面，坐在桌缘上。"像他们这样一对试了好几年，希望能得到恩赐，有自己孩子的夫妻。你一直在为你哥哥和嫂嫂祈祷，对吧？"

"我当然是——"

"你一直在祈求上帝，求他赐给他们一个孩子。"我点头。"嗯，麦克斯。上帝会关上一扇门，是因为他开了一扇窗。"

我这辈子只经历过一次像这样拨云见日的时刻，那是在我住院的时候，当时克莱夫牧师帮助我驱散了乌云，让我看到主耶稣，他距离很近，让我只要一伸手就可以碰到他。我现在看出来了，柔伊之所以会在今天来找我，是因为上帝对我有计划。如果我没有能力独立养育这个孩子，至少我自己的至亲手足会照顾他。

这个孩子是我的家人，而我的家，就是他的归属。

"我想和你们两个谈谈，"那天晚餐时，瑞德把一盘焗马铃薯递给我。"我想送你们一样东西。"

瑞德摇头。"麦克斯，我告诉过你了。你完全没亏欠我们。"

"有。理论上来说，我这条命是你们给的。但是我要说的不是这个。"我说。

我转头面对丽蒂。流产已经是几个星期之前的事了，但是她看起来仍然像个幽灵。几天前，我发现她坐在车库的车子里，瞪着挡风玻璃前方一排排放着电动工具和油漆的柜子看。我问她要去哪里，结果她跳了起来，没想到会看见我。她说：我完全不知道，接着低头看自己，似乎弄不懂自己怎么会坐在车里。

"你们生不出孩子。"我说。

丽蒂眼眶泛泪，瑞德迅速打断我的话。"我们可以，也一定会有孩子。我们只是希望能照我们的时间表生下孩子，而不是上帝的时间表。对不对，宝贝？"

"而我有不能要的孩子，"我继续说，"柔伊和我离婚了，但是我们还有三个胚胎保存在诊所里。柔伊想要。但是我想……我觉得这些胚胎应该归你们两个所有。"

"什么？"丽蒂倒抽一口气。

"我不是当父亲的料。我连自己都管不好，更别说照顾别人。但是你们两个，你们理当要有个家庭。让孩子和你们生活在一起再好不过了，我想不出更好的方式。"我犹豫了一下，"事实上，我自己就有这种经历。"

瑞德摇摇头。"不行。再过五年你就会振作起来，说不定还会结婚——"

"你们不会把孩子从我身边带走，"我说，"我还是麦克斯叔叔。我还是可以带他去冲浪，教他开车什么的。"

"麦克斯，这太疯狂了——"

"一点也不疯狂。你们已经想过要认养，"我说，"我看到厨房桌台上的手册。这是一样的事，克莱夫牧师说认养胚胎很常见。但是这个胚胎和你们有血缘关系。"

看得出来，这些话已经打动了我的哥哥。我们不约而同地看着丽蒂。

我得承认，我对这个计划有私心。每个男人都想得到像丽蒂这么漂亮又虔诚的女人，但这同时也是我不太可能拥有的梦想。瑞德曾经对我失望，认为我没能发挥潜能，要不然就是自我毁灭，但是在这段期间，丽蒂仍然站在我的身边。如果丽蒂接受胚胎植入之后能怀孕，孩子会是她的，是她和瑞德的，但是我得说，若是能成为那个将笑容带回她生命当中的人，我一定会很快乐。

老天爷知道，就算我用双手奉上自己的生命，恐怕也没办法达成那个目标。

然而，丽蒂似乎不觉得高兴，她看起来吓坏了。"如果我连这个孩子也怀不住呢？"

是有可能，做试管婴儿一向有这个可能。但是终归一句：生命中，本来就不存在必然。活泼健康的孩子可能会因睡姿不正确而窒息，铁人三项选手可能会因为没发现的先天性心脏缺陷而暴毙，你自以为爱上的女人说不定会爱上别人。是啊，丽蒂有可能流产。但是这里有什么选项？让孩子在冷冻的试管里继续留个十年或二十年？还是让两个自愿生活在罪恶当中的女人生下来？

瑞德满怀希望地看着丽蒂，他的眼神让我尴尬地转开了头。"如果你没失去这个孩子呢？"他说。

突然间，我觉得自己仿佛站在窗外观看这一幕，像个偷窥者、观察者，而不是局内人。

但是那个孩子，那孩子不会像我一样。

那天晚上我在客房浴室里刷牙，瑞德来到门口。"你可以改变心意。"瑞德说。我也没假装听不懂。

我吐出牙膏，擦干嘴巴。"我不会的。"

瑞德似乎有些不自在，他用左右脚轮流支撑身体的重量，把双手插在裤子的口袋里。他看起来一点也不像我认识的那个人，那个无论在任何情况下都能自制，魅力足以与其智力匹配的人。我惊讶地发现，尽管瑞德是家中的金童，任何事似乎都可以一次上手，但是，我刚刚发现了一件他不拿手的事。

感激。

他可以脱下身上的衬衫送给你，但说到接受别人好心的协助，他则是手足无措。

"我不知道该说什么。"瑞德承认。

我们小时候，瑞德曾经用字汇书和其他材料编出一套秘密语言，然后再教给我。晚餐的时候，他会说：嘛姆——拉叭——呜拉邦，逗得我哈哈大笑。母亲和父亲会困惑地对望，因为他们不知道瑞德刚刚说的是：烤肉闻起来有猴子屁股的味道。我们用体制外的语言沟通，让我父母头痛得不得了。

"你什么也不必说，"我告诉他，"我已经知道了。"

瑞德点点头，一把将我拉进他的怀里。我从他呼吸的方式发现他正强忍着眼泪。"我爱你，小弟。"他喃喃地说。

我闭上眼睛。我相信你，我为你祈祷，我希望能帮助你。这几年来，瑞德对我说过许多话，但是我这会儿才了解自己为这句话等了多久。

"我也知道。"我回答。

欧康诺夫人做了甜甜圈。她用的是传统方式，先炸，再撒上糖霜。我老是会在教会办公室的签到表上找她的名字，想知道她什么时候带点心过来，让我们在礼拜之后的咖啡联谊时间吃。可以肯定的是，我绝对会一马当先冲出会堂，抢在主日学校的学生之前跑向点心桌。

我在盘子上装了超过我应拿分量的甜甜圈，这时，我听到克莱夫牧师的声音。"麦克斯，"他说，"我早该知道我们会在这里找到你。"

转身时，我嘴里已经塞了个甜甜圈。牧师身边有一名新加入的教友，至少我以为他是新人。他比克莱夫牧师高，整齐的黑发往后梳，应该是抹了某种发油或是泡沫胶。他的领带和胸前的饰巾花色相同，是略带粉红的鲑鱼色。另外，我这辈子从来没看过这么白的牙齿。

"啊，"他说，伸手和我相握，"声名狼藉的麦克斯·巴克斯特。"声名狼藉？我又干了什么事？

"麦克斯，"牧师说，"这位是韦德·普雷斯顿。说不定你在电视上看过他。"

我摇摇头。"抱歉。"

韦德的大笑声很响亮。"我得换个称职一点的公关！我和克莱夫牧师是老朋友了，我们是神学院的同学。"

他说话带着南方腔，说起话来像是在水下潜泳。"那么你也是牧师喽？"

"我是律师，"韦德说，"也是个好基督徒，虔诚的程度和这两个身份之间的矛盾应该不相上下。"

"韦德太谦虚，"克莱夫牧师解释，"他为未出世的孩童发声。事实上，他这辈子的职志就是确保未出世孩童的权益，并且要保护他们。他对你的案子很感兴趣，麦克斯。"

什么案子？

听到韦德·普雷斯顿的回答，我才发现自己大声地问了出来。"听克莱夫说你打算提出诉讼，以免让同性恋前妻染指你的孩子。"

我看看克莱夫牧师，然后环顾四周，想看瑞德和丽蒂是否已经进来里面了，但是这里只有我一个人。

"你要知道的是，麦克斯，你不是孤单一人，"韦德说，"这是个同性恋快速发展的年代，那些人试图曲解家庭观念，扭曲慈爱的基督家庭必定是由一父一母组成的这个定义。《婚姻保卫法》为维持婚姻这个神圣的誓约采取了行动，而我的目标，是要为'领养儿童'这件事做出同样的付出。也就是说，我要保护无辜的孩童，让他们不至于成为受害者。"他伸手环住我的肩膀，带我远离一群来取用咖啡、叽叽喳喳的女教友。"你知道我怎么找到主耶稣的吗，麦克斯？我当年十岁，四年级的课程没通过，所以得参加夏日辅导课。我的老师帕西瓦太太询问有没有人愿意在下课时留下来和她一起祈祷，呃，告诉你吧，当年，我一点也没把宗教放在心上。我只想当老师的乖宝宝，这么一来，我可以排第一个去吃点心，因为那天我们吃的是饼干，巧克力饼干永远不够分，而香草饼干的味道就像——请原谅我的用语——屁。我当时想，假如我陪她随便说几句愚蠢的祷文，我一定可以插队。

"果然不出所料，我听着她东一句主耶稣、西一句主耶稣地祈祷，假装配合，但是心里只想着饼干。到了点心时间，帕西瓦太太让我站在排头。我拔腿冲向点心桌，脚步轻快到整个人仿佛飞了起来。我看着点心盘，却发现桌上连一块巧克力饼干都没有。"

我低头看手上一整盘的甜甜圈。

"最不可思议的地方在这里，麦克斯。我拿起一块有可能是用纸板加上一些莫名其妙东西烤出来的香草饼干咬下一大口，尝到了从来没吃过的美味。巧克力、圣诞节早晨和世界杯冠军的滋味全都保存在一块小小的面团里。那一刻我顿时了解，就算我没有期待，主耶稣仍然与我同在。"

"一块饼干让你得救？"我问。

"的确是。你知道我是怎么确定的吗？因为在帕西瓦太太暑期辅导课的那一刻之后，我出了一场车祸，同车的乘客全送了命，只有我活下来。我得过脑膜炎但是痊愈，我从密西西比大学法学院以高分毕业。我航行经历人生，麦克斯，我不笨，知道自己不是我这艘船的主人，你懂的。因为上帝关照着我，所以我相信自己必须尽基督徒应尽的义务，去照料那些没办法照顾自己的人。我取得了许可，可以在十九个州执业，"韦德说，"我积极参与'雪花胚胎认养计划'。你听过这个组织吗？"

我之所以听过，全因为克莱夫牧师在瑞德和丽蒂的孩子流产之后提起过。"雪花胚胎认养计划"是个基督教领养机构，这个计划在婴儿出生之前展开，让接受过试管婴儿疗程的人提供剩余的胚胎，来和需要胚胎的家庭配对。

"我想要告诉你的是，"他圆滑地说，"我有些本地律师可能欠缺的经验。世上到处都有人，有像你这样的人，想要将每件事做对，但是他们仍然可能陷入和你一样困难的处境。你已经得到了救赎。现在轮到你来决定是否要拯救自己的孩子。"他直视我的双眼。"我可以帮忙。"

我不知道该怎么说。昨天柔伊在我的语音信箱里留下讯息。她想知道文件签好了没有。如果我还想要进一步了解，可以约她在咖啡馆见面，当面提出任何问题。

我保留下她的讯息。不是因为她开口，而是因为她的声音。她没唱歌，但是抑扬顿挫的语调让我想到了音乐。

其实，我又把事情搞砸了。我不太想让柔伊知道我已经做了决定，但我非说不可。而且，我有种感觉，当柔伊听到瑞德和丽蒂会将她的孩子抚养成人时，她的惊吓程度，应该和我当时听说自己的孩子将要由两个女同性恋抚养的毛骨悚然不相上下。

韦德·普雷斯顿从西装口袋里掏出一张名片。"我们下星期见个面好吗？"他提议，"对于这件事该怎么进行，我们有不少细节要讨论。"当克莱夫牧师带着他走向其他会众时，他再次对我展开那抹无价的笑容。

我的盘子上有六个甜甜圈，但是我一个也不想吃。事实上，我觉得很反胃。

因为，事实上，这件事已经开始运作了。

而且早已进行了一半。

韦德觉得我们需要私下细谈，所以我和他约好在克莱夫牧师的办公室碰面。见面的前一天晚上，我做了一个梦。我梦到丽蒂已经怀孕，陪在产房里的不止瑞德一个，还有其他十多个人，大家全穿着医院的手术衣，戴上蓝色的口罩。除了眼睛之外，你无从辨别谁是谁。

克莱夫牧师坐在丽蒂的双腿之间，他是医师，负责接生。丽蒂开始尖叫。"你做得很好。"他说，一边把血淋淋的小身子拉进这个世界。

一名护士接过孩子，拿毯子包住婴儿。这时候，她倒抽了一口气。她将克莱夫牧师喊了过来，牧师凝视着用蓝色毛毯包起的孩子，说："老天爷。"

"怎么了？"我推开身边的人，上前问道，"有什么不对吗？"

但是他们没听到我的问话。"说不定她不会注意到。"护士低声说，然后将婴儿交给丽蒂。"这是你儿子。"她轻柔地说。

丽蒂掀开包着新生儿的毯子一角，接着放声尖叫。她差点把宝宝掉在地上，我冲过去接住孩子。

这时候我才看到：孩子没有脸孔。

取而代之的是肿块和疖疮，原来该是嘴巴的位置只有一道裂缝。

"我不要他！"丽蒂哭喊着，"他不是我的孩子！"

一名戴着口罩的陪产者往前走了一步。她抱走我手上的孩子，把宝宝当作是黏土塑出来的一样，用手捏捏出假的五官，有隆起的鼻子，还有两个空洞的眼睛。她低头凝视孩子的样子，仿佛手中是她看过最漂亮的婴儿。"好喽。"她说。她拿下口罩露出微笑。这时，我才看出这个人是柔伊。

走进克莱夫牧师办公室和韦德见面的时候，我还冒着汗。我流了太多汗，差点浸湿衬衫，我猜，他可能把我当成怪胎，要不就是以为我罹患了某种怪异的新陈代谢失调症。其实我只是有点紧张，不知该怎么把想了整个早上的事情告诉他。

也就是说，我可能犯了错。我当然想帮助丽蒂和瑞德……但是我不想伤害柔伊。

韦德换上了另一套剪裁完美的合身西装，这块布料闪着隐约的银色光芒，让他看起来有点像是图片中常见的耶稣像：闪闪发光，比他身边的任何人都来得亮眼。

"真高兴见到你，麦克斯。"韦德边说话，边握住我的手上下晃动，"告诉你，自从我在星期天和你说过话之后，我就一直想着你的事。"

"喔，"我说，"这样啊。"

"好，我们有很多细节要讨论，所以我要问你几个问题，请你尽量回答。"

"我能不能先问你一件事？"我说。

他抬头往上看，点了点头。"当然可以。"

"其实这不算是问题，比较像声明。我是说，我知道我有权决定如何处理那几个胚胎。但是柔伊同样也有权利。"

韦德朝克莱夫牧师的办公桌边缘一坐。"你说得完全正确，至少，当你光看事情表面时的确是如此。就遗传来说，你和柔伊对这些胚胎有相同的权利。但是让我问你一件事：在你和你前妻还有异性婚姻关系的时候，你是否曾打算要抚养这些未出世的孩子？"

"有啊。"

"可是很不幸，你们的婚姻失败。"

"正是，"这些话脱口而出，"所有的事都和我们的计划不一样。但是，她现在似乎终于找到了快乐。也许这和我想怎么做，或你想要怎么做无关，但是我们为什么要夺走她的快乐？我一向认为她会是个好母亲。而且她说过，我不必为孩子负担金钱的责任——"

"呦。"韦德举起一只手，"我们来小小地讨论一下。首先，如果你真的把这几个未出世的孩子交给柔伊，你仍然是父亲。这些小小人儿早就已经存在了，麦克斯。你没办法解除自己对他们的血缘责任。所以，就算他们在那个女同性恋家庭中成长，你仍然得为孩子负责。就算你前妻现在没开口要，孩子长到某个阶段之后，也可能回过头来找你，说她需要经济或感情上的支持。柔伊可以说你和这孩子没有任何关系，但是这由不得她来决定。"他交叠起双臂。"好。你说你的前妻可以当称职的家长，对于这点，我没有任何怀疑。那么你的兄嫂呢？"

我望向克莱夫牧师。"我再也想不出比他们更好的双亲了。"

"你前妻的同性恋爱人呢？"

"我不太了解她——"

"你只知道她想把你的孩子从你身边带走。"韦德指出来。

我对凡妮莎只有这些认识：我曾经有个妻子，一个爱过我、和我做过爱的妻子，但突然间，她却和某个勾引她的人上床。

克莱夫牧师走向摆在书架上的超大型《圣经》，开始大声朗读：

"因此，神任凭他们放纵可羞耻的情欲。他们的女人把顺性的用处变为逆性的用处。男人也是如此，弃了女人顺性的用处，欲火攻心，彼此贪恋，男和男行可羞耻的事，就在自己身上受这妄为当得的报应。

"这是上帝在《罗马书》第一章第二十六、二十七节中对同性恋的看法，"牧师说，"同性恋是一种曲解妄为，应该要受到惩罚。"

"如果未出世的孩子是男孩怎么办，麦克斯？"韦德问，"如果他由两个女同性恋抚养长大，你也知道，他有绝大的机会也成为同性恋。我直说了，就算柔伊获选为年度最佳母亲，那个家庭有哪个人可以当父亲？你的儿子要怎么学习当个男人？"

我摇摇头。对于这个问题，我没有答案。如果孩子归瑞德和丽蒂养，那么他会有个最佳父亲典范。我这辈子最尊敬的也是同一个人。

"以一个家长的身份，你所能做的最好决定，"韦德说，"就当作是你身为家长唯一的决定好了，是去自问：怎么做才是真正对孩子好。"

我闭上眼睛。

"克莱夫牧师告诉过我，从前，你和柔伊试图怀孕的时候流掉了好几个孩子，"韦德说，"其中还有个即将临盆。"

我的喉咙一紧。"是的。"

"他过世时，你有什么感觉？"

我用拇指压住眼角。我不想哭出来。我不想让他们看到我哭。"糟得不得了。"

"如果失去一个孩子就让你有这种感觉，"韦德问，"失去三个，你会怎么样？"

我心想：对不起。我甚至不知道我在向谁道歉。"好。"我喃喃地说。

"你说什么？"

"好，"我重复刚刚的回答，抬头看着韦德，"我们接下来要怎么做？"

结束和韦德的会面之后，我回到家中，看到丽蒂在厨房里。虽然现在已经不是蓝莓的季节，但是她正在烤蓝莓派。这是我最喜欢的派。

她还自己做派皮。柔伊从来不自己做派皮，她说这没意义，因为贝氏堡食品已经完成了这项重大工程。

"这叫代理律师"，我解释，"这表示韦德·普雷斯顿律师得到跨越州界的许可来代表我，因为他在这个领域经验丰富。"

"所以说，你会有两个律师？"丽蒂问。

"大概是吧。我还没见到这个叫班·班哲明的家伙，但是韦德说班哲明认识州里的法官，可以协助我们拟定最好的策略。他曾经担任欧尼尔法官的书记官，说不定还可以让这案子分派由欧尼尔负责。"

丽蒂往前靠向桌台，使劲压着用两张塑料膜包起来的面团。圆球状的面团被压成了完美的圆形派皮，接着，她将派皮放进陶瓷派盘里。"听起来好像很复杂。"

"是啊，但是他们知道自己在做什么。"我不想让她担心这件事，我想让她相信事情会顺着她的期待发展。说到怀孕，乐观正面的心态和生殖系统一样重要。至少，柔伊的产科医师是这么说的。

丽蒂将一勺勺的馅料——她禁止我挖出蓝莓偷吃——加上糖和某种不像是面粉的白色粉末铺在派皮上，在上面抹了些奶油。接着她从冰箱里拿出第二个面团，打算揉好之后封住蓝莓派。

她掀开保鲜膜的外包装，撕出一张保鲜膜。但是她没揉面团，反而靠在桌台边弯下腰，用双手盖住脸。

她在哭。

"丽蒂，怎么了？"

她摇摇头，挥手要我走开。

我慌了。我应该要打电话给瑞德，应该打电话叫救护车。

"我没事，麦克斯，"她哽咽地说，"真的没事。"

"你在哭！"

她抬起头看我。她的眼睛的颜色和海玻璃一样，你只要在海滩上找到这种被冲刷得又圆又透的玻璃，一定会立刻放进口袋里。"因为我很快乐，你让我快乐到无以复加。"

她向我靠过来，这实在没道理，这瞬间带给我的感觉也同样荒谬。她迅速地拥抱我一下，接着回头去揉面团，仿佛在方才那一刻，世界并没有偏离轴心。

班·班哲明戴着小小的圆框眼镜，噘起的嘴唇看起来像个烟囱。我们在教会办公室的会议室里，他坐在我对面，记下我说的每一句话，好像一会儿之后要参加考试。"你们怎么划分财产？"他问。

"大致平均分配。"

"什么意思？"

"嗯，柔伊分到所有的乐器，我分到造景用的机器设备，我们说好要自己处理自己的债务。我们没有房子，也没别的恒产。"

"你们有没有对判决离婚的法官提起胚胎的事？"

"呃，没有。胚胎又不是财产。"

韦德往前靠，双手一拍。"当然不是。胚胎是人。"

班在笔记本上写下注记。"这么说，当你们在法庭上分别代表自己处理离婚案的时候，你们两个都不小心犯了错。在离婚判决时，你们都忘记提起那些冷冻在时间胶囊当中的小——人……是吗？"

"大概吧。"我说。

"不是大概，是知道。"班纠正我的答案，"因为我们要从这个角度切入。离婚时，你不知道该提出这件事，所以我们要提出诉讼，把案子带回到家事法庭。"

"如果柔伊抢先一步呢？"我问。

"相信我，"韦德说，"诊所如果没得到你们两个人的同意或是法院命令，绝对不可能有动作。事实上，我要向诊所提出忠告，好确定这件事。"

"但是，如果这个案子上了法庭，法官难道不会觉得我是个败类，因为我想把孩子送人？我是说，柔伊是为了自己想要。"

"这个说法很有说服力，"班表示同意，"但问题是，在血缘上，你们对这几个胚胎有相等的权利——"

"未出世的孩童。"韦德打断他的话。

班抬起头。"对。这几个未出世的孩童。你和你前妻有相同的权利来决定他们的未来。就算你想要毁掉这些——"

"他没这种打算。"克莱夫牧师说。

"是没有。但倘若你有，法庭也必须考虑到你有这样做的权益。"

"法庭在乎的是怎么做对孩子最好，"韦德补充，"你知道这个用语。这个案子有两个选择：一是传统的基督教家庭，另一个是背离上述定义的单位。"

"我们会请你哥哥和嫂嫂做证。他们会是这场审判的重点。"
班说。

我用大拇指的指甲划过会议桌上的纹路。昨天晚上,丽蒂和瑞德
上网找小孩的名字。乔舒亚不错,瑞德说,而丽蒂则是说,说不定我
们可以选梅森。

太时髦了,瑞德说。

丽蒂的回答是,嗯,麦克斯怎么说呢?他应该也要发表一些意见。

我摊开双掌放在桌面上。"有关这场审判……我可能要讲在前
面。我负担不起律师费,一个都请不起,何况是两位。"

克莱夫牧师伸手搭着我的肩膀。"别担心这个问题,孩子。由教
会来处理。毕竟,这个案子会备受瞩目。"

韦德往后靠向椅背,脸上露出了笑容。"瞩目,"他说,"这是
我最拿手的事。"

柔伊

我喜欢埃玛，埃拉，还有汉纳。

"一定要是字母左右颠倒排列也相同的名字才可以用吗？"凡妮莎问。

"不一定。"我告诉她。我们席地坐在起居室的地板上，身边摆满了在本地书店能找到的所有婴儿命名书。

"芙萝？"凡妮莎问，"还是萝丝？莉丽或黛西？我一直很喜欢黛西。"

"爱曼达·琳恩？"我等着看她是否听得出笑点。

凡妮莎笑了。"嗯，总比土巴号或五弦琴好……"

"取个男女通用的名字怎么样？"我说，"比方说史蒂维，或是爱利克斯。"

"这样可以省掉一半的工作。"凡妮莎承认。

我怀孕过三次，每次都不想做这件事，以避免期待。没有期待，就比较不会失望。但是这次我实在按捺不住。麦克斯听我提这件事的反应，让我相信事情真的有可能会发生。

毕竟，他和我原先预料的不同，没有立刻拒绝我。

也就是说，他还在思考。

所以一定有好结果，对吧？

"裘伊，"凡妮莎建议，"这个名字很可爱。"

"假如你喜欢袋鼠的话……"我翻个身躺下来，看着天花板，"云。"

"想都别想。我不喜欢嬉皮那套，别用云、雨或是草来取名字。我是说，你想想看，当这可怜的孩子九十岁住进护理之家的时候会怎么样。"

"我想的不是名字，"我说，"我想的是育婴房。我一直觉得育婴房应该要一片宁静，让你可以欣赏画在天花板上的云朵入睡。"

"太棒了。你觉得我们可不可能在电话簿上找到米开朗基罗的电话？"

我拿起枕头丢向凡妮莎，这时门铃响了。"你在等人吗？"我问。

凡妮莎摇摇头。"你呢？"

有个男人带着微笑站在前廊上。他戴着一顶红色的棒球帽，穿了件红袜队的厚T恤，看起来不像是连环杀人犯，所以我打开了门。"你是柔伊·巴克斯特吗？"他问。

"是……"

他从背包里拿出一摞蓝色的纸张。"这是给你的。"他说，"文件送达。"

我打开活页夹，上面的文字跳到了我的面前：

请求法庭……

……赋予他对未出世儿女的所有权利……

……希望给子女一个有双亲的合宜家庭……

我沉沉地坐到地上，开始读。

为支持上述论述，我们提出以下陈述：

一、原告为上述未出世孩童的生父，这些孩童出自上帝接受的异性合法婚姻，目的是为了在上帝接受的异性合法婚姻中成长。

二、孕育上述未出世孩童的双方已经离婚。

三、被告在判决离婚之后，过着淫乱逾矩的同性恋生活。

四、被告已联络诊所，欲索回未出世孩童，为其同性恋爱人进行植入手术。

"柔伊？"

凡妮莎的声音好像远在几千英里之外。我听得到，但是我无法移动。

"柔伊？"她又喊了一次，然后抽走我手上的文件。我张开嘴巴，但却说不出话来。没有任何话语足以形容这么沉重的背叛。

凡妮莎快速翻阅文件，速度快到让我抱着期待，希望这些纸立刻起火燃烧。"这些垃圾是什么东西？"

所谓平静，也不过是云烟和幻影。不必他人出手，你也可能遭到打击。"是麦克斯，"我说，"他想抢走我们的宝宝。"

凡妮莎

2008年的感恩节刚过不久，有个女人在垂死前自白，声称她在四十二年前杀害了两个辱骂她女同身份的女孩。莎朗·史密斯走进维吉尼亚州斯坦顿市一家三人一起工作的冰激凌店里，表示自己隔天无法来上班。根据警方的记录，一件小事引发一连串后续，最后，莎朗·史密斯枪杀了两个人。

我不知道她一开始为什么会带一把点二五口径的自动手枪走进冰激凌店，但是我完全了解她的作法。尤其是当我手上拿着这份来自柔伊前夫、荒唐至极的法律文件站在这个地方时。

指责我淫乱逾矩的文件。

一度被我抛在脑后的情绪一涌而出，中学时，曾经有女孩在更衣室里叫我怪胎，在我换衣服的时候，她们会离我远远的，因为她们深信我会盯着她们看。我想起当年的一场舞会，学校足球队有个混蛋家伙把我困在墙角上下其手，一边向他的朋友夸口，表示他有办法把我变成真正的女生。我因为当自己而受到惩罚，我只想说——但是在喉咙因为无法发声而酸痛难忍之前，我一直没说出口——我哪里妨碍到你？你为什么不管好你自己？

因此，虽然我对罪恶的包容度远不及我真正淫乱逾矩的程度，在这一刻，我还真希望自己拥有莎朗·史密斯的勇气。

"我要打电话给那个混蛋东西。"柔伊说。

我不知道自己有没有看过柔伊这么难过。她的脸色暗红，边哭边怒骂，用力敲打电话话筒的按键，力道猛烈到让话筒掉了出去。我捡起电话按下通话键，把话筒放在桌台上，让我们两个可以同时听见。

老实说，听到麦克斯接起电话，我还真惊讶。

"我不能和你说话。我的律师要我不能——"

"为什么？"柔伊打断他，"你为什么要这样对我？"

电话那头久久没传来声音，久到我以为麦克斯切断了通话。"我不是这样对你，柔伊。我是为了我们的孩子才这样做。"

听到挂断电话的嘟声后，柔伊拿起话筒摔向厨房的另一头。""根本连小孩都不想要，"她吼了出来，"他要那几个胚胎做什么？"

"我不知道。"但是我很清楚，对麦克斯而言，这件事的重点可能不是宝宝，而是和柔伊及其她的生活方式有关。

或者，换句话说，是为了惩罚她做自己。

我突然想起一件很久以前的事，我母亲带我到诊所打预防针的时候哭了出来，当时我大约是五岁，显然被打针这件事吓坏了，当天一整个早上都在呼吸急促地想象打针有多痛，当然，到了诊所之后，我拼命挣扎扭动，想要逃离拿着针的护士。但是一听到母亲的啜泣声，我立刻安静了下来。毕竟，要挨针的人又不是她。

她试着解释：看你难过，我也跟着难过。

我当时太小、太缺乏想象力，没办法了解这个心情，而一直到现在这个阶段之前，我从来没对任何人付出这么深的爱，让我得以了解她的心情。但是看到柔伊这会儿的样子，看到她极力想理解，我只能说：我无法呼吸。除了火，我什么也看不见。

于是，我留她一个人站在厨房，自己走进了卧室。我跪在床头桌前，翻动放在上面几本过期未读的《校园辅导人》杂志，以及几份从星期三报纸剪下来，打算有朝一日要大展厨艺但从没派上用场的食谱。在一摞摞的纸张下有一本《抉择权时事通讯》，这本杂志的读者是变性人、男女同性恋、双性恋，以及无特殊性别定位的同性恋。杂志的最后几页刊登着一些分类广告。

GLAD。男同性恋、女同性恋捍卫辩论。冬日街，波士顿。

我抓起杂志带进厨房，柔伊瘫软地趴在餐桌上。我捡起掉在窗台下的电话，拨打广告上的号码。

"你好，"我直截了当地说，"我叫作凡妮莎·萧。我的配偶刚刚收到她前夫寄来的诉讼文件。他想争取冷冻胚胎的监护权，我们本来打算用这几个胚胎来建立家庭，但却被他借题发挥成一场宗教、右派主张和挞伐同性恋的开先例案件。你们能帮忙吗？"这串话愤怒地流泻而出，柔伊抬起头，睁大眼睛看着我。"好的，"我对总机说，"我等。"

我听着等候音乐。柔伊告诉过我，发明这类型等候音乐——例如在电梯里听到的难听音乐——的公司在2009年破产，她说，这叫作音乐的轮回。

她朝我走过来，拿走我手上的杂志，低头读上面的法律咨询广告。

"如果麦克斯想挑起战争，"我告诉她，"我们就给他战争。"

二十四岁那年，在圣诞节的隔天，我在一场湖面的冰上曲棍球赛中摔断了腿。我小腿骨骨折，外科医师为我钉了一块骨钢板固定。我要说，这是最后一次有男人在我身上钻孔。虽然我的队友立刻送我到急诊室，但我的母亲仍然得到我的住处陪我，因为我完全失去了行动能力。我可以拄着拐杖蹒跚行走，但是没办法坐上马桶或是从马桶上站起来，也没办法爬出浴缸。我哪里也不能去，因为拐杖在外头结冰的地面上会打滑。

如果不是我母亲，我可能会以咸饼、自来水和三流连续剧度日。

我母亲发挥了无比毅力，帮我进出浴室，开车载我复诊，帮我买食物，还清理家务。

然而我以牢骚和抱怨来回报她，只因为我太生自己的气。最后，我终于惹恼了她。她扔下为我准备的食物，走出我家大门。我会记得那是一份烤芝士三明治，是因为我抱怨她在里面夹了美国芝士而不是瑞士芝士。

好极了，我告诉自己：我不需要她。

我真的不需要她。至少，前三个小时的确如此。之后呢，我开始内急。

一开始，我撑着拐杖想办法走进了浴室，但我担心会跌倒，不敢放开拐杖好坐到马桶上，最后只好以单脚保持平衡，对着一个空咖啡杯小解。我倒回床上，打电话给母亲。

对不起，我边哭边说：我好无助。

你就是错在这里，她告诉我：你不是无助，你是需要协助，这两者差别很大。

安杰拉·莫瑞堤的办公桌上有个密封玻璃罐，泡在里面的东西很像颗干掉的李子。

"喔，"当她发现我在看的时候，她说，"这是我上个案子里的东西。"

柔伊和我各请了一天假，来到安杰拉位于波士顿市区的办公室和她见面。她让我联想到《小飞侠》中的"奇妙仙子"，而且是加速版，她身材娇小，一分钟可以说出一英里长的话。当她拿起玻璃罐朝我挪过来的时候，一头黑色的鬈发随着动作跳跃。

"这是什么？"

"一颗睾丸。"安杰拉说。

难怪我没看出来。我身边的柔伊噎住了，开始咳嗽。

"某个混蛋在一场酒吧群架中被咬掉的。"

"然后把这东西保留下来？"我说。

"泡在甲醛里。"安杰拉耸耸肩。"男人嘛。"她用这句话作为解释。"我代表他的前妻出庭。她现在有个同性配偶，结果那混蛋不愿意让她探望儿女。她把这东西带过来托我保管，因为据她说，这是全世界他最看重的东西，她想拿来作为担保。我会留下来，是因为我还蛮喜欢这个想法的：连被告的睾丸都逃不过我的掌心。"

我已经喜欢上安杰拉·莫瑞堤了，原因不只是她把生殖器放在办公桌上。我喜欢她，是因为当我和柔伊手牵手走进办公室的时候，没有人多看我们一眼，我猜，这是为了表达支持，但也是一种勇气。我喜欢安杰拉是因为她和我们站在同一条阵线，而且，我根本不必花力气说服她。

"我真的很害怕，"柔伊说，"我实在没办法相信麦克斯会做出这种事。"

安杰拉动作迅速地拿出笔记本和一支看似昂贵的笔。"你知道的，有时候，生活会改变一个人。我表哥艾迪在到波斯湾服役之前，本来是新泽西北部最可恶的混蛋。不是我多疑，但他本来会刻意开车去撞过马路的松鼠。我不知道他在沙漠里碰到了什么事，但是艾迪回到家乡之后，决定去当僧侣。我没夸张。"

"你可以帮助我们吗？"我问。

柔伊咬着嘴唇。"还有，你可以把大致的费用告诉我们吗？"

"一分钱都不必收，"安杰拉说，"就是免费的意思。GLAD是非营利组织。三十多年来，我们在新英格兰地区捍卫男女同性恋、变性人、双性恋和无特殊性别定位同性恋的权利。我们开了先河，把固特雷奇控诉公共卫生部一案带上法庭，得到阻止同性恋结婚属违宪的判决，麻省因此成了美国国内第一个准许同性恋结婚的州境。我们为同性恋领养计划争取权益，让没有婚姻关系的伴侣得以领养彼此的亲生子女，让他们在亲生父母不必放弃权利的条件下，成为第二顺位的法定监护人。我们挑战过联邦法当中的《婚姻保卫法》。你们的案子完全符合我们的工作范围，"安杰拉说，"正如同你前夫的案子正好是韦德·普雷斯顿的拿手好戏一样。"

"你认识他的律师？"我问。

她不屑地哼了一声。"你们知道韦德·普雷斯顿和秃鹰的差别在哪里吗？飞行英里程数不同。他是个患了恐同症的疯子，在国内东奔西跑，只为了阻止各州修改宪法，想让同性恋伴侣结不了婚。他换了个包装，穿上亚曼尼套装，但骨子里仍然是这个千禧年的安妮塔·布莱恩和杰西·贺姆斯。但是他会强势表态，这案子一定会闹大。他会把媒体带来，在法庭上造成骚动，因为他要群众站到他的身边。他会把你们塑造成广告牌人物，代表所有不适合养育子女的未婚异教徒。"安杰拉来回看着我和柔伊，"我必须知道你们两个人能不能长期抗战。"

我拉住柔伊的手。"绝对可以。"

"可是我们结婚了。"柔伊指出这一点。

"根据伟大的罗得岛州法律，你们没有结婚。如果这案子在麻省法院开庭，你们会比在家乡更有优势。"

"那么，那些上百万未婚但有小孩的异性恋伴侣呢？为什么没有人去质疑他们抚养子女的能力？"

"因为，虽然我们谈的不是孩童而是所有权，但是韦德·普雷斯顿一定会让大家以监护权的角度来审视这个案子。只要与监护权有关，你们两人关系的道德评价就会成为最为难的焦点。"

柔伊摇头。"就血缘来说，那是我的孩子。"

"依你这么说，那同时也是麦克斯的孩子。他对于胚胎所拥有的法定权利不小于你，而且，普雷斯顿会说，对于这个未出世的孩子，麦克斯有比你更好的伦理规划。"

"哈，他可不是什么基督徒模范父亲，"我说，"他没结婚，正在戒酒——"

"很好。"安杰拉喃喃地说，在笔记本上写下来，"这可能会有帮助。但是我们还不知道麦克斯打算拿胚胎怎么办。我们的策略是要把你们描绘成一对有爱心又忠诚的伴侣，你们在社区扎根，在个人工作岗位上都有很好的评价。"

"这就够了吗？"柔伊问。

"我不知道。我们没办法控制韦德·普雷斯顿，不知道他要掀起怎么样的轩然大波，但是我们在这个案子上站得住脚，不会让他为所欲为。好，我们现在来确认你们的个人资料。你们什么时候结的婚？"

"四月，在秋河市。"我说。

"你们目前住在什么地方？"

"威明顿，在罗得岛州。"

安杰拉写下城市的名字。"你们住在一起？"

"是的，"我说，"柔伊搬进来和我一起住。"

"房子是你的自有住宅吗？"

我点头。"房子有三间卧室。我们有足够的空间养小孩。"

"柔伊，"安杰拉说，"我知道你一直在对抗不孕，目前没有小孩，但是凡妮莎，你呢？你有没有怀孕过？"

"没有……"

"但是她没有不孕的问题。"柔伊补充。

"呃，我猜是没有。女同性恋玩的不是真枪实弹，所以你不可能真正知道自己是否有不孕的问题。"

安杰拉笑了。"我们来谈谈麦克斯。当你和他还有婚姻关系的时候，他是不是有酗酒的问题？"

柔伊低头看着自己的腿。"我曾经找到过几瓶酒，但都直接倒掉。他一定知道，因为把瓶子丢到回收桶的人毕竟还是他。但是我们从来没有敞开来谈。如果我把他藏的酒倒进水槽，他就会开始表现出完美丈夫的样子，帮我揉背或带我外出用晚餐。这种行径会持续下去，直到我在吸尘器集尘袋下面或是衣橱电灯泡后面找到下一瓶酒为止。这就像是，如果我们要谈他如何循规蹈矩，不如一开始就不要开口。"

"麦克斯会不会动粗？"

"不会。"柔伊说，"为了怀孕，我们吃了很多苦头，但是我从来没怀疑过他对我的感情。麦克斯现在说的这些话简直不像出自他自己之口，反而比较像他哥哥会说的话。"

"他的哥哥？"

"在我遇见麦克斯之前，一直是瑞德在照顾他，带他去戒酒协会。瑞德是永耀会的教友，麦克斯现在也加入了这个教会，还有，麦克斯现在和瑞德住在一起。"

"你知道要怎么称呼通过律师会考的修女吗？"安杰拉说，一边浏览我之前在打过电话后传真给她的诉状。"嫂子。"

我身边的柔伊笑了出来。

"看吧，"安杰拉说，"只要说得出关于律师的好笑话，世界就还有希望。而我知道的笑话不下百万个。"她放下传真文件。"诉状里有不少宗教用语。瑞德会不会是麦克斯决定提出诉讼的原因之一？"

"或是克莱夫·林肯，"柔伊说，"他是永耀会的驻堂牧师。"

"大好人一个，"安杰拉翻了个白眼，"有次在麻省议会的阶梯上，他朝我泼了一桶油漆。麦克斯一直是虔诚的教徒吗？"

"不是。在我们结婚的那段期间，我们甚至不再到瑞德和丽蒂家拜访，因为我们觉得自己一直在听他们说教。"

"当时麦克斯对同性恋有什么看法？"安杰拉问。

柔伊眨眨眼。"我们好像不曾讨论过这件事。我是说，他没有公开表示自己无法接受，但是他也不特别支持或拥护同性恋。"

"麦克斯现在有没有女朋友？"

"我不知道。"

"当你说你想用胚胎的时候，他有没有表示自己也想要？"

"没有，他说他会考虑，"柔伊说，"我回到家还告诉凡妮莎，觉得事情应该很乐观。"

"嗯，我们对人的认识永远没有想象中来得深。"安杰拉放下笔记，"我们来看一下这案子会怎么进行。柔伊，你必须作证，你也一样，凡妮莎。你们必须公开、诚实地说出你们的关系，虽说到了今天这个年代，但你们还是会受到外界的挞伐。我今天早上打过电话给书记官，听说这案子将会由欧尼尔法官审理。"

"这算是好消息吗？"我问。

"不算。"安杰拉冷冷回答，"你们知道怎么称呼智商只有五十的律师，对吧？答案是'法官大人'。"她眉头一皱。"帕迪克·欧尼尔法官快退休了。过去十年来，我一直在祈祷这件事赶快发生。他的观点很传统，非常保守。"

"我们可以换法官吗？"柔伊说。

"很不幸，不能。如果我们因为不喜欢分案法官就要求法院换人，那么我们会一天到晚换法官。但是，欧尼尔虽然保守，他仍然得服从法律。在法律上，这案子对我们很有利。"

"罗得岛过去这类型的案子都怎么判决？"

安杰拉看着我。"过去没发生过。法律将要由我们来制定。"

"所以说，"柔伊喃喃地说，"两种情况都可能出现。"

"听着，"安杰拉说，"如果我有权选择，我不会选中欧尼尔法官，但是我们分到了他，所以我们要为他量身打造这个案子，让他看到你们两个人是得到胚胎处置权的最好人选。韦德·普雷斯顿的整个论述会建立在最佳传统家庭这个规范上，但是麦克斯目前单身。他甚至没有一个自己的家庭可以抚养小孩。反过来说，你们两个代表的是忠诚、富有爱心又聪明的一对伴侣。先向诊所提起想使用胚胎的人也是你们两个。到最后，这个案子会回到你们两个人和麦克斯身上，就算是帕迪克·欧尼尔这样的法官，也会像看到墙上写的大字一样，把案情看得一清二楚。"

我们背后传来轻声敲门的声响，一名秘书打开了门。"安琪，你十一点约的人已经到了。"

"他是个好孩子，你们得和他见个面。他要变性，想参加高中的巡回足球队，但是手术还没有完成，而教练表示负担不起额外的旅馆房间开支。这案子我赢定了。"她站了起来。"我会通知你们接下来该怎么做，"安杰拉说，"还是说，你们有什么问题？"

"我有个问题，"柔伊说，"但这应该算私人问题。"

"你想知道我是不是同性恋。"

柔伊满脸通红。"呃，是啊。但是你不见得要回答。"

"我是个绝绝对对的异性恋。我丈夫和我有三个小战士，家里永远是一片混乱。"

"但是你……"柔伊有点犹豫，"你在这地方工作？"

"我狂吃宫保鸡丁的样子好像怕以后再也吃不到，但是我很确定我身上没半点亚洲人的细胞。我不是黑人，但是我读托尼·莫里斯的小说，看泰勒·裴瑞的电影。"安杰拉笑着说，"我是异性恋，柔伊，而且我有个幸福美满的婚姻。我会来这里工作，是因为我觉得这也是你应得的。"

我不太确定从什么时候开始，我告诉自己不可能有小孩。当然，我还年轻，但是身为女同，你的选择和别人不会相同。你约会的范围比别人小一点，事实上，你的约会对象很有可能认识刚和你分手而且还伤透你心的人。再者，我们和异性恋者不同，外界通常会期待异性恋走上婚姻，然后养儿育女。然而同性恋伴侣必须投资一大笔昂贵的费用，再加上无比努力，才能有小孩。女同需要捐精者，男同需要代理孕母，否则，我们就必须不畏艰辛地去领养，因为同性伴侣经常遭到拒绝。

我从来就不是那种梦想要小孩，或是抱着小熊玩偶当襁褓婴儿般呵护的女孩。我是独生女，没机会帮照顾弟妹。而且在认识柔伊之前，我有好几年的时间没有认真投入感情。假如要条件交换，我宁愿快快乐乐地选择爱情，放弃子女。

此外，我告诉过自己，我已经有孩子了。大概有六百个，全都在威明顿高中里。我聆听他们的心声，陪他们一起哭泣，对他们说：明天一定会比今天更好一点点。我甚至会想到已经毕业的学生，和他们在脸书上保持联系。我乐在其中，知道万事会否极泰来，就和我保证过的一样。

然而在最近，我想了很多。

如果我是个真的母亲，而不是每个人在早上八点到下午三点之间的母亲替代品呢？如果我在学校夜间开放的讨论会里当的是听众，而不是演讲者呢？如果我某天坐在辅导老师的办公桌前，为女儿争取机会，想让她挤进已经客满的英文班，那么情况又会是如何？

我没有经历过那种蝴蝶拍翅般蠢蠢欲动的心情，还没有。但是我敢说，那种感觉一定有点像希望。只要有过感觉，当它消失时，你也会知道。

柔伊和我还没有自己的孩子，但是我们允许自己怀抱希望。我可以告诉你，从那一刻起，我就没有了回头的路。

这是个忙碌的早晨。我有个二年级的学生遭到停课，他为了找刺激，喝下咳嗽糖浆。但现在一切平息了下来。我可以打电话给柔伊，但是我知道她进度落后，忙得焦头烂额。她为了到GLAD所以请了假，这表示她在医院缺席了一整天，也就是这样，她才延后露西的音乐治疗时间，以便在小儿科烧伤病房多留几个小时。现在是五月，我手上的事情也不少，但是我没开始工作，反而是启动计算机，上网搜寻"怀孕"。

我点选第一个网页，看到了：第三周以及第四周。宝宝大小与罂粟花种子相当。

第七周，宝宝大小与蓝莓相当。

第九周，宝宝大小与绿橄榄相当。

第十九周，宝宝大小与芒果相当。

第二十六周，宝宝大小与茄子相当。

分娩，宝宝大小与西瓜相当。

我伸手压住小腹，这肚子看起来很不可思议——我是故意这样说的。再过不久，这里会成为另外一个人的家。某个大小和绿橄榄相当的人。为什么这些人什么都要拿食物来形容？难怪孕妇老是觉得肚子饿。

露西突然冲进我的办公室。"他妈的怎么回事？"她说。

"注意你的用语。"我回答。

她翻个白眼。"你知道的，我刻意挪出时间来和她见面，她至少应该出于礼貌出席。"

我可以轻而易举地翻译露西的怒气，她真正要说的是治疗课程延期让她很失望，说她喜欢和柔伊见面。虽然她恐怕宁死也不愿意承认。

"我在你的置物柜上贴了张纸条，"我说，"你没看到吗？"在这个学校里，我们用贴纸条的方式沟通，在置物柜上贴纸条告知学生和辅导老师见面或课程辅导的时间，连陆上曲棍球冠军赛程的通告都会贴在上面。

"我从来不靠近我的置物箱。上次有人为了看我的反应，在里面放了只死老鼠。"

这很恐怖，但是不令人惊讶。青少年对于残忍行径的创意每每让我吃惊。"柔伊这星期的工作行程有点混乱，得重新安排。她会在你们下次的见面时间准时出现。"

露西没问我怎么会知道。她不知道我和她的音乐治疗师结了婚。但是听到柔伊会再回到学校之后，她的情绪似乎缓和了下来。"所以，她会再回来。"露西重复这句话。

我歪着头问："你想要她回来吗？"

"嗯，如果她丢下我，就完全符合我的生活模式了。一旦依赖上别人，他们就会他妈的搞垮你。"露西抬头看着我。"注意用语。"她说，正好和我同时说出这句话。

"你上一次的打鼓疗程很有趣啊。"我说，想起自助餐厅那场即兴摇滚演奏会。在那场失败的疗程之后，我和校长关起门来谈了一个小时。我试图向他说明音乐疗程对有自杀倾向的孩子有什么帮助，为他解释，与孩子的心理健康相比较，再次消毒锅碗瓢盆不过是小小的交换。

"从来没有人为我做过这种事。"露西承认。

"你这话是什么意思？"

"她知道自己会惹上麻烦，但是她不在乎。她没有要我做我该做的事，或希望我的表现能符合所有人的期待，相反的，她做出疯狂的举动。那……"露西犹豫着，想找出恰当的话。"那真是他妈的勇敢，的确是这样。"

"也许柔伊帮助了你，让你能够自由自在地当你自己。"

"也许你拿这个我本来可以上音乐治疗课程的一个小时，来扮演弗洛伊德的角色。"

我笑了。"我的把戏你全知道了。"

"你和艾摩一样容易被看穿。"

"你知道吗，露西，"我说，"再过不到两个月，学期就要结束了。"

"哪用得着你来说，我天天都在数日子。"

"嗯，如果你想在暑假时继续接受音乐治疗，我们必须事先安排。"

露西立刻直视着我。我看得出来，她还没有考虑到这件事。当学期在六月终了之后，所有的活动也随之结束，包括在校内进行的辅导课程。

"我相信柔伊一定愿意在暑假和你见面，"我婉转地说，"我很乐意用我的钥匙帮你们开门，让你们上课。"

她抬起下巴。"再说吧。我也不是真的在乎。"

但是她在乎，非常在乎，只是不愿意大声说出来。"你得承认，露西，"我告诉她，"你已经有很大的进步了。柔伊上第一堂课的时候，你迫不及待地想离开教室。看看你现在呢，却因为疗程改期而大发雷霆。"

露西的目光闪烁了一下，我以为她会要我去做些就解剖学而言不可能办到的事，然而她只是耸耸肩。"她让我有点毛骨悚然。但……不是坏的方面。就好像是你站在沙滩上，面前就是大海，你以为自己抓到了要领，但是再次低头看的时候，发现自己已经往下沉，水都淹到腰了。然后，在惊慌失措之前，你突然发现游个泳其实也不错。"

有办公桌挡在上面，我的手又来到小腹上。我们的孩子大小会像李子、桃子或是橘柚。最甜美的收成。突然间，我好想听到柔伊的声音第一千次问：优格的盒子可不可以回收？我上星期是不是穿了她的蓝色丝质衬衫，然后送进了洗衣店？我想和她共度成千上万个寻常的日子，我想要这个宝宝证明我们对彼此的爱有多强烈，连魔法都可以发生。"是啊，"我表示同意，"她就是这样。"

安杰拉·莫瑞堤说过，在掌握到更多信息之后，她会再打电话给我们，但是我们没料到她在初次见面的几天之后，就与我们联络。这一次，她表示要开车过来，于是柔伊和我准备了蔬菜千层面，在安杰拉还没到之前就因为紧张而开始喝酒。"如果她不喜欢吃千层面怎么办？"柔伊一边拌沙拉一边问。

"她姓莫瑞堤欸。"

"这不代表什么……"

"呃，有谁不喜欢千层面呢？"我问。

"我不知道。很多人不喜欢吧。"

"小柔。不管她喜不喜欢面食，这个案子都不会因此而胜诉或败诉。"

她转过来，交抱着双臂。"我不喜欢这样。如果事情很单纯，她可以直接通过电话告诉我们。"

"说不定她听说了你做的千层面美味无比。"

柔伊放下沙拉匙。"我太脆弱了，"她说，"承受不了这件事。"

"事情在好转之前总是会先恶化。"

她依偎进了我怀里，我们就在厨房里这么拥抱了好一会儿。"今天在护理之家的团体治疗课程上，我们演奏的是手摇铃，葛利夫斯太太站起来到洗手间去，结果忘了回来，"柔伊说，"她奏的是F。你知不知道《奇异恩典》中少了F这个音有多难演奏？"

"她到哪里去了？"

"护理之家的员工在车库里找到她，她坐在每星期四带院友到杂货店买东西的小巴士里。一个小时之后，他们在烤炉里找到了手摇铃。"

"开着吗？"

"小巴士？"柔伊问。

"烤炉。"

"没有，真是谢天谢地。"

"这个故事的教训是，你和我可能有桩重大的官司要打，但是我们绝对不能弄丢手摇铃。"

我可以感觉到柔伊靠在我的锁骨上微笑。"我就知道你可以帮助我找到光明。"柔伊说。

有人敲响了前门。当我拉开门的时候，安杰拉已经开始讲话。"你们知道韦德·普雷斯顿和精子有什么共同点吗？只有三百万分之一的机会成为人类。"她递给我一摞厚厚的资料。"谜题解开了，我们现在知道麦克斯打算拿胚胎做什么。他要送给他哥哥。"

"什么？"这是柔伊的声音，但感觉起来却像遭到了迎面一击。

"我不懂。"我迅速翻阅文件，但是上面写的全是法律措辞。"他不能把胚胎当礼物送人。"

"呃，他绝对会试着这么做，"安杰拉说，"今天我收到班·班哲明提出的申请，班哲明是和韦德·普雷斯顿合作的本地律师。他想引入瑞德和丽蒂·巴克斯特，作为第三方原告。麦克斯会联名递交，表示他的兄嫂是未来要接受胚胎的人。"她哼了一声。"我敢打包票，这两夫妇一定花了笔大钱雇用韦德。"

"这么说，他们要买下胚胎？"

"他们绝对不会这样说，但事情就是如此。瑞德和丽蒂赞助这件诉讼案，自己扮演胚胎未来父母的角色，接着，突然间，韦德可以拿着这对胚胎所有人兼遵循传统的基督徒夫妻，在欧尼尔法官面前摇旗呐喊。"

慢慢地，我把事情全拼在一起了。"你是说，丽蒂打算怀柔伊的孩子？"

"这个，"安杰拉说，"就是他们的计划。"

我气愤到整个人开始发抖。"要怀柔伊宝宝的人是我。"

但是安杰拉没在听我说话。她看着几乎无法动弹的柔伊。"柔伊？你还好吗？"

我对自己的配偶有这点认识，如果她出声怒吼，那么事情很快就会过去。如果她的声音只比喃喃细语大声一点，那她就是真的动了肝火。这会儿呢，柔伊的声音微弱到几乎听不见。"你这是在告诉我，说我想要我配偶怀的、我自己养大的孩子……会被一个我无法忍受的人怀在肚子里，然后抚养长大？而且我没资格反对？"

安杰拉拿起我手中的酒杯，一饮而尽。"他们会要求法官将那几个胚胎判给麦克斯，随麦克斯处置。但是他们会让法官知道他计划把胚胎给瑞德和丽蒂，因为他们很清楚，这会动摇法庭的决定。"

"瑞德和丽蒂为什么不去怀个自己的孩子？"我问。

柔伊转过头来。"因为瑞德和麦克斯有一样的不孕问题。这是遗传。我们当初的做法是去不孕诊所，而他们找的是克莱夫·林肯。"

"那几个胚胎是在麦克斯和柔伊还有婚姻关系的时候受精的。如果她还想要，怎么会有法官把这几个胚胎判给陌生人？"

"从他们的观点来看，麦克斯相信这些未出世孩童最好的未来，是有一对异性恋父母，在富裕的基督教家庭中成长。而且，瑞德和丽蒂不是陌生人，他们和胚胎有血缘关系。如果你想听我的意见，我会说：这个关系太亲近了。瑞德是胚胎的伯父，他的妻子会生下他的侄子或侄女。这听起来就像个家族大团圆。"

"但是瑞德和丽蒂大可去找个捐精者，要不然就是同麦克斯和柔伊当初一样，也去做个试管婴儿。这是柔伊最后几个能够成功的卵子，是我们两个生养血缘子女的最后机会。"我说。

"我就是打算这么告诉法官。"安杰拉说，"柔伊是亲生母亲，对胚胎有最明确、最有力的所有权，而且她打算在一个稳固的家庭抚养由这几个胚胎发育出来的孩子。和韦德·普雷斯顿口中那个地狱一般、充满硫黄的未来完全不同。"

"所以，我们要怎么做？"柔伊问。

"今天晚上我们要坐下来好好谈谈，你把对瑞德和丽蒂·巴克斯特的认识全部告诉我。我要提出申请，不让他们涉入我们的案子。但是我有种不太好的感觉，他们会竭尽全力参与，"安杰拉说，"我们仍然要力争。这场战争会更艰苦一点。"

这时候，烤炉的定时装置刚好跳起来。我们吃家常千层面，搭配新鲜的大蒜面包和加了梨子、法国芝士和糖渍胡桃的沙拉。五分钟之前，柔伊和我本来想准备令人难忘的一餐，如此一来，倘若我们在法律的世界里遭逢困境，安杰拉·莫瑞堤可以在第一时间了解这个家绝对有资格养育孩童，然后以百分之两百的热情全心全意地投入这场战争。五分钟之前，这顿晚餐还很可口。

而现在呢，没人有胃口。

麦克斯

试想一下这种处境：你是磁铁的正极，别人要你无论如何不得接触一如黑洞般强烈吸引你的负极。或是你好不容易爬出沙漠，看到面前有个女人拿了一壶冰水，但是她把水拿得远远的，让你完全够不着。再想象一下你跳下高楼，却听到有人叫你不可以往下掉。

想喝酒的感觉就是这样。

当柔伊接到法庭文件后打电话找我时，我也有相同的感觉。

克莱夫牧师知道她会打电话给我，所以他才会叫瑞德在诉状递送到柔伊家的那天，亦步亦趋地盯着我。瑞德当天请了假，我们开他的船去钓黑斑鱼。他有一艘很不错的小船，也会带他的客户出海钓青鱼或鲭鱼。但是黑斑鱼又不同了，这种鱼聚集在礁石密布的地方，鱼线经常会缠住。此外，你也不能一感觉有鱼上钩就收线，必须等到黑斑鱼吞下用来做钓饵的小青蟹才能行动，否则一定会空钩而回。

到现在，我们已经出海好几个小时了，仍然一无所获。

五月初的天气已经很暖和了，我们脱掉厚运动衫想晒点太阳。我的脸又绷又不舒服，虽然说，这可能是因为我一直在想象柔伊开门的样子，和太阳没太大的关系。

瑞德从小冰箱里拿出两罐姜汁汽水。"这些鱼真的一点也不想上钩。"他说。

"好像是这样。"

"我们可能得编个故事告诉丽蒂，"瑞德说，"以免我们这两个大男人遭她讥笑。"

我斜眼看着他。"我觉得，不管我们有没有钓到鱼回家，她恐怕都不会在乎。"

"就算是这样，也没有人愿意承认自己不如一群住在石缝间的鱼。"

瑞德收线，钩上另一只青蟹当饵。我第一次钩小虫当饵就是他教的，但我尝试动手时，还是吐了出来。我在湖里钓到第一条鳟鱼的时候他也在场，看到他的反应，你会以为我赢得了乐透。

他会是一个很好的父亲。

他仿佛读出了我的心事，抬起头来，面带微笑地看着我。"记得那次我教你甩钩吗？你的鱼钩钩住妈妈的草帽，钓起帽子甩向湖中央？"

我有好些年没想起这件事了。我摇摇头。"也许你可以把你儿子教得更好。"

"或是女儿，"瑞德说，"她没道理不能当冠军钓手啊。"想到这个可能性，他开始兴奋了起来。光看着他的脸，我就可以看到他的未来，第一场芭蕾舞表演会，毕业舞会的照片，婚礼上父女的共舞。长久以来，我一直低估了他。我一向以为只有工作会让他精神振奋，但现在我想，他之所以会全心投入工作，有可能是因为他太想要一个得不到的家庭，日复一日地想到这件事，太让他伤心。

"嘿，麦克斯？"听到瑞德喊我，我抬起了头。"你觉得我的孩子……你觉得他——或是她——会不会喜欢我？"

瑞德一向自信满满，我几乎没看过他对自己有丝毫的怀疑。"什么意思，"我说，"孩子当然会喜欢你。"

瑞德揉揉后颈。这个弱点让他，呃，看起来比较有人性。"虽然你这样说，"他指出来，"但是我们好像也不是太爱老爸。"

"那不一样，"我告诉他，"你又不是他。"

"怎么说？"

我想了一下。"你从来不会停止关心，"我说，"他从来没关心过。"

瑞德思考了一下，然后对着我一笑。"谢谢，"他说，"你信任我，让我做这件事，这些对我来说很重要。"

我当然相信他。从书面资料看起来，没有人比瑞德和丽蒂更适合当父母。我突然想起自己曾经拿着计算器坐在床上，想计算出在柔伊和我的试管婴儿疗程费用之外，如果还要加上孩子的医疗费、尿布钱和伙食、穿着支出，我们身上总共要负多少债。柔伊一把捏皱我的计算纸。纸张上的计算行不通，她说，不代表我们没办法在真实人生中找到解决的方法。

"这很正常，对吧？要当父亲之前都会有点紧张？"

"能够当他人的模范不是因为你够聪明，掌握了所有的正确答案，"我慢慢地说，心里想的是瑞德，以及我会如此尊敬他的原因，"一个人成为楷模是因为他够聪明，会不停地提出正确的问题。"

瑞德看着我。"你变了，知道吗。你说话的方式、做决定的方式都不同了。我是说真的，你不是过去的麦克斯了。"

这辈子，我一直想得到瑞德的肯定。那么，为什么我现在会觉得浑身不对劲？

这时手机响了，这好怪。不单是因为我们身在罗得岛的海岸边，而且还因为我们早就知道打电话的是谁。"记得韦德说的话。"当我将响个不停的手机握在手上时，瑞德这样告诉我。

电话还没拿到耳边，柔伊就开始吼了。"我不能和你说话，"我打断她，"我的律师要我不能——"

"你为什么要这样对我？"柔伊哭了。我知道，因为她哭的时候，声音就像被法兰绒布包了起来。老天爷也知道，我有太多次这种痛苦的经验，她每次流产后都会打电话告诉我，还想告诉我她好得很，其实情况根本相反。

瑞德把手搭在我的肩膀上，表达了他的同心与支持。我闭上眼睛。"我不是这样对你，柔伊。我是为了我们的孩子才这样做。"

瑞德拿走电话，按下按键结束通话。

"你做了正确的事。"他说。

如果我和过去真的有那么大的差别，我为什么会需要瑞德对我说这句话？

我脚边放着一桶用来当鱼饵的青蟹。没有人喜欢青蟹，它们的地位在食物链最底层。这些青蟹绕着圈圈爬来爬去，挡住彼此的去路。我有种冲动，想把它们丢出船外，再给它们一次机会。

"你还好吗？"瑞德瞄着我，"你觉得怎样？"

我觉得口渴。

"信不信由你，我有点晕船。我觉得我们可能该收工了。"我们在十五分钟后回到码头，我告诉瑞德，说我答应克莱夫牧师到他家帮清理庭院。

"成绩真差，对不起了，"瑞德说，"说不定下次运气会好一点？"

"反正也不可能更差了。"

我帮他把船放到拖车上，然后用水冲洗。他开车回丽蒂身边时，我在一旁向他挥手道再会。

其实我没答应克莱夫牧师，也没什么清理庭院的工作。我回到卡车上，发动引擎开车。我真想跳到板子上去冲浪，好驱散缠绕在脑子里的思绪，但是今天海水一片死寂，算是对我的诅咒吧。再说，我觉得舌头仿佛肿了两倍大，喉咙变得好窄，害我的下一口气几乎吐不出来。

口渴。

喝杯小酒又不会有事。毕竟，就像瑞德说过的，我现在不同了。我找到了主耶稣，我知道我有能力拒绝第二杯酒。而且，说句老实话，如果耶稣在这时候碰到和我一样的状况，他一定也会想来杯清凉的饮料。

我不想上酒吧，因为你永远不知道可能会巧遇什么人，话又会怎么传。瑞德现在要支付韦德·普雷斯顿的大部分费用（瑞德说：为了小弟，我什么都可以接受），其余的由教会赞助，呃，我最不需要的，就是听到教友蜚短流长地说我偏离了正轨。所以，我一路开车来到没人认识我，而我也没有熟人居住的温沙克，找到一间卖酒的店面。

说到法律上的证据——最近我显然得经常作证——我列出了下列几项重点：

一、我只买了一瓶杰克·丹尼尔威士忌。

二、我打算喝个几口就好，把剩下的倒掉。

三、为了进一步证明我头脑清楚，没跌到车下（或被车子碾过），我在返抵纽波特之前甚至没打开瓶盖。因为到了纽波特之后，我只要再开个几英里路就可以回到家。

庭上，以上几点为麦克斯·巴克斯特对其生命及饮酒有完全掌控之证明。

但是当我把车开进停车场，然后打开酒瓶之后，我的双手开始发抖。第一滴金黄色的液体流进我的喉咙，我发誓，在这一刻，我看到了上帝的脸孔。

瑞德初次介绍丽蒂给我认识时，我并不喜欢她。瑞德在南下密西西比州出差时遇见她，他为她的父亲处理投资组合账户。她伸出软绵绵的手和我相握，露出带着酒窝的笑容，说："我真高兴能和瑞德的小弟见面。"她看起来像个洋娃娃，有一头金色鬈发，加上纤细的腰和小手小脚。而且，她还戴着一枚象征贞洁的戒指。

瑞德和我讨论过这个小细节。我知道瑞德不是圣人，过去曾经有几段感情。至于我呢，我则是认为在买下要吃一辈子的冰激凌之前，不可能不先试个口味，但我们说的是我哥哥的人生，而且我完全没资格告诉他日子该怎么过。如果他在和未婚妻结婚之前只想握住她（软绵绵）的手，那是他的问题，与我无关。

尽管丽蒂在三年前从圣经学校毕业，但她唯一的工作，是在她父亲教会的主日学校授课。她从来没拿过驾照。有时候我会刻意挑衅，和她争吵，只因为这太容易了："当你必须外出买东西的时候要怎么办？"我会问她，"如果某天晚上你想上酒吧去呢？"

"爸爸会去买，"她告诉我，"而且我不上酒吧。"

她不只是甜美而已，她和糖精一样甜，我完全无法了解瑞德为什么会盲目到看不出丽蒂太美好，这不可能是真的。没有人这么纯洁甜美，没有人会从头到尾读《圣经》，没有人会在看到彼得·詹宁斯播报埃塞俄比亚挨饿儿童时掉眼泪。我觉得她一定有所隐瞒，说不定她曾经是机车辣妹，或是偷生了十个孩子藏在阿肯色州之类的，但是瑞德只管嘲笑我。"有时候，麦克斯，"他说，"雪茄就只是雪茄而已，不必多想。"

丽蒂是基督教牧师的独生女，在成长过程中备受宠爱，既然她做出重大的人生抉择，要跨越梅森—迪克森界线北上，因此她的父亲坚持要她先试住一阵子，看看是否能适应。于是她和表妹玛婷搬到普罗维登斯，住进瑞德为她在大学丘一带找到的小公寓。玛婷当时才十八岁，离家让她十分兴奋，于是，她开始穿起短裙和高跟鞋，把时间花在塔耶街上，和布朗大学的学生打情骂俏。而丽蒂则是到非营利组织的爱心厨房帮忙。"我告诉你，她是个天使。"瑞德这样说过。

但是我没有回应。他知道我不喜欢他的未婚妻，而他不乐于见到家人间有这种紧张的关系，所以，他认为让我喜欢上她的最好方法，就是让我多花点时间和她相处。他开始找加班之类的借口，要我每天开车将丽蒂从普罗维登斯载到纽波特，然后他再带她去用餐或看电影。

她一坐进我的小货卡，就会立刻将收音机转到古典音乐频道。丽蒂曾经告诉过我，作曲家一定会用大调和弦来结束一首作品，就算整首曲子是小调也一样，因为用小调和弦收尾是魔鬼的意涵。后来我才知道她是个长笛手，曾经在跨州的交响乐团演奏，而且还在圣经学校里担任首席长笛乐手。

每当我对超我车的司机发出连珠炮的咒骂时，她为之畏缩的样子，就像是挨了我一顿痛揍。

如果她问我问题，我会尽可能去吓她。我告诉她，我会在黑暗中冲浪，只为了想看看我是否能在不撞破脑袋的情况下站上浪头。我说，我的前任女友是个脱衣舞娘（这是真的，但是和钢管无关，只是张海报，但我从来没向丽蒂提起这个细节）。

她在某个冰寒刺骨的日子坐进我的小货卡，我们塞在车阵中动弹不得，她问我是否可以打开暖气。我照做，但三秒钟之后，她立刻抱怨车里太热。"看在老天爷的分上，"我说，"你到底要怎么样！"

我以为她会责备我乱用上帝的名号，然而丽蒂却只是转头看着我，说："你为什么不喜欢我？"

"你要嫁的是我哥，"我回答，"我觉得重点应该是他喜不喜欢你。"

"你没回答我的问题。"

我翻个白眼。"我们不一样，就这样而已。"

她噘着嘴。"嗯，我可不这么想。"

"喔，真的吗，"我说，"你有没有喝到烂醉的经验？"

丽蒂摇头。

"抽过烟吗？"

没有。

"有没有偷过口香糖？"

一次也没有。

"有没有背叛过男朋友？"

答案是否定的。

"我猜，你从来没发展到三垒过。"我咕哝地说，看到她满脸通红，让我觉得自己的脸好像也红了起来。

"保留到结婚之后不是罪恶，"丽蒂说，"是献给你所爱的人最好的礼物。再说，我也不是第一个这么做的女孩。"

但是你可能是第一个真正贯彻始终的人，我想。"你说过谎吗？"

"你做过任何让自己在日后后悔的事吗？"

"没有。"她的回答和我的期待一模一样。

我把手搭在方向盘上，瞥了她侧面轮廓一眼。"你有没有想过？"

我们在等红灯，丽蒂看着我，而这或许是我第一次真正看着她。那双我一直认为和玻璃珠一样空洞，像是玩偶眼珠的蓝色眼眸里充满了渴望。"当然有。"她喃喃地回答。

等在我车后的驾驶员开始按喇叭，绿灯亮了。我看向挡风玻璃的前方，发现天开始下雪，这表示我这趟司机任务将会拖延一段时间。"耐心点，别催啦。"我低声对那名司机说，这时候，丽蒂也发现天气变坏了。

"哦，我的天。"她大声说（都什么年代了，竟然还有人会说"哦，我的天"？），我还没来得及阻止她，她就跳下了卡车，到十字路口中间，伸开双手，闭着眼睛，雪花落在她的发梢和脸上。

我拼命按喇叭，但是她完全不回应。她可能会引起连环车祸。我低声咒骂，也走出车外。"丽蒂，"我大喊，"你他妈的给我滚回车上来！"

她还在打转。"我从来没看过雪！"她说，"密西西比从来不下雪！好漂亮！"

一点也不漂亮。我们站在普罗维登斯的肮脏街道，转角还有个毒贩在交易毒品。但是，愤世嫉俗的人总是往坏处想，而我猜，我应该是当中的佼佼者。因为，在那一刻，我发现自己为什么不信任丽蒂了。我担心世上有丽蒂这种人存在，是为了要弥补我这样的人。一个从不出错的女人，当然可以抵消一个从来没做过对事的男人。

我们两个刚好可以拼成一个整体。

我知道瑞德为什么会爱上她。他不是无视于她备受保护的事实，而是为此而来。他会成为她的第一次。她的第一个银行账户，第一次性经验，第一个工作。我从来没当过任何人的第一次，除非你把第一次犯错包括在内。

到了这时候，其他司机全按响了喇叭。丽蒂抓住我的手，边笑边拉着我转圈圈。

我成功地将她带回车上，但心里偷偷地希望自己没能这么做。我希望她留在马路中间就好。

车子再次开动的时候，她的脸颊粉润，呼吸急促。

我记得自己当时想：瑞德可能拥有其他的一切，但这第一场雪呢？是我的。

如果你真去计算，你会发现一小口酒的分量几乎等于零。一茶匙，一丁点。这当然不足以真正解渴，所以，我才会在啜饮了第一口之后又喝了小小的一口，但这也只能润润嘴唇罢了。接着，我开始想起柔伊的声音，丽蒂的声音，她们的声音全混在一起了，我继续喝了一口，因为我心想：这口酒可以让我再次分辨出两个人的声音。

说真的，我没喝多。只是我这么久没喝了，陶醉的感觉迅速扩散到全身。我每次踩下刹车的时候，都会感觉到一波潮水涌向脑门，冲刷掉我当时所有的思绪。

这种感觉太好了。

我再次伸手拿酒瓶，惊讶地发现瓶子竟然是空的。

我一定是打翻了酒，因为我不可能喝光一整瓶七百五十毫升的威士忌。

我是说，真的不可能，对吧？

我在后视镜里看见一棵灯火灿烂的圣诞树。刚好瞄到时，我吓了一跳，我虽然知道眼睛要看着路面，但仍然不由自主地瞪着圣诞树看。接着圣诞树发出了警笛声。

现在是五月，不可能有亮着灯的圣诞树。警察拍打我的车窗。

我不得不摇下车窗，如果我不这么做，他会逮捕我。我要自制，表现出彬彬有礼的和善态度。我可以说服他我没喝酒。这种事，我对世上的其他人做过太多年了。

我好像认识他。我觉得他好像和我上同一个教会。"别告诉我，"我说，咧出一个怯懦的蠢笑，"我在限速三十英里的路段上开到四十。"

"抱歉了，麦克斯，但是我得请你走出——"

"麦克斯！"听到这个声音，我们不约而同地回头看。有个人甩上车门，扯开喉咙喊我。

丽蒂朝我开着的车窗靠了过来，警察往后退了几步。"你到底在想什么，想直接开进急诊室吗？"她转头对警察说，"喔，葛兰，真是太感谢你了，谢谢你找到他——"

"但是我没——"

"他清理排水槽的时候从梯子上跌下来，撞到了头，所以我去拿冰袋，等我拿到冰袋回头时，他已经开着货车跑了。"她皱起眉头看我，"你可能会害死自己！或是更糟，你可能会害死别人！你不是才告诉我，你看到的影像都是重叠的吗？"

我完全不知道该怎么说。我怀疑敲到头的人是她。

丽蒂拉开驾驶座的门。"坐过去，麦克斯。"她说。我解开安全带，滑坐到卡车的乘客座上。"葛兰，我真不知道该怎么感谢你。有你来担任维持公众安全的警员，真是基督的祝福，更别说你还是我们教会的一员呢。"她抬头看着葛兰，微微一笑，"你可以好心帮个忙吗，把我的车开回去？"

她轻轻挥个手，然后开车。

"我没撞到头——"

"你以为我不知道吗？"丽蒂怒气冲冲地打断我的话，"我是出来找你的。瑞德说你和他在码头分手，要去克莱夫牧师家帮忙。"

"是啊。"

她瞥了我一眼。"那可真好笑。因为我整个下午都在克莱夫牧师家，而且根本没看到你。"

"你告诉瑞德了吗？"

丽蒂叹了一口气。"没有。"

"我可以解释——"

她抬起一只小手。"别，麦克斯。别。"她皱起鼻子，说，"威士忌。"

我闭上眼睛。我真是白痴，以为自己可以蒙混过关。我看起来一副喝醉酒的样子，闻起来也是。"如果你从来没喝过，你怎么会知道？"

"因为我爸爸会喝，我小时候他天天喝。"丽蒂说。

她的语气中有某种感情，让我怀疑她的父亲，也就是牧师先生，是否也想要淹死他自己的恶魔。

她经过通往她家的路口，但没有转弯。"老天爷知道，你这样子，我没办法带你回家。"

"你可以敲我的脑袋，然后带我去医院。"我喃喃地说。

丽蒂噘起嘴巴。"别以为我没这么想过。"她说。

我和柔伊最严重的争执，发生在我们到瑞德和丽蒂家共度圣诞夜之后。当时，我们结婚大约已经五年，历经了不孕症的梦魇。但柔伊不喜欢我兄嫂并非什么秘密。她一整天都在看气象，希望能说服我圣诞夜的雪会越下越大，我们没办法从我们的住处开车到瑞德家。

丽蒂很喜欢圣诞节。她会摆设装饰，而且不是那种充气圣诞老人之类的便宜货，而是拿真正的花环围起栏杆，吊灯上也会垂挂着槲寄生，她还会把珍藏的一整套木制圣尼古拉玩偶放在窗台和桌上，把平常用的盘子换成绘着一圈冬青的套盘。瑞德告诉过我，她会花一整天的时间为这个节日布置，环顾四周之后，我完全相信这个说法。

"哇。"柔伊喃喃地说。我们站在门厅，等着丽蒂将我们的外套挂到衣橱里去。"我们好像跌进了汤玛士·金凯德的画作里。"

瑞德正好在这个时候出现，他端着一杯热苹果汁。只要我在场，他从来不喝酒。"圣诞快乐，"他说，拍拍我的背，在柔伊的脸颊上亲了一下，"路况还好吗？"

"糟透了，"我告诉他，"而且还会越来越糟。"

"我们可能没办法待太久。"柔伊补充道。

"我们从教会回家的时候，看到一辆车滑出了路面，"瑞德说，"幸好没人受伤。"

丽蒂每年圣诞节都会去教会指导孩子们演出圣诞剧。"戏演得怎么样？"我问她，"你们打算上百老汇演出吗？"

"很令人难忘。"瑞德说，丽蒂用力拍了他一下。

"我们在控制动物这方面碰上一点麻烦，"她说，"主日学校有个小女孩的舅舅经营一家宠物农庄，他借给我们一头驴子。"

"驴子，"我重复，"真的驴子吗？"

"这只驴子很温驯，扮演玛利亚的小女生爬上驴背时，它连动都没动一下。但是，"她打了个冷战，"它在走道上停下来，然后……开始解放。"

我忍不住笑了出来。"它拉屎？"

"正好就在克莱夫牧师太太面前。"丽蒂说。

"你怎么处理？"

"我叫一个牧羊人去清理，有个天使的母亲跑出去拿洗地毯的机器。要不然我该怎么办？学校从来没正式允许我把动物带进来。"

"那又不是第一次有畜生踏进教会。"柔伊板着脸说。

我抓住她的手肘。"柔伊，来厨房帮我。"我拉着她穿过双开门。里面的味道闻起来可口极了，像是姜汁面包和香草。"你答应过我的，不提政治。"

"我不会眼睁睁地看他——"

"他怎么样？"我争辩，"他什么也没做。说刻薄话的人是你。"

她任性地转头，不愿意看我。她的目光落到冰箱上，上面有个吸铁，图案是个吸吮拇指的婴儿。吸铁上有几个字：我是个孩子，不是选择。

我伸出双手按住她的手臂。"瑞德是我唯一的家人。他是很保守没错，但他还是我哥哥，而且，今天是圣诞节。我只要求你在这一个小时里微笑点头，别提起时事就好。"

"如果他们先提起呢？"

"柔伊，"我恳求，"拜托。"

在接下来大约一个小时里，情况看来很乐观，我们似乎可以在没有引爆任何事件的情况下安全地结束晚餐。丽蒂端来火腿、烤马铃薯和一盘焗四季豆。她为我们解说圣诞树上的装饰品，这是一套她祖母传下来的古董。她问柔伊是否喜欢烘焙，而柔伊则提起她母亲在她小时候做的冰镇柠檬派，瑞德和我随口聊起学校足球队。

当室内音乐播放《天使在天堂歌唱》的时候，丽蒂跟着哼唱。

"我教孩子们唱这首歌，让他们在庆祝会上表演。有些孩子从来没听过这首歌。"

"小学里的圣诞音乐会现在都改称为节日音乐会了，"瑞德说，"一堆家长集合起来抗议，所以，现在只要有一丁点宗教意味的歌曲，就全都不能唱了。"

"这是因为那所小学是公立学校。"柔伊说。

瑞德在自己盘子上切下一块正三角形的火腿。"我们有信仰自由，宪法里写得清清楚楚。"

"还有宗教自由。"柔伊回答。

瑞德咧嘴笑。"你可以尽量试，但是你没办法把主耶稣从圣诞节里拿掉，甜心。"

"柔伊——"我想插嘴。

"是他先开始的。"柔伊回答。

"该上下一道菜了。"丽蒂总是扮演和事佬的角色，她跳起身收走了桌上的餐盘，消失在厨房里。

"我为我的妻子道歉……"我对瑞德说，但是我话还没说完，柔伊就已经火冒三丈。

"首先，我完全有能力为自己说话。其次，我不打算坐在这里假装我完全没意见——"

"你是来这里找架吵——"我反驳她。

"我很乐意收兵，"瑞德打断我的话，尴尬地笑，"今天是圣诞节，柔伊。让我们包容彼此的不同意见好吗？我们谈谈天气就好。"

"有人要吃甜点吗？"厨房的双开门打开了，丽蒂端着自己做的蛋糕走出来。她在蛋糕上用白霜糖写着：小耶稣生日快乐。

"上帝啊。"柔伊咕哝作声。

丽蒂带着微笑说："也是我的上帝。"

"我放弃了。"柔伊离开桌边，"丽蒂，瑞德，谢谢你们这顿美好的晚餐，祝你们有个愉快的圣诞节。麦克斯，如果你不想走可以留下来。我在家里等你。"她挂上礼貌的笑容，走向门廊拿靴子和外套。

"你要怎么回家，走路吗？"我在她身后喊着。我赶忙致意，向瑞德道谢，亲吻丽蒂道再会。

我来到屋外的时候，柔伊已经走到了街上，没有清理的积雪深达她的膝盖。我开着卡车轻松通过积雪，在她身边停了下来。"上来。"我冷冷地说。

她想了想，但还是爬进卡车的车厢里。

我有好一会儿没和她说话。我没办法，因为我担心自己会爆发。接着，当我们开上高速公路之后——积雪已经清理过了——我转头面对柔伊。"你有没有想过这让我多丢脸？我拜托你，在和我哥哥嫂嫂一起吃晚餐时不要太刻薄，难道这个要求太过分？"

"喔，你说得真好，麦克斯。所以，就因为我不喜欢听人用基督徒的权益对我洗脑，所以我现在成了刻薄的女人。"

"这是他妈的家族晚餐，柔伊，不是振兴信仰的布道大会！"

她朝着我扭过身来，安全带卡在她的喉咙上。"很抱歉，我不能更像丽蒂一点，"柔伊说，"说不定圣诞老公公可以送我一个脑叶切除手术当作圣诞礼物。这一定有帮助。"

"你为什么不闭嘴？她是哪里碍到你了？"

"因为她没有自己的意志，就这样。"柔伊说。

我和丽蒂经常讨论像杰克·尼克松和强纳森·德米的成功是否该归功于小成本电影，或是《惊魂记》对审查制度的影响。"你对她一无所知，"我辩解，"她是个……是个……"

我把卡车开上我们的车道，没把话说完。

柔伊跳出卡车。雪现在更大了，落在她身后的雪花仿佛白色的帘幕。"是个圣人吗？"她说，"你想找的是这个字眼吗？告诉你，我没办法当圣人，麦克斯。我只是个有血有肉的女人，而且，我显然连这点都做不好。"

她甩上乘客座的门，冲进屋内。我气得倒车，滑回马路上。

圣诞夜加上大雪，让我成了马路上唯一的人。没有任何店面营业，连麦当劳都没有。我不难把自己想象成全宇宙最后一个人类，因为感觉完全相同。

在那个时候，别的男人正忙着组装脚踏车或攀爬用的游戏架，准备让他们的儿女在圣诞节早上醒来时，一眼就看到毕生难忘的惊喜，而我呢，却连个孩子都生不出来。

我把车子开进空无一人的购物中心停车场，看着铲雪车从我面前经过，我想起了丽蒂第一次看到雪的情景。

我掏出手机，拨打我哥哥家的电话，因为我知道她会接听。我只想听她打个招呼，之后，我会挂断电话。

"麦克斯？"她说。我笑了，我忘了来电显示这回事。

"嘿。"我说。

"一切都好吗？"

这时候是晚上十点，我们在风雪正大的时候离开，她当然会惊慌。

"我可以问你一件事吗？"我说。

你知道你怎么照亮整个房间吗？

你有没有想过我？

接着，我听到瑞德的声音。"回床上来，宝贝。这么晚了，是谁打的电话？"

丽蒂回答："不过是麦克斯而已。"

不过是麦克斯而已。

"你想问什么事？"丽蒂说。

我闭上眼睛。"我……有没有把围巾留在你们家？"

她喊瑞德。"甜心，你有没有看到麦克斯的围巾？"他们交谈了几句，但是我听不清楚。"对不起，麦克斯，没看到，但是我们会留意。"

半个钟头之后，我让自己回到家里。炉子上面的灯光还亮着，起居室的角落里，柔伊买回来自己装饰的圣诞树一闪一闪发着光。她坚持要一棵活的树，完全不管这是否代表我必须拖着树爬上两段阶梯。这年，她在树干上系着白色的蝴蝶结。她说，每个蝴蝶结都代表她明年的一个愿望。

愿望和祈祷的唯一差别，在于前者出自宇宙的慈悲，而后者计你得到帮助。

柔伊身上裹着毯子，睡在沙发上。她穿了一套雪花图案的睡衣，脸上有哭过的痕迹。

我吻醒她。对不起，她靠在我嘴边说，我不应该——

"我也不应该。"我告诉她。

我边吻她，边把手伸进她上衣的下摆。我的掌心贴住她炽热的肌肤，她的指头探进我的头发，双腿环在我身上。我倒在地板上，把她也拖了下来。我熟悉她身上的每道疤痕、每颗雀斑，还有每一道曲线，这些是印记，烙印在我走了一辈子的道路上。

我记得我当时想，这么激烈的做爱应该会留下永远的痕迹，比方初萌芽的孩子。可惜没有。

我记得我做了好多梦，梦里都是愿望，但是当我醒来时，一个梦也想不起来。

当丽蒂把车开到目的地时,我酒后飘飘欲仙的感觉已经退去,转而开始气自己,气全世界。一旦瑞德知道我因为酒驾被警察拦下,他一定会告诉克莱夫牧师,后者也会把话传进韦德·普雷斯顿的耳中,而韦德绝对会训斥我一顿,告诉我输掉一场审判是非常容易的事。但是我发誓,我只是想解渴。

一路上我都闭着眼睛,因为我突然觉得好疲倦,身子几乎坐不正。丽蒂把卡车开进停车场。"到了。"她说。

我们停在一排店面前方,永耀会办公室就是在这里。

这时已经是下班时间,我知道克莱夫牧师不会在办公室里,但是这没能减轻我的罪恶感。酒精已经毁了我自己的生命,我这会儿竟然还用酒精让一大堆人的生命陷入混乱。"丽蒂,"我向她保证,"不会有下一次了……"

"麦克斯。"她把一串教会钥匙丢给我,她是主日学校的负责人,所以会有钥匙,"闭嘴。"

克莱夫牧师布置了一间小礼拜堂。教会每个星期都会用学校的礼堂举行礼拜,如果有人需要在其他时间祷告,仍然可以利用这个空间。小礼拜堂里只有几排椅子,一座读经台,以及一幅耶稣被钉在十字架上的受难图。我跟着丽蒂经过接待柜台和复印机,走进了小礼拜堂。她没有开灯,而是擦亮火柴,点亮读经台上的蜡烛。摇曳的烛光让耶稣的脸孔看起来有点像恐怖电影《半夜鬼上床》中的杀人魔佛莱迪。

我在她身边坐下,等着听她大声祈祷。永耀会一向如此。克莱夫牧师和耶稣对话,我们全体静静聆听。

但是，今天晚上，丽蒂把双手放在腿上，仿佛等着我开口。

"你不打算说话吗？"我问。

丽蒂抬头看读经台后面的十字架。"你知道我最喜欢《圣经》的哪个章节吗？《约翰福音》第二十章的开头。抹大拉的玛利亚正在为耶稣之死哀悼。你晓得的，对她来说，他不是耶稣，而是她的朋友、老师，一个她真正关心的人。她来到墓边，因为，假如他只剩下一具躯体，那么她想要接近他的尸体。但是她到了坟墓边，却发现他的身体也不见了。你可以想见她感觉多孤单吗？于是她开始哭，有个陌生人问她哪里不舒服，接着喊出她的名字，这一刻，她才发现和她说话的人是耶稣。"丽蒂看了我一眼。"有许多次，我深信上帝遗弃了我。但是我后来才发现我只是找错了地方。"

我不知道何者会让我比较羞耻，是在主耶稣眼中当个失败的人，还是在丽蒂的眼里。

"上帝不在那瓶酒的瓶底。而欧尼尔法官会监看我们的一举一动。我、瑞德和你。"丽蒂闭上眼睛。"我想要怀你的孩子，麦克斯。"

我感觉到有股电流贯穿了我。

亲爱的上帝，我默祷：让我从你的目光审视自己。请提醒我，在我们看进的脸孔之前，没有人是完美的。

但是我凝视着丽蒂。

"如果是个男孩，"她说，"我要叫他麦克斯。"

我咽了咽口水，突然觉得口干舌燥。"你不必这样做。"

"我知道我不必，但是我想要。"丽蒂转过头看着我。"你有没有迫切地想要过某个东西，但又怕怀抱希望会带来厄运？"

我听出了她的言外之意。于是我捧住她的头，靠上前亲吻她。

上帝是爱。克莱夫牧师这句话，我听过不下千次，但是直到此刻才真正领悟。

丽蒂的双手挤进我们两人之间的空隙，用超乎我预期的力气推开我。我的椅子摩擦到地面，发出刺耳的声音。她的双颊通红，用一只手捂住嘴巴。

"丽蒂，"我的心往下重重一沉，说，"我不是要——"

"你不必道歉，麦克斯。"突然之间，我们之间出现了一道墙。我可能看不见，但却感觉得到。"那只是酒精造成的影响。"她吹熄蜡烛，"我们该走了。"

丽蒂走出小教堂，但是我留在里面。我在里面，在全然的黑暗中等了至少一分钟。

出了车祸之后，我让主耶稣走进我的心里，也让克莱夫牧师进入我的生命。我们会在他的办公室见面，我会说出自己喝酒的原因。

我告诉他，我觉得自己的身体里面好像有个洞，我想填补这个洞。

他说，这个洞像流沙，我会快速往下沉。

他要我列出洞变大的原因。

破产。我说。

喝醉。

流失客户。

失去柔伊。

失去孩子。

接着，他说起如何填补我体内的洞。

上帝。朋友。家人。

"是啊，"我低头看着地板，说，"感谢老天给我瑞德。"

但是克莱夫牧师这个人有本事听出你的言不由衷，他往后靠向椅背。"这不是瑞德第一次保你出来，对吧？"

"不是。"

"你对这件事有什么感觉？"

"你觉得我会有什么感觉？"我爆发出来，"觉得自己像个彻底失败的人。感觉瑞德事事顺利，而我呢，我老是灭顶。"

"那是因为瑞德让自己投向耶稣。他让他引领他穿过湍流，麦克斯，而你呢，你还想逆流往上游。"

我不自在地笑了。"所以我只管放弃就行了，上帝自然会接手？"

"何不试试看呢？你最近的确没成就什么好事。"我坐着，克莱夫牧师走到我的身后，"告诉主耶稣你想要什么。瑞德有什么是你想拥有的呢？"

"我可不想大声告诉耶稣——"

"你觉得他没办法看穿你的心思？"

"好。"我叹口气，"我嫉妒我哥哥。我想要他的房子，他的银行存款。我猜，甚至连他的信仰都想要。"

我大胆说出这番话，但是这让我感觉糟得不得了。我哥哥唯一做过的事就是帮助我，但是我却觊觎他的一切。我觉得自己丑陋无比，像是揭开皮肤之后看见下面的感染。

还有，天哪，我只想疗伤。

我当时可能哭了，但是我不记得。我不知道那是不是我第一次看清自己：一个骄傲过头，不愿承认缺点的人。

然而，当我和克莱夫牧师谈话的时候，我刻意疏漏一点没提。我一直没说我想要瑞德的妻子。

我藏起这个秘密。

刻意的。

回家的路上，我向丽蒂道歉了至少五十次，但是她一派冷静，紧紧闭着嘴唇。"对不起。"她把车开上车道的时候，我又说了一次。

"为什么？"丽蒂问，"什么事都没发生。"

她打开前门，拉起我的手环住她的颈子，摆出她撑着我的姿势。"配合我演出。"她说。

我的脚步仍然不稳，于是我让她拖着我走进屋里。瑞德正好站在门厅。"感谢上帝，你在哪里找到他的？"

"他在路边吐，"丽蒂回答，"急诊室的医生说他食物中毒。"

"小弟，你吃了什么东西？"瑞德问道。他伸出手臂抱住我，分摊我的重量。我装出踉跄的脚步，让他拉我下楼到地下室的客房里去。在瑞德把我放在床上之后，丽蒂为我脱掉鞋子，温暖的双手碰触到我的脚踝。

尽管房间里一片昏暗，但是天花板仍然在旋转。说不定那是吊扇。"医生说，睡一觉就没事了。"丽蒂说。我偷偷将眼睛睁开一条缝，看到哥哥用手臂拥着她。

"我来打电话给克莱夫牧师，让他知道麦克斯已经安全回到家。"瑞德说完话，转身离开。

克莱夫牧师也在找我？新一波的罪恶感又涌了上来。这时候，丽蒂走到衣橱边，伸手从顶层的架子上拿来一条毯子盖着我。我本来想再次道歉，但是考虑之后，决定假装睡觉。

丽蒂的重量压得床往下沉。她坐在床边，一伸手就碰得到我，在我感觉到她伸手拂开落在我脸上的头发之前，我一直屏着气。

她的声音微弱，我不得不侧耳倾听。

她在祈祷。我听着她抑扬顿挫的祷词，假装她不是向上帝祈求协助，而是向我祈求帮助。

第一个出庭日的早上，韦德·普雷斯顿出现在瑞德家门口，手上拎着一套西装。"我有西装。"我告诉他。

"没错，"他说，"但是你的西装是正确的选择吗，麦克斯？第一印象的影响力十分关键。你没机会重来。"

"我正打算换上我的黑西装。"我说。那是我唯一一套西装，是从永耀会的衣物捐赠箱里找来的。这套衣服还不错，我可以在星期天穿去做礼拜，或在我为克莱夫牧师跑腿的时候穿。

普雷斯顿带来的西装是深灰色的，还搭配了整烫过的白衬衫和一条蓝领带。"我想打红领带，"我说，"向瑞德借的。"

"不行。不能太显眼的。要让人觉得你谦虚、稳重，和石块一样可靠。要让人以为你要去幼儿园参加家长会。"

"但将来参加的人应该是瑞德——"

韦德挥手打断我的话。"别傻了，麦克斯，你知道我的意思。红色领带像是在说：注意看我。"

我停了一下。我从来没看过像韦德身上这么合身的西装，衬衫的法式袖口上还绣着他的姓名缩写，胸前口袋的小方巾还是丝质的材料。"可你打的是红领带。"我说。

"这就是我的重点，"韦德回答，"好了，去换衣服吧。"

一个小时之后，我们——包括丽蒂、瑞德、班·班哲明、韦德和我——全挤在一起，坐在法庭前方的一张桌边。我一整个早上都没和丽蒂说话。她可能是唯一能让我镇定下来的人，但我每次想开口，韦德就会想起一件关于我在法庭上举止的细节要说：坐直，不要扭来扭去，别对法官扮鬼脸。对于辩方讲的任何话都不要有反应，不管你听了有多难过都一样。从他说的话来判断，你会以为我是要跨出踏入演艺圈的第一步，而不是在提出申请时乖乖坐在法庭里。

领带勒得我几乎窒息，但是我每次拉领带，韦德或瑞德就会阻止我。

"好戏上场喽。"韦德低声说。我转头看，想知道他在看什么。柔伊刚踏进法庭，凡妮莎和一个满头黑色鬈发东弹西跳的娇小女士跟在她身边。

"他们的人数胜过我们。"凡妮莎虽然小声说话，但是我还是听得到，韦德一开始就给她们一个下马威，这让我很高兴。柔伊看都没看我一眼，走到椅子边坐下。我敢说，那个小个子律师一样也给她下了指导棋。

韦德静静地拨打手机，一会儿之后，法庭的双扇门打了开来，一名班·班哲明的法务助理推着堆满书的小推车穿过走道。柔伊、凡妮莎和她们的律师看着她把书放到韦德面前的桌子上，这些是其他几个州的研究报告或法律书籍。我浏览写在书脊的书名，看到了《传统婚姻》《家庭价值之维护》。

她将《圣经》摆在这堆书的最上方。

"嘿，柔伊，"那名女律师说，"你知道鲇鱼和韦德·普雷斯顿的差别在哪里吗？一个是油滑、专与败类为伍的低级动物，另一个只是一条鱼罢了。"

有个男人站起来。"全体肃立，帕迪克·欧尼尔法官出庭。"

法官从另一扇门走了进来。他很高，有一头浓密的白发，额头正中央的发尖上有一小撮三角形的黑发，他嘴边的法令纹明显又清晰，仿佛紧皱的眉头还不够引人注目。

他坐下时，大家也跟着坐了下来。"巴克斯特对巴克斯特一案。"书记官高声说。

法官戴上他的老花眼镜。"由哪一方提出的申请？"

班·班哲明站了起来。"庭上，我今天要代表的是第三方原告，也就是瑞德与丽蒂·巴克斯特。我的委托人以共同诉讼的方式引入诉讼，我的同事普雷斯顿先生和我就此发言。"

法官脸一皱，露出笑容。"怎么着，原来是班·班哲明啊！在法庭上看到你真好，我可以看看你从我教给你的经验中学到了什么。"他瞥向活页夹中的资料，"嗯，这个申请究竟是怎么回事？"

"庭上，本案中，我们争的是监护权，对象是麦克斯与柔伊·巴克斯特在离婚之后留下来的三个冷冻胚胎。瑞德与丽蒂·巴克斯特是我委托人的兄嫂，他们希望，麦克斯也同样如此，取得胚胎的监护权，然后借此怀孕，当作自己的小孩抚养。"

欧尼尔法官的两道眉毛紧紧皱在一起。"你是说，这双方离婚时，留下了尚未分配处置的财产？"

我身边的韦德站了起来。他搽的古龙水有莱姆的味道。"法官大人，我无意冒犯，"他说，"我们这里谈的是孩童，是未出世的孩童——"

走道另一侧，柔伊的律师也站了起来。"法官大人，抗议。这太荒唐了。能不能请哪个人来告诉普雷斯顿先生，这里不是路易斯安那。"

欧尼尔法官指向韦德。"你！现在就坐下。"

"法官大人，"柔伊的律师说，"麦克斯·巴克斯特把血缘关系当作王牌，想把三个胚胎从我委托人身边抢走，而我的委托人也想要当母亲。她和她的法定配偶准备让孩子在一个健康又充满关爱的家庭中长大。"

"她的法定配偶在哪里？"欧尼尔问，"我没看到他坐在她身边。"

"我的委托人经过合法的婚姻程序，与凡妮莎·萧在马萨诸塞州结了婚。"

"呃，莫瑞堤女士，"法官回答，"在罗得岛州，她们的婚姻并不合法。好，我们把事情弄清楚——"

我听到凡妮莎在我身后哼了一声。"不是这样的。"她咕哝地抱怨。

"你想要胚胎，"他指着柔伊说，"你想要。"他指向我来，最后他指向瑞德和丽蒂。"现在，他们也想要？"

"事实上，法官大人，"柔伊的律师说，"麦克斯·巴克斯特并不想要那几个胚胎。他打算拿来送人。"

韦德起身。"正好相反，法官大人，麦克斯想要的，是让自己的孩子在一个传统家庭中长大，而不是由一个性别偏离的家庭抚养。"

"这个男人想取得胚胎来送给别人，"法官做出总结，"而你称之为传统做法？我可不知道这个念头是打哪儿来的。"

"请容我说句话，法官大人，这是个复杂的案子，"柔伊的律师说，"据我所知，这是个新的法律范畴，罗得岛州到目前为止还没有界定过。但是今天我们接到传唤出席，是因为对方提出申请，想引入瑞德和丽蒂·巴克斯特当作本案当事人，我要郑重抗议。我今天已经提出了一份备忘录，声明若是法官大人您同意让将来的孕母被引入本案，那么凡妮莎·萧也应该要成为当事人，而且，我会在今天立即提出申请——"

"我抗议，法官大人，"韦德争辩，"您刚刚说过这不是法定婚姻，而现在莫瑞堤女士却用您说过的话来转移大家的注意力。"

法官瞪着他看。"普雷斯顿先生，如果你再打断莫瑞堤女士的发言，我就要判你藐视法庭。这不是电视节目，你也不是帕特·罗伯森。这里是我的法庭，我不会如你所愿，把这里变成马戏团。这次审判过后我就会退休，所以帮帮忙，我不打算在宗教大战中退场。"他敲下议事槌。"引入第三方当事人的申请驳回。这个案子的当事人只有麦克斯·巴克斯特和柔伊·巴克斯特，按正常程序进行。你，班哲明先生，你高兴传什么人当证人就去传，但是我不准本案引入任何人，不准引入瑞德和丽蒂·巴克斯特，"说完话，他转头对另一名律师说，"凡妮莎·萧也不行，所以你不必再提出任何相关的申请了。"

最后他才看向韦德。"还有，普雷斯顿先生。我给你一句建言，请审慎思考你哗众取宠的计划，因为我不会允许你让本庭失控。这里由我负责。"

他起身离开法官席，我们也跟着跳了起来。出庭和做礼拜没什么不同。你起立、坐下，眼睛直视前方听取指示。

柔伊的律师朝我们桌边走过来。"安杰拉，"韦德说，"我真想说我很高兴见到你，但是说谎是有罪的。"

"真遗憾，事情的发展不如你的期待。"她回答。

"我完全可以接受，谢谢你的关心。"

　　"你们在路易斯安那也许会那么想，但是，相信我，在这里，你只会吃闭门羹。"律师说。

　　韦德靠向法务人员堆在桌上的书。"法官会表现出他的本色，亲爱的，"他说，"但相信我吧……绝对不会是彩虹的色彩。"

曲七　美人鱼

柔伊

露西正在画美人鱼。她的长发扎成了辫子，发尾落在厚厚的牛皮纸上。我唱完《天使》后放下吉他，但是露西继续在图画上添加细节，她加了一个海草编织的蝴蝶结，还添了太阳反射的光线。"你是个不错的艺术家。"我告诉她。

她耸耸肩。"我帮自己设计刺青。"

"你身上有刺青吗？"

"如果有，我早被踢出家门了，"露西说，"一年六个月又四天。"

"到时候你要去刺青吗？"

她抬头看我。"那是我满十八岁的时候。"

在上次打鼓疗程之后，我发了誓，绝对不再和露西在特殊需求教室见面。取而代之的方法，是凡妮莎会告诉我哪个空间没人用（比方说法文班去户外教学，或是艺术班到礼堂去欣赏电影之类）。今天呢，我们在健康教室见面。我们身边环绕着许多激励人心的海报：吸毒之后的大脑。还有：选择酒精吗？你注定沉沦。另外还有一张怀孕少女的侧面照。

我们一起做歌词分析。之前，我在护理之家进行团体治疗时做过这个练习，因为这可以让人们互动。一般来说，我会先对他们说出歌名——通常都是他们没听过的歌——然后要他们猜歌词所描述的内容，接着我才开始唱，要大家说出最引人注意的单词或句子。我们聊他们对歌词的个人反应，到了最后，我会让大家说出歌词表达出怎么样的情绪。

我觉得露西不愿意开口说话，所以我要她画出对歌词的感想。"很有趣，你画了只美人鱼，"我说，"天使通常不会出现在水下。"

露西立刻发火。"你自己说这没有对错之分。"

"的确没有。"

"我本来也可以画防止虐待动物协会广告里那些让人看了就难过的动物……"

这个广告播放好几年了，影片中剪接了好些眼神悲伤的小狗小猫，以《天使》作为背景音乐。

"你知道吗，莎拉·麦克拉克兰说过，这首曲子是为非凡人物乐队键盘手写的，他因为吸食海洛因过量致死。"我说。我选这首歌，是因为我希望能引起她注意，让她谈谈过去几次试图自杀的原因。

"啧，就是这样我才画美人鱼，她浮浮沉沉，不上不下的。"

有时候，露西的话让我哑口无言。我不懂，凡妮莎和其他几个学校辅导老师为什么会觉得她刻意和世界疏离。她观察世事的目光精准，胜过我们任何人。

"你有没有体会过那种感觉？"我问。

露西抬头看。"你是说吸食海洛因过量死亡吗？"

"这也可以包括在内。"

她为美人鱼的头发着色，不理会我的问题。"如果你可以选择，你希望自己怎么死？"

"死在睡梦中。"

"大家都这么说。"露西翻个白眼。"如果这不包括在选项之内，那你会选什么？"

"这种对话很病态——"

"谈自杀也一样。"

我点头，我最多也只能这样表示了。"我想图个快死。比方被行刑队枪杀。我不想有感觉。"

"坠机，"露西说，"你等于被蒸发掉。"

"是啊，但是想想事发的前几分钟，当你知道自己就要掉下来的那种心情。"其实，我真的做过坠机的噩梦。我来不及打开手机，要不然就是没有讯号，没办法留讯息告诉麦克斯我爱他。我曾经幻想过，在我葬礼过后，他坐在录音机前面听着无声的留言，想象我究竟要说些什么。

"我听说溺水不错。憋气憋到昏过去之后，对后续的可怕遭遇一无所知。"她低头看画，看着美人鱼，"以我这种运气，恐怕在水里都可以呼吸。"

我看着她。"这有什么不好？"

"美人鱼要怎么自杀？"露西若有所思地说，"吸氧致死？"

"露西，"我等着她抬头迎视我才说，"你还想自杀吗？"

她没拿这个问题开玩笑，但也没有回答。她开始在美人鱼的尾巴上描绘夸张的鳞片图案。"你知道有时候我为什么生气吗？"她说，"因为那是我仅剩的感觉。我得考验自己，才能确认自己是不是真的存在。"

音乐治疗是一门具有多重角色的职业。我有时候是表演者，有时候是治疗者；有时候要当心理分析师，有时候只是知己。这个工作的技巧，在于你要知道在什么时候扮演什么角色。"也许有别的方法可以考验自己，"我建议，"让你有所感觉。"

"比方说呢？"

"你可以写音乐，"我说，"对很多音乐家来说，歌曲是一种方式，可以借此说出痛苦的经历。"

"我连笛子都不会吹。"

"我可以教你。而且也不一定要是笛子，也可以是吉他或是鼓、钢琴。你想学的都可以。"

她摇摇头，已经开始退缩了。"我们来玩俄罗斯轮盘。"她说，然后抓起我的iPod。"我们看下一首随机选曲是什么。"她把画了美人鱼的纸张向我推过来，伸手拿另一张空白的纸。

播放的音乐是《红鼻子驯鹿鲁道夫》。

我们不约而同地抬头大笑。"怎么可能？"露西说，"你的清单里怎么会有这首歌？"

"我也为儿童做音乐治疗，这首曲子很热门。"

她低下头，又开始画图。"每年我的姐妹都会在电视上看这个节目，而我每年都被吓个半死。"

"鲁道夫吓到你？"

"不是鲁道夫，是它去的地方。"

她画出一辆轮子是正方形的火车，和一只身上有斑点的大象。"《故障玩具岛》？"我问。

"是啊，"露西说，抬起头来，"让我毛骨悚然。"

"我从来没搞懂，那些玩具到底有什么问题，"我承认，"比方说《盒里的查理》，又怎么样嘛。《爱搔痒的艾摩》如果改名叫《爱搔痒的葛楚德》，到现在可能还是很热门。我一直觉得《果冻水枪》

有潜力成为下一个《变形金刚》。"

"那《斑点大象》呢？"露西说，嘴角浮现一抹微笑。"它是天生畸形。"

"刚好相反，把它放在岛上是公然的种族歧视。因为我们都知道它母亲和一只印度猎豹有一段情。"

"那个娃娃最吓人……"

"她有什么问题？"

"她很忧郁，"露西说，"因为没有任何小孩想要她。"

"电视上真的这样演？"

"没有，但要不然还可能有什么问题？"她突然咧嘴一笑。"除非，她其实是个他……"

"变装皇后。"我们异口同声地说。

我们都笑了，接着露西又低头画画。她静静地画了一会儿，在备受误解的可怜大象身上添了些斑点。"我可能很适合那个愚蠢的小岛，"露西说，"因为我应该可以隐形，但是大家还是看得到我。"

"说不定你不应该隐形。也许你只是应该要与众不同。"

说这些话的时候，我想到了安杰拉·莫瑞堤、凡妮莎，以及那几个胚胎。我想到身穿香港订制西服、油亮头发往后梳的韦德·普雷斯顿，他看我的眼光，好像把我当成了怪胎，仿佛我有辱人类。

如果我没记错，那些故障或不受欢迎的玩具全都跳上了圣诞老人的雪橇，放到了世界各地的圣诞树下。如果这个故事是真的，我希望自己能来到韦德·普雷斯顿的圣诞树下。

我转过头，发现露西正盯着我看。"还有另一个时候我会有感觉，"她承认，"和你在一起的时候。"

通常在露西的音乐治疗结束之后，我会到凡妮莎办公室去，找她一起到自助餐厅吃午餐——告诉你，炸马铃薯球太受低估了——但她今天到波士顿参加一场大学入学博览会，所以我只好直接走回自己的车上。我一边往停车场去，一边查看语音信箱是否有留言。凡妮莎在一个留言中说，埃默森学院有个入学面试官的发型很像橘色蜂窝，看起来似乎刚从"B-52"乐团的专辑封面跳出来。凡妮莎在另一个留言中只说了她爱我。我母亲也留了话，她想知道我可不可以下午过去帮她搬家具。

我离放在停车场里的黄色吉普车越来越近，这时，我看到安杰拉·莫瑞堤靠在车上。"出了什么事？"我立刻问。如果你的律师开一个小时的车来找你说话，那么一定没有好事。

"我刚好到这附近来。嗯，其实我是去秋河市。所以我想，何不直接过来把最新消息告诉你。"

"听起来好像不太妙……"

"今天早上，我桌上又多了一件来自韦德·普雷斯顿的申请。"安杰拉解释，"他想要在我们的案子中指定一名诉讼监护人。"

"一名什么？"

"诉讼监护人在监护权案件中很常见。这个人的工作是判定对孩童最有利的情况，然后告知法院。"她摇摇头，"普雷斯顿想为那几个'未出世的孩童'指定诉讼监护人。"

"他怎么能……"我没办法把话说完。

"这只是个幌子，"安杰拉解释，"是他计划的一部分。我在你还没坐上椅子之前，就会让法院驳回这个申请。"她抬头看了我一眼。"还有另一件事，普雷斯顿昨天晚上上了乔·霍夫曼的节目。"

"谁是乔·霍夫曼？"

"一个保守派人士，主持'自由之声广播电台'。如果你想听我的看法，我会说，对心胸狭隘的人而言，那地方是个圣地。"

"他说了些什么？"

安杰拉坚定地看着我。"家庭价值之毁灭。他特别提出你和凡妮莎，说你们站在同性恋运动的最前线，准备毁灭美国。你们两个人的收件地址是家里吗？如果是，我强烈建议你们去租个邮政信箱。我猜，你们家应该有警报系统吧……"

"你是说，我们会有危险？"

"我不知道，"安杰拉说，"但最好防患于未然。比起普雷斯顿的后续行程，霍夫曼还只是个小人物。接下来他会去找欧瑞立、葛兰·贝克和林博。他接下这个案子不是因为他有多关心麦克斯，而是因为这可以成为他说教的舞台，因为这案子是个饵，可以让他上节目。到开审的时候，普雷斯顿绝对会让你一打开电视就看到他的脸。"

安杰拉说过，这会是艰难的一战，我们得做好心理准备。我以为处在危急关头的是我当母亲的机会，没料到我有可能失去隐私和隐姓埋名的权利。

"想到他会用这么极端的做法，我就觉得好笑。"安杰拉说。

但是我不觉得有趣。我开始哭，安杰拉拥着我。"情况会一直这样继续下去吗？"

"还会更糟，"她向我保证，"但是你可以想想看，将来你会有多少故事可以告诉你的宝宝。"

她等到我镇定下来之后才告诉我，要我明天早上到法庭上去反对这个申请。我正要回到车里时，手机响了起来。

"你为什么还没到家？"凡妮莎问。

我应该告诉她安杰拉来访的事，我应该把韦德·普雷斯顿的行径说出来。但是，如果你爱一个人，你一定会保护他。我有可能失去我的信誉、名声和事业，但是话说回来，这是我的战争。这是我的前夫，我前一段婚姻留下来的胚胎。凡妮莎牵涉在内的唯一理由，是她不幸爱上了我。

"有事耽搁了，"我说，"说点蜂窝女士的故事来听听吧。"

凡妮莎没别的故事好说。"怎么了？你听起来好像在哭？"

我闭上眼睛。"我有点感冒。"

我发现，这是我第一次对凡妮莎说谎。

母亲和我花了两个小时，才把我从前的房间和她房间的家具互相对调。她决定自己需要新的愿景，如果想开始新的一天，有哪个方式好过一睁眼就看到不同的景象呢？

"再说，"她说，"你房间的窗户朝西。我受够了，不想一早起来就看到太阳。"

我环顾四周相同的寝具和床组。"所以基本上来说，你是你自己的生活辅导员？"

"如果我不遵循自己的建议，怎么能期待客户听从我的看法？"

"你真觉得搬到走廊另一头距离十英尺的房间里，可以彻底改变你的生命？"

"信念是通往梦想的道路。如果你相信自己可以——或不能——办到某件事，你就每次都不会错。"

我对着她翻了个白眼。我记得不久前才有人发起一场自救运动，遵循的就是这个箴言。我在报道节目中，看到一名对这个哲学理念身体力行的高中生，她表示自己完全不必靠念书准备学测，何必呢，因为她光凭信念，就可以拿下两千四百分的满分。不消说，她最后上的是小区大学，而且还上电视抱怨，说那个理论根本是一派胡言。

我看着母亲放在房里的同一套旧寝具和同样的家具。"如果你在重新出发的时候，还在用看了一辈子的东西，你的意志力不会受到打击吗？"

"老实说，柔伊，你有时候还真扫兴。"母亲叹了一口气。"我十分乐意为你提供一点点生活辅导，免收费。"

"以后再说好了，谢谢。"

"随便你。"她背抵着墙滑坐到地上，我则是瘫倒在床垫上。当我往上看的时候，看到天花板上有几个在黑暗中会发亮的小星星。

"我都忘了有这些东西。"我说。

父亲死后，我变得对鬼魂很着迷。我真心实意地希望父亲能变成鬼魂，希望我在半夜醒来时，看到他坐在床边，要不然，就是希望他能对着我的后颈说话，让我汗毛直竖。为了达成这个目标，我到图书馆借来许多超自然现象的书，想象自己在房间里举行灵异仪式。深夜，我会在该睡觉的时间溜下楼偷看恐怖电影。学校老师注意到这件事之后告诉了母亲，表示我可能需要协助。父亲死后我偶尔会去见的精神科医师，也觉得这是个值得讨论的议题。

但是我母亲没这么想。她认为我一定有确切的原因，才会希望父亲成为鬼魂。

某天晚餐时，她说："我不认为他是鬼。我觉得他是一颗星星，往下俯瞰我们。"

"这太蠢了吧，星星不过是一团气体。"我嘲弄地说。

"那鬼是什么？"母亲说，"随便去问个科学家，他们会告诉你，每分钟都会有一颗新的星星出现。"

"人不会变成星星。"

"有些美国原住民会反对你这个说法。"

我想了想。"白天呢，星星会去哪里？"

"重点就在这里，"我母亲说，"它们一直都在。就算我们太忙，没时间去看，星星仍然看着我们。"

第二天我去上学时，母亲用热熔胶粘了好几个塑料小星星在我的天花板上。当晚，我们两个人一起躺在床上盖着毯子。我没溜下床去看恐怖电影，相反的，我躺在母亲的臂弯里沉沉入睡。

现在，我看着她。"你觉得，如果爸爸在我长大的时候陪在我身边，我会不会变成另一个样子？"

"嗯，那当然。"母亲说，她过来坐在我身边的床上，"但是我觉得他对成果会一样骄傲。"

安杰拉离开之后，我先回家待了一下。我在网络上下载了乔·霍夫曼的电台广播，听他在节目里，和韦德·普雷斯顿喋喋不休地谈论数据。他们说，在同性恋家庭中成长的孩童比较容易去尝试同性恋关系。同性恋家长的孩子比较不乐于让朋友发现家中的生活方式，女同性恋母亲会使得儿子女性化，女儿趋向男性化。

"我的官司上了乔·霍夫曼的节目。"我说。

"我知道，"母亲说，"我听到了。"

"你会听他的节目？"

"虔诚聆听……我是故意说双关语的。我在踩走步机的时候会听广播，我发现，生气时走得比较快。"她笑了，"我把罗许的节目留在做仰卧起坐的时候听。"

"但是，假如他言之有理呢？如果我们生了一个儿子呢？我不知道该怎么带男孩子。我对恐龙和建筑设备一无所知，也不会接球……"

"甜心，婴儿出生时不会附赠教育手册。你会和我们所有人用同样的方式学习，你会去研究恐龙，上网看什么是锄耕机，什么是集材机。不必有阴茎，你也可以去买棒球手套。"我的母亲摇摇头，"千万别让任何人告诉你什么可以做，什么不能做，柔伊。"

"你得承认，如果爸在世，很多事都会简单一点。"我说。

"没错。事实上，我同意韦德·普雷斯顿的一个观点，那就是每个孩子都必须由一对结了婚的配偶抚养长大。"她笑了开来，"这就是同性恋婚姻应该合法化的理由。"

"你什么时候开始变成积极支持同性恋的人？"

"我不是。我是积极支持柔伊。如果你说你是素食者，我不会就此不吃肉，但是我会为你争取不吃肉的权利。如果你说你要当修女，我没办法承诺我一定会受洗，但是我会去读《圣经》，如此一来，我才能和你讨论。但你是同性恋，所以我知道'美国心理学协会'指出，由同性恋家长抚养长大的孩子自认为异性恋的比例，和那些成长在异性恋家庭的孩子相同。我知道，同性恋者比异性恋者不适任家长这个说法没有科学根据。事实上，由两个母亲或两个父亲带大的孩子，还可以享有额外的好处，首先，他们比较有同情心。再者，女孩的穿着方式可以跳脱性别框架，而男孩会比较体贴，比较会照顾别人，也不容易出现混乱的男女关系。可能是因为一辈子都得面对和处理问题的关系吧，所以这些由同性恋父母带大的孩子通常会更善于调适。"

我的下巴几乎要掉下来。"你从哪里听来的？"

"在网络上查到的。当我没收听乔·霍夫曼的广播时,我都在搜集资料,准备在哪天终于把韦德·普雷斯顿逼到墙角时,好好教训他一顿。"

不管乔·霍夫曼和韦德·普雷斯顿怎么说,家庭都不是架构在性别之上,而是爱。你不需要一个母亲和一个父亲,你甚至不一定需要一双家长。你需要的是一个支持你的人。

我想象母亲抨击韦德·普雷斯顿的样子,不由得笑了。"我真希望能在旁边看。"

母亲捏捏我的手。她抬头看着天花板上的星星。"要不然你会在哪里?"她问。

我站在露西身后往前靠,把吉他放在她的怀里。"像抱娃娃一样抱好,"我说,"左手扶住琴颈。"

"像这样吗?"她坐着转身,抬起头看我。

"希望你当临时保姆时,不要真的像这样勒住孩子……"

她忍不住笑了出来,松开紧握琴颈的手。"喔。"

"现在用左手食指按住第五条弦的第二格,中指放在第四条弦第二格。"

"我的指头快扭到了——"

"弹吉他就像练手指体操。用右手拇指和食指拿好弹片。左手按弦,右手拿着弹片从音孔上方划过去。"

和弦在护理室狭小的空间里响起,今天我们用这个空间当上课的教室。露西抬起头,热情地说:"我成功了!"

"这叫E小调和弦。我第一次学的也是这个和弦。"我看着她继续弹了几次。"你的音感真的很好。"我说。

露西低头看着吉他。"一定是遗传。我的家人很爱搞些'愉快的噪音'。"

我经常会忘记露西的家人和麦克斯上同一个教会。几个月前，当露西和我开始上课的时候，凡妮莎就已经告诉过我。他们应该也认识麦克斯和韦德·普雷斯顿，只是还没联想到自己的宝贝女儿会和一个魔鬼的化身相处。

"我能弹一整首歌吗？"露西兴奋地问。

"嗯，再学一个和弦就可以学《没有名字的马》。"我拿起她手上的吉他放在我的腿上，弹起了E小调和弦，接着是D增六度、增九度和弦。

"等等。"露西说。她伸手盖住我的手，让她的手指按住我在吉他上压弦的位置。接着她把我的手从吉他的琴颈上移开，玩起我的结婚戒指。"好漂亮。"露西说。

"谢谢。"

"我以前从来没注意过。这是结婚戒指吗？"

我环抱住吉他。为什么一个应该很容易回答的问题却一点也不简单？"我们到这里来不是为了讨论我。"

"但是我对你一点也不了解。我不知道你结婚了没有，不知道你有没有小孩，也不知道你是不是连环杀手……"

当她说到"小孩"这个字眼的时候，我的胃抽了一下。"我不是连环杀手。"

"嗯，听了还真放心。"

"听着，露西。我不想浪费我们的时间来——"

"如果是我发问，就不是浪费时间，对吧？"

我对露西有个基本认识：我知道她是个无法阻挡的人。只要她脑袋里有了主意，就不会放弃。正因为如此，当我提出音乐上的挑战——从歌词到学习弹奏音乐——她可以迅速地做出反应。我经常想，当我们初次见面时，她会显得和世界如此疏离也是因为这个原因，她不是不在乎，而是太在乎，只要她一投入，就会耗光精力。

我还知道，虽然我不认为露西是个特别保守的人，但她的家人是。在这种情况下，不知情就不会受到伤害。如果她无意中告诉她母亲我和凡妮莎结了婚，我相信我们的音乐治疗一定会戛然而止。如果我自己的情况在某个层面对她造成了负面影响，一定会让我没办法忍受。

"我不懂这有什么好保密的。"她说。

我耸耸肩。"你不会问学校心理医生关于她私生活的问题，对吧？"

"学校心理医生又不是我的朋友。"

"我也不是你的朋友，"我纠正她，"我是你的音乐治疗师。"

她立刻从我身边退开，闭上了眼睛。

"露西，你不懂——"

"喔，相信我，我懂的。"她说，"我是你他妈的专题论文，你的科学怪人小实验。你走出这个地方，回家，根本不在乎我。对你来说，我只是工作。可以。我完全了解。"

我叹口气。"我知道这伤了你的心，但是我的工作，露西，是谈论你，把焦点放在你身上。我当然关心你，我们没一起上课的时候，我当然也会想起你。但是，我终究还是需要你把我当成音乐治疗师，而不是好朋友。"

露西坐在旋转椅上转个身，茫然地瞪着窗外。在接下来的四十分钟里，不管我弹琴、唱歌，或是问她想听我iPod里的什么音乐，她都没有反应。在铃声终于响起时，她像匹脱缰的马似的冲了出去。在她出门之前，我说我下个星期会再来看她，但是我不确定她有没有听见。

"别动来动去的。"凡妮莎低声说。我坐在安杰拉·莫瑞堤旁边，正在等候法官走进法庭，裁决韦德·普雷斯顿有关诉讼监护人的申请。

"我忍不住。"我嘀咕。

凡妮莎坐在被告席的正后方。我的母亲坐在她身边拉开嗓门说："焦虑就像一张摇椅，让你有事可做，但没办法带你走远。"

凡妮莎看着她。"谁说的？"

"我刚刚说的。"

"你引用谁的句子？"

"我自己。"母亲骄傲地回答。

"我打算把这句话告诉我一个紧张兮兮的学生。他甚至在车上贴了'不是哈佛，就是彻底失败'。"

麦克斯和他的律师走进法庭，分散了我的注意力。韦德·普雷斯顿一马当先穿过法庭的走道，班·班哲明跟在他后面，接着是瑞德。麦克斯落后几步，他身上的新西装一定是他哥哥买的。他的头发太长，盖住了耳朵。从前他头发长成这个样子时，我总是爱笑他，说他顶着一头卡洛·布雷迪的造型到处跑。

如果爱上一个人会造成肉体上的效果，比方说胃里仿佛有蝴蝶在拍打，或是灵魂像在搭乘云霄飞车，那么，从爱河中拔身而出的时候，你的身体也同样会出现反应，你的肺宛如筛子，让你吸不到空气。你的体内冻成固体，心脏成了一颗尖酸的小珍珠，这是在令人难以忍受的真相刺激之下，所引发的化学反应。

丽蒂走在这一行人的最后面。她今天的打扮走的是贾姬风。"她有强迫症吗？"凡妮莎轻声问，"还是说，手套是一种流行宣言？"

我还来不及回答，就看到一名法务助理推着一整车的参考书快速通过走道，然后把书堆到韦德·普雷斯顿的桌上，就和上次一样。尽管这只是为了戏剧效果，但老实说，效果还不错。我真的被吓坏了。

"嘿，柔伊，"安杰拉仍然低着头写笔记。"你知道邮局差点把韦德·普雷斯顿的头像制成邮票吗？但最后还是放弃了，因为大家不知道该在哪一面吐口水。"

欧尼尔法官穿着飘动的黑色法官袍走了进来。"你知道吗，普雷斯顿先生，经常往返于法庭并不能为你赚得优惠里程数。"他翻阅面前的申请。"是我看错了，律师，还是你真的想为一个还没出世或是有可能根本不会出世的孩子指定诉讼监护人？"

"法官大人，"普雷斯顿站起来说，"最重要的是，我们谈的是一个孩子。刚刚您自己就是这样说的。一旦这个未出世孩童成形之后，您的判决，将会决定他或她会在什么样的环境下长大。因此，我认为您应该让一个合格专业的人士去拜访有可能成为抚养这个孩童的家庭和家长，听听他的看法，他带回来的信息可以当作您裁定的辅助工具。"

法官从老花眼镜的上方看向安杰拉。"莫瑞堤女士，我觉得你可能会有不同的看法。"

"法官大人，诉讼监护人的责任，是在双方无法取得共识时去与孩子面谈。他要怎么和胚胎面谈？"

韦德·普雷斯顿摇了摇头。"没人要诉讼监护人去找培养皿面谈，法官大人。但是我们觉得和未来的家长面谈，可以帮助我们去了解哪一种生活方式比较适合孩子。"

"试管。"我轻声说。

安杰拉听到我的话，分心向我靠过来。"你说什么？"

我摇摇头，没说话。胚胎放在试管里，不是培养皿。如果普雷斯顿好好准备过他的功课，他就会知道。但对他来说，这与缜密或正确无关，他只想当马戏团的指导员。

"请恕我直言，法官大人。罗得岛州的法律很清楚，"安杰拉陈述相反的意见，"当我们在监护权诉讼案中讨论儿童的最佳利益时，我们谈的是已经出世的孩童。普雷斯顿先生的做法，是想将冷冻胚胎的地位提升到还没有到达的阶段，也就是说，人类。"

法官转头面对韦德·普雷斯顿。"你提出了一个有趣的见解，普雷斯顿先生。我不确定我将来会不会想要继续探讨这个观念，但是莫瑞堤女士于法有据。诉讼案件中若有未成年儿童，我们才能指定诉讼监护人，所以我必须驳回你的申请。然而对本庭来说，维护无辜受害者的权益是最重要的使命，因此，我愿意听取证人的说法，然后自己担任诉讼监护人的角色。"他抬起头。"我们可以决定审判日期了吗？"

"法官大人，"安杰拉说，"我的委托人今年四十一岁，她的配偶将近三十五。到现在，胚胎已经冷冻保存了超过一年的时间。我们想尽快处理这件诉讼，以确保成功怀孕的机会。"

"看起来，莫瑞堤女士和我终于有了第一个共识，"韦德补充，"虽然说，我们想尽快开庭的原因，是在于这些未出世的儿童应该要尽早送进一个充满关爱的传统基督徒家庭当中。"

"审判日期应该尽快敲定的第三个理由，"欧尼尔法官说，"是因为我要在六月底退休，我一点也不想把这个烫手山芋丢给别人。我们就此决定将审判日期安排在十五天之后。我相信届时你们双方都已经有了周全的准备，是吧？"

法官离开之后，我转头问安杰拉："这是好事，对吧？我们成功让法官驳回申请。"

但是她的反应不如我想象的热切。"理论上是没错，"她承认，"但是我不喜欢他那句'无辜的受害者'，这让我觉得有点偏颇。"

韦德·普雷斯顿走过来的时候，我们停止了交谈。他递了一张纸给安杰拉。"这是你的证人名单。"她说，浏览着清单，"你这不是刻意挑衅吗？"

他咧开鲨鱼般的笑容。"你还没见识到我的厉害，蜜糖。"他说。

露西在星期五的音乐治疗课上迟到了十五分钟。我决定姑且相信她，因为我们刚搬到四楼的摄影室，在这之前，我甚至不晓得有这个地方存在。"嗨，"看到她走进来，我说，"你也差点找不到这地方，对吧？"

露西没有回答。她坐在桌子后面，拿出一本书，埋头开始看。

"好，你还在生我的气，你表现得很清楚。那么，我们来谈谈这件事吧。"我往前靠，把交扣的双手夹在膝盖之间，"接受治疗的人误解自己和治疗师的关系，是一件很正常的事，弗洛伊德甚至提起如何担任关键角色，在治疗对象的过去挖掘出仍然困扰他的事。所以，我们也许可以用具有建设意义的观点来看为什么你会希望我当你的朋友。这对你是谁这件事有什么影响，你现在需要的是什么？"

她板起一张脸，继续翻书。

她看的是契诃夫的短篇小说集。"你选修俄国文学。"我猜，

"很不错。"

露西没理会我。

"我从来没修过俄国文学。我没敢选,因为我连英文写的东西都没办法完全了解。"我拿起吉他,拨了一串斯拉夫风格的小调音符。"如果要我弹奏俄国文学,我想,听起来应该是这样的,"我若有所思地说,"只不过,我真的需要一把小提琴。"

露西"啪"一声合上书,恶狠狠地瞪了我一眼,接着头一低,趴到了桌上。

我拉着椅子朝她靠过去。"也许你不想把心事告诉我,说不定你是想自己弹。"

她没有反应。

我把非洲鼓拿过来,用膝盖夹住,然后刻意让鼓面倾斜,方便她敲打。"你是这么生气,"我问道,轻敲着鼓面,"还是这么生气?"我一掌往下拍。

露西仍然朝着反方向看。我拍出节奏,砰——砰——砰——砰,砰——砰——砰——砰。

最后我终于停下来。"如果你不想说话,那么我们今天也许光听就好。"

我把iPod放到携带型喇叭上,开始播放曾经让露西有所反应的歌曲,正面或负面的反应都没关系。这时候,我只想刻意激怒她。当她打直身子调整坐姿,伸手到背包里找东西的时候,我以为自己终于敲开她的保护壳。没多久之后,她掏出一张破破烂烂的纸巾。

露西撕下两小块纸,揉成球,塞住了耳朵。

我把音乐关掉。

当我第一次为露西进行治疗时,她也有相同的表现。当时,我视之为必须克服的挑战，和我面对其他病人时的挑战相同。但是经过这几个月的疗程，我觉得这是对我个人的公然侮辱。

弗洛伊德会把这种情况称为"情感反转移"。或者换句话说，就是治疗师的情绪与病患的情绪产生纠结。我应该要往后退一步，思考露西为什么会对我产生这种愤怒的情绪。如此一来，我才可以再次掌控这段治疗关系的情绪发展……而且，更重要的，我还可以发现"露西"这片拼图中少了哪一小块。

问题是，弗洛伊德完全弄错了。

麦克斯和我刚认识的时候，他带我去钓鱼。我从来没钓过鱼，也完全不了解为什么会有人花一整天的时间在海上颠簸，就为了等待永远不上钩的鱼。这件事很蠢，根本是浪费时间。但是那天，我们追到一群条纹鲈鱼。麦克斯帮我挂饵，帮我抛线，教我如何握住钓竿。经过了大约十五分钟，我感觉到鱼线扯了一下。我钓到了，我说，既兴奋又紧张。我仔细听麦克斯教我该怎么做——带着节奏缓缓移动，千万不可以立刻收线——但鱼线突然松了。收线之后，我才发现鱼钩被扯断，鱼也跑了。我像颗泄了气的皮球，那一刻我才了解钓客为什么愿意等一整天，只为钓到鱼。在你真正了解何谓失落之前，你必须知道自己失去的是什么东西。

正因为如此，露西抗拒这堂课所带来的伤害，比我在第一堂课受到的伤害更大。因为在这时候，我已经能了解她。我和她有过连接。所以，她的退缩不是挑战，而是挫折。

几分钟之后，我关掉音乐。这堂课剩下的时间，我们就这么坐在沉默当中。

当麦克斯和我努力想怀孕的时候，我们必须在试管婴儿诊所和社工人员见面，但是我不记得当时有听到现在我和凡妮莎要面对的问题。

社工人员的名字是费丽希·格林姆，她的模样让我觉得她仿佛没接到通知，不知道八十年代已经宣告终结。她的红色套装采用不对称剪裁，还加上巨大的垫肩。她的头发往上高梳，足以当作风帆来使用。"你们真的觉得会长久留在彼此身边吗？"她问。

"我们结婚了，"我说，"这应该是对于这项承诺一个不错的指标。"

"百分之五十的婚姻都以离婚收场。"费丽希说。

我几乎可以确定，当麦克斯和我与社工人员见面时，并没有被问及两人关系是否能经得起时间的考验。

"对异性婚姻来说的确如此，"凡妮莎说，"但是同性婚姻的历史没那么长，所以不容易找出数据。不过，考虑到我们结婚得耗费的心力，你可以说，我们比一般异性配偶更投入婚姻。"

我捏捏凡妮莎的手，当作警告。我之前已经向她解释过了，不管问题有多蠢，我们都必须保持冷静，好好回答。这次见面的目的不是要打着同性恋名号摇旗呐喊，而是要让社工人员在文件上打个钩，好让我们进行下一步行动。"她的意思是我们会长期陪伴对方。"我说，一边试图微笑。

之前，我们拼命向诊所负责人争取，要求她开始试管婴儿的疗程，尽管有一纸法庭命令要他们暂停对胚胎的任何动作。她同意让我们先完成心理评估，然后——假如法庭将胚胎判给我们——再让凡妮莎立刻接受药物治疗。但她也表示，如果麦克斯希望瑞德和丽蒂享有同样的优先权，她一样会同意。

我们向社工辅导员解释过我们相遇的经过，以及我们在一起已经有多久的时间。"你们有没有考虑过同性家长必须面对法律上错综复杂的问题?"

"有的,"我说,"在凡妮莎生产后,我会领养这个孩子。"

"我假设你们对彼此有委任授权?"

我们互望了一眼。我们和异性配偶不同,如果我车祸濒死,凡妮莎不会享有任何配偶的权利,比方说,坐在我医院床边握着我的手,或是决定是否关掉我的呼吸器。因为同性婚姻并没有受到联邦的承认,我们必须跳过这些额外的法律环节,才能取得相同的权利,异性恋伴侣结婚之后,自然而然就可以享受到总共一千一百三十八项的权利。凡妮莎和我一直打算找个晚上好好坐下来,开一瓶波本威士忌,逐一列出这些没人想回答的问题,比方器官捐赠、安宁照护和脑死诸如此类的问题来彼此提问,但后来我们收到了诉讼案的传票,这真讽刺,请律师起草委任授权这件事呢,就暂时搁到了一旁。"如果说我们本来打算做这件事,这应该不算说谎吧?"

"你们为什么想要小孩?"费丽希问。

"我不能替凡妮莎发言,"我说,"但是我一直想要。我和我前夫试了将近十年。我觉得,如果没机会当母亲,我没有办法当个完整的自己。"

社工转头看凡妮莎。"我每天工作时都会看到儿童。有些很害羞,有些很有趣,有些则让人头痛得不得了。但是每个小孩都是活生生的证据,证明他们的双亲相信自己可以共同拥有未来。我想要怀柔伊的孩子,让孩子和两个克服了千辛万苦才把她带到世界上来的母亲一起长大。"

"但是,你对于当母亲有什么感觉?"

"显然我乐于接受。"凡妮莎说。

"但是你在此刻之前，从来没有表示过想要生养小孩的希望……"

"因为我之前没有遇到让我想和她一起生小孩的伴侣。"

"你这么做是为了柔伊，还是为了你自己？"

"你怎么能要我将这两回事分开？"凡妮莎恼怒地说，"我当然是为了柔伊做这件事，但同时也是为了自己。"

费丽希在笔记本上写下笔记。这让我很紧张。"你为什么认为自己可以当个好母亲？"

"我有耐心，"我回答，"我用不同的方式，帮助过许多无法自我表达的人。我知道如何聆听。"

"而且，她比我认识的任何人都爱得更深，"凡妮莎补充，"她会为自己的孩子做任何事。而我呢，嗯，我在学校担任辅导老师。我得相信这个经验总有一天会派上用场，运用在自己孩子的身上。"

"而且她聪明、有自信，又有同理心，"我说，"是个杰出的模范。"

"所以，萧小姐，你的工作与青少年有关。你年轻时候有没有当过临时保姆？有没有弟妹，你是否曾经帮忙照顾？"

"没有，"凡妮莎说，"如果我不确定尿布该怎么换，我很确定网络上查得到。"

"她真有趣，"我插嘴，"很有幽默感！"

"你知道吗，我曾经辅导过几个未成年母亲，"凡妮莎表示，"她们才刚脱离童年，而且有清晰的记忆。但是我不认为这让她们更懂得如何教育子女……"

费丽希抬头看着她。"你一直都这么敏感吗？"

"只有在和某种人谈话的时候——"

"还有别的问题吗？"我轻快地问，"你一定还有其他问题想问我们。"

"你们要怎么向孩子解释为什么她有两个母亲，但是没有父亲？"费丽希问。

我正在等这个问题出现。"我会告诉她，世界上有很多种家庭，不能拿来相比，没有哪个比较好或是比较差。"

"你们也知道，小孩子可以很残忍。如果有同学因为她有两个母亲而取笑她呢？"

凡妮莎跷起脚。"我会去揍那个取笑她的孩子。"

我瞪着她。"你不是这个意思。"

"喔，好吧，我们会审慎处理。我们会和我们的孩子好好谈谈，"凡妮莎说，"然后，我才去揍那个欺负同学的小子。"

我咬着牙说："她的意思是说，我们会去找那个孩子的家长谈话、解释，想办法教育他们的孩子更包容——"

电话铃响了，社工人员接了起来。"对不起，"她对我们说，"我离开一下马上回来。"

费丽希·格林姆一离开办公室，我就转头对凡妮莎说："这不是真的吧？你刚刚真的这样和一个即将决定我们是否可以使用胚胎的社工人员说话？"

"决定权不在她，在欧尼尔法官。此外，这些问题简直荒唐透顶！世上不尽责的父亲太多了，这些人足以让女同家长脱颖而出。"

"但是，在社工人员同意之后，诊所才能开始进行所有的程序。"我指出这一点，"你不知道游戏规则，凡妮莎，但是我知道。你必须说该说的话，做该做的事，才能拿到她的批准。"

"我不会让任何人因为我是同性恋而来评断我。我们的关系要被拖到法院去检视难道还不够糟？难道我真的得坐在这里，让这个潘蜜拉来告诉我，说我不能同时是女同又是好母亲？"

"她没这么说，"我争辩，"是你自己这么听。"

我开始想象费丽希·格林姆在门外偷听，在我们的档案上打个红色的大叉叉。这对伴侣甚至没办法在为时一个小时的会谈当中维持相同的看法。不适任家长。

凡妮莎摇摇头。"很抱歉，但是我不会和麦克斯用相同的方式来玩这场游戏。我不能假装自己是另一个人，柔伊。我已经花了大半辈子的时间假装。"

在这一刻，我对麦克斯的怒气开始往上浮，像水疱般在我的舌头上冒了出来。他夺走我使用胚胎的权利是一回事，但是夺走我快乐的泉源，又是另一回事了。

"凡妮莎，"我说，"我要孩子。但如果这会让我失去你，我宁可不要。"

她看着我，这时候社工穿过门口走了进来。"再次向两位道歉。就我来看，一切似乎没问题。"

凡妮莎和我面面相觑。"你是说我们问完了吗？"我问，"我们通过了吗？"

她露出了微笑。"这不是考试。我们没有预设的正确答案。我们只是想要你们掌握答案，就这样。"

凡妮莎站起来和社工握手。"谢谢。"

"祝你们好运。"

我拿起大衣和皮包，我们一起走出办公室。我们在走廊上站了好一会儿，接着凡妮莎抓着我拥抱，力量大到把我举离了地面。"我觉得我们好像赢得了超级杯球赛！"

"比较像球季开始的第一场比赛。"我说。

"一样。听到有人说'好'而不是拒绝，这种感觉太好了。"

她伸手环住我，我们一起踏上走廊。"我要先声明，"我说，"你要去揍那个假想中欺负别人的小孩时，我可能不会想把事情告诉社工，但是我可能会站在你的身后。"

"就是因为这样，我才会爱你。"

我们走到电梯前方，我按下按钮。铃响时，凡妮莎和我各自往两旁移了一步。

这是第二天性。

如此一来，电梯里的人才不会有目标可以瞪着看。

星期二早上，我到安宁病房为一些即将过世的病患进行音乐治疗。这是个残忍又揪心的工作。然而，我宁愿待在医院里，也不愿意再次坐在安杰拉·莫瑞堤的身边。这次听证会的主题，是韦德·普雷斯顿在昨天晚上下班前提出来的紧急动议。安杰拉非常生气，事实上，她气到连取笑普雷斯顿的笑话都不想说。

欧尼尔法官怒目瞪视普雷斯顿。"桌上有一份你提出来的紧急动议，要求解除安杰拉·莫瑞堤的职务，不得担任柔伊·巴克斯特的律师。另一份，是由莫瑞堤女士针对上述动议，根据诉讼规则第十一条提出的动议。不过我们也可以用我的说法，我会说这是在中午之前吞下一整瓶止痛药。究竟是怎么回事，律师？"

"法官大人，我一点也不乐意在法庭上提出这个信息。但是，从附件上的照片——我要拿来当证物A——你可以亲眼看到莫瑞堤女士不只支持女同性恋……她自己也涉入这种逾矩的生活方式。"

他拿起一张粒子粗大的八乘十照片，上面是安杰拉和我，而且正在拥抱。我眯起眼睛看，想看出这张照片是在什么地方拍到的。接着我看到铁丝篱笆和路灯，才发现地点是高中的停车场。

安杰拉和我当天并没有排定会议。

这也就是说，普雷斯顿找人跟踪我。

韦德·普雷斯顿耸耸肩。"一张照片胜过千言万语。"

"他没说错，"安杰拉说，"这张误导他人的照片会自己说出真相。"

"如果她们在大庭广众下都这么做了，想想看，她们私底下……"

"喔，天哪。"安杰拉咕哝地说。

"现在才祈祷有点太迟了，亲爱的。很明显，被告和她的律师之间的感情纠缠不清，这有违罗得岛州对律师的道德规范。"

班·班哲明慢慢地离开座位。"嗯，其实，韦德，在罗得岛州，律师可以和委托人发生性关系。"

普雷斯顿迅速转过头来看着他。"可以吗？"

我看着安杰拉，眨眨眼睛。"可以吗？"

班哲明点点头。"只要不是抵免诉讼费就可以。"

普雷斯顿处变不惊，再次面对法官。"法官大人，尽管罗得岛允许，但是我们都知道律师执业有一定的道德标准，当一名律师和委托人的关系跨越了如证物A显示的边界时，她同时也失去了道德规范的标准。显然莫瑞堤女士并不适任，无法公平地在本案中代表她的委托人出庭。"

法官转头对安杰拉说："我假设，你对这件事应该会有所补充？"

"我绝对、明确地否认和我的委托人之间有感情上的关系，况且她的配偶这时候就坐在我的后面。普雷斯顿偷拍到的是我在和我的委托人见过面之后一个纯洁的拥抱，当时她得知韦德·普雷斯顿企图以针对受精卵提出指定诉讼监护人的要求，来扭曲法律，因此她十分沮丧。我完全了解普雷斯顿先生在看到这张照片时，为什么无法辨认出寻常人类的善意表现——虽然我以为他也是人类——但是，他完全误解了状况。更何况，法官大人，这张照片引出了一个问题，一开始为什么会有人去拍摄我的委托人。"

"她当时在一个公共场所，在停车场里，大家都看得到。"普雷斯顿争辩。

"你手上戴的是结婚戒指吗？"法官问安杰拉。

"是的。"

"你结婚了吗，莫瑞堤女士？"

她眯起了眼睛。"是的。"

"和男人还是女人？"韦德·普雷斯顿插嘴问。

安杰拉朝他开火。"抗议！这简直让人无法忍受，庭上，这是毁谤、中伤——"

"够了！"欧尼尔法官怒斥。"动议驳回。我不会给双方任何奖惩，你们两个，别再浪费我的时间了。"

他一离开法官席，安杰拉立刻穿过走道，来到原告席边对着比她高八英寸的韦德·普雷斯顿吼叫。"我发誓，你如果再一次像这样诋毁我的人格，我一定立刻会对你提出民法控诉，快到让你下个星期就上法庭。"

"诋毁你的人格？怎么，莫瑞堤女士啊，你这是暗示当同性恋是侮辱吗？"他喷喷出声，"可惜啊可惜，同性恋反谤联盟恐怕会撤销你的终生会员证。"

她伸手戳他细窄的翻领，看起来似乎要喷出火来，但是，她突然往后退，高举双手表示让步。"你知道吗？我本来想骂'干'，但是我决定等到审判开始，所以，你可以好好去搞你自己。"

她转个身，穿过栅门，穿过通道，直接走出法庭。凡妮莎看着我："我得看着她，不要让她放火把车给烧了。"说完话，她急忙追过去。这时候，韦德·普雷斯顿转头看着他的一群跟班。"任务达成，我的朋友们。当她们忙着捍卫的时候，就没办法出击了。"

他和班·班哲明一起离开，一边低声说话，把每次都会跟着韦德·普雷斯顿出现的书留在桌上，另外，他们也留下了把头埋在双手中的麦克斯。

当我站起来的时候，麦克斯也站了起来。法庭的某个角落里还有个书记官和两名法警，但是在那一刻，其他人仿佛都消失了，只剩下我们两个人。我看到他的胡碴有初现的银丝，一双眼睛的颜色有如淤青。"柔伊，刚刚的事，对不起。"

我试着回想，在我们失去儿子那天，麦克斯对我说了什么话。也许是因为我打了镇定剂，也许是因为我整个人不对劲，但是我想不出任何一句安慰的话。事实上，我想不起任何他曾经对我说过的具体言语，甚至连我爱你都没有。我们过去的每句对话似乎都被像木乃伊般地保存了起来，当你太靠近，这些古老的遗迹会在空气中粉碎消失。

"知道吗，麦克斯，"我说，"我不觉得你是真心的。"

接下来的两堂音乐治疗中，露西都迟到、不理会我，然后离开。到了第三次，我决定不再忍耐。我们在数学教室里，白板上有许多让我看得头昏脑涨的符号。当露西进到教室的时候，我和往常一样问起她的近况，而她呢，也和往常一样，完全不回答。但是这次我拿出吉他，弹奏空中补给乐队的《逝去的爱》。

接着我唱的是席琳·迪翁的《爱无止尽》。

我弹奏我认为会让露西要不就陷入昏迷，要不就一把扯掉我手中乐器的歌曲。在这个时候，我想要的是成功的互动。但是露西不为所动。

"对不起，"最后我终于说了，"但是你让我耗尽所有的资源，我不得不使用王牌了。"

我把吉他收回盒子里，拿出一把乌克丽丽。接着，我弹起《巴尼和朋友》的主题曲。

露西听到前三个和弦时并没有反应。最后，她突然转身抓起乌克丽丽的琴颈，用指头压住，让我没办法继续弹。"别管我，"她喊，"反正你本来就不想理我。"

"如果你硬要把我没说的话放进我的嘴里，那我也要这样做，"我说，"我知道你在做什么，我也知道你为什么要这样做。我知道你在生气。"

"谢谢你，万事通小姐。"露西嘀咕。

"但是，你不是在生我的气，你气的是你自己。因为，就算你一开始不看好，就算你深信你绝对会讨厌和我一起做音乐治疗，这个课程还是开始发挥了效用。而且，你喜欢来上课。"我将乌克丽丽放在身旁的桌子上，凝视着露西，"你喜欢和我相处。"

她抬头看，完全不掩饰脸上的表情，让我一时忘了自己想说些什么话。

"所以你怎么办呢？你破坏我们建立起来的治疗关系，因为这么一来，你可以说：你本来就是对的，这个疗程本来就是鬼扯淡，绝对不可能成功。你要怎么做，要怎么向自己解释这场战争的理由何在，这全都没关系。你毁掉了一件顺利的事，因为，如果你毁了它，你就不必面对日后失望的心情。"

露西突然站起来，紧握的双拳垂在两侧，嘴巴像一道紫红色的裂口。"你为什么就是不懂？妈的，为什么还在这里？"

"因为不管你怎么做、怎么说，或是做什么反应都没办法把我赶走，露西，我不会丢下你。"

她僵住了。"绝对不会？"这句话像是强化玻璃，虽然破碎，但是充满了美感。

我知道，要她放下防卫，把硬壳下柔软的内心暴露在外，实在不是一件容易的事。所以我出口承诺。当她开始落泪，扑倒在我怀里的时候，我并不觉得惊讶。我做了任何人在那个情况下都会做的事：抱住露西，直到她冷静下来才放手。

铃声响了，但是露西似乎不准备去上课。我突然想到也许会有人需要用这间教室，于是，在数学老师结束前一堂课进到这里的时候，她看到的是露西趴在桌上，而我轻拍她的背。我和老师眼神交会，她随即走了出去。

"柔伊，"露西的声音低缓流畅，仿佛她在水下打转，"你答应我吗？"

"我已经答应你了。"

"你答应你永远不会再弹《巴尼》的主题曲。"

她侧过头看着我，双眼红肿，流着鼻涕，但是她在微笑。我把她的微笑带回来了，我心想。

我假装考虑是否接受她的要求。"你还真会讨价还价。"我说。

曲八　平凡人生

麦克斯

危难状况最能显现出教会的美好。一旦有人家中出现了垂死的亲戚、要动手术的孩子，或是诊断出癌症，突然间，大家全动员了起来。有人会在你家门口留下炖肉，你的名字会出现在公布栏的祝祷名单上，女性教友上你家帮忙打扫带小孩。你知道，无论你路过地狱的哪个角落，你都不是踽踽独行。

我的名字在永耀会祝祷名单上已经出现好几个星期了，我希望，在我上法庭之前，上帝能听到上百名追随者的祈祷。今天，当克莱夫牧师开始布道的时候，我就坐在学校的礼堂里。

教友的孩子们都留在走廊另一头的美术教室里，正在把动物图片粘贴到影印的方舟上。我之所以会知道，是因为我昨晚帮丽蒂画了许多长颈鹿、犀牛、松鼠和食蚁兽，以便让孩子在主日课上填色剪贴。还好，孩子们不在场，因为克莱夫牧师今天布道的主题与性有关。

"主内的兄弟姐妹们，"他说，"我有个问题想问大家。你们知不知道为什么有些东西总是两两成双？提到其一，你们自然就会想到它的绝配。比方说盐与胡椒、花生酱和果酱、摇和滚，还有拥抱与亲吻。只得到其中之一的感觉就好比摇摇晃晃的凳子，是不是？不完整。未完成。如果你们听到有人用另一个词句来取代，例如我说猫与鹦鹉而不说猫与狗，听起来就是不对劲，对吗？举例来说，我说母亲，你们会说……"

"父亲。"我跟着大家一起喃喃地说。

"丈夫呢？"

"妻子！"

克莱夫牧师点点头。"你们会注意到我刚刚说的不是母亲与母亲，没说丈夫与丈夫或妻子与妻子。我没这么说，是当我们一听到这种说法，我们的内心就知道这么说是错的。我相信，在我们讲到上帝为什么没把同性恋纳入他的计划时，我刚刚的说法尤其适用。"

他环视信众。"有人会告诉你们，说《圣经》没有提到同性恋，但这是不正确的。《罗马书》第一章第二十六到第二十七节写道：因此，神任凭他们放纵可羞耻的情欲。他们的女人把顺性的用处变为逆性的用处；男人也是如此，弃了女人顺性的用处，欲火攻心，彼此贪恋，男和男行可羞耻的事，就在自己身上受这妄为当得的报应。有些唱反调的人——也就是那些说上帝对同性恋没有意见的人——会说，保罗在这里讲的是发生在希腊异教徒庙宇的事。反对者会说我们没看到全貌。我说啊，朋友们，我们是看到了全貌没错。"他停了一下，和我们所有人的目光交接。"上帝恨同性恋。"他说。

克莱夫牧师大声朗诵今天写在公布栏上的经文。这些话出自《哥林多前书》第六章第九和第十节："无论是淫乱的、拜偶像的、通奸的、做娈童的、同性恋的、偷窃的、贪心的、醉酒的、咒骂的、敲诈的，都不能承受上帝的王国。我要问你们，我的朋友，上帝还可能说得更清楚吗？这些逾矩的人是得不到永生的。这会儿，那些反对者会说问题是出于对《圣经》的诠释。同性恋在这个章节里并不真的指同性恋，而是希腊文的娈童。他们会说，一直到一九五八年，才有某本英文版《圣经》任意将同性恋一词放入经文当中。

"嗯，我要说，这个决定并非任意。这段经文描述的社会已经失去了判断是非的能力。而事实上，当同性恋这个字眼出现在《圣经》经文当中时，每次都会受到谴责。"

丽蒂滑进我这排长椅，坐在我身边。她安排好主日学校的老师开始上课，接着便会来听克莱夫牧师布道。我可以感觉到她皮肤的温度，距离我的手臂只有短短几英寸远。

"明天，当麦克斯的前妻站到法庭上，在上帝面前说她的生活形态正常、健康又充满关爱时，我会告诉她，《希伯来书》第十一章第二十五节提到罪中之乐十分短暂。但如同《加拉太书》所言，顺着情欲撒种的，必从情欲收败坏。明天，当麦克斯的前妻站在法庭上，在上帝的面前说同性恋已经很普遍的时候，我会告诉她，这也许是事实，但这不会让同性恋在上帝眼中成为一件正确的事。我宁愿身为正确的少数人，也不要当错误的多数人。"

教友低声地表示赞同。

"明天，当麦克斯的前妻站到法庭上，在上帝面前说她天生是女同性恋，我会说，至今没有任何一项科学研究足以证明这个理论，而她呢，只不过是有那种生活方式的倾向罢了。我喜欢游泳，但是我不会因此变成一只鱼。"

克莱夫牧师踩着阶梯走下讲台，来到走道上，停在我这排长椅的旁边。"麦克斯，"他说，"上来和我站在一起。"我觉得一阵尴尬，所以一开始动也不动，但是丽蒂推了推我的手臂。去，她这么催促我，于是我照着她的话做。

我随着克莱夫牧师走到讲台上，他的一名助理在讲台的正中央摆了张椅子。"麦克斯不只是我们的弟兄。他是主耶稣派在前线的人，为了让上帝的真言得胜而战斗。为这个理由，我为他祈祷。"

"阿门。"有人喊了出来。

牧师抬高了声音。"有谁愿意上来和我一起祈祷？"

十来个教友站起来走上讲台。他们把手搭在我身上，克莱夫牧师的声音像是上百只乌鸦同时拍起了翅膀一样响亮。"主啊，愿在法庭上坐在麦克斯身边。愿帮助他的前妻了解她的罪孽不比我的或您的罪更重，上帝的国度仍然欢迎她。愿帮助麦克斯·巴克斯特的孩子找到一条回归到身边的路。"

会众一拥而上，来到讲台上为我祈祷，来碰触我。他们的手指仿佛是短暂停留在我身上的蝴蝶。我听得见，他们的祈祷全传到了上帝的耳里。那些不相信祈祷疗愈能力的人啊，我向你们挑战，来，进到像这样的教会里来，来感受一群教友为你祈祷，祝福你赢得官司，来感受他们传递出来的电流。

肯特郡法庭从停车场到法庭主建筑之间有一条长走道，现在呢，走道上站满了永耀会的教友。虽然现场有几个警察穿梭在人群间维持秩序，但是这场抗议一点也没有破坏性。克莱夫牧师要大家排在走道的两侧，齐声唱赞美诗。我是说，你不能因为人家唱歌就下令逮捕，对吧？

我们一抵达法院，所谓的我们是指簇拥在我身边的韦德、班、瑞德和丽蒂，克莱夫牧师便排开队伍，昂首阔步地来到走道的正中央。他穿了一套白色的麻质西装，搭配粉红色的衬衫和条纹领带。他当然很显眼，但是话说回来，就算他套上装马铃薯的布袋可能也一样突出。"麦克斯，"他先喊了我，然后拥抱我，"你还好吗，还撑得住吗？"

这天早上，丽蒂准备了丰盛的早餐欢送我出庭，我吃下去后立刻吐了出来。这证明我有多紧张。但是我还没来得及把这件事告诉克莱夫牧师，韦德就向我们靠了过来。"转头看左边。"

我照他的话做，头一转就看到了照相机。"让我们祈祷吧。"克莱夫牧师说。

我们让两排教友连成一排，排列出一个马蹄形，挡住了法院的出入口。韦德握着我的右手，克莱夫牧师牵起我的左手。记者高声提问时，克莱夫牧师用沉稳又洪亮的声音说："天父，以主耶稣之名，请告诉我们，只要我们求告，必会应允，为我们指示不知的难事。今天，我们祈求麦克斯和他的律师有坚定的立场，确保他们得到胜利。请保护麦克斯，让他不要受攻击，因为对方律师心存诋毁，而证人满口谎言。因为有您，麦克斯不会慌乱。他知道，而且我们同样知道，圣灵会引导他说出该说的话。"

"哗哗。"听到这个声音，我瞪大了眼睛。柔伊的律师安杰拉·莫瑞堤站在几英尺之外，被围着祈祷的教友挡在外面。"我不想打断你们的神圣布道时间，但是我的委托人和我真的很想走进法院。"

"莫瑞堤女士，"韦德说，"你当然不会想夺走宪法第一修正案赋予这些好基督徒——"

"当然不会，普雷斯顿先生，那有违我的本性。我不像——不像某些哗众取宠的律师，他会事先找来媒体，因为他知道原告方和辩方会被迫在某种情况下狭路相逢。"

柔伊站在安杰拉·莫瑞堤的身后等待，她母亲和凡妮莎陪在她身边。

我纳闷地想了好一下子，不知道哪一方会先妥协。接着，丽蒂做了一件出乎我意料之外的事。她往前走了一步，拥抱住柔伊，然后对她微笑。"主耶稣爱你，你知道的。"她说。

"我们为你祈祷，柔伊。"有个教友应和。

僵局就这么打破了，突然间，每个人都开始低声说出他们对柔伊怀抱的信念和希望。我觉得这好比拿蜂蜜去引诱苍蝇，或是以仁慈作为杀戮的手段。

而且还成功奏效。安杰拉·莫瑞堤猝不及防，只好拉起柔伊快步朝法庭门口走去。韦德放开我的手，让她从我们两个人中间通过。在她们经过的时候，柔伊和我四目相望。

在那一瞬间，世界停顿了下来。"愿上帝原谅你。"我告诉她。

柔伊睁大眼睛，清澈的眼眸出现了宛如暴风雨的色彩。"上帝应该晓得我没什么需要他原谅的地方。"她说。

这次不同了。

到如今，多亏韦德提出的几次申请，我已经上了好几次法庭，看过相同的程序：我们穿过法庭走道在原告席上坐下，韦德的跟班把十多本他从来没翻过的书堆在桌上，然后在欧尼尔法官一阵风般地走进法庭时，警长会要大家全体起立。

但这一次，法庭里不只我们几个人，我看到了记者和素描画家，此外，由佛雷德·菲尔普斯创立的威斯特布路浸信会也派出了代表，他们身穿黄色T恤，衣服上用大写字母写着：上帝恨同性恋，上帝恨美国，同性恋即是罪恶，你们会下地狱。我看过这些人在士兵丧礼上抗议的照片，他们相信上帝杀害美国军人是为了惩罚美国，因为这个国度内有太多同性恋。我开始怀疑了，韦德究竟在媒体上下了多少功夫。这场审判，我的审判，他们真的关心吗？

来旁听的不只威斯特布路浸信会的成员。我的教会教友也到场了，这让我稍微轻松了些。

然而法庭里还有其他人。肩并肩、手牵手的男人。有一对女人轮流抱孩子。这些可能是柔伊的朋友，要不然就是她那个歹客律师的朋友。

欧尼尔法官在法官席上坐下。"好戏开场了。"韦德喃喃地说。

"在我们开庭之前，"法官说，"我要先告诫在场的每个人，包括律师、当事人、媒体和旁听人士，在这个法庭里，我就是上帝。如果有人扰乱法庭的秩序，将会被驱逐出庭。所以，那些穿着黄T恤的人，你们要不就脱掉T恤，要不就把衣服反过来穿，或是立刻由法警护送到外面去。还有，普雷斯顿先生，在你开口发表有关言论自由的看法之前，让我再次重复，任何扰乱的行为都会让坐在这里的欧尼尔法官很不高兴。"

威斯特布路浸信会的一群人穿上外衣。我有种感觉，他们似乎早就做过这种事了。

"有没有什么初步事项要提出来？"法官问道。安杰拉·莫瑞堤站了起来。

"法官大人，我想在开庭之前提出动议，要求隔离证人。"

"你的证人有哪些，普雷斯顿先生？"法官问道。韦德递上一张名单，安杰拉·莫瑞堤也递上自己的名单。"证人名单中的各位，请离开法庭。"

"什么？"坐在我身后的丽蒂大声喊了出来，"但是这样一来我要怎么——"

"我想陪在你身边。"凡妮莎告诉柔伊。

欧尼尔法官看着这两个女人："妨——碍——秩——序。"他冷冷地说。

凡妮莎、瑞德和丽蒂心不甘情不愿地准备离开。"你加油了，小弟。"瑞德说，他拍拍我的肩膀，然后揽着丽蒂的腰，带她走出法庭。我真想知道他们要到哪里去，会去做什么。

"我们今天准备开辩了吗？"欧尼尔法官问，看到两名律师都点了头之后，他看着韦德，说，"普雷斯顿先生，你可以开始了。"

虽然这是家事法庭，由法官而非一群陪审员来做出判决，但是韦德仍然将法庭里的全体人员视为他的观众。他站起身，拉拉祖母绿的领带，带着微笑转身面对旁听席。"我们今天聚集在这个地方，是为了哀悼传统家庭的没落，我们大家无疑都失去了最亲近又最珍贵的价值。大家当然都记得传统家庭在末日之前的结构：丈夫、妻子和两个孩子，白色的围篱、厢型车，也许再加一只狗。这是一个会在星期天去做礼拜、崇爱主耶稣的家庭。家中的母亲自己做饼干，担任童子军的义工妈妈。父亲会和孩子玩投接球的游戏，在女儿的婚礼上，会牵着她的手，带她踏上红毯。长久以来，这一直是社会的规范，我们告诉自己，像传统家庭这样坚固的体制当然会一直持续下去。然而，就因为我们视之为理所当然，我们也等于实质上地让这个制度灭亡。"韦德把手贴在胸口，"安息吧。"

"法官大人，这不是单纯的监护权之争。这是一个警讯，要我们维持这个社会的基础——也就是传统的基督徒家庭——于不坠。因为研究报告和基本常识都告诉我们，孩子需要男性和女性的典范，缺其一，后果令人堪忧，这会让孩子在学业竞争中落后、处境贫困，或出现高危险性的行为举止。因为，当传统家庭的价值崩落时，受到伤害的多半是孩童。法官大人，我的委托人麦克斯·巴克斯特明白这个危险，因此他今天才会来到这里，来保护他和被告柔伊·巴克斯特在婚姻中孕育的三个未出世儿童。今天，我的委托人只想要求法庭让他完成双方最初的意愿，也就是说，将这些孩子交由一对异性恋的已婚家长抚养长大。让孩子们，庭上，让他们在一个传统的基督徒家庭中成长。"

韦德伸出一只指头，一边重复刚刚的话，一边作势强调。"一个传统家庭。麦克斯和柔伊利用现有科学优势，创造出这几个备受祝福的未出世儿童，当时，传统家庭是两人的计划。现在，很不幸的，麦克斯和柔伊的婚姻不再完美。而麦克斯在这个阶段并不打算再婚。但是他知道他亏欠这几个未出世的孩童，于是他决定为这几个孩子着想，而不是优先考虑自己的利益。他认定他的兄长瑞德——各位将会听到这个正直好人，同时也是我们的证人，以及他的妻子丽蒂——小区里完美的基督徒典范——会成为他未出世子女将来的双亲。"

"阿门。"我身后有个人说。

"法官大人，你曾经对当事人和双方律师清楚表示过，这个案子将会是你令人赞佩的法官生涯中最后一次审判。由你在这个岗位上来维护罗得岛州的传统家庭真是再适合不过了，这个州的创始人是罗杰·威廉斯，他当年之所以会到这块殖民地来，便是为了争取宗教自由。罗得岛州是新英格兰的最后几个堡垒之一，是捍卫基督教家庭价值的一州。但是，让我们充当魔鬼的代言人，来看看我们有什么选择。虽然麦克斯对他的前妻没有敌意，但柔伊现在却和她的同性恋爱人生活在罪孽当中——"

"抗议。"安杰拉·莫瑞堤说。

"坐下，律师，"法官回答，"你会有机会说话的。"

"这两个女人不得不到马萨诸塞州去结婚，因为在这里，也就是她们的家乡，法律不承认她们的同性婚姻。无论在州政府或上帝的眼中，她们的婚姻都无效。现在让我们试想看看，这几个未出世儿童在那个家庭长大，庭上，想象一个小男孩和两个母亲同处，暴露在同性恋的生活方式当中。当他就学后，为了家中有两个母亲而遭到嘲笑时，那会是什么样的状况呢？如果和研究显示相同，他受到抚养方式的影响，在长大之后也成了同性恋，那又该怎么办呢？法官大人，你有个父亲陪你长大。你自己也当了父亲。你知道这个角色有什么意义。我请求你，为了麦克斯·巴克斯特未出世的孩子着想，不要让你今天的决定否定了他们享受相同机会的权利。"他转头对听众席说，"一旦我们把传统家庭价值逼入绝境，钉入棺材里，"我们绝对没有能力唤醒它。"

他坐了下来，安杰拉·莫瑞堤起身。

"如果一个家庭看起来有模有样，言谈之间像个家庭，成员表现得像家庭的一员，功能也像个家庭，"她说，"那么这就是家庭。我委托人柔伊·巴克斯特和凡妮莎·萧之间的关系并非同屋而住或是室友，她们是终生伴侣，是配偶。她们彼此相爱，对彼此做出承诺，而且她们是一个家庭单位，而不只是两个单独的个体。根据我最新查证的结果，这仍然是家庭的有效定义。

"普雷斯顿先生想通过这番传统家庭式微的说法来左右各位。他说，罗得岛是以宗教自由为基础的一州，这点我们完全同意。然而，我们另外也知道在罗得岛州内，并非每一个居民都能同意普雷斯顿和他委托人的做法。"她转头看着听众席，"更何况罗得岛的确承认柔伊和凡妮莎之间的关系。十五年前，罗得岛就已经允许同性的同居伴侣关系者拥有特定的司法权利。我们当下所在的这个法庭，常规性地允许男同性恋和女同性恋者享有第二家长领养权。而且，罗得岛事实上也是美国国内最早颁发性别中立出生证明的州境之一，这张出生证明书上写的不是母亲与父亲，而是家长与家长。

"我和普雷斯顿先生不同，我不认为这个案子和普世家庭价值有关。我认为这攸关一个特定的家庭。"她看了柔伊一眼。"我们今天要讨论的胚胎，是柔伊和她的前夫麦克斯·巴克斯特在婚姻期间培养出来的。这些胚胎是在离婚协议中无法分割的财产。这些胚胎有两个血缘的出处，也就是原告和被告，而这两个人对胚胎应该享有相同的权利。然而现在的区别，是麦克斯·巴克斯特不再想要小孩。他利用血缘当作王牌来取得优势，想把孩子从想当母亲的人和她配偶手中夺走。如果法官大人判决辩方胜诉，我们愿意尽一切力量将血缘出处的另一方，也就是麦克斯，纳入这个家庭当中。我们相信爱孩子的人永远不嫌多。然而，如果法官大人判决我的委托人败诉，那么胚胎的母亲柔伊将无权将自己的亲生子女抚养长大。"

她指着柔伊。"法官大人，稍后的证词将说明柔伊饱受并发症之苦，无法再度植入自己的胚胎。在她生命的这个阶段，她的生育周期也不容许她有足够的时间，从她身上再次取得卵子去培养胚胎。柔伊不顾一切地想要个孩子，而不想要孩子的前夫正在剥夺她的权利。他争的不是当父亲的权利，而是要让柔伊当不成母亲。"

安杰拉·莫瑞堤看着法官。"巴克斯特先生的律师提出很多有关上帝，有关上帝想要什么，以及上帝如何看待家庭的问题。但是，麦克斯·巴克斯特要的并不是上帝的祝福，让他当个父亲。他没有向上帝请求对这几个胚胎做出最好的安排。"

她面对着我，在那一刻，我几乎无法呼吸。"麦克斯·巴克斯特想要法官大人您扮演上帝的角色。"她说。

克莱夫牧师说，在证人席上作证，和在教会里做见证是一样的道理。你只要走上去说出自己的故事就行了，不管这是否会让你觉得羞辱或难以放下都没有关系，重点是你必须百分之百诚实，如此才能说服他人。

克莱夫牧师和其他证人一起被带到某个不知名的地方等待，我真心希望情况不是如此。我现在就需要他的力量，我希望自己坐在证人席上时，有个人可以让我盯着看。而事实上是，我不得不把手掌往牛仔裤上擦，因为我汗流浃背。

当警长拿着一本《圣经》朝我走过来之后，我才镇定下来。一开始，我以为他是要我朗读某段经文，接着，我当然想起审判该如何开始。你是否发誓所言属实，完全且毫无虚构的事实？我把手放在老旧的皮质封面上，心脏立刻停止了狂乱不羁的拍跳，稳定了下来。你并非孤单一人，克莱夫牧师说过，而且，他果然没错。

韦德和我为了这一刻预演过十多次。我知道他会提什么问题，所以我一点也不担心。让我紧张的是当他问完之后，安杰拉·莫瑞堤不知会如何宰杀我。

"麦克斯，"韦德开始了，"当初你为什么会向法庭要求这些未出世孩童的监护权？"

"抗议，"安杰拉·莫瑞堤说，"听他在开辩时称呼胚胎为'未出世孩童'是一回事，但是我们难道在整场审判中都得听他这样说？"

"抗议驳回，"法官回答，"我不在乎语意上的问题，莫瑞堤女士。你口中的西红柿是我的西红柿。巴克斯特先生，请你回答问题。"

　　我深吸了一口气。"我想确认他们能和我哥哥瑞德以及他的妻子丽蒂在一起，享有美好的人生。"

　　他的妻子丽蒂。这几个字让我的舌头一阵灼痛。

　　"当初你们协议离婚时，为什么没有讨论监护权的问题？"

　　"我们当时没聘请律师，自己处理离婚协议。我知道我们应该要分配财产，但是这些……这些是孩子。"

　　"这些未出世孩童是在哪种情况下孕育出来的？"韦德问。

　　"当柔伊和我还有婚姻关系的时候，我们想要小孩。我们最后进行了五次试管婴儿疗程。"

　　"你们哪一方不孕？"

　　"我们都不孕。"我说。

　　"试管婴儿有什么流程？"

　　韦德引导我说出我们的医疗历程，我觉得胃部有一种哀伤又空虚的感觉。一段历时九年的婚姻怎么会走到这个地步，两次流产，一个死胎？实在很难想象，在一切过后，我们只剩下一些法律文件和这场亲子之战。

　　"你对死产有什么反应？"韦德问。

　　这么说很残忍，但是，当孩子过世的时候，我觉得母亲比较容易接受。她可以把所有的哀伤表现在外，大家可以从她的小腹看出她失去了孩子。然而对我而言呢，我只能把这个失落放在心里，任凭它由内而外地啃蚀着我。所以，在那一段漫长的时间当中，我只想填满自己。

　　上帝知道我尝试过，用的是酒精。

　　我的眼眶含泪，这让我觉得好尴尬，于是我低下头。"我可能没像柔伊那样表现出来，"我说，"但是这带给我很大的打击。我完全被击倒。我知道，就算她想要，我也没有办法再经历下一次。"我抬起头，发现柔伊直视着我。"所以，我表示想离婚。"

"之后你过着怎么样的生活，麦克斯？"

就像这样：我的喉咙似乎突然变成了棉花，让我觉得不喝酒就会死。我强迫自己想象那个晚上丽蒂坐在我床边为我祈祷的模样。"我度过了一段艰苦的时光。我损失不少工作机会，而且又开始喝酒。我哥哥让我住在他家，但是我为自己掘了一个越来越深的洞。然后有一天，我开着卡车撞到一棵树，被送进了医院。"

"住院之后，你的生活有没有什么变化？"

"有的，"我说，"我找到了主耶稣。"

"抗议，法官大人，"安杰拉·莫瑞堤说，"这是法庭，我们不是在布道大会上。"

"我同意证人回答这个问题。"欧尼尔法官回答。

"所以，你成了虔诚的教徒。"韦德提示我。

我点头。"我开始参加永耀会的聚会，和克莱夫·林肯牧师交谈。牧师拯救了我。我是说，我当时简直是一团糟。我不但搞砸了自己的家庭生活还酗酒，而且对宗教一无所知。刚开始我以为如果我踏进教会，每个人都会评断我。但是我完全没想到，这些人在乎的不是我过去曾经是什么人，而是我将来可以成为怎么样的人。我开始上成人《圣经》读经班，出席家常聚餐，在礼拜过后还参加团契。大家都为我祈祷，包括瑞德、丽蒂、克莱夫牧师和所有的教友。他们无条件地爱我。有一天，我坐在床边祈求主耶稣拯救我的灵魂，当我生命的上主。当他同意的时候，圣灵的种子便进入了我的内心。"

我说完话之后，觉得有道光线从我的体内往外放射。我望着柔伊，她瞪着我看的表情，仿佛这是她第一次见到我。

"法官大人，"安杰拉·莫瑞堤说，"显然普雷斯顿没接到要他划分教会和州政府的备忘录……"

"我的委托人有权利为自己生活的变化作证，"韦德回答，"是宗教引领巴克斯特先生提出这场诉讼的。"

"在这个特殊的案例中，我不得不同意，"欧尼尔法官说，"巴克斯特先生的心灵转变是我们手上这个案子的重要因素。"

"我不相信，"安杰拉·莫瑞堤喃喃地说，"他的话和上帝我都不信。"她坐回椅子上，交抱着双臂。

"我想澄清一下，"韦德问我，"你现在还喝酒吗？"

我想到方才曾经对《圣经》发过誓，但我也想到迫切想要孩子的丽蒂。"滴酒不沾。"我说谎。

"你离婚多久了？"

"从判决到现在，大约有三个月的时间了。"

"离婚之后，你什么时候开始想到那几个未出世的孩子？"

"抗议！如果他要继续称呼胚胎为未出世的孩子，法官大人，我就要一直抗议——"

"然后我会继续驳回。"欧尼尔法官说。

当韦德和我做问答练习的时候，他建议我回答：每天都在想。但是我想到刚才自己为了喝酒撒过谎，我可以感觉到主耶稣站在我的身后，当你对自己或对他不诚实时，他都会知道。所以，当法官看着我等我回答的时候，我说："一个月之前，在柔伊和我谈起的时候。"

在那一瞬间，我以为韦德·普雷斯顿会心脏病突发。但是他的脸色和缓了下来。"她怎么说的？"

"她想用来和她的……和凡妮莎生小孩。"

"你当时有什么反应？"

"我很震惊。尤其当我想到自己的孩子要在一个充满罪孽的家庭中长大——"

"抗议，法官大人！"

"抗议成立。"法官说。

韦德的眼睛连眨都没眨一下。"你当时怎么告诉她？"

"说我需要时间考虑。"

"考虑之后呢，你得到什么结论？"

"我觉得这是错误的。上帝不会想要两个女人抚养一个孩子，而且是我的孩子。每个孩子都应该有一个母亲和一个父亲，根据《圣经》，这是自然的法则。"我想到丽蒂和我帮主日学校的孩子们做的动物剪贴图形。"我是说，方舟上的动物不会有两个女生一起成行。"

"抗议，"安杰拉·莫瑞堤说，"这有什么关联？"

"抗议成立。"

"麦克斯，"韦德问，"你什么时候发现前妻过着女同性恋的生活？"

我瞥了柔伊一眼。我实在很难想象她爱抚凡妮莎的样子。这让我觉得她的新生活一定是个骗局，要不然就是我们过去的生活才是，但我实在没办法这样想。"我们分手之后。"

"这让你有什么感觉？"

像吞下了沥青一样。仿佛我一睁开眼，发现世界只剩下黑与白，不管我怎么揉眼睛都唤不回色彩。"好像我做了什么错事，"我酸涩地说，"好像我配不上她。"

"当你知道柔伊过着同性恋生活之后，你对她的看法有没有改变？"

"嗯，我为她祈祷，因为同性恋是罪。"

"你认为自己是不是个反同性恋的人，麦克斯？"韦德问。

"不是，"我回答，"从来就不是。我这么做不是为了伤害柔伊，我爱过她，也没办法抹灭九年的婚姻生活。我不会想要伤害她。只是，我必须照顾我的孩子。"

"如果法庭将你未出世的孩子判回给你，你打算怎么做？"

"他们应该要有一对任何孩子都该拥有的父母。但是我还算聪明，知道这指的不是我。所以我希望我的哥哥瑞德能得到这些孩子。他和丽蒂——他们照顾我、爱我，他们相信我。多亏我的兄嫂，我才能有这么大的改变，变得更好。我知道自己会是这个家庭的一分子，知道孩子会在一个有父母双亲的基督徒家庭里长大。他们会上主日学校，会去教堂，一路爱着上帝长大。"我照着韦德的交代往上看，说出我们预习过的话，"克莱夫牧师告诉过我，上帝不会犯错，任何事都一样，事出必有因。长久以来，我一直相信自己的生命是个错误。我是个错误。但现在我知道我不是。上帝一直对我有计划，他在我未出世孩子需要一个家、一个家庭的时候，将我带到瑞德与丽蒂的身边。"我点个头，说服自己。"我到这个世界上，就是为了做这件事。"

"我没其他问题了。"韦德说完话，鼓励地朝我点个头，然后坐下。

当安杰拉·莫瑞堤朝我走过来的时候，我发现她让我想起了某种丛林里的大猫。从她的黑发看起来，应该比较像黑豹。"巴克斯特先生，在你结婚前四年试着自然怀孕以及之后进行的五次试管疗程期间，你是否认为柔伊可以当个好母亲？"

"当然是。"

"是什么样的原因让她在今天不适合养育儿女？"

"我认为她的生活方式不正确。"我说。

"应该说，她的生活方式与你的不同，"律师纠正我，"她身为女同性恋这件事，是否是你认为柔伊不适合担任家长的唯一原因？"

"这件事很严重。上帝在《圣经》里解释过——"

"请以'是'或'否'来回答问题，巴克斯特先生。柔伊的女同性恋身份，对你来说，是不是成了她能否适任好母亲的唯一负面因素？"

"是的。"我静静地说。

"巴克斯特先生，你仍然有足以制造胚胎的精子，我的说法正不正确？"

"我不知道。我有男性不孕的问题，也就是说，就算我有精子，可能也不容易做出胚胎。"

"但是你并不想要这些胚胎，你想拿来送人。"

"我想让这些孩子拥有最好的生活，"我说，"我知道这表示他们应该要有一个母亲和一个父亲。"

"事实上，你是由一个母亲和一个父亲抚养长大的，是吗，巴克斯特先生？"

"是的。"

"然而，你长大后仍然经历了酗酒、离婚，最后还借住在哥哥家的客房里？"

我忍不住了，差点走下证人席。

"抗议！"韦德说，"偏见性问题。"

"我收回。如果法庭把胚胎判给你的兄嫂，"安杰拉·莫瑞堤问，"你会扮演什么角色？"

"我……我会是叔叔。"

"啊。如果你是亲生父亲，你要怎么当叔叔？"

"这和收养一样，"我慌乱地说，"我是说，这就是收养。瑞德成为孩子的父亲，而我是叔叔。"

"所以，你打算在孩子出世后放弃家长的权利？"

班·班哲明说过，不管你在任何时候签下什么文件，孩子长大成人后，都可以回头来找你。我有点困惑了，我看向坐在原告席上的班哲明。"我记得你说过的，我没办法真的放弃？"

"你想要让这些胚胎判给一个传统的基督徒家庭？"柔伊的律师问。

"是的。"

"但相反的，你却建议法庭将胚胎判给一个要叫亲生父亲为叔叔的家庭，而且这个叔叔还住在孩子养父母家的地下室里。巴克斯特先生，这听起来像是一个传统的基督徒家庭吗？"

"不！我是说，是……"

"是或不是？"

她的话像子弹一样。我真希望她放慢速度讲话，我希望她留点时间给我思考。"这是……是一个家庭——"

"当你和柔伊孕育这些胚胎的时候，你本来打算和她一起抚养这些孩子，对吗？"

"是的。"

"柔伊仍然有意愿，而且已经准备将这些胚胎当作自己的孩子抚养。但是就另一方面来说，你却离开了她。"

"我没有离开——"

"提出离婚要求的人是她还是你？"

"是我。我放下婚姻，但没有丢下孩子——"

"没有，只是要把胚胎送人。"安杰拉说，"你同时也证实，在你离婚之后，一直到柔伊来找你谈如何使用胚胎，你才想起这几个胚胎？"

"我的意思不是这样——"

"但是你是那么说的。巴克斯特先生，你还说了什么言不由衷的话？"她朝我靠近一步，"比方说，你愿意把这些胚胎送给你的哥哥，然后在养育孩子的过程中退到幕后？比方说，你是个彻底改变的人？说你不是想借由挑起审判来报复你的前妻，因为她有段伤害你男性气概的新关系？"

"抗议！"韦德吼了出来，但是到了这个时候，我已经站了起来，全身发抖，上百个说不出口的答案已经让我满脸通红。

"没别的问题了，巴克斯特先生，"安杰拉·莫瑞堤带着微笑说，"这些已经够多了。"

韦德要求暂时休庭，让我先冷静下来。我离开法庭的时候，威斯特布路浸信会的成员都在鼓掌。这让我觉得有点卑鄙。你全心全意爱耶稣是一回事，但是在犹太教的教堂外面抗议，因为你认为犹太人杀害了我们的救世主，这又是另外一回事了。"你能要他们离开吗？"我低声对韦德说。

"门都没有。"他也压低声音回答，"他们是很好的宣传。你已经度过最难熬的时间了，麦克斯。说真的，你知不知道对方律师为什么要惹你发脾气？因为她没有别的武器了。这块土地的法律不站在她那边，上帝的法律更不用说。"

他带着我走进一个小房间。这里面有张桌子、两张椅子、一台咖啡机和一台微波炉。韦德走到微波炉边弯低了身子，让脸与黑色的玻璃门同高。他咧嘴盯着牙齿看，用拇指挑掉卡在牙缝间的东西，然后再拉开一个笑容。"如果你觉得刚才的交叉诘问很无情，你等着看好了，欣赏我怎么修理柔伊。"

我不懂为什么，但听了这番话之后，我的心情反而更差。

"你能帮我一个忙吗？"我问，"你可以帮我把克莱夫牧师找过来吗？"

韦德有点犹豫。"但是你只能把他当作精神导师和他谈话，不能把他当成隔离证人……"

我点头。这时候，我一点也不想重温方才法庭内那一个小时的场景。

韦德转身离开，把小房间里的空气一起带走。我沉沉地往塑料椅上一坐，把头埋入双膝之间，我以为自己马上要昏过去了。几分钟之后，门又打开了，我看到穿着麻质西装的克莱夫牧师走了进来。他将另一把椅子拖到我身边。"让我们一起祈祷。"说完话，他低下了头。

他的祷文穿透了我，抓住我内心所有粗糙的碎块，缀补成片。祷文像水一样，你无法想象它具有任何正面的力量，但只要你给它时间，它就可以改变情势。"麦克斯，你看起来很挣扎。"他说。

"我只是……"我挪开视线，摇了摇头。"我不知道。也许我应该把胚胎交给柔伊。"

"是什么原因让你对自己起了怀疑？"克莱夫牧师问。

"她律师说的话。她说我不是真正的父亲，我必须表现出叔叔的样子。如果连我都搞不清楚，小孩子怎么可能了解？"

他合起双手，点了点头。"其实你明白。我想到一个非常类似的案例，我简直不能相信为什么没早点想起来。"

"真的吗？"

"是的。有个父亲，他的亲生骨肉是由另一对夫妇带大的。这个男人和你的做法相同，他亲自挑选了这对夫妇，因为他想要自己的孩子能得到最好的一切。然而，他在孩子成长的过程中还是可以表示意见。"

"你认识他们吗？"

"很熟。"克莱夫牧师笑着说，"而且你也认识。上帝让玛利亚怀了主耶稣，让约瑟抚养他。上帝知道事情就是该这么做，而耶稣，嗯，很显然，他的确有能力了解。"

可是我不是上帝。我只是一个不断犯错的人，一个努力不要再次犯错的人。

"事情会顺利结束的，麦克斯。"克莱夫牧师向我保证。

我的反应，就和我每次来到他身边的时候一样。我相信他告诉我的一切。

当瑞德走进法庭的时候，我不得不承认，我的疑虑开始消退。他穿着时髦的订制西装和手工缝制的意大利便鞋，一头黑发精心打理过，我知道他今天稍早请了一名专业理容师帮他修过脸。像他这样的人，一走进室内便会吸引所有人的目光，这不只是因为他长得好看，而是因为他充满自信。他从我身边经过走上证人席，我闻到刮胡水和某种其他味道。不是古龙水，因为瑞德向来不用。那是财富的气味。

"请说出你的名字，以作为法庭记录之用。"韦德说。

"瑞德·巴克斯特。"

"你住在什么地方，巴克斯特先生？"

"纽波特郡，海洋道一百四十号。"

"你和原告麦克斯·巴克斯特之间的关系是什么？"

瑞德带着微笑说："我是他的哥哥。"

"你结婚了吗，巴克斯特先生？"

"和我美丽的新娘丽蒂结婚十一年了。"

"你们有孩子吗？"韦德问。

"上帝没有赐给我们孩子，"他说，"不过，我承认，我们不是没试过。"

"请为我稍微描述你的家。"韦德说。

"我家在海边，占地四千五百平方英尺，一共有四个房间，三套半卫浴。我们有个篮球架，院子也很大。家里只缺孩子。"

"你以什么职业为生？"

"我在孟路、佛拉特暨柯恩公司担任组合投资经理，"瑞德说，"我在这家公司有十七年的资历，已经是资深合伙人。我负责理财投资，为客户的存款做二次投资的规划，来保存并增加他们的财富。"

"你的财产净值有多少，巴克斯特先生？"

瑞德谦虚地低头。"大约稍高于四百万美金。"

他妈的。

我知道我哥哥还算富裕，但是，四百万美金？

充其量，我最多也只能给孩子蹩脚造景公司的股份，外加传授一些知识，教他如何在不同的季节种植不同的玫瑰。这和信托基金并不完全相同。

"你的妻子丽蒂是否也在工作？"韦德问。

"她在几个组织当义工，是我们教会担任主日学校的联络人，另外还在本地游民庇护所帮忙分送餐点，也参加了纽波特医院的妇女协会。她同时也是文物保护协会的董事。但是，我们一直计划让她当个在家照顾子女的母亲，让她亲自养育孩子。"

"你认为自己是个虔诚的教徒吗？"韦德问。

"是的。"瑞德说。

"你参加哪个教会，巴克斯特先生？"

"永耀会。我加入永耀会已经有十五年的时间了。"

"你在教会组织里有没有担任什么职务？"

"我负责教会的财务。"瑞德回答。

"你和你的妻子有没有定期上教会？"

他点头。"每个星期天都会去。"

"你是否认为自己是个重生的基督徒？"

"如果你是想问我是否接受主耶稣作为我的救主，那么，是的，我是。"瑞德说。

"我们现在把焦点转回到原告麦克斯·巴克斯特的案子上。"韦德指着我，"你会如何描述你和他的关系？"

瑞德想了一下。"我们得到了祝福，"他说，"我的小弟能再次回到我的生命当中，而且踏上对他有益的正途，这简直是太美妙了。"

在我最早的记忆里，我大概三岁，瑞德的秘密俱乐部让我很嫉妒。俱乐部的地点是他的树屋，那是他和学校同学的秘密藏身处。我当时太小，还爬不上去，或者我该说，我的父母和瑞德再三这样告诫我，瑞德不想让一个讨人厌的小鬼头跟在他身后到处跑。我经常在晚上梦到树屋里面的样子，想象墙壁涂着让人产生幻觉的缤纷色彩，里面储存了一大堆糖果，还放了些《疯狂》杂志。有一天，我不顾是否会惹上麻烦，趁瑞德还没下课时爬上了树屋。出乎我的意料之外，树屋里铺着粗糙的木板，瑞德和他的小朋友拿蜡笔在上面涂鸦，地板上也只有一份报纸和几个玩具枪射发的塑料盖。

那时候，我觉得树屋是我见过最神奇的地方了，但是话说回来，当一个人见识有限时，难免会有这种感觉。所以，尽管我母亲一再地喊我找我，我还是躲了起来。瑞德下课回家之后，他和往常一样，在进屋前先爬上梯子来到树屋里。

你在这里做什么？他问。这时候母亲的声音又传了出来，一分钟之后，她把头探进了树屋的活动门里。

麦克斯怎么上去的？她喊道：他太小了，还不能爬树……

没事啦，瑞德说：是我帮他的。

我不知道他为什么要为了我说谎，不懂他看到我在他的树屋里为什么没生气。

母亲决定相信他的话，但是她仍然表示自己会再回来帮我爬下树屋，因为她一点也不想拖个孩子到医院的急诊处去。接着，瑞德看着我。如果你想参加俱乐部，你要遵守规矩。

规矩由我定，他说。

我觉得我这辈子一直想要的，就是加入我哥哥所属的每一个活动圈。

我回过神来，听到韦德仍然在提问。"你认识柔伊·巴克斯特有多久时间了？"

"她在我的婚宴上为丽蒂献唱。当时是我们第一次见面，接着她开始和我弟弟约会。"

"你们两个人的相处情形如何？"韦德问。

瑞德怯怯地微笑。"这样说吧，我们的人生哲学不同。"

"在柔伊和你弟弟结婚之后，你是否经常看到她？"韦德继续发问。

"一年最多两次。"

"你知道他们有不孕的问题吗？"

"知道，"瑞德说，"事实上，我弟弟在某段期间还来找过我，要我帮忙。"

我觉得自己的脉搏正加速跳动。韦德和瑞德练习问答的时候我不在场，不知道他要瑞德怎么回答这些问题。如果不是这样，我应该可以预料到自己即将面临的状况。

"我们一起吃午餐，"瑞德解释，"我知道他和柔伊做过好几次试管婴儿疗程，麦克斯对我说，这不仅对他们夫妻的情绪带来很大的压力，在经济上也是相当可观的负担。"他抬头看着我。"麦克斯告诉柔伊，表示他找到了办法来支付第五次试管婴儿的开支，但其实他不知道该怎么做。他不能拿房子抵押，因为他是租屋的房客，而且他已经卖掉了一些工作机具。他需要付给诊所一万美金，而他当时已经走投无路。"

我没看向柔伊，但是我可以感觉到她用火热的目光瞪着我的脸。我一直没把这顿午餐的事告诉她，我什么都没说，只说我无论如何都会筹出钱来让她做试管婴儿。

"你怎么响应呢，巴克斯特先生？"

"我做了每个兄弟都会做的事，"瑞德说，"我开了一张支票给他。"

安杰拉·莫瑞堤要求暂时休庭，我觉得，她应该是担心柔伊会伸出爪子朝我扑过来。

我不是要骗她，也不是刻意隐瞒，不让她知道这笔在诊所做试管婴儿的钱来自瑞德。但我们当时已经是债台高筑，我的信用卡没办法再透支一万块，也真的找不出别的方法。而且，一想到要对她说家里没钱，我就没办法忍受。这会让我看起来有多失败？

我只想让她高兴。我不愿意让她操心，让她想到假如我们能——虽然不知在何时——生下宝宝，要负债多少。

再说，瑞德也没开口向我要过钱。我想，我们两个都心知肚明，这不算是借贷，比较像是捐赠。当他在支票上签下姓名的时候，他对我说：我知道如果今天角色互换，麦克斯，你也一样会尽一切力量来帮助我。

柔伊回到法庭时，并没有向我看过来。她直视前方，盯着法官右侧的某一个点看，而她的律师则起身对瑞德进行交叉诘问。"所以，你是打算买下孩子喽。"安杰拉·莫瑞堤开始发问。

"不是。那笔钱是礼物。"

"但是你的确给了你弟弟一万美金，来制造你现在想要争取监护权的胚胎，我这样说对吗？"

"是的。"

"你对这几个胚胎有权利，因为你花钱买下了它们，是吧？"安杰拉继续施压。

"我有道义责任，必须确认他们以正确的方式被抚养长大。"他说。

"我问的不是这个。你相信自己对这几个胚胎拥有权利，因为它们是你付钱买的，对吗，巴克斯特先生？"

在我们谈论要让瑞德和丽蒂抚养孩子的这段时间以来，瑞德从来没有提过他开支票给我的往事。瑞德从来没有因为他当时帮我的这个忙，而让我觉得对他有所亏欠。

瑞德低下头，仔细思考自己该怎么说，接着才开口。"如果没有我，"他终于说，"这些孩子不可能存在。"

当法官宣布他这天够累了之后，我在韦德还来不及阻止我之前，就跳起来冲出法庭。为了出门，我还不得不推开一群高喊支持我的威斯特布路浸信会教友。

什么时候这成了一场战争？

我一冲出法院大楼，一群暴徒般的记者便围了上来。当我听到身后出现了韦德的声音时，双腿几乎因感激而瘫软。"我的委托人不发表意见。"他说，然后用双手搭住我的肩膀，推着我穿过走道，朝停车场走过去。"不准再这样对我，"他怒气冲冲，靠在我耳边低声说，"除非我叫你走，否则你哪里都不准去。我不会任你把事情搞砸，麦克斯。"

我停下脚步，站直我堂堂六英尺之躯。我伸手戳向他时髦的订制衬衫。"你，"我说，"是来为我工作的。"

但这句话不见得百分之百正确。因为瑞德同样也付钱给韦德。

这让我想出拳打烂东西，随便什么东西都好。我很想朝韦德的脸挥拳，但是我却只将掌心平贴在他的胸口，推了他一把，他脚步不稳地摇晃了一下。我头也不回地朝我的小货卡走过去。

在我抵达之前，我其实已经知道自己要上哪儿去。纽波特的劳格斯大道附近有几块岩石，在大浪来袭的日子里，这地方会出现我从来没见过的好浪头。

这里也可能会让我摔得粉身碎骨。

我的冲浪板放在卡车后面。我浑身脱得只剩一条内裤，然后穿上我一向放在后座以备不时之需的防寒衣。我穿过岩石走到海边，小心翼翼地避免割伤脚底。

海面上没别的冲浪者，这地方只有我，以及我从来没看过的出色海浪。

我不懂，为什么陆地上的问题来到海上就变得完全不同。也许这是因为我和周遭环境相比显得更渺小。也许，这是因为我如果被浪花打倒，还是可以划出海去再试一次。

如果你不曾冲浪，那么你一定没办法了解这个运动的魅力何在。不管克莱夫牧师说些什么或做了什么事，冲浪是我觉得最接近上帝的时候，这是一种怪异的组合，结合了绝对的平静与疯狂的舒畅。你来到海面上列队等待，期待一个大浪卷起。你铆足了劲，拼命划动双臂，一直到浪花神奇地成了你身下的羽翼，直到海浪主宰一切。然后，你开始飞，飞着飞着，当你以为自己的心脏就要跳出躯壳之外的那一刻，一切就结束了。

我的冲浪板被海水顶了起来，我转头去看，发现身后来了一道长浪。我撑起身子站在板子上，滑入浪肩的尽头，乘着浪，然后让浪花包覆住我，接着我往下坠落、翻滚，被卷入水下，不知道自己是否能再次回到水面。

我破水而出，肺部仿佛着了火般地灼热，头发纠结，双耳因为寒冷而抽痛，这回事我懂，而且我很在行。

我刻意在外面待到天黑之后才回家。我裹着毯子坐在岩石上，看月亮在浪花上打转。我的头隐隐作痛，刚才冲浪时一摔，让我的肩膀也开始抗议，而且，我还喝下了大约一加仑的海水。我没办法形容自已有多么口渴，我甚至愿意为一杯啤酒杀人。但是我也知道，只要一走进卡车里，我一定会直接开到酒吧去喝那杯啤酒，所以，我一直忍耐到所有酒吧最后点单时间过后，才允许自己开车回家。

瑞德家里的灯光全熄了，这很正常，因为当我把车停上车道时，时间已经将近凌晨三点了。我熄了引擎，锁上车门，把鞋子脱在门廊上，因为我不想在溜进门的时候吵醒任何人。

我偷偷摸摸走进厨房喝水，看到她像个幽灵似的坐在餐桌边。当丽蒂站起来面对我的时候，她棉质的白色长睡衣的下摆拢在脚踝边，宛如大海的浪花。"感谢上帝，"她说，"你上哪去了？"

"我去冲浪，我必须让头脑清醒一下。"

"我打了电话给你，我很担心。"

我看到她在我的手机上留了言，但是我没听，而是直接删除。虽然我无法解释，但是我晓得自己不得不这么做。

"如果你以为我去喝酒，告诉你，我没有。"我说。

"我没这么想。我只是……我本来想打电话到医院问，但是瑞德说你是大人了，知道怎么照顾自己。"

我看到摊开来放在餐桌上的电话簿，突然觉得一阵自责。"我不是故意要让你熬夜等我的。明天是你的重要日子。"

"反正我也睡不着。瑞德吃了安眠药，鼾声比乐队还响。"

丽蒂背抵着墙，滑坐在地板上。她拍拍身边的地板，我也跟着坐了下来。有那么一下子，我们没讲话，光听房子里的声响。"记得《时光机器》吗？"

"当然。"我们几年前一起看过这部电影，这部片子太棒了，讲的是一个迷失在空间的时空旅人，落入八十万年之后的未来。

"就算你知道自己无力改变，你是否还是想看未来会是什么样子？"她问。

我想了一下。"不知道。我觉得那可能会太让人伤心吧。"

在她把头靠在我肩膀上的那一刻，我发誓，我当下停止了呼吸。"我小时候经常看一些神秘科幻小说，你可以选择不同的发展来当作章节的结局。而且，你的选择会影响整本书的结果。"

我闻到她身上有芒果薄荷香皂的清香，以及我偶尔会从她浴室里偷出来用的洗发精味道。

"我会翻到书的最后面去读不同的结局，找出自己最喜欢的一个，然后，再依序倒推回去。"她轻笑了一下，"我从来没成功过，从来没办法让情节依我想要的方式发展。"

丽蒂第一次看到雪的时候，我刚好在她身边，她伸出手掌接住雪花。看看雪花的图案，她说，然后把手伸到我面前让我看。但是等她伸过来之后，雪花早已融化。

"瑞德把他早上在法庭上的证词告诉我了。"

我低头看地板，不知道自己该作何反应。

"我知道瑞德……嗯，他有时候会欺负人。我知道他不时会表现出一副他拥有全世界的样子。对于这点，我比世上的任何人都清楚，当然，你可能要除外。我还知道你一定在想，你为什么要做这件事，麦克斯。"丽蒂跪坐起来，朝我靠近了些，头发垂在面前。她扶着我的脸，然后，慢慢地亲吻我。"你是为了我才这么做的。"她喃喃地说。

我等着自己从这个地狱般美好的梦中醒过来，我深信自己随时都可能看到医生低下头来看着我，说我刚刚被浪头打倒，造成严重的脑震荡。在丽蒂抽手之前，我握住她的手腕。她的皮肤温暖又细致。

我回吻她。天哪，是的，我回吻了她。我伸出双手捧起她的脸，想把满腔不能说出口的话灌入她的体内。我以为她会抽身，会赏我一

记耳光，但是，这另一个世界的空间足以容纳下我们两个人。我抓着
她的睡衣裙摆慢慢往上拉，让她的双腿和我交缠，我没打开扣子就将
衬衫往上一扯，让她亲吻凝结在我肩胛骨上的盐粒。我拉着她躺下。
我爱她。

事后，当现实浮现之后，我清楚感觉到身下冰冷的瓷砖以及她跨
在我身上的重量，我只觉得惊慌失措。

我这辈子一直梦想自己能像老哥一样，现在我办到了。

我和瑞德一样，贪求某件不属于我的东西。

我在厨房地板上醒过来，身上只穿了条四角裤，瑞德站在我前
面。"看看猫把什么人给咬回来了，"他说，"我告诉丽蒂你有九条
命。"他一身打扮无可挑剔，手上端着一杯咖啡。"你最好去冲个
澡，要不然上法庭要迟到了。"

"她在哪里？"

"病得很严重，"瑞德说，"显然在发烧。她想留在家里，但是
我说她是下一个证人。"

我一把抓起衣服，急急忙忙跑上楼去。我应该照瑞德说的先准
备妥当好出门，但是我却去敲打丽蒂和瑞德卧房那扇紧闭的门。"丽
蒂？"我低声说，"丽蒂？你还好吗？"

门开了一条缝。丽蒂穿着睡袍。她拉紧领口，装作我不知道她衣
服下是什么样子。她的脸颊通红。"我不能和你说话。"

我伸出脚卡住门，不让她关上。"你不必这样。昨天晚上，你
是——"

"罪人，"丽蒂打断我的话，泪水涌上了眼眶，"昨天晚上我已

婚。我现在仍然已婚，麦克斯。而且我想要个孩子。"

"我们可以想办法。我们可以告诉法庭——"

"告诉法庭什么？说孩子该判给一对妻子背叛丈夫的夫妻吗？说这个妻子爱上了丈夫的弟弟？这和大家对传统家庭的定义不太相同，麦克斯。"

但是我没把她最后一句话听进去。"你爱我？"

她低下了头。"我爱上一个愿意把他最珍贵的东西——他的孩子——交付我照顾的人。这个人爱上帝，和我一样。这个让我动心的人绝对不会想要伤害自己的兄弟。昨天晚上不存在，麦克斯。因为如果事情真的发生，那么你就不再是那个人了。"

她关上门，但是我站在门外，无法移动脚步。走廊上传来瑞德的脚步声，他越来越近了。当他看到我站在他的卧室门口时，他皱起眉头看手表。"你还没准备好？"

我咽了咽口水。"还没有，"我告诉他，"应该还没准备好。"

丽蒂坐在证人席上不停发抖，她将双手压在大腿下，但尽管如此，我仍然看得到她的战栗。"我常说我想当母亲，"她说，"高中时，我的女同学和我会帮自己的小孩取名字。在结婚之前，我就已经全盘计划好了。"

她说到"结婚"这两个字时，声音破碎。

"我有完美的生活。瑞德和我有个漂亮的家，投资组合这个工作为他带来不错的收入。而根据《圣经》，结婚是为了要有小孩。"

"你和你的丈夫有没有试着去怀孕？"韦德问。

"有。努力了好几年，"她低头看自己的腿，"我们本来打算去

'雪花胚胎认养计划'寻求协助，但是麦克斯……麦克斯向我们提出另一个想法。"

"你和你的小叔关系好吗？"

丽蒂的脸微微泛红。"很好。"

"当他说要把未出世的孩子交给你和你丈夫的时候，你有什么反应？"

"我觉得上帝回应了我们的祈祷。"

"你是否曾问过他，为什么他不自己抚养孩子？说不定他将来会想？"

"瑞德问了，"她承认，"麦克斯告诉我们，他觉得自己不适合当父亲。他犯过太多错，他想要让孩子能够由一对……深爱彼此的母亲和父亲带大。"

"你过去曾经和儿童有过互动吗？"

从坐到证人席上到现在，她首度轻松起来。"我负责教会的主日学校课程，也安排暑期青年牧师的夏令营。我很爱小孩。"

"如果法庭认为应该将未出世的孩子判给你，"韦德问，"你打算怎么抚养这些孩子？"

"我要教导他们当好的基督徒，"丽蒂说，"做正确的事。"她一说完话，五官立刻扭曲。"对不起。"她开始啜泣。

坐在我另一侧的柔伊动了动。今天她穿了一身黑，仿佛在哀悼。她瞪着丽蒂看，眼神像极了反基督分子。

韦德从西装口袋里掏出一条深红色的手帕，递给丽蒂让她擦眼泪。"证人交给你。"他转头对柔伊的律师说。

安杰拉·莫瑞堤站起身，拉拉外套的下摆，理顺衣服。"有什么是你能带给这几个胚胎，但亲生母亲做不到的？"

"机会，"丽蒂说，"一个稳固的基督教家庭。"

"所以，你认为只要有钱，就可以抚养孩子？"

"当然不是这样。他们可以在一个充满爱心的家庭中长大。"

"你上次和柔伊及凡妮莎相处超过数小时，是什么时候的事？"

"我……我没有……"

"所以，你并不知道她们的家庭里有些什么条件，是吧？"

"我知道那是不道德的。"丽蒂说。

"这么说，是柔伊的性取向让她成为不适任的母亲？你的证词是不是这个意思？"

丽蒂犹豫了。"我没这么说。我只是想，瑞德和我……对小孩来说，我们会是比较好的选择。"

"你们用哪种方法避孕？"安杰拉问。

丽蒂脸红了。"我们没有避孕。"

我突然想起昨晚，她转过头，露出她的颈子，她的背在我身下弓起。"你和你的丈夫多久做爱一次？"

"抗议！"

"我同意律师的问题。"法官说。脏老头。

"请回答问题，巴克斯特太太。"

"每个星期四。"丽蒂说。

每个星期四？一个星期一次？像钟表的发条一样准？如果丽蒂是我的妻子，我会每天早上和她共浴。晚餐时，只要她从我身边经过，我会抓住她，把她拉进我的怀里——

"你们会不会算好能够怀孕的日子，然后才行房？"

"会——"

"你曾经怀孕过吗？"

"有的……好几次……但是都流产了。"

"你知不知道自己有没有办法将胎儿怀到足月？"

"有哪个人知道呢？"丽蒂问。

好个厉害的女孩。

"你知不知道，如果你取得这些胚胎，而且植入胚胎，你不一定会顺产。"

"或者是，"丽蒂指出来，"我会生三胞胎。"

"你刚刚说过，《圣经》说结婚是为了要小孩？"

"是的。"

"所以，如果上帝希望你有孩子，你应该早就有了？"

"我……我觉得他对我们有不同的计划。"丽蒂说。

律师点点头。"当然。上帝要你当个孕母，剥夺孩子亲生母亲的权利。"

"抗议！"韦德说。

"让我重新论述，"安杰拉说，"你同不同意我的说法，在这个世界上，你最想要的就是生养一个孩子？"

丽蒂先仔细打量过安杰拉，才把目光移到我身上。我觉得自己好像吞着一口碎玻璃。"是的。"她说。

"你是否同意，不能自己生个孩子是一件让人伤心痛苦的事？"

"是的。"

"然而，如果你拿走柔伊·巴克斯特的胚胎，不就是把这个命运加诸她身上吗？"

丽蒂转头看柔伊，眼眶里满是泪水。"我会把这几个孩子视如己出。"她喃喃地说。

这句话让柔伊跳了起来。"他们不是你的孩子，"她一开始还算镇定，但后来便强硬了起来，"他们是我的！"

法官敲下议事槌。"莫瑞堤女士，请控制你的委托人！"

"放过她！"我站起来咆哮，"你们没看到她很难过吗！"

世界突然停止了运转。柔伊转过头，嘴角上有一抹无力的笑容。这是感激，因为她以为我说的是她。

接着，她发现事实并非如此。

如果你和一个人结婚将近十年，你不可能读不出这段关系的密码，比方说在晚餐宴上眼神交会，暗示该是找借口起身离开的时间了。比方说，当你在被子下拉起她的手，得到了一个无声的道歉。或者是一个扔在她脚边，代表我爱你的微笑。

她知道。从她看我的表情，她一定晓得我做了什么事。她失去了我，可能还会失去她的胚胎，而且全落入一个她厌恶的女人手里。

接着，僵局突然打破，柔伊冲向证人席。有个警长抓住她，强迫她跪下。有人发出尖叫，欧尼尔法官怒斥："我的法庭不能失控，现在就安静下来。"

丽蒂这时候已经哭得一塌糊涂。韦德扯住我的手臂。"在你毁了大局之前，给我闭嘴。"

"柔伊，"安杰拉・莫瑞堤想推开压制住她委托人的警长，"你冷静一点——"

"本庭暂时休庭。"法官吼了出来，一阵风似的离开法官席。

韦德等到安杰拉把柔伊拖出法庭，等到旁听席的群众踏上走道去对刚才所见说长道短之后，才谴责我："这是怎么一回事？"

我不知道该怎么对他说，连我自己都搞不清楚状况。

"就这样发生了嘛。"我好不容易说出口。

"嗯，如果你想赢得这场审判，最好确保这种情况不会再出现。

如果你的前妻想站起来当个疯婆娘，这对我们最好。你觉得法官看到她这种表现之后，还可能认为她能当个好家长吗？如果她再犯，而且我要祈祷她一定再犯，那你最好交握双手好好坐着，表现出最冷静的态度。看在上帝的分上，你不可以站起来为她辩护。"

我低下头，以免他看到我松了一口气的表情。

我真不知道韦德是从哪里找来珍妮薇·纽克尔这号人物。她是个领有证照的临床心理师，在加州大学洛杉矶分校取得了博士学位，经常在讨论婚姻、性向和教养问题的刊物上发表文章。她曾经上过广播节目和电视台——包括地方电台及全国电台——的节目，也接受过网络和纸质媒体的专访。她曾经辅导超过七十五件的法律案件，在超过四十个案件中出庭作证。"纽克尔博士，"韦德在她以专家证人的身份出席后，立刻问，"在你的工作当中，你是否曾有机会去探讨同性恋是不是来自遗传？"

"有的。老实说，有许多研究都是针对这个议题而做的，所以，阅读这些研究很方便。"

"你熟悉贝里与皮亚德的研究吗？"韦德问。

"熟悉。"纽克尔医师转头面对观众席，"在一九九一年与一九九三年，贝里与皮亚德两个人针对双胞胎进行同性恋的研究。他们发现，男同性恋的同卵双胞胎中有百分之五十二也是同性恋，男同性恋的异卵双胞胎有百分之二十二是同性恋，而与男同性恋为养兄弟关系的男子，有百分之十一同样是同性恋。在女性来说呢，女同性恋的同卵双胞胎中有百分之四十八是同性恋，异卵双胞胎有百分之十六是同性恋，而与她为养姐妹关系的女人当中，有百分之六是同性恋。"

"这些数字有什么意义？"

"嗯，这很复杂。有些人会认为这些数据代表同性恋与血缘关系有关。然而，我们必须考虑到一起长大的双胞胎有相同的教养影响。为了让研究更具信服力，研究人员必须评估分开抚养长大的双胞胎。结果是，分开抚养的同卵双胞胎彼此之间的关联性等于零，换句话说，我们不能因为双胞胎之一是同性恋，就断定另一个也是同性恋。更何况，如果性取向来自遗传，你要怎么解释男性同卵双胞胎的另外百分之四十八，和另外百分之五十二的女性同卵双胞胎为什么没有成为同性恋？"

"等等，"韦德说，"你这是在告诉我，有些同卵双胞胎，也就是说遗传因子一模一样的双胞胎长大之后，有的会成为同性恋，有的却不会？"

"大概只有一半的概率，"纽克尔表示同意，"这是个强有力的佐证，证明同性恋并非天生由遗传来决定。这很可能代表了遗传倾向，但是，这是完全不同的。许多人生来具有忧郁或药物滥用的倾向，但是他们并不会放任这些行为浮现。也就是说，孩子成长的环境，对于他们日后是否会成为同性恋有极大的影响。"

"谢谢你，医师。那么西蒙·列维的研究呢？"

"列维博士是沙克生物研究所的脑神经科专家，他以生理学的角度，通过对四十一个人脑来研究，这其中有十九名男同性恋，十六名异性恋男子，和六个异性恋女人。列维博士发现，男同性恋下视丘用来控制性欲的一小丛神经元比异性恋男人来得小。他更进一步地发现，男同性恋上述神经元的大小与异性恋女人相当，大小大约等于异性恋男人的二分之一。"

"这项研究是否证实了同性恋出自遗传呢？"韦德问。

"不能。首先，下视丘的大小差异很大，有些同性恋男人的这个区域和异性恋男人的大小相当，有些异性恋者的这个区域则和同性恋者一样小。何况，这个研究取样的人数太少，而且研究并没有经过重复实验。最后，我们不得不开始想，究竟是脑部组织影响性取向，还是性取向改变了脑部组织。比方说，国家卫生研究院的研究指出，在失明之后开始读点字的人，控制读字指头这部分的脑神经其实会越来越发达。"

"那么狄恩·哈默在一九九三年的研究呢？"韦德说，"他不是发现了'同性恋基因'吗？"

"不完全如此，"纽克尔医师回答，"他发现，比起异性恋兄弟来说，同性恋兄弟更常拥有同样的X染色体——Xq28。但是，我要再说一次，这份报告并没有经过后续的重复研究。"

"所以，上述几项理论都没有足够的科学评估，足以证实同性恋是天生的？"

"没错。"这位心理学家继续说，"举例来说，这的确和肤色不同。你没办法改变任何人的肤色，就算迈克尔·杰克逊也无能为力。但是性取向并不是完全天生的，后天环境也占了极大的影响力。"

"这让我联想到你最近的一篇文章《爱情之外：同性婚姻为什么会伤害儿童》。你能不能告诉我们，当初你写这篇文章的动机是什么？"

"大量的证据显示，由异性恋父母抚养成人的教养方式，会对儿童带来最大的利益。"纽克尔医师说，"女同性恋家长也许的确是优秀的母亲，但是她们就是不能当父亲。"

"你可以为我们阐述一下吗？"

纽克尔医师点点头。"孩子需要父母双方的爱，有四个基本理由。首先，是不同性别的双亲对孩子的情感依附，两者虽然一样重要，但是各具特色。毫无条件的母爱与有条件的父爱相辅相成，足以影响孩子的成长。孩子在启蒙阶段和两性相处，让他在将来和外界更容易产生互动。其次，众所皆知，儿童发展过程中，心理上有不同的成长阶段。比方说，男女两个性别的婴儿在一开始都对母亲的照顾比较有反应，但是到了某个时间点上，男孩为了要琢磨男性特质，他必须与母亲切割，转而认同父亲，学习如何抒发侵略的性格，如何控制自己的情绪。父女关系对成长中的女孩一样重要，这会成为她确认自己女性特质的庇荫地。如果她的生命中没有这个父亲的形象，她很容易贪求男性的注意，让她以不适当的方法追求性爱方面的冒险。"

"第三个理由呢？"韦德适时提出问题。

"文献指出，同性关系很容易引起儿童对性别的错乱，甚或杂交。孩子接收到的讯息是，所有的选择都值得向往，不管你和谁结婚都可以。就是因为这样，许多在同性关系家庭中成长的年轻人倾向于性关系活跃，甚至是杂交。"

"你是说，这些孩子比较有可能发展出同性恋的关系？"

"没错。我们拿古希腊当例子好了。当时同性恋猖狂，问题不在于同性恋基因，而是社会的宽容。宽恕只会让这样的行为继续发展。"

"同性婚姻不利于儿童的第四个原因呢？"

"因为，这样的婚姻是在为一些更不为社会所接纳的关系铺路。比方说多重配偶。你能够想象有一个父亲和多个母亲的孩子会出现多么错综复杂的情绪吗？这个孩子应该和哪个人产生连结？如果我们继续延伸推论，如果这种婚姻破裂，这些人接着再婚，那么，我们可以想见一个孩子可能会有两个父亲和六个母亲……"她摇摇头，"那不是家庭，普雷斯顿先生，那成了团体。"

"我想请问你，纽克尔医师，你之所以反对，是因为你认为一对同性恋配偶无法提供孩子关爱吗？"

"绝对不是。同性恋配偶当然可以创造出和异性恋配偶相同的关爱环境。然而，孩子需要的不只是爱。他们还需要由一个男性和一个女性家长提供指导的辅助经验，以及在这种结构下的心理发展。"

"反对你的人想要知道你有什么佐证。"韦德说。

纽克尔医师带着微笑说："将近五千年的教养经验，普雷斯顿先生。让孩子去经历最新出现的社会经验，绝对会毁了下一代。"她看向柔伊。"对于想养育孩子、组织家庭的同性恋，我满怀同情。但是我不能让这个同情胜过无辜儿童的需要。"

"所以，纽克尔医师，在你做了这么多研究之后，你能不能以专家的角度来告诉我们，对本案当中的未出世孩童而言，哪一个才是最适合、最恰当的家庭？"

"可以的。我深信这几个孩子在瑞德和丽蒂·巴克斯特的家里会最幸福。"

"谢谢你，医师。"韦德说完话，接着转头对安杰拉·莫瑞堤说，"证人交给你。"

"你说，同性恋并不是遗传，是吗，医生？"安杰拉开始提问。

"没有证据可以支持这个理论。"

"你刚刚说，贝里和皮亚德的研究不足以让人信服，因为本身为同卵双胞胎的同性恋者，他们的双胞胎不见得是同性恋，这样讲对吗？"

"对的。"

"你知不知道，尽管同卵双胞胎有许多相同的特点，但是仍然有些差别的生物因子？比方说，指纹？"

"嗯——"

"还有，医师，你不采信列维的研究，是因为没有相似的研究足以再确认列维的理论，是吗？"

"没错。"这位心理医师说。

"不知道你对这项研究是否熟悉。研究指出，豢养的公羊中，只有百分之八对其他的公羊感兴趣。"

"不熟悉。"

"嗯，"安杰拉·莫瑞堤说，"事实上，研究人员发现这些公羊下视丘有一丛神经元比异性恋公羊小。其实，这个发现让我们联想到西蒙·列维的研究。医师，你批评狄恩·哈默的研究，是因为这项理论没有经过重复的研究，是吗？"

"是的。"

"你的意思是不是说，也许在将来的某个时候，这些研究有可能被复制？"

"我当然没办法预测未来。"

"你知不知道瑞典有个研究证实，对于男性费洛蒙和女性费洛蒙，异性恋男人和同性恋男人的大脑会出现不同的反应，这表示同性恋受到心理层面极大的影响？"

"我知道，但是——"

"你知不知道维也纳的科学家证实果蝇的性取向可以经由基因控制？如果科学家调整果蝇的基因，雌性果蝇将不再理会雄性果蝇，而只想和其他的雌性果蝇交配，并且还会模仿雄性果蝇的求偶仪式？"

"我不清楚这个研究。"心理学家承认。

"那么你知道吗，纽克尔医师，国家卫生研究院目前正在进行两百五十万份研究，针对一千对双胞胎兄弟筛检基因，为的就是要进一步了解遗传因子对同性恋的影响。你和我一样清楚，医师，对于性取向方面的研究，政府一向不愿插手。难道这还不足以显示，即使像国家卫生研究院这样地位崇高的研究机构，也正在着手证实遗传因素对同性恋的影响？"

"任何人都可以提出假设，莫瑞堤女士。但尽管如此，研究并不一定可以作为佐证。"

"那么，俄克拉荷马大学的威廉·瑞纳博士呢？"安杰拉问，"你知不知道他针对上百名天生有性别分化失调的孩童进行过研究，比方说天生生殖器发育不全，或是完全没发育的孩子？一般的做法是以外科手术切除婴儿的生殖器，将他们当女孩抚养。你知道吗，医师？这其中没有任何一个孩子在长大后会受到男性的吸引。你知道这些经过后天手术改变性别的孩子会转性回男性，因为他们会受到女人的性吸引吗？我说，这是很清楚的范例，说明养育无法压过天性，你不觉得吗？"

"律师，"纽克尔医师说，"我想，你对达尔文物竞天择的理论应该十分熟悉吧？"

"当然。"

"那么你一定知道这个众所皆知的科学信念：所有物种的首要目标，就是将最强壮的基因遗传给后代。既然同性恋者带来的后代人数只有异性恋者繁衍出来的百分之二十，那么，你刚刚提到的同性恋基因不就早该被大自然淘汰掉了吗？"她微笑了。"如果你没有掌握论据，就玩不起生物学这张牌。"

律师没理会纽克尔医师的评论。"我只是个卑微的律师，纽克尔博士，不敢冒昧涉足科学或伪科学。好，在你的论述中，你曾经提到孩子必须由一对异性父母抚养长大，是因为孩子没有同时拥有母亲和父亲会衍生出问题，是吗？"

"是的。"

"所以，如果异性恋配偶当中有一人死亡，那么你会建议将孩子移交给另一对异性配偶来照料吗？"

"这就太荒唐了。对孩童来说，最理想的生活条件是同时拥有一个母亲和一个父亲，但很明显的是，情况并非永远如此，总是会有悲剧出现。"

"例如不让生母拥有自己的胚胎？"

"抗议——"

法官皱起眉头。"成立。"

"我收回刚刚的问题。"安杰拉·莫瑞堤说。

"其实我很想回答。"纽克尔医师说，"我可以找出不少研究报告向莫瑞堤女士证明，一个在成长阶段没有父亲的男孩，在日后很可能成为一个疏忽职守的人，最后还惹上牢狱之灾。"

"那么，有关你说同性恋婚姻无异是为多重配偶制开启大门的说法呢？马萨诸塞州认可同性婚姻已经有很多年的时间了，在这期间，有没有任何人为了多重配偶婚姻而向立法机关请愿？"

"我没有密切注意麻省的法律……"

"我可以帮忙。答案是：没有。"安杰拉说，"而且也没有人和石头或山羊结婚。"她用指头准备数数。"我们来总结一下，看看我从你的证词中学到了什么，纽克尔医师。同性恋教养会让家中的孩童出现毁灭性的堕落发展。同性恋不是与生俱来，而是后天学习而得。如果你有两名同性恋家长，那么你自己也很有可能发展出同性恋关系。如果你的成长过程中有一对异性恋父母，那么你长大后也会是异性恋。"

纽克尔医师点点头。"大致正确。"

"那么，也许你可以为我解释另一件事，"安杰拉·莫瑞堤说，"为什么大部分的同性恋都有一对异性恋父母？"当纽克尔医师仍然在思索该如何回答的时候，安杰拉转头走回自己的座位上。"没别的问题了。"

安杰拉·莫瑞堤真的不希望见到克莱夫牧师坐上证人席。"法官大人，"她说，"如果林肯先生是麦克斯·巴克斯特的品格证人，那么他就不需要专家证人的资质。麦克斯·巴克斯特不是一门学校的课程。"

"克莱夫牧师是一位宗教领袖，也是一名学者，"韦德争辩，"他在全国各地巡回布道，传达上帝的福音。"

"你知道他不能在哪里布道吗？法庭！"安杰拉回答。

"我想听听他的说法。"欧尼尔法官说。

"你当然想。"安杰拉咕哝抱怨。

法官沉下脸。"请问你说什么，律师？"

她抬起头。"我说，我是犹太人。"

"嗯，我完全没想到，因为你的姓氏是联邦山最常见的姓氏。但是，我还是要感谢你告诉大家，"他补充，"这让你先前的抗议显得比较合理。普雷斯顿先生，你可以请证人出庭了。"

当警长带着克莱夫牧师从不知在何方的隔离室里走进法庭时，旁听席开始鼓噪。永耀会的教友高喊"哈利路亚"和"阿门"，威斯特布路浸信会的教友开始拍手。至于克莱夫牧师本人呢，他谦卑地低头穿过走道。

他要求对自己的《圣经》发誓。

"请说出你的姓名，作为记录之用。"韦德说。

"克莱夫·林肯。"

"请问你的职业是什么？"

"我是上帝的永耀会的牧师。"

"你有家人吗，牧师？"

"有的，"克莱夫牧师说，"我有个贤惠的妻子，在上帝祝福下，我们得到了四个可爱的女儿。"

我认识其中三个，每个星期天，这三个亮眼的小女孩都会穿上互相搭配的衣服，和克莱夫牧师一起唱赞美诗。做礼拜的时候，最小的妹妹一向坐在最后面，而且一句话都不说。有人谣传她还没有接受主耶稣为她的救主。我实在无法想象，这对克莱夫牧师这样的人来说，一定是个奇耻大辱。

我猜，每个人都有十字架要扛。

"你认识本案的原告吗？"

"认识。麦克斯在大约六个月之前加入了我们的教会。"

"你也认识瑞德和丽蒂·巴克斯特吗？"韦德问。

"我认识瑞德十五年了。他很有生意头脑，老实说，他负责教会的财务也有十多年的时间了。我们可能是经济衰退时唯一还赚钱的非营利机构。"克莱夫牧师抬起眼睛往上看。"不过话说回来，这也可能是因为有来自上苍的关照。"

"你担任教会牧师有多久时间了？"

"二十一个荣耀的年头。"

"牧师，你的教会怎么看待同性恋？"

"抗议，"安杰拉·莫瑞堤说，"这个证词与克莱夫牧师对原告的认识无关。"

"驳回。"

"我们相信上帝的福音，"克莱夫牧师说，"我们逐字诠释《圣经》，《圣经》当中有许多章节指出婚姻是一男一女的结合，目的是为了繁衍后代子孙，另外还有许多章节直接谴责同性恋。"

"你可以为我们阐述吗？"

"抗议！"安杰拉·莫瑞堤站了起来。"《圣经》与法庭无关。"

"喔，是这样吗？"韦德说。他指着书记桌上用来发誓用的钦定版《圣经》。

安杰拉·莫瑞堤没理会他。"法官大人，林肯先生对《圣经》经义的诠释直接结合了宗教与正义，这有违司法制度的原则。"

"正好相反，法官大人，这和未出世儿童的福利，以及他们该在哪种家庭长大有直接的关系。"

"我准许证人作证。"欧尼尔法官说。

旁听席上有个男人站了起来，他的衬衫上写着：柜子是给衣服住的。"你回家去玩自己吧，法官！"

欧尼尔瞥了他一眼。"动议拒绝。"他冷冷地说。"警长，麻烦把这个人从我的法庭带出去。"他转头看向克莱夫牧师。"就像我常说的，我们继续进行。但是我要限制你只能选择一段经文作为范例。莫瑞堤女士说对了一件事：这是审判，不是主日学校的课程。"

克莱夫牧师镇定地打开他的《圣经》大声朗诵。"人若与男人苟合，像与女人一样，他们二人行了可憎的事，总要把他们治死，罪要归到他们身上。我知道这是两段经文，但是这两句话实际上就在同一页。"

"你和你的信众如何诠释这些章节？"韦德问。

"我不认为只有我和我的信众这么想，"克莱夫牧师说，"任何读到这几段文字的人都看得到：同性恋受人憎恶。同性恋是罪。"

"拜托，"安杰拉·莫瑞堤说，"我抗议。第一百次抗议。"

"我会以应有的价值来衡量他的证词。"欧尼尔法官说。

韦德转头看克莱夫牧师。"我想请你把重点放在未出世的儿童，也就是这个案子的本质上，"他说，"你在什么时候知道有这些未出世儿童的存在？"

"麦克斯在和他前妻谈论过后，来找我寻求辅导，他很沮丧。显然，她生活在罪里——"

"抗议！"

"请在记录中删除这段话。"法官说。

"麦克斯的前妻要求监护这几个未出世儿童，打算让给她的同性恋爱人。"

"你给麦克斯什么建议？"韦德问。

"我告诉他，这可能是上帝想告诉他某些事。我们讨论他想让孩子在怎么样的家庭中成长，他想要的是传统基督徒好家庭。当我问他是否认识这样的人选时，他立刻提到自己的哥哥和嫂嫂。"

丽蒂，一想到她，我的胸口就感觉到一阵剧痛。

如果我提议让我们一起抚养宝宝呢？我们可以告诉韦德，然后韦德可以告诉法官，接着，突然间，生父——就是我——可以加入这个方程式合并计算。这么一来，我就不算是把宝宝送人，我把他们留着自己照顾。

只是，韦德把整个案子定调在我还没有准备妥当、还不能当父亲的架构上。

还有丽蒂。

就算她肯，我也不能逼她放弃一切。金钱、房子，还有安全感。我怎么可能比得上瑞德？

而一向只求帮助我的瑞德呢，他换得的竟然是一个和他妻子偷情的弟弟。

是啊，我还真是个完美父亲。一个如假包换、正直诚实的典范。

"几年以来，瑞德和丽蒂一直祈祷能得到孩子，"克莱夫牧师说，"他们最近才在考虑是否要通过'雪花胚胎认养计划'机构来领养。当麦克斯来找我的时候，我想，上帝也许就是想借此给我们另一个选择，一个让所有相关人都受益的选择。说不定，丽蒂和瑞德是这几个未出世孩子的最佳父母。"

"麦克斯有什么反应？"

"他抱持审慎乐观的态度，"克莱夫牧师抬起眼睛往上看，"我们全都一样。"

"谢谢你，牧师。"韦德说完话，回到座位坐下。

安杰拉·莫瑞堤人还没离开椅子，就已经开始说话。"一个让所有相关人都受益的选择，"她重复牧师刚刚的话，"你是这么想的吗？"

"是的。"

"看起来，对这几个胚胎的血缘母亲柔伊来说似乎没有受益。"

"我虽然知道巴克斯特女士也需要一个满意的答案，但孩子的需要更重要。"克莱夫牧师说。

"所以你认为为这几个胚胎挑选一对非亲生父母，比挑一对有直接亲子关系的家长更好。"

"我的想法远不如上帝的想法重要。"

"喔,是这样吗?"安杰拉问,"你上次和上帝说话是什么时候的事?"

"抗议,"韦德说,"我不容许她嘲笑我的证人。"

"成立……注意你的言词,律师。"

"你刚刚说,你认识麦克斯有半年了,是吗,牧师?"

"是的。"

"而你从来没见过柔伊·巴克斯特,你只在法庭上见过她一次,是吗?"

"没错。"

"当他们还有婚姻关系的时候,你对他们一无所知?"

"是的,他们不是教会的教友。"

"我懂了,"安杰拉说,"但是你和瑞德以及丽蒂·巴克斯特很熟?"

"是的。"

"你在走进这个法庭时可以毫不犹豫地说,在你的看法里,他们是监护这几个胚胎的最佳夫妻。"

"是的。"克莱夫牧师说。

"你和瑞德·巴克斯特另外还有业务上的往来,是吗?"

"他负责处理教会的基金。"

"他同时也是教会最大的赞助者,对吧?"

"是的。瑞德一向非常慷慨。"

"事实上,你的教会鼓励会众履行十一奉献,不是吗?"

"许多教会都这样做……"

"那么,你一年会从你的朋友瑞德·巴克斯特手中收到四十万美金的捐款,是吗?"

"大概是这样没错。"

"碰巧的是，你今天来到法庭上建议瑞德应该要取得胚胎的监护权，以作为奖赏，对吗？"

"瑞德对教会的慷慨捐赠和我的建议完全没有关系——"

"喔，我敢说，"安杰拉·莫瑞堤说，"当你和麦克斯谈到他前妻想保管胚胎的时候，事实上，是你提议他考虑让瑞德和丽蒂来当未来的父母，是不是？"

"我开启了他的心灵，让各种可能性进驻。"

"而你甚至更进一步，是不是，还帮他找来了律师？"

克莱夫牧师点点头。"我会为教会的任何一个教友这么做……"

"事实上，牧师，你不只替麦克斯找来了律师。你替他找来的，是全美国在保护未出世儿童权利这方面最炙手可热的律师，是吧？"

"如果麦克斯的处境引来这位盛名远播的律师，那我也没办法控制。"

"林肯先生，你是不是说过婚姻的目的是繁衍后代？"

"是的。"

"《圣经》对于不孕的异性恋夫妻有没有什么说法？"

"没有。"

"对年纪太大的异性恋夫妻呢？"

"没有——"

"那么对单身人士呢？《圣经》有没有谴责这些人违反自然？"

"没有。"

"尽管如此，依你个人的逻辑，他们都没有繁衍后代？"

"《圣经》里还有其他很多章节都在谴责同性恋。"克莱夫牧师说。

"啊，对。你刚刚为我们读了《利未记》当中一段美好的文字。你有没有注意到，林肯先生，《利未记》是在三千多年前写下来的圣洁法典？"

"我当然知道。"

"你知不知道圣洁法典有特定的目的？法典不是戒律，而是为了让有信仰的人在某个时间、某个地点不受到冒犯，才要绝对禁止的行为？你知不知道，牧师，以《利未记》来说，这本法典是单纯为以色列的教士而编写，而且要他们比其他各地的教士，比方说希腊教士，要负起更大的责任？"

"在读这段经文的时候，你可以清楚看出是非黑白。你可以通过历史的角度去解释，但是它仍然和今日世界的道德意识息息相关。"

"真的。你知不知道《利未记》还记载了许多禁止的行为？比方说不准剪奇异的发型，你知道吗？"

"嗯——"

"还有禁止刺青。"她微笑地说，"我自己身上也有个刺青，但是我不告诉你在什么地方。"律师走向克莱夫牧师。"你的棉衬衫上打的是不是丝质领带？你知不知道有关禁止穿戴混纺布料衣物的禁令？"

"我看不出——"

"还有呢，有条禁令不准你吃猪肉或甲壳类食物。你喜欢吃虾吗，牧师？"

"这不是——"

"另一条禁令是不得算命。那么足球呢？你喜欢足球吧？我是说，有谁不喜欢呢？呃，有条禁令是不准玩猪皮制作的东西。你难道不同意吗，牧师，许多禁令的确是与过去的历史相关？"

"抗议，"韦德说，"律师自行作证！"

法官歪着头。"我对双方一视同仁，普雷斯顿先生。抗议驳回。"

"《圣经》对许多人来说，都有很大的意义，但这不是一本性爱指南，对吧？"

"当然不是！"

"那么，在讨论何谓不恰当的性爱活动时，你为什么要把它当作指南？"

克莱夫牧师直视安杰拉。"我把《圣经》视作一切，莫瑞堤女士。就算要举性偏差的例子也一样。"

"《圣经》怎么看待肛门按摩棒？"

韦德站起来。"抗议！"

"真是的，莫瑞堤女士。"法官拉下脸来。

"那么我们是不是能说，有些在《圣经》上没提到的东西仍然属于性变态的范围？"

"完完全全有可能，"克莱夫牧师说，"《圣经》是大纲。"

"但是，那些在《圣经》中提到的性偏差行为，就你的看法，的确是出自上帝的口中？既完整，又不可亵渎？"

"是的。"

安杰拉·莫瑞堤拿起辩方席上一本贴满便条纸的《圣经》。"你对《申命记》第二十二章第二十到二十一节熟悉吗？"她问，"你可以在法庭上大声朗诵吗？"

克莱夫牧师的声音响彻全厅。"但这事若是真的，女子没有贞洁的凭据，就要将女子带到她父家的门口，本城的人要用石头将女子打死。"

"谢谢你，牧师。你能不能为我们解释这段经文？"

他噘起了嘴唇。"经文主张，如果一名女人在结婚时不是处女，应该要对她丢掷石头。"

"你会建议你的信众这么做吗？"在他回答之前，她问了另一个问题，"那么《马可福音》第十章第一节到第十二节呢？这几个段落禁止离婚。你的会众里有没有离过婚的人？喔，等等，当然有。麦克斯·巴克斯特。"

"上帝原谅罪人，"克莱夫牧师说，"他欢迎这些人回到他的羊栏里。"

安杰拉又开始翻《圣经》。"《马克福音》第十二章第十八到二十三节呢？如果一个男人到死都没有子嗣，依据《圣经》的法律，他的遗孀必须轮流和他的每个兄弟行房，直到她怀了过世丈夫的男性子嗣之后才能停止。你是这样告诉服丧的寡妇吗？"

我好恨自己，但是我还是又想到了丽蒂。

"抗议！"

"或是《申命记》第二十五章第十一到十二节？如果有两个男人打架，其中一人的妻子为了想救丈夫，而伸手抓住敌人的生殖器，她的手应当被砍掉，而且不得对她表示任何怜悯之心——"

真的吗？我听瑞德的建议，参加了成人读经班，但是我们从来没念过这么刺激的段落。

"抗议！"韦德用手拍打桌面。

法官拉高了声音。"莫瑞堤女士，我会判你藐视本庭，如果你继续——"

"好。我收回最后一个问题。但是你不得不承认，牧师，在当今这个年代，经文不见得每句都有意义。"

"你不能光看有历史背景的经文——"

"林肯先生，"安杰拉·莫瑞堤淡淡地说，"是你先开始的。"

曲九　你在哪里

柔伊

在我醒过来的前五秒钟，这天清新得犹如一张崭新的一块钱钞票，毫无瑕疵，而且充满了希望。

接着我想起来了。

一桩官司。

三个胚胎。

今天，我要作证。

在往后的日子里，凡妮莎和我必须跳得两倍高，跑得双倍快，才能和异性恋配偶一样，走过同一片土地。爱情从来没容易过，但是对同性恋伴侣来说，这段路似乎更是充满障碍。

她从我背后伸手环住我。"别再想了。"她说。

"你怎么知道我在想？"

凡妮莎把脸埋在我的肩胛骨上笑。"因为你睁着眼睛。"

我翻过身面对她。"你是怎么办到的？怎么有人可以年纪轻轻地就出柜？我是说，我几乎承受不住他们在法庭里说的话，而且我都已经四十一岁了！如果我十四岁，我恐怕不只是待在衣柜里，我还会把自己黏在墙壁里面。"

凡妮莎翻身躺正，瞪着天花板看。"我宁死也不愿意在高中时出柜。尽管我很清楚自己是什么样的人。不想在青春期出柜的原因起码有一百万种，因为少女都想和大家打成一片，不愿意凸显自己，因为你不知道家长会有什么反应。因为你担心自己最好的朋友会以为你想追求她。说真的，我走过这个阶段。"她看了我一眼，"在我现在的学校里，有五个青少年公开表明自己是男同性恋或女同性恋，另外还有十五个孩子不想了解自己是同性恋的事实。我可以不断地告诉他们，让他们知道这种感觉完全正常，但是他们回家打开电视，看到的不是新闻报道军方拒绝让同性恋入伍，就是另一次针对同性恋婚姻的公民投票惨败。孩子又不笨。"

"在你开始相信自己是同性恋之前，有多少人说过你有问题？"我大声说出心里的想法。

"你想想，"凡妮莎说，"你很晚才发现自己是同性恋，小柔，但是你和我们其他人一样勇敢。我猜，男女同性恋很像蟑螂，怎么样都无法消灭。"

我忍不住大笑。"这显然是克莱夫牧师挥之不去的梦魇。蟑螂在侏罗纪就已经横行在地球上了。"

"但反过来说，克莱夫牧师可能相信演化论。"凡妮莎说。

提到克莱夫牧师，我就想到昨天早上，我穿过了夹道鞭笞的阵仗才走进法庭。昨晚，韦德·普雷斯顿接受了广播节目《汉尼堤时间》的访问。可想而知，今天的媒体起码会有双倍的阵仗。投注在我身上的目光也会倍增。

其实我习惯了，毕竟，我是个表演人。但是面对一群期待后续的观众，和一群等着看你失败的观众，这两种感觉有很大的差别。

突然间，任何有关克莱夫牧师的笑话都不好笑了。

我转个身侧躺，瞪着洒落在木地板上的细碎光影，心里真想知道，如果这时打电话告诉安杰拉我感冒，她会有什么反应。或是荨麻疹发作。要不然就是得了黑死病。

凡妮莎用身子缠住了我，我们的脚踝勾在一起。"别再想了。"她又说了一次，"你没问题的。"

法庭审判有一项隐性支出，那就是你耗费的时间，有些事，你宁可保留隐私，但现在，这些事正在严重干扰你的生活。你或许会有点羞愧，也许你觉得这与旁人无关。你得请假，得确认自己对官司以外的一切都还能掌控，但是你仍然必须把审判放在第一优先。

就这方面来看，诉讼和试管婴儿没什么两样。

也就是因为这样，再加上凡妮莎和我请假的时间一样多，所以我们决定在走进法院待一整天之前，要先到学校停留一个小时。凡妮莎可以去整理办公桌，扑灭昨天刚冒出来的新火苗，而我则想和露西碰个面。

或者我该说，我们本来是这么打算的。我们从学校停车场走出来，一转弯就看到抗议人士举着广告牌大声数落：

敬畏上帝，不要畏惧同性恋

审判即将来临

酷儿滚出去

同性恋的三项权利：性病、艾滋、下地狱

两名警察站在一旁，谨慎恐惧地监看示威活动。克莱夫·林肯站在这场大灾难的正中央，身上穿着另一套双排扣白西装。"我们来这里是为了保护你们的孩子，"他高喊，"这些孩子是我们伟大国家的未来，如今，他们却暴露在极度的危险当中，即将成为同性恋猎捕的对象。这些同性恋就在这所学校工作！"

"凡妮莎。"我倒抽了一口气，"如果他把你也拖下水怎么办？"

"在媒体大幅度的报道下，我觉得可能性不大，"凡妮莎说，"况且，我在乎的人全都已经知道，至于那些我不在乎的人，呃，他们就能接受。学校不能为了我是同性恋就开除我。"她把身子挺得更直了些。"安杰拉会抢着接我这个案子。"

一辆校车靠过来停下，困惑的学生走下车，教会成员对着他们大呼小叫，将标语举到孩子们的面前。有个瘦小的男孩拉紧连帽T恤的帽子遮住脸，他一看到标语，立刻满脸通红。

凡妮莎向我靠过来。"记得我们早上讲的事吗？他就是另外那十五个孩子的其中之一。"

男孩低下头，似乎想让自己隐形。

"我要出面干涉，"凡妮莎说，"你自己一个人没关系吧？"她没等我回答，便快步走入群众当中，铆起了足球后卫般的劲道排开旁人，来到男孩身边，小心地引导他穿越这片充满恨意的力场。"你为什么不好好去过日子？"凡妮莎对着克莱夫牧师大吼。

"你为什么不去找个男人？"他回应。

突然间，凡妮莎的脸涨得和男孩一样红。我看着她消失在学校门内，企图重新调整学生的注意力。

"同性恋正在教育我们的孩子，这些人想让孩子们转性，去过同性恋的生活方式，"克莱夫牧师说，"让生活在罪恶当中的人来指导这些敏感的年轻人，这是一件多么讽刺的事啊！"

我拉拉一名警察的袖子。"这里是学校。他们本来就不应该来这里抗议。你们不能驱赶这些人吗？"

"不能，除非他们真的有暴力举动。这是民主的相对面，要怪，就去怪那些自由主义分子吧，女士。这种人可以公开吹嘘叫嚣，恐怖分子可以搬进住宅区当你的邻居。愿上帝保佑美国。"他语带讥讽地看着我，嘴里一边嚼着口香糖。

"我对同性恋没什么意见，"克莱夫牧师说，"但是我不喜欢他们的做法。这些人已经享有平等权利了，他们要的是特权。从你们自己的自由一点一滴地夺走这些权利。在他们占了上风的地方，说出自己的心声——也就是我目前正在做的事——会让我因为发表仇恨演说而被打入牢房。在加拿大、英国和瑞典，许多牧师、神职人员、枢机主教和主教因为宣扬反对同性恋的看法，纷纷遭到起诉甚或判刑。在宾夕法尼亚州，像各位一样举着牌子的教会团体被冠上种族威吓的罪名，还遭到逮捕。"

另一辆校车里的学生从人群前经过，其中有个孩子对着克莱夫牧师啐口水，说："讨厌的家伙。"

克莱夫牧师镇定地抹掉脸上的口水。"他们已经被洗脑了，"他说，"我们现在的教育体制还会告诉幼儿园的小朋友，有两个妈咪是很正常的事。如果你的孩子有不同的意见，他会在全班同学面前遭受羞辱。但是这些事不只发生在学校而已。你们可能会和克里斯·坎普林有同样的下场，这名加拿大教师写了一封信投稿，表示他认为同性恋的性爱会危害健康，而且有许多宗教都认为同性恋伤风败俗，结果却遭到学校停职处分。他不过是在陈述事实罢了，朋友们，但他却被留职停薪了一个月。大西洋贝尔通讯公司的安妮·考菲·蒙特，她要求同性恋同事将她的名字从派对舞会通知函的电子邮件收件人名单上移除，就被公司革职。或者你们可能会像理查德·彼得森，这位惠普公司的职员把《圣经》中有关同性恋的经文贴在办公室的隔间里，最后的下场是失业。"

我发现，他是一群哀伤人士的啦啦队队长。他不是让人群靠向他的理想，而是用妄想逼着这些人聚集。

人群的最外围出现了一阵骚动，仿佛有只小狗钻进了毯子底下。某个胸前挂着一个金色大十字架的女人用手肘推挤着我。

"同性恋议程削减了我们基督徒拥抱自己信仰的权利，"克莱夫牧师继续说，"现在，在我们的宗教自由和公民自由受到伤害之前，我们必须反击，以免遭到这些人的踩躏——"

突然间，他被一团黑色的影子打倒，三个穿着西装的家伙立刻将他扶了起来，同一时间，两名警察也抓住了攻击者。我想，在他看清楚出手的是什么人时，他应该和我一样惊讶。"露西！"他高喊，"你到底在做什么？"

一开始，我没弄懂他为什么知道露西的名字，接着我才想起来，她也是永耀会的教友。

显然是在胁迫之下。

我推开群众，挤到克莱夫和两名警员之间，他们夸张地压制露西，两个人各拉着她一只手臂往背后扭去，而这孩子的体重才不过一百磅左右。"把她交给我。"我的声音充满权威，两名警员真的放开了露西的手。

"我们还没完事。"克莱夫说。我带着露西走进校门，回头瞪了他一眼。

"上法庭和我算账。"我告诉他。

我们走进校内，我敢说，她进出校门这么多次，这次能听到大门在她背后关上，应该是她最高兴的一次。她脸色虽红，但却忽青忽紫。"深呼吸，"我告诉她，"一下子就过去了。"

凡妮莎从行政办公区走了过来，看着我们两个人。"发生什么事了？"

"露西和我需要一个地方安静一下。"说话时，我尽可能保持平稳的音调，但其实，我只想打电话给支持同性恋的美国公民自由联盟、安杰拉，甚或是肛门直肠科医师都好，我想找个曾经修理过克莱夫·林肯这种混蛋东西的专家过来。

凡妮莎毫不犹豫。"到我的办公室去，你们想留多久都可以。"

我带着露西大步走向行政办公区——她在这里待过太多时间，全为了聆听助理校长的训诫，然后走进凡妮莎舒适的个人办公室，随手关上门。"你还好吗？"

她举起手，用袖子抹抹嘴巴。"我只是想叫他住嘴。"露西含糊地说。

现在，她一定已经知道我是暴风的中心。报纸刊登了有关这场诉讼案的文章。我昨天晚上刷牙的时候，在本地电台的深夜节目里看到了自己的脸。而这会儿呢，自以为正义使者的抗议人士踏进了学校。考虑到我们两人的音乐治疗课程，我原本不打算让她知道我的私生活，但当下如果还这么做，无异是拿沙包填海。

露西一定是听说了这件事，所以为了她教友对我的诋毁而感到难过。

难过到让她扑倒了克莱夫·林肯。

我拉出一张椅子让她坐下。"你相信他吗？"她问。

"老实说，不相信。"我承认，"他像是马戏团的串场演出。"

"不是。"露西摇摇头，"我是说……你相不相信他说的？"

起初，我只感觉到震惊。我很难想象会有任何人听到克莱夫牧师的话之后，还不嗤之以鼻，把他的话当作谎言看待。但是话说回来，露西只是个青少年。露西上的是福音教会，她听着他的辞令长大。

"不，我不相信他。"我柔和地说，"你呢？"

露西拉扯紧身裤上的黑色线头。"去年有个孩子来这个学校上课，他叫杰若米。他和我分在同一个导师指导班上。尽管他从来没说，但大家都知道他是同性恋。他根本不必说。我是说，其他人都常喊他死基佬。"她抬头看着我。"圣诞节前夕，他在他家的地下室上吊自杀。他的混蛋爸妈把罪推到他在公民考试拿了D。"露西的眼光闪烁，像钻石一样坚硬。"我嫉妒他。因为他可以永远脱离这个地方。他走了，但我不管试了多少次，还是走不掉。"

我嘴巴里有种金属的味道，好一会儿之后，我才明白这是恐惧。"露西，你是不是想伤害自己？"她没回答，于是我瞪着她的小手臂看，想找出上面是否又出现了伤痕，但尽管这阵子天气不冷，她仍然穿着长袖的保暖衬衫。

"我想知道的是，妈的，主耶稣在哪里，"露西说，"当这么深的仇恨像水泥般地困住你然后逐渐干去的时候，他究竟在哪里？哈，去你的上帝。去你的，谁叫你在处境艰难的时候撒手不管。"

"露西，和我谈谈。你是不是有什么打算？"这是最基本的自杀防治辅导，让对方说出他的意图，然后想办法化解。我必须知道她是不是在皮包里藏了药，衣橱里有没有绳子，或是床垫下是不是有一把手枪。

"当你不能成为别人理想中的人时，他们是否会不再爱你？"

她的问题让我立刻住嘴。我发现自己想起了麦克斯。"我猜应该是吧。"露西是不是感情受挫？我应该为她上一次的情绪崩溃负责。据我对这个女孩的认识，她会等着别人离开她，一旦事情真的发生，她会反过来责怪自己。"是不是和哪个男孩子有什么问题？"

她转头看着我，脸上的表情犹如伤口般明显。"唱歌，"露西恳求我，"把这些全都赶走。"

我没把吉他带在身边。我把音乐治疗要用的工具全都留在车里，因为我的注意力全放在聚集的群众身上。我唯一的乐器，是我的嗓音。

于是，我慢慢地清唱起《哈利路亚》，李欧纳·柯恩录制这首曲子的时候，露西还没出生。

我闭着眼睛，用心勾勒出一字一句，唱出祈祷者那种不知上帝是否存在的心声。我抱着期盼，为露西期盼。为了我，为了凡妮莎。也为所有被排除在世界之外、却不见得想融入的人而唱。我们只是不想一再地遭受责难。

歌声结束后，我的眼眶里充满了泪水。但是，露西没有。她面无表情，一如硬石。

"再唱一次。"她命令我。

我唱了第二次、第三次。

在我第六次唱出副歌的时候，露西开始啜泣。她把头埋入双手之中。"不是男孩。"她说了出来。

我小时候曾经收到一个很奇怪的圣诞礼物，寄件人是一个远房阿姨，她在一个亚克力益智玩具里放了张二十块钱的钞票。我得拉开旋转钮，转动各种机制的杠杆，才能找出松开钩子的数字序号，拿出里面的奖金。我本来很想拿榔头打碎玩具，但是母亲说服我，她说我慢慢会弄懂怎么玩。果然，在环环相扣的机制启动之后，我觉得自己不可能出错。轻轻松松地，一扇又一扇的门全打了开来，仿佛从头到尾没上锁。

眼前，同样的情况再度发生，帘幕升起，一个句子启动了背后不同的意义：企图自杀。克莱夫牧师的言论。露西愤怒的攻击。杰若米。他们是否会不再爱你？

不是男孩，露西刚刚说了。

那么，也许是为了某个女孩。

如果说音乐治疗有什么基本规则，那就是你在治疗对象需要的地点进入他的生命，然后将他带到另一个地方。你是个治疗师，只是个触媒，一个不变的常数。你不能把自己代入方程式中去造成改变。而且你很清楚，不能谈到自己。你完全是为了治疗对象而存在。

正因为如此，当露西问起我是否已婚时，我才没有回答。

也因为如此，她才会对我一无所知，而我则对她了如指掌。

这不是友谊，之前我已经对露西说过，这是一段专业治疗的关系。

然而，那是过去的事了。当时我的未来还没被公之于世，还没被大众消费。当时我还没坐上法庭，任由陌生人用瞪视的目光穿透我的肩胛骨。当时，我还没听到一个我讨厌的牧师责骂我是个被神遗弃的人，还没有人把写着"亲爱的，我为你祈祷"的名片从洗手间的门缝下塞给我。

如果我因为恰巧爱上一个女人而遭受到攻击，那么，至少让这件事为其他人带来好处。让我把它传递出去。

"露西，"我静静地说，"你知道我是同性恋，对不对？"

她突然抬起头。"为什么……你为什么要说这些？"

"我不知道你在想什么或有什么感觉，但是你必须知道，这是绝对正常的事。"

她静静地看着我。

"你知道那种感觉吗，你回到幼儿园教室里，在迷你桌椅边坐下，觉得自己好像是梦游仙境的爱丽丝？你没办法想象自己曾经那么小，小到可以坐在这么一点点的空间里？出柜就像这样。你往回看，无法想象自己能再次挤回去。就算克莱夫牧师和他的全体信众怎么用力推，你都回不去。"

露西的眼眸好大，我几乎看不到她虹膜外的白眼仁。她朝我靠过来，差点喘不过气。这时候，有人敲门。

凡妮莎探头进来。"八点四十五分了。"她告诉我。我从椅子上跳起来，如果要准时到达法院，我们恐怕得飞过去。

"露西，我得走了。"我说。她没有直视我，而是看着凡妮莎。她想起克莱夫牧师稍早对她说的话，然后天衣无缝地拼出我的生活，就像我对她做的事一样。

露西抓起背包，一句话也没说，转头跑出了凡妮莎的办公室。

从前我不知道演技和当证人有什么关联。我像是要登台演出似的，为这一刻排演了不知多少次，从默记台词到练习语调的抑扬顿挫，连身上的衣服都是安杰拉亲自为我挑选的（深蓝色合身洋装外搭白色开襟衫，保守的程度让凡妮莎一看到我就忍不住爆笑，还喊我巴克斯特修女）。

没错，我准备了很久。是的，基本上，我已经准备妥当了。还有，是的，我对表演本来就很熟悉。

但是话说回来，我演戏唱歌都是有原因的。我自己也不晓得为什么，但是我会迷失在音符当中，随着旋律漂流，这时，我会忘了自己身在何处。当我为观众弹唱时，我完全相信优势与我同在，而不是在聆听者那一方。不过，我上一次登台演出是在十岁那年，我在《绿野仙踪》里扮演一根玉米秆，出场不到三十秒，我就直接吐在校长的鞋子上。

"我的名字是柔伊·巴克斯特。"我说，"住在威明顿，葛文街六十八号。"

安杰拉开朗地露出微笑，似乎我解决的是微积分难题，而不是简单地叙述姓名和地址。"你几岁，柔伊？"

"四十一。"

"你能不能把自己的职业告诉法庭？"

"我是音乐治疗师，"我说，"在临床环境下，借由音乐来协助病患舒缓疼痛、改变情绪，或是与外界互动。我有时候在老年护理之家为失智症患者进行音乐治疗，有时候在烧伤病房帮换敷料的孩子弹奏，有时会为学校的自闭症学童工作，音乐治疗可以通过十多种不同的手法进行。"

我立刻想到了露西。

"你当音乐治疗师有多久时间了？"

"十年了。"

"你的收入情形如何，柔伊？"

我微微地笑了一下。"一年大约有二万八千美金。会当音乐治疗师，绝对不是因为你梦想过上流社会的生活。会选择这个工作，是因为你想帮助他人。"

"这些钱是你唯一的收入吗？"

"我还是个职业歌手，在餐厅、酒吧和咖啡馆驻唱。我自己创作词曲。虽然光靠这笔钱没办法维生，但还算是一笔不错的外快。"

"你结过婚吗？"安杰拉问。

我早就知道会有这么一问。"有的。我和原告麦克斯·巴克斯特曾经有一段九年的婚姻，目前的配偶是凡妮莎·萧。"

听到回答，观众席传来一阵窃窃私语，我觉得自己好像坐在蜂群当中。

"你和巴克斯特先生有没有小孩？"

"我们有不孕症问题，两个都有。我们流产过两次，一次死产。"

即使到了现在，我依然能看见孩子，他通体泛蓝，和大理石一样木然，指甲、眉毛和眼睫毛都还没有成形，像一件未完成的作品。

"请你向法庭叙述一下你们的不孕问题，以及你们夫妻后续采取了哪些步骤来怀孕。"

"我罹患多囊性卵巢症候群，"我开始说，"我的月经一向不规律，而且不是每个月排卵。另外，我还有子宫黏膜下肌瘤的问题。麦克斯的男性不孕出自遗传。从我三十一岁开始，我们一直努力怀孕，试了四年都没有结果。所以到了我三十五岁的时候，我们开始进行试管婴儿的疗程。"

"这是个什么样的疗程？"

"我必须遵循医疗计划服用或施打不同的荷尔蒙及药剂，让医疗人员从我体内取出十五个卵子，然后注射麦克斯的精子。其中有三个无法发育，八个卵子成功受精。接着，取出这八个胚胎其中两个植入，另外三个先冷冻保存。"

"你有没有成功怀孕？"

"三十五岁那年没有。但是当我三十六岁的时候，我们将这三个冷冻胚胎解冻，植入其中两个，将第三个丢弃。"

"丢弃？这是什么意思？"安杰拉问。

"根据医生给我的解释，这是指胚胎受损，无法着床发育，所以诊所只能选择不予以保存。"

"我懂了。那么你第二次有没有成功怀孕？"

"有的，"我说，"但是在几周之后流产。"

"接下来呢？"

"到了我三十七岁的时候，我们重新进行另一个周期的疗程。这次取出了十二个卵子，其中六个成功受精，我植入两个，另外两个胚胎则先冷冻。"

"结果你怀孕了吗？"

"怀孕了，但是我在第十八周流产。"

"你有没有继续进行试管婴儿疗程？"

我点点头。"接下来的疗程中，我们用了两个冷冻胚胎。其中一个成功植入，另一个在解冻时受损。但是我没有怀孕。"

"当时你几岁？"

"三十九。我知道自己的时间快不够了，所以急着做最后一次的取卵周期，在我四十岁的时候，我取出了十个卵子，七个成功受精，植入其中三个，冷冻三个，丢弃了一个。"我抬起头，"这次我怀孕了。"

"结果呢？"

"那时候，我是全世界最快乐的母亲。"我轻柔地说。

"你知不知道宝宝的性别？"

"当时不知道，我想留作惊喜。"

"你有没有感觉过宝宝在你肚子里踢动？"

即使到了现在，她的话还是会唤醒那种缓慢转动、懒洋洋的、在水中翻滚的感受。"有。"

"你可以形容怀孕当时的感觉吗？"

"我爱死了那个阶段的每一分每一秒，"我说，"我宁愿用一辈子的等待来交换。"

"麦克斯对怀孕有什么反应呢？"

安杰拉告诉过我，要我别去看麦克斯，但是我的目光还是不由自主地被麦克斯吸了过去。他交握双手端正坐着，韦德·普雷斯顿在他身边，偶尔拿起万宝龙钢笔写笔记。

我们怎么会走到这个地步？我看着麦克斯，心里纳闷着。

当我凝视你的双眼，说出与你共度终生的誓言时，为什么没看出事情会有这种发展？

我怎么没发现，某天，我可能会爱上别人？

你怎么没意会到，某天，你会因为我的改变而恨我？

"他也很兴奋，"我说，"他曾经把我iPod的耳机贴在我的肚脐上，好让宝宝听他最喜欢的音乐。"

"柔伊，宝宝有没有怀到足月？"安杰拉问。

"没有。在第二十八周的时候出了错。"我抬头看她。"我在新生儿派对上开始严重抽搐、出血。大量出血。他们急忙将我送进医院，接上心跳监测器。医生看不到胎儿的心跳，只好推来一部超声波机器，继续看了五分钟，这五分钟就像五个小时。最后他们告诉我，胎盘从子宫剥离，孩子……"我咽下口水，"孩子已经没有心跳。"

"接着呢？"

"我还是得把孩子生出来。医生让我吃了药，然后开始分娩。"

"当时麦克斯也在场吗？"

"在。"

"你当时心里想的是什么？"

"我想，这一定是搞错了，"我直视着麦克斯，说，"我想，我会生下宝宝，当宝宝开始踢腿啼哭的时候，他们会发现自己犯了多大的错误。"

"孩子生下来之后呢?"

"孩子没踢,没哭。"麦克斯低头看桌子。"孩子很小,身上一点脂肪也没有,和一般的新生儿完全不一样。他连指甲、眼睫毛都还没生出来,但是他很完美,完美到难以形容,而且他好……好安静。"我发现自己不由自主地往前靠,双手往前伸,仿佛在等待。我强迫自己往后坐好。"我们给他取名为丹尼尔,最后把他的骨灰撒进了大海。"

安杰拉朝我走近一步。"你儿子过世之后发生了什么事?"

"我出现了更多的并发症。当我起身走到浴室时,会觉得头晕而且喘不过气来,随后也开始胸痛。最后才发现我在产后出现了一个血块,而血块来到我的肺部。我开始接受肝素治疗,做了血液检查之后,医生发现我有遗传性疾病,凝血因子浓度异常,基本上,这代表我体内很容易出现血块,而怀孕会让这个情况恶化。但是我提出来的第一个问题还是:我是否能再次怀孕。"

"你得到什么答案?"

"血块很可能再次出现,可能会有更严重的并发症。但是,如果我最后还是想要再试着怀孕,我还是有可能办到。"

"麦克斯希望你再次尝试吗?"安杰拉问。

"我本来以会他会这么想。"我承认,"之前,他一直都和我有相同的共识。但是在医师看诊之后,他向我表示他没办法继续支持我,因为我要孩子的心胜过一切,但是他并不想要这样。"

"那么他要什么?"

我抬起头。"离婚。"我说。

"所以,就在你还没从丧子之痛恢复,而且还要处理这些并发症的时候，你丈夫提出了离婚的要求。你有什么反应？"

"我真的想不起来。我应该在床上躺了将近一个月，稍微一晕眩，我就没办法集中注意力。我什么事也做不了，真的。"

"麦克斯的反应呢？"

"他搬了出去，借住在他哥哥家。"

"协议离婚时，你们找谁担任律师？"

我耸耸肩。"我们各自代表自己。我们没钱也没财产，所以离婚看起来并不复杂。当时我还昏昏沉沉的，连自己怎么出庭的都不记得。凡是递送进来的邮件，我都会签名。"

"办理离婚手续时，你有没有想到过诊所里那三个冷冻胚胎？"安杰拉问。

"没有。"

"你还想要小孩，但却没有想到？"

"当时，"我解释，"我想和爱着我的配偶生个小孩。我以为麦克斯就是那个人，但是我错了。"

"你现在结婚了吗？"

"结婚了，"我说，"和凡妮莎·萧。"光是说出她的名字，就让我觉得呼吸顺畅了些。"她是威明顿高中的辅导老师。我在几年前认识她，当时她要我为一名自闭症学生做音乐治疗。我后来又碰到她，她邀请我为另一个学生治疗，这次是为了一个有自杀倾向的少女。渐渐地，我们开始交起朋友。"

"这期间有没有发生让你们更亲近的事件？"

"她救了我一命，"我淡淡地说，"她发现我大量出血，帮我叫救护车。我做了子宫扩张刮除术之后，从检验报告里得知自己患了子宫内膜癌，必须摘除子宫。对我来说，那是一段非常非常难熬的时间。"

我现在已经不去看麦克斯了，我不晓得他对这些变化有多少了解。

"我知道，在切除子宫之后，我再也不能生小孩了。"我说。

"你和凡妮莎的关系有没有改变？"

"有。手术之后，她来照顾我。我们常一起外出、买生活用品，或下厨等等，后来我发现，如果我没和她在一起，我会真的很想有她做伴。我发现自己喜欢她的程度胜过一般朋友。"

"柔伊，你从前有没有经历过同性之间的关系？"

"没有，"我谨慎地选择用语，"我知道这好像有点奇怪，但是当你会因为细节而受到某个人吸引时，比方说，他们的仁慈、眼睛、微笑，或是他们有能力在你最需要的时候逗得你开怀大笑。这些都是让我爱上凡妮莎的原因。至于她是个女人这件事，呃，当时的确是出乎意料之外，但是这也是整件事当中最不重要的一环。"

"这有点难懂，因为你曾经和一个男人结过婚……"

我点点头。"我想，也就是这样，我才会花了好一段时间才明白自己爱上了凡妮莎。我没有立刻发现。我有女性朋友，但在此之前，我从来没想要和她们发展肉体关系。但是，一旦我们的关系朝这个方向发展之后，我立刻发现这是全世界最自然的事。如果要我的生命中没有凡妮莎，就好比要求我停止呼吸，而去吸水一样的道理。"

"你现在会不会称呼自己为女同性恋？"

"我称呼自己为凡妮莎的配偶。但是，如果我一定得挂上别人制定的标签才能和她永远在一起，那么我也愿意。"

"你爱上凡妮莎之后呢，事情有什么发展？"安杰拉问。

"我搬进她家。今年四月，我们在秋河市结婚。"

"你们在某个时间点上提起想组织一个完整的家庭，是吗？"

"在我们去度蜜月的时候。"我说，"当时我的想法是，在我摘除子宫之后，我不可能再有小孩了。但是我有三个冷冻胚胎，而且都来自我自己的基因……现在呢，我的伴侣有子宫，可以怀孕生子。"

"凡妮莎想植入这些胚胎吗？"

"是她向我提出来的。"我说。

"接下来的发展呢？"

"我打电话给诊所，要求使用这几个胚胎。诊所要求我的配偶到场签字。但是他们指的不是凡妮莎，而是麦克斯。所以我只好去找他，请他同意让我使用胚胎。我知道他不想要小孩，当初他就是为了这个原因才和我离婚的。我真的以为他可以了解。"

"他同意吗？"

"他说，他需要想一想。"

安杰拉交叠着双臂。"你和麦克斯见面时，你是不是觉得他和从前你所认识的麦克斯不一样？"

我看着他。"麦克斯从前是个冲浪客。个性散漫，从来不戴手表，不会预先安排行程，而且老是迟到半个小时。除非我提醒他，否则他不会去剪头发，而且，我不记得我看过他系皮带。当我去找麦克斯商量要使用胚胎的时候，他正在工作。尽管他做的是粗活——他做的是景观工程——他仍然系着领带，而且当天还是星期六。"

"有关胚胎的事，麦克斯有没有回复你的要求？"

"有。"我说得很苦涩，"他回了我一份文件，要为胚胎使用权来控告我。"

"这让你有什么感觉？"安杰拉问。

"我很愤怒，也很困惑。他不想当父亲，这是他自己告诉我的。况且据我所知，他目前没有交往的对象。他不是想要胚胎，而是要我得不到。"

"当你和麦克斯还有婚姻关系的时候，他会不会反对同性恋？"

"我们没认真谈到这些问题，但是不觉得他是个主观的人。"

"在你们仍然是夫妻的时候，"安杰拉问，"你们有没有经常去拜访他的哥哥？"

"很少。"

"你如何描述你和瑞德的关系？"

"我们经常意见不合。"

"和丽蒂的关系呢？"安杰拉问。

我摇摇头。"我没办法了解那个女人。"

"你知道当初瑞德付了第五次试管婴儿疗程的费用吗？"

"完全不知道，一直到听到他的证词之后才知道。当时我们的压力很大，因为我不知道我们该怎么筹出这笔钱，但是某天，麦克斯回到家，表示他找到了办法，办了一张零利率的信用卡，而我相信了他。"我犹豫了一下，纠正自己的说法，"我笨到竟然去相信他。"

"麦克斯有没有对你表示过，他想把胚胎让给他的兄嫂？"

"没有。我一直到看见他提出的动议之后才知道。"

"你有什么反应？"

"我无法相信他会这样对待我。"我说，"我四十一岁了。就算我还有卵子可用，保险公司也不会支付不孕症治疗中取卵的费用。这是我唯一能和相爱的人养育亲生子女的机会。"

"柔伊，"安杰拉说，"你和凡妮莎有没有讨论过这一点，如果法庭准许你取得胚胎的监护权，然后你们生下孩子，麦克斯在这个关系当中要扮演什么角色？"

"麦克斯想怎么样都可以。他做好什么准备，就怎么做。如果他想参与孩子的生活，我们可以理解；如果他不想，我们也会尊重他的决定。"

"所以……你们愿意让孩子知道麦克斯是他们的生父？"

"那当然。"

"而且，在麦克斯愿意的范围内，让他参与孩子的生活。"

"绝对是这样。"

"如果法庭将胚胎判给麦克斯，你觉得自己会有相同的待遇吗？"

我看看麦克斯，再看向韦德·普雷斯顿。"我花了两天时间听他们描述我的生活有多么不正常，而我会做这种选择是邪恶的表现，"我回答，"他们不会让孩子和我的距离少于五英里。"

安杰拉抬头看法官。"我没别的问题了。"她说。

休息的时候，安杰拉和我去找咖啡喝。她不让我一个人走过法庭，因为她担心我会遭受某个韦德特别安排的团体伏击。"柔伊，"她按下贩卖机的按钮，说，"你表现得很好。"

"你这部分算是容易的。"我说。

"这是真的，"她说，"韦德肯定会像狗盯着骨头一样紧盯着你。但是你的回答听起来很冷静、聪明，而且又有同情心。"她把第一杯咖啡递给我。当她正要投币买第二杯咖啡的时候，韦德走了进来，塞了个五十分的钱币进去。

"听说你这次拿不到律师费，律师，"他说，"就当作我的奉献吧。"

安杰拉没理会他。"嘿，柔伊，你知道韦德·普雷斯顿和上帝的区别在哪里吗？"她等了一下，"上帝不会觉得自己是韦德·普雷斯顿。"

我笑了出来，每次听到她的笑话我都是这样。但这次，笑声卡在我的喉咙里。因为就在距韦德的两英尺之外，丽蒂·巴克斯特站着瞪视我。原来她和麦克斯的律师一起下楼，想必是和我一样，都是为了咖啡而来。

"柔伊。"她边说边往前走了一步。

安杰拉代替我发言。"我的委托人没话和你聊。"她跨入我和丽蒂之间。

丽蒂的反应太不寻常，她说："但是我有话要告诉她。"

我和丽蒂不熟，我从来不想进一步认识她。麦克斯老是说我误解了她，说她既有趣又聪明，而且可以背出《西红柿杀手》的每一句台词，天知道这有什么用处。但是我实在不懂这个女人，在现在这个时代，哪还有女人会在家里等丈夫下班，嘘寒问暖过后还为他准备晚餐。麦克斯经常建议我们一起去逛街或共进午餐，多认识彼此一点，但是我猜，在把车子倒出车道之前，我们就已经无话可说了。

但是，她似乎培养出一点勇气了。我心想，这真是令人赞叹哪，夺走别人的胚胎可以换来这么多的自尊。

"谢谢，但是我已经把今天的祈祷时间用完了。"我告诉她。

"和祈祷无关。只是……嗯……"她抬头看着我，"麦克斯不是想伤害你。"

"是啊，我只是连带性地受了伤。"

"我能体谅你的感受。"

她的胆量让我惊讶。"你完全不能体会我的感受。你和我，"我愤愤地说，"没有任何共同点。"

我推开丽蒂离开，安杰拉急忙跟上了我。

"你要教你的委托人怎么展现魅力吗，律师？"韦德大声说。

丽蒂的声音从我背后传进了走廊里。"我们有共同点，柔伊，"她说，"我们都爱这些孩子。"

听到这句话，我停下了脚步，转过身去。

"不管我这么说是否无济于事，"丽蒂静静地说，"我一直认为你会成为一个好母亲。"

安杰拉伸出手臂勾住我的手，拖着我穿过走廊。

"不要理那两个人，"她说，"你知道豪猪和正在开车的韦德·普雷斯顿有什么差别吗？豪猪的刺长在外面。"

但这次，我一点也笑不出来。

在我的成长过程中，我记得母亲不常外出约会，但是其中有一次让我印象特别深刻。有个男人来到了门口，身上喷的香水味比我母亲的还重，他们两人外出共进晚餐。我躺在沙发上看《爱之船》和《奇幻岛》看到睡着，一直到《周末夜现场》播映到一半才醒过来，看到她脱了鞋子只穿着丝袜，睫毛膏晕染到眼睛下面，原本高梳的发髻已经发丝散落。"他人好吗？"我记得自己这样问道，但是我母亲只轻哼了一声。

"千万别信任戴尾戒的男人。"她说。

我当时并不懂。但是现在呢，我赞同她的说法，男人唯一应该佩戴的珠宝是结婚戒指或是超级杯的纪念戒。任何其他配件都是线索，表示你们不会成功。比方说，戴着高中校戒表示他永远不会长大，戴着参加鸡尾酒派对的花哨大戒指代表他是同性恋，只不过本人还不知道。如果是尾戒，这表示他太在意自己，想当楚门·柯波帝第二，对自己外表的注重胜过对你的打扮。

韦德·普雷斯顿就戴着一枚尾戒。

"你的确是受到了各种并发症的折磨，巴克斯特女士，"他说，"有人会说这几乎是《乔布斯传》的情节。"

"抗议，"安杰拉说，"也有人不这么想。"

"抗议成立。律师发表个人看法时请节制。"欧尼尔法官说。

"在这些并发症当中，有的可能会危害生命，是吗？"

"是的。"我说。

"所以，如果法庭把未出世的孩子判给你，你有可能无法看着他们长大，对吗？"

"现在我身上已经完全没有癌细胞了，复发的机会低于百分之二。"我对他露出微笑，"我壮得像匹马，普雷斯顿先生。"

"就算法庭把这几个未出世的孩子判给你和你的女同爱人，没有人可以保证你们可以成功怀孕，这点你应该了解吧？"

"我比任何人都了解，"我说，"但是我同时也了解这是我最后一次能有亲生骨肉的机会。"

"你现在和凡妮莎·萧一起住在她家，是吗？"

"是的，我们结婚了。"

"这个婚姻在罗得岛州不算数。"韦德·普雷斯顿说。

我直直地盯着他看。"我只知道马萨诸塞州发给我一张结婚证书。"

"你们在一起多久了？"

"大约五个月。"

他抬起眉毛。"不算久。"

"我想，我看到好东西的时候绝对懂得珍惜。"我耸耸肩，"还有，我想和她共度一生。"

"当初你和麦克斯·巴克斯特结婚的时候也有这种感觉，是吗？"

他开了第一枪。"提出离婚的人不是我。是麦克斯离开了我。"

"就像是凡妮莎也有可能离开你一样？"

"我不认为这种事有可能发生。"我说。

"但是你不知道，对吧？"

"任何事都有可能发生。瑞德和丽蒂也有可能离婚。"我说出这些话的时候，目光落在旁听席的丽蒂身上。她脸上的血色尽失。

我不知道她和麦克斯之间有什么故事，但绝对是有的。我可以感觉到这两个人之间的连接，虽然看不见，但仍然存在，当她在作证的时候，我觉得自己好像踩在一片通往敞开大门的蜘蛛网上。再加上，她刚才在楼下点心室里讲了：麦克斯不是想伤害你，仿佛她和他讨论过这件事。

麦克斯不可能爱上她。

除了她之外，没有人和我的差别更大。

想到这里，我不禁要微笑。麦克斯也可以这样形容凡妮莎。

就算麦克斯对嫂子倾心，我也无法想象后续的发展。丽蒂太过保守，她是个完美的妻子，是最理想的教会妇女。据我所知，从圣洁美德的高度往下跌，她不可能找到缓冲的空间。

"巴克斯特女士？"韦德·普雷斯顿不耐烦地说，我这才发现自己完全没听见他的问题。

"对不起，可以请你重复一次吗？"

"我说，你之所以会憎恨瑞德和丽蒂，完全是因为他们的生活方式，对吗？"

"我不憎恨他们，只是我们重视的事情完全不同。"

"所以，你不嫉妒他们的财富？"

"不会。钱不是一切。"

"那么，你是因为他们是理想的典范，所以才憎恨他们？"

我忍住笑意。"其实我不觉得他们是理想典范。我觉得他们拿钱买自己想要的东西，包括这几个胚胎在内。我觉得他们用他们的《圣经》来评断我这样的人。这些都不是我想留给孩子的品德。"

"你没有定时上教堂，是吗，巴克斯特女士？"

"抗议，"安杰拉说，"也许我们需要视觉上的刺激。"她拿起两本法律书籍，重重地把第一本放在自己的面前。"教堂。"接着，她把第二本放在辩方席的桌子上。"州政府。"接着她抬头看法官。"看看这中间有多大的空间。"

"真可爱，律师。请回答问题，巴克斯特女士。"法官说。

"没有。"

"你对上教堂的人评价不高，是吗？"

"我觉得每个人都有权利去相信他们想相信的东西，这其中包括什么都不相信。"我补充了最后一句。

凡妮莎不相信上帝。我认为，当初她母亲想借由祈祷来驱逐她内心的同性恋想法，却反而为她关上了宗教组织的大门。我们曾经在夜里谈过这件事。她觉得，只要能在眼前的人生得到她想要的一切，她并不在乎来世。她认为帮助他人的方式有了与《圣经》为人准则完全不同的革新发展。我们也聊到无论我如何不支持宗教组织，我仍然无法明确地说我不相信某种高高在上的力量。我不确定这是因为我紧抓着残余的宗教信仰，还是因为我不敢大声承认自己可能不相信上帝。

我发现，无神论是一种新的同性恋。是那种你不希望任何人知道的事，因为所有负面的揣测都会随之出现。

"所以，你不打算通过任何宗教来抚养这些未出世的孩子？"

"我不知道，"我诚实地说，"我抚养一个被爱、也懂得表现爱的孩子，要懂得自重，要心胸宽大，能够包容每个人。如果我能找到正确的宗教来支持我的想法，那么我也许会加入。"

"巴克斯特女士，你听过包若斯对布雷迪一案吗？"

"抗议！"安杰拉说，"原告律师提及的是监护权案件，而本案是有关财产权。"

"驳回，"欧尼尔法官说，"普雷斯顿先生，你提这个案子有什么用意？"

"在包若斯对布雷迪一案中，罗得岛高等法院的判决是，当双亲离婚之后，取得监护权的家长有权以他们认为对孩子最好的信仰方式，来抚养孩子。再者，在佩堤纳多对佩堤纳多一案也认定，在选择孩子未来的监护人时，必须同时考虑当事人的道德品格……"

"原告律师是想教法庭如何裁决吗？"安杰拉问，"还是说，律师真的有问题要质问我的当事人？"

"有的，"韦德回答，"我的确有个问题。巴克斯特女士，你证实自己经历过数次试管婴儿疗程，但得到的全是彻底失败的结果？"

"抗议——"

"我重新提问。你未曾怀胎足月，有没有？"

"没有。"我说。

"事实上，你还历经过两次流产？"

"是的。"

"然后是一次死产？"

我低头看着自己的双腿。"是的。"

"在你今天的证词当中，你表示自己一直想要小孩，是吗？"

"没错。"

"法官大人，"安杰拉叹口气，"这些问题早就问过，也回答过了。"

"那么，巴克斯特女士，你为什么会在一九八九年谋害自己的孩子？"

"什么？"我惊讶地问，"我完全不知道你在说什么——"

但是我知道。而且他接下来的话也确认了这件事。"你十九岁时，是否曾经自愿堕胎？"

"抗议！"安杰拉立刻从座位上跳了起来，"这与本案无关，而且事情发生在我的委托人结婚之前，我要请法庭立刻将这段话从记录中删除——"

"息息相关，这让大家知道她现在想要孩子，是她想弥补过去的罪孽。"

"抗议！"

我的双手完全麻痹。

旁听席上有个女人站了起来，大喊："杀害婴儿的凶手！"接着，牵一发动全局，威斯特布路教会的群众和永耀会的信众全都开始怒斥。法官要求维持秩序，大约有二十名旁听人士被拉出了法庭的门外。我想象凡妮莎在另一头观看，我不知道她会怎么想。

"普雷斯顿先生，你可以继续发问，但是请省略你的评论。"欧尼尔法官说，"至于旁听席上的人，如果再有骚动，我会宣布本庭禁止旁听。"

我告诉他，是的，我曾经堕胎。我当时十九岁，还在读大学，不是怀孕生小孩的时机。那时候，我以为——愚蠢地以为——将来会有更多机会。

当我说完之后，几乎心碎。堕胎后到现在，我只提起过一次，当时是在不孕症诊所，我必须毫无隐瞒地说出自己的生育记录，否则有可能影响日后怀孕的机会。那是二十二年之前的事了，但是我这时候和当时的感觉一模一样，紧张地发抖，困窘又难堪。

还有愤怒。

依法，诊所不可能将这项信息告诉韦德·普雷斯顿。这表示他的信息来源一定是当时和我同在诊所的唯一另一个人。

麦克斯。

"你是不是基于什么原因才会对法庭隐瞒这件事？"

"我没有隐瞒——"

"是不是因为你以为——而且你是正确的——这会让你流着泪表示自己想要孩子的时候，看起来有些虚伪？"

"抗议！"

"你有没有想过，"韦德·普雷斯顿继续施压，"你之所以不能再次生养孩子，是因为这是上帝以此作为你杀害自己第一个小孩的评断？"

安杰拉光火了。她连珠炮似的对韦德开火，但是他丝毫不打算撤回问题，这个问题悬在空中，像是霓虹灯广告牌一样，就算你闭上眼睛仍然看得到。

而且，就算我没有大声回答，我可能已经用静默说出了答案。

我不想相信一个会因为我曾经堕过胎而惩罚我的上帝。

但是这不表示我没想过这会不会是真的。

"你打算告诉我这究竟是怎么一回事吗？"法官一宣布今日休庭，安杰拉立刻问我，"他怎么拿得到你的医疗记录？"

"他不必找，"我直言，"一定是麦克斯告诉了他。"

"那你为什么没告诉我？如果你在我提问时说，而不是在交叉诘问时被问出来，这件事不会造成这么大的杀伤力！"

这和麦克斯的酒瘾一样。大家都喜欢改过自新的人。如果由我们来提起他酗酒，那么他看起来就像在隐瞒。

而今天，韦德·普雷斯顿正是用这种方式来打造我的形象。

稍早，普雷斯顿收拾好手提箱，脸上挂着彬彬有礼的微笑从我们身边走过。"真遗憾，你没早点知道你委托人的陈年丑事，真的，这么说很恰当。"

安杰拉没理会他。"还有什么我应该晓得的事吗？因为我真的不喜欢惊奇。"

我摇摇头，我仍然全身麻木，但是我跟着她走出法庭。凡妮莎和我母亲在外面等我，她们两个人都是隔离的证人。"里面发生了什么事？"凡妮莎问，"法官为什么把半个旁听席的人都赶了出来？"

"我们上车再说好吗？我只想回家。"

然而，当我们拉开法院大门走到外面时，群众的哗噪和一连串问题立刻迎面而来。

我知道会有这种场面，只是没预料到他们提出的问题。

你当初怀孕几个月堕胎？

孩子的父亲是谁？

你和他还有联络吗？

有个女人朝我走过来。从她身上的黄T恤看起来，她应该是威斯特布路教会的人。她手上的宝特瓶里装了某种综合果汁，但是从我所在的位置看过去，里面的液体像极了血水。

在她朝我扔掷之前，我已经知道她会有这种举动。"有些选择是错误的。"她大声叫嚣。

我往后退，伸手阻挡，宝特瓶落到我的脚边。在我听到凡妮莎的声音之前，我完全忘了她在我身边。"你从来没告诉过我。"

"我从来没告诉过任何人。"

凡妮莎的眼神冰冷。她瞥了走在两名律师之间的麦克斯一眼。"不知道为什么，"她说，"但是我不相信你。"

我的母亲想去追韦德・普雷斯顿，为他挖出我的往事而找他理论。安杰拉拼命劝阻，说出最能打动她的神奇字眼（孙子），她才勉强同意和我们离开，不去闹事。她表示稍晚会打电话给我，看我是否一切安好，但是她很清楚我现在不想谈这件事。这是说，除了凡妮莎之外，我不想找别人谈。开车回家时，我努力解释我在法庭作证时的状况。她一句话也没说。当我提到堕胎的时候，她显然畏缩了一下。

我们终于停好车，但是我再也忍不住了。"你打算一辈子都不和我说话吗？"我大声咆哮，甩上车门，跟着凡妮莎走进屋里。我脱下依然黏答答的丝袜。"这和天主教的想法有关吗？"

"你知道我不是天主教徒。"凡妮莎回答道。

"但是你从前——"

"这和堕胎没有关系，柔伊，是和你有关。"她现在面对着我，手上仍然握着车钥匙，"对一段关系来讲，你漏掉没说的是件大事。这就像是忘了说自己得了艾滋一样。"

"拜托！凡妮莎，堕胎不是性病，不会传染——"

"你认为对自己爱的人说出最私密的事，纯粹只因为这个原因吗？"

"就算我有幸能下决定，那还是个可怕的选择。我并不特别喜欢提起那件事。"

"那么你告诉我，"她争辩，"为什么麦克斯晓得，但我却不知道？"

"你这是嫉妒？你嫉妒我把自己过去某件可怕的经验告诉麦克斯，没告诉你？"

"对，我就是嫉妒，"凡妮莎承认，"可以吗？我是个自私的烂女人，希望自己的妻子能对我完全坦承，就像她过去对她离婚的前夫一样毫无隐瞒。"

"而我也许会希望我的妻子能表示一点同情，"我说，"你怎么不想想我不但被韦德·普雷斯顿狠很谴责了一顿，现在还成了所有宗教人士的头号公敌。"

"我们这个字眼当中不是只有我，"凡妮莎说，"你似乎还不明白。"

"太好了！"我放声大吼，眼泪扑簌簌地流下来，"你想知道堕胎的事吗？那是我这辈子最凄惨的一天。我不得不连吃两个月的泡面，因为我不想开口向我母亲要钱。而且，直到我回家过暑假之前，我都没有告诉她。我没吃医生开给我控制术后痉挛的药，因为我觉得我活该痛苦。当年和我约会的家伙，也就是那个和我一起下决定，认为这是个正确举动的家伙，在一个月之后和我分手。尽管我看过的每个不孕症医师都告诉我，堕胎和试管婴儿疗程无关，但是我从来没有真正去相信。所以，怎么样？你现在高兴了吗？这就是你想知道的事吗？”

我泣不成声地说完话，连自己都听不懂自己在说些什么。我涕泪纵横，头发贴在脸上，我想要她碰触我、抱住我，告诉我这没关系。然而她却往后退。"你还有什么我不知道的秘密？"她问。她留我独自站在屋子的入口，而这地方已经不再像是我的家了。

实际过程只花了六分钟。

我知道，因为我算过。

他们为我说明了我所有的选择。他们为我做采样化验和体检，让我服下镇定剂，用扩张器撑开我的子宫颈，给我表格填写。

这些程序花了几个小时。

我记得护士帮我把脚架到脚镫上，要我移动身体。我记得医生拿起放在消毒布上的扩张器时，器材闪闪发光。我记得吸引仪器发出一种吸入液体的声音。

医生从来没说出"孩子"，没说"胎儿"，她选择的字眼是"组织"。我记得我闭上眼睛，想到了揉成一团，丢进垃圾桶的纸巾。

回校园的路上，我把手放在男朋友道奇旧车的排档杆上。我好想让他的手掌覆盖住我的手。结果，他扳开我的指头。"柔伊，"他说，"让我好好开车。"

我回到宿舍房间时才下午两点，但是我仍然换上了睡衣。我看着连续剧《综合医院》，把全部注意力放在费斯克和斐丽希雅这两个角色上，仿佛一会儿之后要参加随堂考似的。我还吃掉了一整罐花生酱。

我仍然觉得空虚。

我连做了好几个星期的噩梦，梦到了胎儿的哭声。我循着哭声来到宿舍窗外那片院子里，穿着破旧的无袖背心和睡裤蹲了下来，徒手挖掘凹凸不平的泥土，扯出一块块的草皮，石头割伤了我的指甲，最后，我挖到了：

辛迪甜心，我在父亲过世当日埋葬的娃娃。

那天夜里，我完全无法放松。我听到凡妮莎在楼上卧房里走动的声音，当声音停下来之后，我想，她应该是睡着了。于是我在我的数字电子琴前坐下，开始弹奏。我让音乐像绷带般为我包扎，用一个又一个的音符为自己缝合伤口。

我弹了太久，手腕几乎要抽筋。我一直唱到声音嘶哑，唱到觉得自己仿佛是通过吸管在呼吸。当我停下来的时候，我把前额靠在键盘上。弥漫在屋里的宁静太厚太重，简直像是棉絮。

接着，我听到掌声。

我一转身就看到凡妮莎站在门边。"你下来多久了？"

"够久了。"她来到琴凳边坐下，"他就是想要这样，你知道的。"

"谁？"

"韦德·普雷斯顿。他想拆散我们。"

"我不想。"我承认。

"我也不想。"她犹豫了一下，"我在楼上算数学。"

"难怪去了那么久，"我悄悄地说，"你数学烂透了。"

"依我算，你和麦克斯在一起九年。我打算继续和你共度四十九年。"

"才四十九年？"

"捧场一下嘛，这是个好数字。"凡妮莎看着我，"所以，到你九十岁的时候，你有半辈子的时间都和我在一起，而相对来看，你和麦克斯在一起的时间只占了十分之一。你别误会，我还是很嫉妒那段九年的时光，因为不管我怎么做，都没办法和你共度那段岁月。但是，如果你当时没和麦克斯在一起，现在可能也不会陪我在这里。"

"我不是刻意要瞒着你。"我告诉她。

"但是你可以说出来。我太爱你了，不管你告诉我什么事，都不可能改变这项事实。"

"我从前是异性恋。"我板着脸说。

"我收回刚才的话。"凡妮莎笑了，她靠过来亲吻我，用双手捧住我的脸，"我知道你够坚强，可以独自面对这件事，但是你不必。我保证，我以后不会再这么蠢了。"

我靠过去，把头枕在她的肩膀上。"我也要道歉。"我说。我的歉意和夜空一样宽广，没有边界。

凡妮莎

我母亲曾经说过，没涂口红的女人就像少了糖霜的蛋糕。她只要出门，一定会涂上她的招牌色"永志不渝"。每次我们一起到药妆店买阿司匹林或气喘药物的时候，她一定会多带一两支口红，然后放进衣橱的抽屉里，这个抽屉里满满全是一管管银色外包装的口红。"我觉得那家公司的口红不可能缺货。"我这么说过，但是她当然比我了解。"永志不渝"在一九八二年停产。还好，母亲的库存量足够她在往后的十年间使用。在她住院期间，尽管止痛药物已经让她记不清自己的祷文，但是我仍然确实地为她上妆。当她咽下最后一口气的时候，她涂的是"永志不渝"。

如果母亲发现我成了她的美妆守护天使，她一定会觉得很讽刺，因为打从我会走路开始，就想尽办法躲避她魔杖般的睫毛膏。其他的小女孩总是爱坐在浴室的梳妆台前面，看着自己的母亲将自己改造成艺术品，但是我呢，除了肥皂，我没办法忍受在脸上涂抹任何其他东西。母亲唯一成功地拿着眼线笔接近我的一次，是在我演出学校话剧时，让她在我上唇上方画上高魔子的小胡子。

我说这个故事是为了要正式强调这件事：现在是早上七点，我拿着柔伊的眼线笔戳自己的眼睛，还对着镜子龇牙咧嘴，好涂上枫红色的唇蜜。如果韦德·普雷斯顿和欧尼尔法官想看到的是一个居家、懂得搽指甲油，还会烤肉做晚餐的传统女性，那么在接下来的八个小时里，我会让他们看到这样的女人。

（除非我还得穿上裙子才像，但是这种事不可能发生。）

我眼冒金星地往后靠向椅背（上眼线液的时候，很难避免自己挤出斗鸡眼），仔细端详镜子里的成果。这时候，半睡半醒的柔伊摇摇晃晃地走进了浴室。她坐在马桶盖上眨着眼看我。

接着，她吓得倒抽了一口气。"怎么会这样，你看起来怎么好像恐怖的小丑？"

"真的吗？"我伸手揉搓脸颊。"腮红太浓吗？"我对着镜中影像皱起眉头，"我要的效果是五十年代海报女郎的样子，像凯蒂·佩芮一样。"

"呃，你比较像《洛基恐怖秀》里的人物。"柔伊说。她站起来，推着我坐在马桶盖上。接着她在化妆棉上蘸了卸妆乳液，把我的脸擦干净。"说来听听，你为什么突然决定化妆？"

"只是想让自己看起来……女性化一点。"我回答。

"你是说，比较不像男人婆吗？"柔伊纠正我。她双手叉腰。"你知道，你不必在脸上涂任何东西就很好看了，凡妮莎。"

"看吧，就是这样我才会和你结婚，而没有选择韦德·普雷斯顿。"

她靠过来，用刷子沿着我的颊骨轻轻刷。"我还以为是因为我有——"

"睫毛夹，"我笑着打断她的话，"我是为了你的化妆品才和你结婚。"

"够了。"柔伊说，"我觉得很廉价。"她扶着我的下巴，让我的脸侧向一边。"闭上眼睛。"

她在我脸上拍拍抹抹的，我甚至还让她用了睫毛夹——虽然我差点为此瞎了眼。最后，她要我微微张开嘴巴，让她为我涂上口红。

"好喽！"柔伊说。

我本来以为自己会看到变装皇后。相反的，我看到一个完全不同的人。"喔，老天爷，我变成我妈了。"

柔伊站在我身后看着镜子，我们同时看到两个人的镜像。"据我所知，"她说，"这正好是我们最美好的一面。"

安杰拉付了二十块钱给一个工友，让他带着我们从后面的货物出入口进入法院。我们好像间谍小说中的人物，无声无息地穿过锅炉间和堆放着纸巾、卫生纸的储藏室，最后才走进一部摇摇晃晃的肮脏电梯，准备到大厅的楼层。他转动钥匙，按下按钮，然后看着我说："我有个表哥是同性恋。"在带我们进来的整段过程中，这男人讲的话大概没超过四句。

因为我不知道他对这个表哥有什么看法，所以没有响应。

"你怎么知道我们是谁？"柔伊问。

他耸耸肩。"我是管理员，什么都知道。"

电梯出口在书记办公室旁边的走廊上。安杰拉穿过迷宫般的走廊，领着我们来到法庭的门口。一堵货真价实的媒体人墙背对着我们，面对大门口，准备迎接我们从法庭的正门走进来。

其实，我们就站在这群笨蛋的后面。

在这一刻，我对安杰拉的尊敬来到了前所未有的高峰。

"去休息室买个麦片棒之类的东西吃吧，"她建议，"这样一来，当普雷斯顿走进来的时候，你可以来个眼不见为净，而且记者也不会找上你。"因为我还在隔离当中——至少在今天开庭的前几分钟是如此，所以她的话十分合理。我看着她成功地逃过所有人的耳目，将柔伊拉进法庭，穿过走道，这时法庭的工作人员也正好走了进去。

我吃了一条花生酱夹心饼干，结果却有点反胃。其实，我不善于在公开场合说话。就是这样，我才会当辅导老师，而不是站在教室前方。看到柔伊能坐在高脚凳上对着观众掏心掏肺地唱歌，我只能满心敬畏。

不过话说回来，光是看柔伊把杯盘放进洗碗机里，我就已经喘不过气来了。

"你办得到的。"我压低声音说。当我回到法庭的门口时，一名法警已经来到门外等着带我进去。

接下来的流程既烦琐又没有意义，我按着《圣经》发誓，报上名字、年龄和地址。安杰拉朝我走过来，在法官面前，她看起来比平时更镇定，态度也更热切。

"你住在哪里，萧女士？"

"威明顿。"

"你目前有工作吗？"安杰拉问。

"我在威明顿高中担任辅导老师。"

"这个工作有什么责任？"

"辅导九年级到十二年级的学生。我必须确认他们的学业进度，查看他们在家里是否有问题，注意他们是否有忧郁或受虐的情形，指导并协助这些孩子申请大学。"

"你结婚了吗？"

"是的，"我带着微笑说，"我和柔伊·巴克斯特结了婚。"

"你们有没有孩子？"

"还没有，但是我希望这次诉讼能够带给我们好结果。我们的打算，是由我来怀柔伊的胚胎。"

"你有没有和幼童相处的经验？"

"经验有限，"我说，"我偶尔会帮邻居在周末照顾幼童。但是我从朋友身上得知，养育子女必须经过不断的练习和考验，不管你读了多少布列兹顿医师都一样。"

"你和柔伊要如何提供孩子经济上的支持？"

"我们两个目前都有工作，而且会继续下去。很幸运的，我们的工作时间都很有弹性。我们打算分工合作来照顾孩子，而且，柔伊母亲的住处离我们只有十分钟的车程，她很乐意伸出援手。"

"你和麦克斯·巴克斯特之间有什么关联？这是说，假如真有关联存在的话。"

我想到柔伊和我在昨晚的争执。我和这个男人的关联在柔伊，通过她，我们之间永远会有连接。她的心中有一块早已被别人占据的空间。

"他是我配偶的前夫，"我中肯地说，"他和胚胎有血缘关系。我并不真的认识他，我对他的了解全来自柔伊。"

"你愿意让他和你有可能生下来的孩子保持联络吗？"

"如果他想要，当然可以。"

安杰拉直接面对着我。"凡妮莎，"她说，"有没有任何因素让你觉得自己无法适任，不能作为养育孩子的适当人选？"

"完全没有。"我回答。

"证人交给你。"安杰拉转过身去，对韦德·普雷斯顿说。

今天他的一身打扮显然不会带来太大的成功，相信我，如果连我都想评论，那么他绝对称得上丑陋。他穿了白紫相间的格子衬衫，紫黑交错的条纹领带，西装的黑色布料上点缀着黑色、银色和紫色的小斑点。然而最离谱的是抹上了让肤色显得更黝黑的面霜，这个过时的八十年代风格让他看来像是《GQ》杂志的跨页人物。"萧女士。"他要开始提问了。没夸张，我真的低头去看他向我走过来时，背后是不是拖着一道油渍。"你的雇主知道你是同性恋吗？"

我挺直肩膀。如果他想来硬的，那么我随时接招。

毕竟，嗯，我搽了口红。

"我不会自动提出来。老师们在下课时间，通常不会坐下来闲聊自己的性生活，但是我也不会刻意隐瞒。"

"你不觉得家长有权利知道自己的孩子接受的是哪一种辅导吗？"他用轻蔑讥讽的语气说出"辅导"两个字。

"我没听到有人抱怨。"

"你是否曾和青少年讨论过性方面的问题。"

"如果他们提起，我会。有些孩子会为了感情方面的问题来找我。其中有些人甚至会向我透露，表示他们可能是同性恋。"

"所以，你会招募这些无辜的年轻人去加入你的生活方式？"普雷斯顿说。

"完全不会。但是，当其他人——"我停顿了一下，以加强效果，"——表现出排斥态度时，我可以提供一个让他们安心畅谈的场所。"

"萧女士，在辩方律师提问的时候你曾经表示自己是养育孩子的适任人选，是吗？"

"是的。"我说。

"你刚才提到，没有任何因素可以影响你担任家长的能力？"

"应该没有……"

"我要提醒你，你刚刚宣誓过。"普雷斯顿说。

他究竟在打什么主意？

"2003年，你是不是在黑石医院的精神科病房住院接受治疗？"

我愣住了。"当时我刚结束一段感情，自愿住院一个星期，以便处理精神上的压力。我接受了药物治疗，但是之后没有再出现相似的状况。"

"所以你从来不曾精神崩溃。"

我舔舔嘴唇，尝到口红的蜡味。"这样讲太夸张，当时的诊断是精神耗弱。"

"真的吗？就只是这样？"

我抬起下巴。"对。"

"所以，你可以证实自己没有试图自杀？"

柔伊伸手捂住嘴巴。经过昨晚的事，她现在一定会认为我虚伪。

我转头直视韦德·普雷斯顿的双眼。"绝对没有。"

他伸出手，班·班哲明从原告席上跳了起来，递给他一份文件。"我想提供这些数据作为法庭辨认之用。"普雷斯顿说完话，把数据交给书记盖印，然后交给安杰拉一份副本，另一份交给我。

这是我在黑石医院的医疗记录。

"抗议，"安杰拉说，"我之前没看过这份证据，我不明白普雷斯顿先生怎么可能合法取得这份数据，因为医疗记录受医疗保险及责任法案（HIPAA）的保护——"

"我欢迎莫瑞堤女士和我们一起参考她手上的副本。"普雷斯顿说。

"法官大人，在保密状态下，我应该在记录调阅前的几个星期就被告知。萧女士本人甚至不知道这回事。法庭不应该接受这些记录。"

"我提出这些记录不是当作证据之用，"普雷斯顿说，"我只是要检举证人违背誓言说谎。既然我们谈的是日后的监护人，我认为这是个关键：这个女人不只是同性恋，还是个骗子。"

"抗议！"安杰拉怒吼。

"如果莫瑞堤女士需要一点时间来检视记录，我们非常愿意提出休息的建议，给她几分钟——"

"我不需要时间，你这个满口空谈的人。我可以斩钉截铁地说，这些记录不只与本案无关，而且普雷斯顿先生取得数据的手段一定不合法。他的行事不够光明磊落。我不清楚路易斯安那州的情况，但是在罗得岛，我们的公民有法律保护，而萧女士的权利正在受人侵犯。"

"法官大人，如果证人愿意收回证词，并且承认她曾经试图自杀，那么我愿意撤回这些记录。"普雷斯顿说。

"够了。"法官叹了一口气。"我同意资料仅作为辨认之用。但是，在继续进行之前，我仍然要请普雷斯顿先生解释他如何取得这些记录。"

"有人把东西从我旅馆的门缝下塞进来，"他说，"上帝的做法很奥秘。"

我高度怀疑，在黑石医院影印数据的人不会是上帝。

"萧女士，我要再问一次。你是不是因为试图自杀，才会在2003年住进黑石医院？"

我满脸通红，可以感觉到自己剧烈跳动的脉搏。"不是。"

"这么说，你吞下一整瓶止痛药纯粹是意外？"

"我当时陷入了沮丧的状况。我不打算自杀。那是很久以前的事了，而我现在和当时也有很大的差距。老实说，我实在不明白你为什么要捕风捉影地迫害我。”

"那么，我可以说你在八年前曾经陷入沮丧，有精神上的危机？"

"是的。"

"某个意料之外的情况导致你必须住院治疗？"

我低下头。"应该是。"

"柔伊·巴克斯特证实过她曾经患癌症。这点你清楚吗？"

"是的，我知道。但是她现在很健康。"

"癌症有可能复发，不是吗？巴克斯特女士可能再度得癌症，对不对？"

"你同样有可能得癌症。"我说。

而且最好是在接下来的三分钟之内。

"这个想法虽然可怕，"普雷斯顿说，"但我们仍然必须探讨所有的可能性。这样说吧，如果巴克斯特女士再次罹癌，你一定会很沮丧，是不是？"

"我可能会心力交瘁。"

"严重到引发另一次精神崩溃吗，萧女士？再吞下另一瓶止痛药吗？"

安杰拉再次站起来抗议。

韦德·普雷斯顿摇摇头，不表赞同地喷了一声。"在这种情况下，萧女士，"他说，"谁要来照顾这些可怜的孩子？"

我一踏下证人席，法官便宣布休庭。柔伊转身面对她的正后方，也就是我在听众席上的位置。我们都站着，她伸出双手拥抱我。"我好难过。"她喃喃地说。

我知道她想到了露西，想到我如何跨越辅导老师的职责，为这个女孩想出了某个方法，将她拴在这个世界上，而不是任由她离开。我知道她在想什么：我是否在露西身上看到了自己。

我的眼角余光瞄到一抹紫色的影子。韦德·普雷斯顿来到走道上。我轻轻推开柔伊的怀抱。"我马上回来。"

我跟着普雷斯顿穿过走廊，我躲在暗处，看着他热情接受喝彩，提供记者新闻快报的内容。他吹起了口哨，志得意满过了头，没注意到我像个影子般地跟在他身后。他转个弯，推开男厕的门。

我立刻跟进去。

"普雷斯顿先生。"我说。

他眉毛一扬。"怎么着，萧女士。你怎么会走进门上画了个男人的场所呢，我以为过着你这种生活方式的人最不可能犯下这种错误。"

"你知道吗，我在教育界服务。而你，普雷斯顿先生，你真的太需要接受教育了。"

"喔，你这么觉得？"

"是的。"我迅速地瞄了厕所隔间门下一眼，还好，厕所里只有我们两个人，"首先呢，同性恋？这不是生活方式。这是天生碰巧的事。其次，我没有选择去让女人吸引我，这是天性。难道你受女人吸引是经过选择的吗？是在你青春期的时候？在你高中毕业之后？还是说，那是学测的考题？不是的。同性恋和异性恋一样，都不是选择。我之所以会知道，是因为世上没有人会选择当个同性恋。为什么我要让自己面对欺凌、辱骂和肉体上的虐待？为什么我要时时刻刻地让你这种人鄙视、归类？我何必选择一个你所谓的生活方式，然后辛辛苦苦地奋斗？我实在无法想象，普雷斯顿先生，像你这样踏遍世界的人，眼光竟然会这么狭隘。"

"萧小姐。"他叹了一口气，"我会为你祈祷。"

"真感人。但我是个无神论者，所以这实在没什么关系。事实上，我希望你考虑一下，是否该找些比你现在手上那本《圣经》新一点的资料来研究同性恋。自从纪元前五百年到现在，讨论这个主题的文献真的是汗牛充栋。"

"你说完了吗？因为我走进男厕是有原因的……"

"还没有。很多角色都不适用于我，普雷斯顿先生。我没有恋童癖，我不是足球教练，不是机车女郎，就像很多同性恋也不是发型设计师、花艺师或室内设计师。我没有伤风败俗。但是你知道我是个怎么样的人吗？我聪明、有包容心，而且有能力养育儿童。我和你不同，但绝对不比你差，"我说，"像我这样的人不需要调整，我们要的是你们这种人放宽心胸。"

我说完话，已经全身冒汗。韦德·普雷斯顿则是完全保持缄默。

"怎么了，韦德？"我问，"不习惯被女人修理吗？"

他耸耸肩。"随你怎么说，萧女士。如果你想，你也可以站着撒尿。但是听好了，你的胆子不可能有我的大。"

我听到他拉下拉链。

我交叠起双臂。

这下平手了。

"你要离开吗，萧女士？"

我耸耸肩。"你不是我这辈子第一次看到的混蛋东西，普雷斯顿先生。"

韦德·普雷斯顿很快地倒抽一口气，拉上拉链，冲出厕所。我笑到肚子痛，接着，我转身到洗手台边。

一名我没见过的法警走进洗手间，他看到一个高个子女人在水槽边洗脸，还拿着廉价的卫生纸擦脸。"怎么了？"当他瞪着我看的时候，我出声责问，然后从容地走出门去。毕竟，他凭什么认定什么叫正常？

柔伊的母亲在上台作证之前要先和她那杯水说话。

"韦克斯女士，"法官说，"这里不是表演空间。我们能不能开庭了？"

黛拉看着他，一手仍然端着水。证人席旁边的水瓶里只剩下半壶水。"你不知道吗，庭上，水可以感应负面和正面的能量。"

"我不知道水除了会湿之外，还会感应别的东西。"他咕哝地说。

"江本胜博士做过科学实验，"她气冲冲地说，"如果让水在结冰前先听到人类的想法，在结冰时会依这些想法的正面或负面性质，而出现美丽或丑陋的结晶。所以，如果你让水暴露在正面的刺激下，比方说悦耳的音乐、你所爱的人，或是感恩的话语中，然后在结冰之后用显微镜观察，你会看到图案对称的结晶。相反的，如果你让你的水听一段希特勒的演讲、让它看到谋杀案受害者的照片，或是对它说声'我恨你'，结冰后，你只能看到破碎凌乱的结晶。"她抬头看着法官。"我们的身体有超过百分之六十的水分。如果正面的思考可以影响到一杯八盎司的水，你想想看，这对我们会产生什么样的力量。"

法官抬起手揉搓脸颊。"莫瑞堤女士，我看，既然这位是你的证人，你应该不介意她赞美她的那杯水吧？"

"不介意，法官大人。"

"普雷斯顿先生呢？"

他摇了摇头，目瞪口呆地说："老实讲，我连该说些什么都不知道。"

黛拉哼了一声。"总归一句，站在水的角度看，这可能是一种福赐。"

"你可以开始了，韦克斯女士。"法官说。

黛拉举起杯子。"力量，"她以饱满洪亮的声音说，"智慧。包容。正义。"

这个本来应该是造作、怪异、后现代的举动，但在这会儿看来竟然饶富趣味。不管我们这些人各有什么信仰，但是有谁会反对黛拉口中的几项信条？

她拿着杯子靠向嘴边，喝得一滴也不剩。接着，黛拉看着欧尼尔法官。"瞧，真有那么糟吗？"

安杰拉走向证人席。她为黛拉在杯子里加满水。这不是出自习惯，而是因为她知道每个人都会想：黛拉讲的话会改变这杯水，这个效果不亚于把幼童带进屋里来阻断黄色笑话。"可以麻烦你说出姓名地址，以便列入记录吗？"

"黛拉·韦克斯。我住在威明顿瑞茵佛高地5901号。"

"请问你几岁？"

她脸上的血色突然消失。"我一定得告诉你吗？"

"恐怕是的。"

"六十五。但我感觉自己才五十岁。"

"你家离你女儿及凡妮莎·萧的住处有多远？"

"十分钟。"黛拉说。

"你有没有孙子或孙女？"

"还没有。但是……"她敲了敲证人席上的木头。

"我想，这是表示你很期待喽。"

"你在开我玩笑吗？我会是前所未见的好外婆。"

安杰拉走到证人席前面。"韦克斯女士，你认识凡妮莎·萧吗？"

"认识。她和我女儿结了婚。"

"你对她们的关系有什么看法？"

"我觉得，"黛拉说，"她让我女儿快乐，对我来说，这一向是最重要的事。"

"你女儿的感情生活一向都很快乐吗？"

"不是的。在她生下死胎之后过得很悲惨，离婚那段时间也一样，简直像个僵尸。我去她家看她的时候，会发现她仍然穿着我前一天离开时看到的同一件衣服。她不吃、不打扫、不去工作，甚至不弹吉他，只会睡觉，就算她醒着，看起来也像在睡觉。"

"她的情况在什么时候出现了改变？"

"她开始帮凡妮莎学校的学生进行音乐治疗。渐渐地，她和凡妮莎开始外出用餐、看电影、参加节庆活动，或一起去逛跳蚤市场。我很高兴柔伊能找到人谈心。"

"到了某个时候，你得知柔伊和凡妮莎的关系不只是朋友？"

黛拉点头。"有一天，她们到我家去，柔伊表示有重要的事情要告诉我。她说，她爱上了凡妮莎。"

"你当时有什么反应？"

"我很困惑。我是说，我知道凡妮莎成了她最好的朋友，但是当时柔伊说的是她要搬进凡妮莎家里，而且她是女同性恋。"

"听到这些话，你有什么感觉？"

"好像被锄头敲到一样。"黛拉犹豫地说。"我对同性恋没意见，但是我从来没想过自己的女儿是同性恋。我想到了自己永远不会有的孙子，想到朋友会在我背后说什么闲话。但是，我后来终于明白，我会沮丧不是因为柔伊爱上了什么人，而是因为以一个母亲的身份，我绝对不会为她选这条路。没有任何家长希望自己的孩子要为了一些心胸狭隘的人，而必须一辈子奋斗。"

"现在呢，你对你女儿的这段婚姻有什么看法？"

"每当我和她在一起的时候，我只看到凡妮莎带给她多少快乐。就像是罗密欧与朱丽叶。只是少了罗密欧，"黛拉补充，"而且有个圆满的结局。"

"如果她们有小孩，这件事会不会让你觉得不舒服？"

"我想不出有哪个家庭比她们更适合养小孩。"

安杰拉转身。"韦克斯女士，如果你能够决定，你会希望看到柔伊和谁一起抚养小孩，是麦克斯还是凡妮莎？"

"抗议，"韦德·普雷斯顿说，"臆测性问题。"

"好了，好了，普雷斯顿先生，"法官回答，"不要在水的面前这样说话。我允许证人回答。"

黛拉看着坐在原告席上的麦克斯。"这个问题不应该由我来回答。但是我可以这么说：麦克斯抛弃过我的女儿。"她转头看着我。"而凡妮莎呢，"她说，"绝对不会放手。"

作证结束之后，黛拉来到听众席上，坐回我为她保留的隔壁座位。她握住我的手。"我表现得怎么样？"她低声问。

"太专业了。"我告诉她，而且这是肺腑之言。韦德·普雷斯顿在交叉诘问时无可发挥，只能原地打转，甚至可以说是苟延残喘。

"我练习过。我昨天整晚熬夜排列我的脉轮。"

"看得出来。"虽然我完全不知道她说的是什么东西，但是我仍然这么回答。我看着黛拉，她戴了一只磁石手环，一条挂了药草袋的项链，还带着好几个具有疗效的水晶。有时候我还真纳闷，不知道柔伊是怎么长大的。

但是话说回来，你也可以这么问我。

"我真希望我妈能见到你。"这次轮到我凑向她的耳边说话。其实我真正想说的是：我真希望我母亲的心胸能有你的一半大。

不孕症诊所的负责人安·佛尔契医师带了一整箱资料出庭，这些都是柔伊和麦克斯的就诊记录，法院书记稍早已经将副本交给了双方律师。佛尔契医师的银发刚好碰到黑套装的领口，她的脖子上用链子挂了一副斑马纹的老花眼镜。"我在2005年认识巴克斯特夫妇，"她说，"他们从那一年开始试着怀孕。"

"你的诊所有没有提供协助？"安杰拉问。

"有的，"佛尔契医师说，"我们提供了试管婴儿疗程。"

"能不能请你叙述一下，告诉我们诊所如何为求诊的夫妇进行疗程？"

"一开始要为他们做医疗诊断，通过许多不同的检验来确认不孕的原因，再根据检验的结果拟定详细的疗程。以巴克斯特夫妇的例子来看，麦克斯和柔伊两个人都有不孕的问题。因此，我们将麦克斯的精子分别注射入柔伊的卵子里。至于柔伊呢，她必须先接受几个星期的荷尔蒙疗程以促进排卵，之后，我们必须在精准的时间取出这些卵子，随后再用麦克斯的精子来让卵子受精。举例来说，在第一个周期，柔伊排了十五个卵子，其中有八个成功受精，在这八个当中，我们为柔伊植入两个优秀的受精卵，其他三个状况良好的则先冷冻起来，以便在未来的周期再利用。”

“所谓‘状况良好’是什么意思？”

“有些胚胎看起来比其他胚胎均匀、规律一点。”

“也许是因为有人对着他们弹奏优美的音乐，或是呢喃感恩的细语。”普雷斯顿咕哝。我朝他望去，但是他只顾翻阅医疗记录。

“我们原则上会为一名病患植入两个胚胎，如果病患年纪稍长，我们会植入三个，因为我们不想让产妇成为多胞胎母亲。若是有其他状况良好，而且可以在未来使用的胚胎，我们会先冷冻起来。”

“你们怎么处理状况‘不良好’的胚胎？”

“我们会丢弃这些胚胎。”医师回答。

“怎么丢？”安杰拉问。

“这属于医疗废弃物，必须焚化。”

“柔伊上一次的取卵周期有什么状况？”

佛尔契医师把眼镜推到鼻梁上。“她在四十岁的时候怀孕，二十八周之后生下死胎。”

“在那次疗程结束之后，还有没有胚胎剩下？”

“有，三个。三个冷冻胚胎。”

“那些胚胎现在在哪里？”

“在我的诊所里。”医师说。

“这些胚胎有存活能力吗？”

“必须在解冻之后才知道，”她回答，“可能还可以用。”

“在上一次的疗程之后，”安杰拉问，“你最近一次见到柔伊是什么时候？”

“她到诊所来要求使用胚胎。我向她解释，根据原则，我们必须先取得她前夫的签名同意，才能让她使用胚胎。”

"谢谢你,我没有别的问题了。"安杰拉说。

韦德·普雷斯顿用指头敲打原告席的桌面,在出手攻击之前稍微考虑了一下。"佛尔契医师,"他说,"你刚刚说,状况不好的胚胎要丢弃,用焚化的方式,是吗?"

"是的。"

"焚化的意思就是'烧掉',对不对?"

"是的。"

"也就是说,"他站起来说,"有人过世时,我们有时候也会这样做。火化遗体。对吧?"

"是的,但是胚胎不是人。"

"然而处理方式和亡者相同。你不会把它们冲进马桶里,而是把它们烧成灰。"

"有一个重点大家必须知道,百分之六十五的胚胎都是不正常的,或是会自然毁损的。"医师说,"本案的双方当事人都曾经签下合约,其中包括他们愿意让诊所焚化不适合植入或不适合冷冻的胚胎。"

听到"合约"这两个字,韦德·普雷斯顿立刻转头。坐在我面前的安杰拉突然坐直身子,而欧尼尔法官向佛尔契医师倾身靠过去。"什么?他们签了合约?"

法官要求检视合约,佛尔契医师把文件递给他。法官静静地看了一会儿。"根据这份合约,在双方离婚的时候,诊所应该要销毁剩下的胚胎。佛尔契医师,为什么诊所没有依约执行?"

"我们不知道巴克斯特夫妇离了婚。"医师说,"当我们得知之后,情况已经很清楚了,他们准备提出诉讼。"

法官抬头看。"呃,这让我的工作轻松多了。"

"不。"柔伊喘着气，安杰拉和韦德·普雷斯顿同时跳起来高喊抗议。

"庭上，我们请求休庭——"安杰拉说。

"要求到法官大人的办公室讨论。"普雷斯顿打断安杰拉的抗议。

欧尼尔法官摇摇头。"我有足够的理由相信我的时间完全被浪费掉了。律师请上前。"

柔伊转过头来，惊慌失措地问："他不会这样做，对不对？我不能因为一个技术用语失去孩子。"

"嘘……"我说。但是我不只是要安慰她而已。律师在前方讨论得正热烈，我的距离够近，听得到他们在说什么。"为什么律师不知道有这份合约存在？"法官问道。

"我的委托人从来没提过这件事，法官大人。"安杰拉回答。

"我的委托人也没有，我们甚至不知道有这份合约。"普雷斯顿加上一句。

"但是你们两个的委托人都在上面签了名，"法官指出来，"我不能无视于合约的存在。"

"在签过合约之后，情况有了改变。"普雷斯顿说。

"而且判例法——"

法官举起一只手。"你们有一天的时间。明天早上九点钟，我们重新召开听证会，讨论是否该强制执行合约内容。"

安杰拉往后退。"什么？"

"我们需要多一点时间。"普雷斯顿坚持要求。

"你们知道我需要什么吗？"法官怒斥，"我要律师在走进我的法庭之前确实做好功课。我需要懂得基本合约的律师，随便找个法律学校一年级的学生都可以轻轻松松找出这个案子的问题。而我不需要的呢，是两个明明可以好好利用时间，却光是会发牢骚和抱怨的律师！"欧尼尔法官大步离开法官席，书记官急忙要大家也跟着起立，这仿佛是法官一腔怒火引发的磁效应。

安杰拉在法院楼上找到了一间小会议室，柔伊、黛拉和我跟着她走进去。"说。"她和柔伊隔着桌子面对面坐下，这时的柔伊已经陷入了混乱的情绪。

"如果我们双方都还想要胚胎，他不能下令诊所销毁，对吧？"柔伊边哭边说。

"合约就是合约。"安杰拉冷冷地说。

"但那是同意书。就像你要接受麻醉之前签下的文件。我们一心只想要孩子，我以为如果要诊所同意，就必须钩选所有的选项。"

安杰拉扬起眉毛。"所以你没有读完整份文件？"

"那份文件有二十页！"

安杰拉闭上眼睛，摇着头说："太棒了，简直是棒透了。"

"这件事会让法官将判决延缓多久？"我问，"这其中也牵涉那几个胚胎。"

"他可能会很快判决，"安杰拉说，"他可能会根据那份该死的合约，在明天早上九点十五分就下令执行销毁。这绝对会让他轻松脱身，因为他只不过是遵循判例罢了。而且，和所罗门王的判决相比，这么做还可以无损他的名誉。"她站起来，拿起公文包。"我要走了。在明天早上之前，我有一大堆苦差事要做。"

她走出会议室，随手关上门。柔伊双手掩面，喃喃地说："我们就差这么一点点了。"

黛拉俯下身亲吻柔伊的头顶。"你得吃点东西，"她说，"世上没多少奥利奥解决不了的事。"

她下楼找自动贩卖机采购。这时候我按摩柔伊的后背，觉得好无助。"这他妈的所罗门是什么东西？"我问。

柔伊发出一声轻笑。"不会吧？"

"什么？我应该认识他吗，他是什么知名律师还是政治家？"

她坐直身子，擦了擦眼睛。"他是《圣经》中一个绝顶聪明的国王。有两个女人带着一个孩子来找他，两人都宣称自己是孩子的妈，所罗门王建议拿刀把孩子劈成两半，让每个女人各拥有一半。其中有个女人立刻歇斯底里起来，表示自己宁可放弃，也不愿意杀了孩子。所罗门王就是这样判断出谁是孩子真正的母亲。"柔伊犹豫了。"你知道吗，我真的会这样做。我宁愿把这几个胚胎给麦克斯，也不愿意眼睁睁看着它们被销毁。"她擦擦眼睛。"你本来可以当个最棒的母亲的，凡妮莎。"

"事情还没有真正结束。"我回答。

我这么说，是因为柔伊需要听到这句话。

然而我已经开始想念自己未曾拥有的东西了。

麦克斯

第二天早上我上楼走进厨房，看到韦德·普雷斯顿正拿着槭糖浆往松饼上淋。他看起来神清气爽，精力充沛。我的模样恐怕和他有天壤之别。我昨晚恐怕睡不到五分钟。不过话说回来，我相信韦德有一群手下为他搜集资料。他可能看完《雷诺今夜秀》就结束了他的一天。

"早啊，麦克斯，"韦德说，"我正在向瑞德解释合约法。"

当丽蒂靠过来为我摆放餐盘的时候，我闻到芒果和薄荷的味道，这个气味好像夏天。她穿着睡袍。我后颈上的毛发全竖了起来。

我纳闷了好一会儿，不懂韦德为什么要向我哥哥解释他的法庭攻防策略，而不是对我说明。"如果老山羊决定一字一句地依循合约，"韦德说，"我可以发动国内所有主张胎儿权利的团体，他会在无法想象的风暴中退休。他知道我有这种本事，所以我相信他在判决之前一定会三思。"

"话说回来，"瑞德说，"如果教会成了案子里的受害者，这会让我们置身于同情的光环当中。"

我看着他。"不是教会。"

"你说什么？"韦德问。

"不是教会，是我。这些是我的胚胎，是我未出世的孩子。"

"好了，麦克斯，"韦德喝了一大口咖啡，从杯子的上方看着我，"别让法官听到你说这种话。你不能放感情在这上面，这些孩子会是你哥哥嫂嫂的。"

水槽传来当啷一声。丽蒂手上的汤匙掉了。她把汤匙重新放回杯盘架上，一转过身，发现我们全盯着她看。"我得去换衣服了。"她说完话，没有迎视我的目光，转身就离开了厨房。韦德继续说话，我则凝视洒落在她方才位置上的一片阳光。

克莱夫牧师缺席了。他偏偏选了我在法庭上最需要他的日子，他通常坐在我的正后方，但是那个位子上显然没有人。

我心想，柔伊应该有同样的心情。因为现在是九点零五分了，已经开庭，但是她的律师却还在闹失踪。

"我来了，我来了。"安杰拉·莫瑞堤冲进门，扯开嗓门大喊。她的衬衫没塞进裙子里，搭配套装的不是高跟鞋，而是球鞋。她的脸颊上有一抹痕迹，有可能是果酱，也可能是血迹。"我家小孩把培根塞进厢型车的CD音响里，"她解释，"对不起，耽搁了。"

"你随时可以开始了，律师。"欧尼尔法官说。

安杰拉翻找手提箱的文件，先抽出一本海绵宝宝着色簿，一本《轻食料理》杂志和一本小说，最后才找到她的笔记。"法官大人，强制执行像巴克斯特夫妇签下的这种合约，全国只有一例。在凯斯对凯斯一案当中，双方都曾经签下表格，表示日后双方若是离婚，而且无法对胚胎的安置方式取得共识，将由诊所丢弃胚胎，而法庭执行了这个合约。法庭的思维是，如果当初双方愿意受到同意书的束缚，那么法庭当然可以强制执行。然而，在国内少数有关胚胎捐赠的其他案例当中，法庭主要是将胚胎判给不希望受赠者使用胚胎成功生育的一方。在戴维斯对戴维斯一案中，母亲原来希望自己使用胚胎，但后来决定捐赠，这使得法庭转而将胚胎判给原来不希望成为父亲的男方。法庭的说法是，倘若事前签订了合约，那么双方理当遵守，但如果没有合约存在，那么在双方是否愿意成为父母的意愿相左时，法庭必须平衡双方的权利。在马萨诸塞州的A.Z.对B.Z.一案中，在双方签订的同意书上，夫妻如果离婚，胚胎必须归属妻子所有。然而前夫取得了法院强制令，阻止妻子使用。法庭的立据是，同意书是在离婚之前签订，当时双方也都出自个人意愿，同意不使用胚胎来生育。也就是说，虽然这个案子中的确有一份合约，但是开庭当时情况与签约时已经有了大幅的改变，强制执行无疑是缺少了合理性。再者，法庭也表示，就公共政策的角度来看，如果执行合约，有违其中一名捐赠者的意愿而让他或她成为父亲或母亲，会是一个错误的决定。"

安杰拉扣上外套的扣子。"在新泽西州的J.B.对M.B.一案中，合约中签订若有离婚，胚胎必须销毁。然而在离婚时，前妻仍然希望销毁胚胎，但前夫却表示这么做有违他的宗教信仰，同时也剥夺他日后成为父亲的权利。这次和麻省不同，法庭没有执行合约不是因为这个做法有违公共政策，而是因为在胚胎销毁之前，当事人有权改变心意，决定自己是否要使用胚胎，或真的要销毁。合约必须是一份毫无歧义的正式文件，上面记载的是两造双方的意愿，很明显的，在J.B.对M.B.一案中并非如此，于是法庭判不愿意当母亲的一方胜诉，因为这个父亲可以在日后生养小孩。"

她转头看着柔伊。"这几个案子和本案之间的差别，庭上，在于我们的双方当事人都不愿意销毁胚胎。原因虽然各有不同，但是柔伊和麦克斯都想争取。然而，庭上，其他案例中有个共通原则可以适用于本案，也就是说，现在和同意书签订当时的情况不同，其间经历了离婚、再婚以及宗教信仰的改变，因此合约已经不再具有法律上的约束作用。今天，双方都愿意给这些胚胎机会，对你来说，强制执行合约不但不恰当，而且还会成为恶例。"

法庭的后方传来吵闹声。我转过头，看到克莱夫牧师急匆匆地穿过走道。他的脸色几乎和西装一样惨白。他俯身靠向旁听席的栏杆，依在班·班哲明和我之间。这时韦德站了起来。

"我能打垮她。"克莱夫牧师低声说。

"真高兴看到你坐在椅子上，庭上，因为我们总算完全同意了莫瑞堤律师所讲的每一件事。"韦德开始说。

班坐在椅子上转过头问："真的吗？"

克莱夫牧师点点头。班站起来，朝正在发言的韦德走过去。"事实上，我们宁愿让一对女同性恋伴侣拥有胚胎，也不愿眼见它们被焚化——"当班靠过去窃窃私语的时候，韦德突然住口。"法官大人？"韦德问，"我们可以要求休息吗？"

"搞什么？"安杰拉·莫瑞堤说。

"我的律师同事告诉我，我们刚刚取得一项足以影响您对本案判决的新证据。"

法官看着他，接着又看向安杰拉。"休息十五分钟。"法官宣布。

旁听席的听众离开之后，韦德将安杰拉·莫瑞堤拉到一边，悄声地和她说话，没多久，安杰拉找来柔伊，将她推出法庭。"没有比现在更适合赞美玛利亚的时机了，这一刻仿佛是订做来的。"韦德回到我身边。

"怎么了？"

"你的前妻马上要被控骚扰学生，"他说，"换句话说，你可以去买个婴儿车或摇篮了。没有任何法官会把孩子判给儿童性骚扰犯。

依我看，你已经是胜券在握了。"

    但是我只听到他前半段的话。"柔伊绝对不会做这种事，这不会是真的。"

    "是真是假都没关系，"班说，"重点是要让法官听到。"

    "但是这样不对，柔伊可能失去工作——"

    韦德一挥手，挥开我的不安，把我的话当作蚊子一样拍开。"麦克斯，好孩子，"他说，"你要看的是奖品。"

柔伊

"拜托你告诉我，说你从来没听过露西·杜伯瓦这个女孩。"安杰拉说。

我立刻想到露西的模样，红色的长发，咬得短短的指甲，还有手腕上一道道犹如台阶的疤痕。"她没事吧？"

"我不知道。"安杰拉的声音听起来太紧绷，简直像个弹簧。"你有没有什么事要告诉我？"

凡妮莎拉来一张椅子，在我身边坐下。我们回到前几天那间小会议室里，但是今天下雨，窗外的世界纯美又苍翠，草地青绿到几乎刺眼。"她是一个患有严重忧郁症的学生。"凡妮莎向安杰拉解释，然后她碰碰我的手臂，"你不是说她两天前很沮丧吗？"

"她提起要自杀。喔，天哪，她该不会真的自杀了吧？"

安杰拉摇摇头。"她的父母指控你对她性骚扰，柔伊。"

我惊愕地眨眨眼，我一定是听错了。"什么？"

"据他们说，你对她动过两次手。"

"太荒唐了！我们的关系完全只限于音乐治疗！"我转头对凡妮莎说，"告诉她。"

"这个女孩的情绪非常不稳定，"凡妮莎说，"在露西的口中，就算是一粒盐也会变成一座盐山。"

"所以，当有位葛丽丝·贝理佛签下一份声明，指称她看见柔伊和那个女孩以暧昧的姿势相处时，这件事才格外有杀伤力。"

我全身的骨头好像快散开来了。"谁是这个葛丽丝·贝理佛？"

"她教数学，"凡妮莎说，"我想你见过她。"

我有个短暂但鲜明的印象，在我和露西结束那堂让她情绪特别激动的疗程时，一名剪短了黑发的女老师探头进教室看。我的手放在露西的背上，轻轻绕圈揉着她的后背。

可是她当时在哭。我想这么说。

不是你们想的那样。

在那次疗程当中，我边弹乌克丽丽边唱儿童节目《巴尼和朋友》的主题曲。我告诉露西，说我知道真相，她拒绝我是因为她没办法封闭自己。我告诉过她，我不会离开她，永远不会。

"这个女孩指称，"安杰拉说，"你对她说你是同性恋。"

"拜托。"凡妮莎摇头。"经过媒体的大肆报道，还有谁不知道？不管这是怎么一回事，不管他怎么说柔伊，这全是编出来的。"

"我的确曾经告诉过她我是同性恋，"我承认，"是在上次我见到她的时候。在音乐治疗时最不该做的事，就是把自己带入治疗当中，但是当时克莱夫牧师有关同性恋的言论让她很沮丧。她再次提到自杀……我也不知道。我只是有种感觉，觉得她好像在质疑自己的性取向，而她的家庭不可能支持这种事。我以为，如果让她知道某些她尊敬的人——比方说我，能够同时是正直的人又是女同性恋，也许这会对她有所帮助。我只是想给她一些实质的帮助，你知道的，而不是她在教堂里听到的说教。"

"她参加克莱夫·林肯的教会？"安杰拉问。

"对。"凡妮莎说。

"嗯。这解决了谜团,说明克莱夫牧师怎么会有这个内幕消息。"

"这么说,他们还没有公开提出指控?"凡妮莎问。

"没有,"安杰拉说,"还有,这是个大惊喜,韦德表示他可能可以说服这家人不要将事情公开。露西家里一定有人去找过克莱夫牧师咨询,他们说不定会把她本人带过来。"

不是男孩,露西曾经这样说。

是个女孩。

会是我吗?她对我的感情是否超过了友谊?她会不会说了什么话、唱了什么歌,或是写下什么误导她父母的作品?

说不定露西什么都没做,而只是终于鼓起勇气出柜……结果被她的双亲扭曲成谎言,因为这让他们比较容易接受?

"她的母亲是个怎么样的人?"安杰拉问。

凡妮莎抬起头。"很温顺,完全听从丈夫的指挥,我从来没见过她。"

"露西有没有兄弟姐妹?"

"三个妹妹,都还是中学生,"凡妮莎说,"这是她母亲的第二段婚姻,据我所知,露西的生父在她小时候就过世了。"

我转头看着她。"你相信我,你知道我绝对不会对她做那种事,对不对?"

"我相信你,"安杰拉说,"说不定连法官也会相信你。但是在那之前,柔伊,你必须在法庭内备受煎熬。报章媒体会大肆渲染这项指控。就算我们赢得诉讼,大家仍然会记得你遭受过指控。"

我站了起来。"我必须找露西谈谈,如果我能够——"

"我不要你去接近她,"安杰拉喊道,"你知道韦德会怎么炒作这件事吗？"

我震惊到说不出话来，跌坐回椅子上。

"你得好好思考一下，柔伊，"她说，"因为你有可能取得胚胎，但是要赔上事业。"

安杰拉要求休庭一天，在重新开庭之前先消化这条新信息。我母亲、凡妮莎和我再次从工友电梯溜到停车场，但是我这次完全没有智取对方的感觉，只觉得自己躲躲藏藏见不得人。

"陪我去散个步。"我们一走出外面，母亲就这么说。

我们的位置在法院的后面，离货物出入口不远。我要凡妮莎稍晚在车里和我碰面，然后跟着母亲走到一个绿色的大型垃圾桶旁边。有两个女人在这里抽烟，身上穿的夏日洋装把她们绷得像香肠。"杜恩是个混蛋，"其中有个女人说，"他回家时，我希望你叫他去跳湖。"

"抱歉，"我母亲说，"我们想私下谈点事。"

两个女人瞪着我母亲，把她当疯子看，但还是转身离开了。"你记不记得我发现我在旅行社赚的钱足足少了贺德·史隆四千块？"

"有点印象。"我说，我当年十二岁。我记得母亲当时说：罢工就是罢工，就算你参加的是一人工会也一样。

"你记不记得你上幼儿园的时候，班上老师要你们读《我的马戏团》，结果我去抗议，因为书里传达了虐待动物的想法？"

"记得。"

"你也知道，每当有女性候选人出来竞选公职，我总是第一个举牌支持的人。"她补充道。

"你的确是。"

"我讲这些话是想提醒你，我一直是个斗士。"

我看着她。"你觉得我应该正面迎战韦德·普雷斯顿?"

母亲摇头。"其实,柔伊,我觉得你应该放手。"

我只能瞪着她。"所以你是要我放任这个少女的家庭四处散播毁谤我的谎言,然后坐视不管。"

"不是,我是想到了你,想到怎么做对你最好。住在小地方的人——罗得岛本身就像个小地方,宝贝——会牢牢记住很多事。但这些记忆不见得正确。我记得,有个和你同年毕业的孩子母亲不知道怎么搞的,一直记得你爸爸是心脏病突发,死在情妇的床上。"

"爸爸有情妇?"我惊讶地问。

"没有。重点就在这里。但是那个女人非常肯定,因为在她的记忆中情况就是如此。就算你去拥抱一个哭泣的女孩是个绝对正确的举动,就算你是她人生当中唯一一个对她释出善意、了解她的人,这个社会里的人也不会这样去记忆这件事。几年之后,你还是那个遭指控与学生太亲近的人。"母亲抱住我,"把胚胎给麦克斯,然后往前看。你还有个漂亮的伴侣,她可以有小孩。你还有你的音乐。"

我感觉到一颗孤零零的泪水滑下脸颊,于是我转过头去。"我不知道该怎么办。"

她哀伤地笑着。"如果你在游戏结束之前抽身离开,你就不会成为输家。"

我发现,这正是露西会说的话。

凡妮莎没有开车回家,而是来到了朱迪岬灯塔。我们脱掉鞋子,光着脚踩在灯塔建筑边的草皮上,还帮一对来度假的年长游客照了一张相。我们用手遮着眼睛挡阳光,想分辨出海上的渡轮究竟是朝布洛克岛去或是返航。灯塔旁有个相连的公园，我们手牵着手坐在公园的长凳上，没理会一看到我们就皱着眉头转身离开的女人。

"我要告诉你一件事。"凡妮莎终于开口。

"你要说我们可以领养小孩？"我猜。

她歪着头，她想的似乎不是这件事。"我在证人席上说了谎。"

"我知道。我也在场，记得吗？"

"不是企图自杀这件事。不过，那件事我也说了谎。我说的是住进精神科医院的原因。"她看着我，"我当时说是因为我刚结束一段感情。其实，那大概只说对了一半。那是一段关系没错，是工作关系。"

"我不懂……"

"那时候我在缅因州一所私立学校当辅导老师，"凡妮莎说，"同时也担任陆上曲棍球队的教练。在一场校际比赛中，我们的队伍大胜对手，所以我邀孩子们到我住处吃晚餐庆祝。我的住处是租来的，房东也是老师，他带着家人去意大利休长假。因为刚租不久，所以我连他的东西放在哪里都不清楚，比方说洗碗机的清洁剂、备用的卫生纸之类的用品。总之，有几个女孩逛到地下室去，发现一个酒窖。似乎是其中有个孩子打开一瓶酒喝掉，另外几个队友觉得良心不安，于是告诉了校长。尽管我告诉过他，表示我完全不知道那几个女孩在楼下做什么事，而且我甚至连地下室里有个酒窖都不知道，他还是要我做个决定。我可以公开遭到辞退，也可以静静地自己辞职。"她抬起眼睛看着我。"所以我才会那么做，而且我痛恨过程中的每一分、每一秒，这明明不是我的错，但是我仍然受惩罚，充其量，整件事也只能算是意外。结果我严重沮丧，在几乎害死自己之后，我才了解到自己不能继续活在那一刻。我没办法改变那件事，不能改变孩子们说出口的话，更不能花下半辈子的时间去担心事件什么时候要反扑，缠着我不放。"她把我的头发塞到我耳朵后面。"别让他们剥夺你的工作。如果这代表你必须反击，那么你就去反击。但是，如果这代表你可以用那几个胚胎换来韦德·普雷斯顿的沉默，那么你要知道我可以理解。"她露出微笑，"你和我已经组成了一个家庭，有没有孩子都一样。"

我抬头看向灯塔。灯塔上有个牌子，上面写着灯塔最初建于1810年，在1815年飓风过后重建，而且这次用石头砌造，更大也更坚固。但尽管这地方有了一座灯塔，海难仍然频频发生。

安全是一种相对的感觉。你可以紧紧靠着岸边行进，距离近到你似乎可以感觉到脚下的陆地，但是你也可能在转瞬之间就撞到了岩石，粉身碎骨。

当我在第二十八周失去孩子的时候，我出院后回到了没有音乐的家，当时，我接到一通电话。

请问是巴克斯特太太吗？问话的是个女人。

我几乎连自己是谁都不知道，但是我仍然回答：是的。

丹尼尔在这里。你的儿子在等你。

一开始我以为对方开了一个残酷的玩笑。我把话筒摔到房间的另一头，但是铃声再次响了起来，于是我拔掉了电话线。麦克斯下班回家后看到了这个情形，而我只是耸耸肩，表现出不以为意的样子。我告诉他我也不知道发生了什么事。

第二天又有另一通电话。

麻烦你，巴克斯特太太，丹尼尔在等你。

真有这么简单？难道通过一个简单的动作，我就可以进入另一个世界，去我留下丹尼尔的地方将他接回来？我问了地址，当天下午，我在出院后第一次换上外出服，在皮包里找出车钥匙，开了车出门。

那栋建筑的白色大柱子和通往大门的阶梯让我打心底好奇。我停在环形的黑色车道上，慢慢地走进里面。

"你一定是巴克斯特太太。"接待桌后面的女人说。

"丹尼尔，"我说，儿子的名字尝起来像个口哨糖一样滑顺又圆润，"我来接丹尼尔。"

她走进一个阴暗的房间里，一会儿之后，她带着一个小小的硬纸盒走回来。"他在这里，"她说，"我很为你难过。"

这个盒子不比表盒大，然而我没办法伸手去接。我想，如果我碰到盒子，说不定会昏过去。

但是她将盒子递过来，我看着自己伸出双手握住了纸盒。我听到自己的声音说谢谢你。似乎这就是我一直想要的东西。

我有好几年没来瑞德和丽蒂家了。他们家有个花团锦簇的前院，种的多半是玫瑰花，这一定是麦克斯的杰作。草坪上有个新盖的白色小露台，一旁的缬草偷偷往上攀，仿佛是珠宝大盗。麦克斯那辆破旧的小货卡停在一辆金色的雷克萨斯后面。

我按下门铃，丽蒂出来应门。她瞪着我，说不出话来。

她的眼睛和嘴边都出现了小细纹，看起来很疲倦。

我想问她：你快乐吗？

你知不知道自己的处境？

但我没这么说。我只说："我可以找麦克斯说个话吗？"

她点点头，一会儿之后他出现了。他仍然穿着出庭时那件衬衫，只是现在没打领带，而且还换上了牛仔裤。

这让事情容易一些，让我有办法假装自己是在和原来的麦克斯说话。

"你想进来吗？"

我看到瑞德和丽蒂在门廊后方徘徊。我最不想做的事，就是走进这栋房子里。"也许我们可以到那里去？"

我点个头指向露台，他踏出门，走到前廊上。他光脚跟着我走到木板架成的露台上。我坐在阶梯上。"我没做那种事。"我说。

麦克斯的肩膀碰到了我的。隔着他的衬衫，我仍然可以感觉到他皮肤的温度。"我知道。"

我擦擦眼睛。"我先是失去了儿子，接着又失去你。现在我要面对的是失去胚胎，我的工作也可能不保。"我摇摇头，"再下来就一无所有了。"

"柔伊——"

"拿去吧，"我说，"把胚胎拿去吧。只是……答应我，事情到此为止。别再让你的律师把露西带上法庭。"

他低下头，我不知道他是哭、是祈祷，还是两者皆是。"我答应你。"麦克斯说。

"好。"我用双手揉揉膝盖，站了起来。"好。"我又说了一次，然后快步走回我的车边，不顾麦克斯在我身后喊我。

我没理会他。我坐上车，倒车驶离车道，停在信箱旁边。尽管我在这个位置上看不到他们，但是我可以想象麦克斯走进门廊，把事情告诉瑞德和丽蒂。我想象他们互相拥抱的样子。

天上的星星好像全掉了下来，落在我的车顶上。我失去了无缘的孩子，这种感觉，就好像有人一刀刺进了我的肋骨。

凡妮莎在等我，但是我没有立刻回家，而是漫无目的地开着车左绕右转，最后来到格林机场后方的一片空地，远处的机场停了几架过夜的邮务班机。黑暗中，我躺坐在车子的引擎盖上，后背靠着挡风玻璃，仰望朝跑道俯冲而下的喷射客机，飞机离我很近，仿佛一伸手就可以碰到机腹。轰隆隆的噪音震耳欲聋，我听不见自己是在思考或在哭，这样最好。

所以，我也没必要去车里拿出吉他。我用同一把吉他在学校里教过露西，我本来是要借给她玩一阵子的。

我真想知道她说了些什么，想知道这个指控是否代表一个距离——真正的露西和她父母理想中的露西之间的距离。我不晓得自己是不是完全会错意，误解了她的说法。说不定她根本没有质疑自己的性取向，说不定那只是我自己的臆测，因为我受到了诉讼案的影响，才把自己的想法投射到露西无瑕的脑海里。

我拿出吉他，爬回引擎盖上。我把指头按在琴颈上懒洋洋地滑动，仿佛在抚摸多年的爱人，我的右手开始拨弄琴弦。这时候我才发现琴弦间卡着一个浅色、飘动的纸张。我小心翼翼地把纸掏了出来，以免它掉进音孔里。

那是我手抄的《没有名字的马》的和弦谱，是我在露西学这首曲子那天写给她的。

但是在纸张的背后有个用绿色麦克笔画出来的五条线。这是一个五线谱。在最上面一条线上，她画了两道犹如铁轨般的平行斜线。

我不知道露西在什么时候留下这个讯息，但东西显然是她留给我的。在所有的音符当中，露西选择了停顿号。

代表的是音乐中的停顿。

这个短暂无声的停顿不计时。

到了某个时候，在指挥的决定下，乐曲会重新开始。

麦克斯

隔天早上在法庭上，安杰拉·莫瑞堤紧紧板着一张脸，紧得像龙虾的大螯。"我的委托人决定放弃抗辩，法官大人，"她说，"我们希望不要依合约内容销毁胚胎，而直接交由麦克斯·巴克斯特监管。"

法庭里响起了掌声，班咧开嘴对着我笑，而我只觉得反胃。

我从昨晚就有这种感觉。在柔伊倒车冲出车道的那一刻，我就开始反胃。接着是在我眯着眼——因为阳光突然变得好亮——走回屋里，把柔伊打算妥协的消息告诉丽蒂和瑞德的时候。

瑞德一把抱起丽蒂在门廊里打转。"你知道这代表什么吗？"他笑着问，"你知道吗？"

我突然明白了。这代表我必须静静地坐在一边，看着丽蒂怀着我骨肉的肚子越来越大。这代表当瑞德参与生产过程时，我必须坐在等候室里等待。代表当瑞德和丽蒂宠爱小孩的时候，我会是多余的一分子。

但是她看起来很快乐。她没怀孕，可是脸颊有了光彩，连头发都闪闪发光。"我们要特别庆祝一下。"瑞德说完话就离开了，让我一个人和丽蒂留在门廊。

　　我往前走了一步，接着又踏了一步。"这真的是你想要的吗？"我低声问。瑞德回来时，我们立刻拉开距离。"恭喜了，嫂子。"我说完话，在她脸颊上亲了一下。

　　瑞德拿来了刚开瓶、还冒着泡的香槟和两个酒杯，口袋里塞了一罐啤酒，显然是为我准备的。"干杯，"他对丽蒂说，"从现在开始，你只能喝豆奶奶昔和叶酸了。"他把我的啤酒递给我，说，"我们干杯，敬美丽的准妈妈！"

　　我向她致意。我怎么可能不这么做？

　　"敬韦德！"瑞德说，再次举起杯子，"敬露西！"

　　我困惑地看着他。"露西是谁？"

　　"克莱夫·林肯的继女，"瑞德说，"柔伊惹上了不该招惹的女孩。"他干了香槟，但是我没喝。我把罐子放在楼梯最下面一阶，从前门走出去。

　　"我需要新鲜空气。"我说。

　　"我和你去——"丽蒂朝我跨出一步，但是我举起手来。我茫然地走到露台，几分钟之前，柔伊和我就坐在这个地方。

　　我见过克莱夫牧师的妻子，而且不下上百次。我也看过他三个女儿，她们总是陪着他在台上唱歌。这三个女孩都还不到念高中的年龄，而且我知道，她们当中没有人叫作露西。

　　但是这家人有第四个孩子，这个家中的异数把做礼拜当作折磨，从来不留下来参加团契活动。如果她是克莱夫牧师的继女，那么他们可能用了不同的姓氏。柔伊可能根本没把这两个人联想在一起。

　　这个女孩之所以会寻求柔伊的协助，是不是因为她正为了身为同性恋而烦恼？她有没有试着告诉她的母亲和继父？克莱夫牧师是不是一听到她的话，便立刻假设柔伊想把他的继女拉进她的生活方式当中？因为如果不是柔伊，其他的解释只会对他造成伤害？

还是说，克莱夫牧师知道我们在法庭上需要攻击的武器，知道胜诉对他所传达的信仰有多么重要，所以才逼自己的继女做出指控？他是不是拿她来当替罪羔羊好让我赢得官司？好让他获胜？

我坐了下来，把头埋进双手之间，拼命想要理出个头绪，最后，我终于明白骚扰的指控从何而来并不重要。

重点是，这件事到底有没有发生过。

欧尼尔法官低下头看着柔伊，而坐在被告席上的柔伊则是盯着她双手之间的桌面木板看。"巴克斯特女士，"他说，"你是在没有受到胁迫的情况下自愿做出决定的吗？"

她没有回答。

坐在柔伊身后的凡妮莎抬起手轻揉她的肩膀。这是个小小的动作，但却让我想起我初次在卖场的停车场看到她们在一起的样子。你会用这种小举动来安慰你所爱的人，这是出于习惯。

"巴克斯特女士？"法官又说了一次，"这是你所希望的吗？"

柔伊慢慢地抬起头。"这不是我的希望，"她说，"但是我会这么做。"

大约一个小时之后，我在露台上看见了一个鬼魂。

它像个记忆似的，穿过草坪，遁入树木之间。我好像听到它开口喊我。

麦克斯，丽蒂又喊了一次，我跟着醒了过来。

"你不能睡在外面，"她说，"你会冻死。"

她在我身边坐下，那件飘动的白色棉布睡袍好像一朵云。

"你来这里做什么？来看书，帮宝宝找名字吗？"我问。

"不是，"丽蒂说。她仰头看着天空。"我一直在想。"

"有什么好想的？"我问，"全都是好消息啊。"

丽蒂淡淡地微笑。"'福音'这两个字就是这个意思，你知道的，传达主耶稣的好消息。"

"抱歉了，"我准备起身，"我实在没心情听讲《圣经》。"

她继续说话，仿佛我没开过口。"你知道《圣经》中最重要的戒律是什么吧？爱你的邻居，如同爱你自己。"

"太好了，"我酸溜溜地说，"能知道这点真好。"

"主耶稣的眼中没有例外，麦克斯，"丽蒂接着说，"他没说我们应该爱百分之九十九的邻居，然后去恨那些音乐弹得太大声、老是开车压过我家草坪、投票给劳夫·内德，或是从头到脚都是刺青的人。有些时候，我真的不想爱那个养狗的邻居，因为他家的狗老爱吃我种的萱草，但是耶稣说，我没有选择。"

她伸出手，我拉她站起来。"如果有条件存在，那就不是爱，"她说，"我在想的就是这个。"

我低头看我们交握的手。

"我不知道该怎么办，丽蒂。"我承认。

"你当然知道，"她说，"你该做正确的事。"

讽刺的是，我们得签一份合约。原告或教会不得透露克莱夫得到的信息，未来也不得与任何人讨论。韦德·普雷斯顿在线条纸上写了份契约，克莱夫在上头签了字。法官瞄了一眼之后，便宣布我为三个冷冻胚胎的唯一监护人。

到了这时候，旁听席上已经没有人了。大家都在外面，等着我站到阶梯上对他们微笑，还要为审判的结果来感谢上帝。

"嗯，"韦德笑着说，"我相信我的工作已经完成了。"

"所以，他们现在是我的了？在法律上百分之百属于我？"我问。

"没错，"韦德表示同意，"你可以任意处置。"

柔伊还坐在辩方席上。她像花蕊一样，她的母亲、律师和凡妮莎都围在她身边。安杰拉又递给她另一张面纸。"你知道贴一个墙面要用掉麦克斯几个律师吗？"她试着让柔伊打起精神，"要看你砸得多用力。"

我真希望有别的方式可以处理这件事，但是我不知道该怎么办。韦德从来都没把他的策略告诉我。其实，我从头到尾没打算这样做。没想到一路走来，政治、宗教和法律却全扯了进来。事情的发展不再与人有关，与柔伊、我和这几个我们曾经想要的孩子都没有了关系。

我走向我的前妻。她身旁的人让了开来，于是我直接来到她的面前。"柔伊，"我开始说，"对不起——"

她看着我，说："谢谢你这么说。"

"先让我说完。对不起，让你经历这些事。"

凡妮莎向柔伊靠了过去。

"他们都会有美好的人生，"柔伊说，但是她的话听起来像个问句，"你保证？"这会儿她又哭了。柔伊发着抖，努力振作起来。

要是在从前，我可能会将她抱在怀里，但现在这是另一个人的权利了。"他们会有最好的人生，"我保证，然后把韦德·普雷斯顿刚刚拿给我的法律文件交给她。"所以我要把他们交给你。"

曲十　莎蜜之歌

莎曼珊

即使才六岁，莎蜜对许多事情就已经很确定了。

花生酱会逗她的小狗欧利像是讲人话一样，拼命对着她发出声音。

她的填充玩具会在半夜活过来，要不然，在她睡觉的时候，玩具怎么会跑到她的身边？

柔伊妈咪的怀抱是全世界最能让她放心的地方。

她骑在凡妮莎妈咪的肩膀上时，有次真的摸到了太阳，她当然确定，因为她的拇指起了水疱。

她真的真的很讨厌去诊所打针，讨厌汽油味，讨厌香肠的味道。

发明亮晶晶东西的人是自找麻烦。

她会写自己的名字，连全名都会写。

安妮·余是她在世界上最好的朋友。

送子鸟不会真的把宝宝带来。但是老实说，她也没真的相信安妮·余口中的真实经过。

波隆纳三明治比切边吐司好吃。

一年当中最美好的时光，是每年冬天第一次下雪的日子。

爹地会把两种不同的玫瑰花枝干缠在一起，到了夏天开的花，会和世界上其他所有玫瑰都不一样，然后他会用她的名字帮玫瑰花命名。

当他和丽蒂结婚的时候，花童一定会是她。（上个星期，她们在厨房的桌子下撑起毯子玩堡垒游戏的时候，丽蒂这样答应过她。虽然她说，莎蜜的爸爸还没开口求婚，真不知道他究竟在想什么。）

把棉花糖放进微波炉不是什么好主意。

她的两个妈咪到学校参加冬季演奏会，结果杰克·勒玛却嘲笑她。莎蜜骂他是个大笨蛋，连M和W都分不清楚，这真的让两个妈咪笑得很开心。

凡妮莎妈咪就是牙仙。莎蜜亲眼偷看到的。

以后她要当航天员，或者当花式溜冰选手。说不定，两个都要当。

她可以在浴缸里的洗澡水里面闭气，而且可以憋好久好久的时间。今天下课时她要找安妮·余，问她人可不可以当美人鱼。

那次她从树上摔下来跌断手臂，当她在医院醒过来的时候，两个妈咪和爹地围在床边，看到她没事，他们全都好高兴，结果忘了骂她一开始就不该去爬树。

大部分的小朋友只有一个妈咪和一个爹地，但是她不是"大部分"的人。

还有，真的，她是全世界最幸运的小女孩。

谢 词

聪明的人有个特性，那就是置身在知识比你渊博的人当中。因此，我要向许多协助我创作这本小说的人致谢。我要感谢最杰出的医疗及法律智囊团：Judy Stern，Ph.D.、Dr. Karen George、Dr. Paul Manganiello、Dr. Michelle Lauria、Corporal Claire Demarais、Judge Jennifer Sargent，以及几位律师：Susan Apel、Lise Iwon、Janet Gilligan和Maureen McBrien。感谢与我分享信息，以及一路提供宝贵经验的几位音乐治疗师：Suzanne Hanser、Annette Whitehead Pleau、Karen Wacks、Kathleen Howland、Julie Buras Zigo、Emily Pellegrino、Samantha Hale、Bronwyn Bird、Brenda Ross以及Emily Hoffman。我同时也受益于Sarah Croitoru、Rebecca Linder、Lisa Bodager、Jon Picoult、Sindy Buzzell，加上Melissa Fryrear一家人，以及Box Turtle Bulletin的Jim Burroway。

我一向感谢我的母亲Jane Picoult为我阅读初稿，这次我还要感谢我的祖母Bess Friend。到我们90岁的时候，也应该要有同样开阔的心胸。

感谢Atria出版社的Carolyn Reidy、Judith Curr、Mellony Torres、Jessica Purcell、Sarah Branham、Kate Cetrulo、Chris Lloreda、Jeanne Lee、Gary Urda、Lisa Keim、Rachel Zugschwert、Michael Selleck，以

及其他十多位同仁，没有各位，我的事业绝不可能达到高峰。David Brown，看到你回到皮考特团队来真好。我更要感激的，是当我宣布这本书要和原声音乐一起出版的时候，你的反应像个大大的惊叹号，而不是彻底惊慌失措。

感谢Laura Gross，还记得你那个火车死者的故事吗？你记不记得我说过有朝一日一定要写进书里？如今用到了。我一直知道你是个优秀的文学经纪人，但是我低估了你成为益友的潜力。

感谢Emily Bestler，我不相信有多少编辑能像你一样，天衣无缝地陪着作者从学测讨论到小说结局的安排。换句话说，我真是中了头奖。我们在一起太久了，要分开我们两个人，恐怕只能靠外科手术。

感谢我的公关宣传Camille McDuffie和Kathleen Carter，你们是所有作者心目中最出色的啦啦队队长。在过去13年之间，你们带着我从一个不知名的朱迪来到现在的我——书迷在杂货店里看到我，会要我在购物单上签名留念。

这本书有一个值得注意的特色：小说的音乐性。我知道自己要写到同性恋的权利，我希望读者能够身临其境地听到书中主角的声音，把故事从政治角力拉回到个人生活，让读者能聆听柔伊通过音乐来倾诉心声。为了这一点，我要感谢这张C D的制作人Sweet Spot Digital的Bob Merrill，曼陀林手Ed Dauphinais和鼓手Tim Gilmore，以及Northeastern Digital的Toby Mountain负责音乐制作。但是最重要的，我要感谢Ellen Wilber同意为柔伊发音，同时为柔伊创作音乐。Ellen是我最亲近的朋友之一，我们为好几出在慈善基金筹募会上演出的儿童音乐剧，共同创作过超过一百首的歌曲。光是她一根小指上的才华，就远胜于我这辈子对自己的期望，而且她有一颗最宽容的心。读者在CD上可以听到Ellen创作的音乐以及她清透的歌声，我仅负责填词。

我对她的谢意实在是笔墨难以形容，我要感谢的是她提出一个如此有趣的计划，而且，更重要的是：我要感谢我们的友谊。

最后，一如往常，感谢Tim、Kyle，Jake以及Sammy。你们是我人生中一路相伴的音乐。

扫描读客二维码，

回复"**皮考特**"，

抢先试读朱迪·皮考特的最新小说章节，

了解关于皮考特的一切。

图书在版编目（ＣＩＰ）数据

一路唱唱歌 /（美）朱迪·皮考特著；苏莹文译.
-- 北京：北京联合出版公司，2016.9
（读客全球顶级畅销小说文库）
ISBN 978-7-5502-7907-0

Ⅰ.①—… Ⅱ.①朱… ②苏… Ⅲ.①长篇小说—美
国—现代 Ⅳ.①I712.45

中国版本图书馆CIP数据核字(2016)第129371号

SING YOU HOME
by Jodi Picoult
Copyright © 2011 by Jodi Picoult
Simplified Chinese translation copyright © 2016
by Shanghai Dook Publishing Co., Ltd.
Published by arrangement with Atria Books, a division of Simon & Schuster, Inc.
through Bardon-Chinese Media Agency
ALL RIGHTS RESERVED

一路唱唱歌

作者：[美]朱迪·皮考特
译者：苏莹文
责任编辑：管文
选题策划：读客图书　021-33608311
特约编辑：赵思婷　夏文彦
封面设计：刘倩
版式设计：陈宇婕
责任校对：曹振民　绳刚

北京联合出版公司出版
（北京市西城区德外大街83号楼9层　100088）
三河市龙大印装有限公司印刷　新华书店经销
2016年9月第1版　2016年9月第1次印刷
字数 381千字　　890毫米×1270毫米　1/32　　16.25印张
ISBN 978-7-5502-7907-0
定价：52.00元

如有印刷、装订质量问题，
请致电010-85866447（免费更换，邮寄到付）